UNE FAMILLE POUR KATHY

DU MÊME AUTEUR
CHEZ LE MÊME ÉDITEUR

Hôpital de montagne
L'Enfant qui voulait mourir
Le Choix du Dr Duncan
La Clinique de l'espoir
À cœur ouvert
Elvira
Le Procès du Dr Forrester
L'Infirmière
Hôpital de l'espoir
Le Patient du Dr Scott
Combat pour la vie
Cet enfant est le nôtre

Henry Denker

UNE FAMILLE POUR KATHY

Traduction de Dominique Wattwiller

Roman

PRESSES DE LA CITÉ

Titre original : *A Place for Kathy*

ISBN 2-258-04755-2

A Edith, ma femme

1

Seigneur, avec tout le travail qui m'attend, je ne vais jamais y arriver, songea Grace Cameron en cherchant fébrilement les clefs de *Tour de main* — la boutique qu'elle avait ouverte quelques mois après le décès brutal de son mari.

Devenue veuve à trente-deux ans, elle avait été doublement victime de la maladie qui avait emporté son époux. Compte tenu du mal dont il souffrait, ce dernier avait été classé par les professionnels de l'assurance dans la catégorie des personnes « inassurables ». De ce fait, Grace Cameron s'était retrouvée sans assurance-décès avec une petite fille à élever, une maison dont les traites n'étaient heureusement pas trop élevées mais qu'il fallait néanmoins payer, une Chevrolet vieille de quatre ans et, pour tout pécule, les maigres économies d'un enseignant de faculté non titulaire.

Forcée de subvenir à ses besoins et à ceux de sa fille, elle avait décidé de mettre à profit des dons jusque-là considérés comme de simples passe-temps : la calligraphie, et l'art de confectionner les paquets — où son goût très sûr ainsi que son sens inné des couleurs faisaient merveille. C'était pour cette raison d'ailleurs qu'elle avait choisi de baptiser sa boutique *Tour de main*.

Elle déverrouilla puis ouvrit la porte du magasin à toute vitesse, faillit tomber mais se redressa de justesse.

Elle se baissa pour prendre le courrier du matin qu'elle s'empressa de passer en revue, histoire de s'assurer qu'il n'y avait pas de factures en souffrance. Après quoi, elle consulta son planning afin de voir quels étaient les travaux à livrer dans l'après-midi. Comme elle avait la réputation d'être l'une des meilleures calligraphes de la ville, les gens la sollicitaient de plus en plus pour libeller les invitations aux mariages, cérémonies et autres événements importants qui jalonnent la vie de chacun.

En début d'après-midi, bien qu'elle eût été interrompue à plusieurs reprises par des clientes venues faire emballer des cadeaux, Grace réussit à terminer les invitations destinées aux fiançailles des Woodhouse.

Je les déposerai en allant au cabinet de Scotty, songea-t-elle. Mon check-up terminé, je passerai prendre Kathy à l'école pour l'emmener à son cours de danse. Ce qui me laissera largement le temps de rentrer préparer le dîner.

Le Dr Robert MacClune était le médecin de famille des Cameron depuis toujours. Ç'avait été le camarade de chambre de Kip à l'université. Même lorsque leurs chemins s'étaient séparés, que Robert — surnommé Scotty — était allé en faculté faire sa médecine cependant que Kip optait pour une carrière d'enseignant, ils étaient restés bons amis. C'était grâce à Scotty qu'elle avait fait la connaissance de Kip. Scotty l'avait en effet recommandée à son ami qui cherchait une assistante pour l'aider dans ses travaux de recherche.

Le Dr MacClune gonflait le brassard du tensiomètre lorsqu'il interrogea Grace Cameron :

— Des symptômes ?

— Pas de symptômes.

— Alors pourquoi ce check-up ? s'enquit-il en sachant pertinemment qu'elle n'était pas du genre à se déplacer pour rien.

— Je ne sais pas si on peut appeler ça un symptôme... Seulement une grande... lassitude. (Grace chercha le mot exact.) Oui, une très grande fatigue.

— C'est tout ? fit le médecin après avoir constaté que sa tension était un peu basse. (Rien d'alarmant. Mais basse quand même. Voyant qu'elle répugnait à mentionner d'autres signes éventuels, il insista :) Rien d'autre ?

— Parfois, la nuit, je me réveille en nage. C'était le cas il y a deux jours. Je ne dors pas bien ces temps-ci. Mais ça, ce n'est pas nouveau. En fait, je dors mal depuis...

Inutile qu'elle termine sa phrase. Scotty savait bien qu'elle n'avait pas fait une nuit correcte depuis la mort de Kip deux ans plus tôt. Mais les sueurs nocturnes, ça, c'était autre chose.

— Enlève ton chemisier et ton soutien-gorge.

Il y avait toujours un léger moment d'hésitation lorsqu'ils en arrivaient à ce stade. Avant d'épouser Kip, Grace était sortie avec Scotty. Aussi y avait-il entre eux quelque chose de différent de ce que l'on trouve généralement dans la relation médecin-malade. C'était au lycée qu'elle avait connu Scotty. Bien qu'il fût de deux ans son aîné, ils étaient sortis ensemble. Ils avaient cessé de se voir par la force des choses lorsque Scotty était parti faire sa médecine. Mais ils avaient renoué lorsqu'il était revenu en stage au Mercy Hospital.

Scotty portait des lunettes depuis toujours. Et elle connaissait bien le tic qui trahissait son inquiétude : il retirait ses lunettes pour les nettoyer, qu'elles fussent sales ou non.

Ces derniers temps, elle avait remarqué lorsqu'il les ôtait que des rides dues au stress cernaient ses yeux. Rides causées par son dévouement sans bornes à ses patients. Admiratifs et médusés, la plupart de ses collègues chuchotaient en parlant de lui : « Il paraît qu'il fait encore des domiciles. »

Effectivement, esclave de son portable, il se rendait au chevet de ses malades.

Lorsque Grace fut torse nu, le Dr MacClune

commença à l'ausculter méthodiquement avec son stéthoscope, à l'affût du moindre bruit susceptible d'indiquer une anomalie du côté des poumons.

— Si c'est à la tuberculose que tu penses, je ne tousse pas, dit Grace.

— Et l'estomac ? fit le médecin sans prêter autrement attention à son intervention.

— Ça va. Enfin, disons que j'ai des crampes de temps en temps. Mais j'ai un emploi du temps très chargé, et ça n'est pas génial pour le système nerveux.

— Monte sur la bascule.

— Inutile, répliqua Grace. Je vois bien à mes pantalons que j'ai perdu du poids.

Il la pesa, prit des notes et lui fit passer une radio des poumons par précaution. Mais elle ne présentait aucun signe de tuberculose. A l'aide d'une aiguille stérile, il lui piqua l'extrémité du majeur et lui préleva de quoi procéder à une numération globulaire. Les femmes perdant du sang au moment des règles, il leur arrivait ces jours-là de manquer de globules rouges. Si tel était le cas de Grace, il savait quoi lui prescrire pour remédier à la situation.

Une fois l'échantillon de sang dûment étiqueté et prêt à être expédié au labo, Scotty la fit entrer dans sa petite salle d'examen.

Assis en face d'elle, il se mit à songer.

Toujours aussi jolie. Longs cheveux blonds couleur miel. Yeux d'un bleu intense. D'une certaine façon, elle fait plus femme que lorsque nous sortions ensemble. La mort de Kip l'a mûrie. Et ses atouts ne s'en voient que davantage.

— Ecoute, Grace, si j'avais affaire à un autre patient, je lui dirais qu'il mène une vie de fou. Qu'il devrait essayer de souffler un peu. De mettre la pédale douce. De s'accorder des loisirs. Malheureusement, te connaissant comme je te connais, je suis sûr que tu...

— Scotty, l'interrompit-elle, j'ai une fille à élever. Qui a perdu son père très jeune. Je n'ai pas le choix. Il faut que j'assure. Et pas seulement matériellement. Dans tous les domaines.

— C'est justement là que je voulais en venir, Grace. Tu as pensé à ce qui se passerait si, à force de te surmener, tu te retrouvais complètement à plat et incapable d'« assurer dans tous les domaines » pour reprendre ton expression ?

Les yeux bleus se durcirent de mécontentement.

— Ce que j'aimerais que tu fasses, poursuivit le médecin, c'est que tu réorganises ton emploi du temps. Accepte moins de commandes. Ouvre la boutique une heure plus tard. Ferme une heure plus tôt. Comme ça tu seras moins sous pression, tu ne seras pas obligée de foncer comme une dingue pour aller chercher Kathy à l'école et l'emmener à son cours de danse ou à son entraînement sportif. Et tu pourras venir à bout de toutes tes tâches les doigts dans le nez.

— Scotty, il reste six ans à Kathy avant l'entrée au collège. Dans six ans, les frais de scolarité s'élèveront à trente, trente-cinq mille dollars par an. Et Kip...

— Je sais, coupa Scotty. Il est mort trop tôt. Il n'a pas eu le temps de vous laisser suffisamment d'argent, à Kathy et à toi. Mais imagine que tu tombes malade. Que se passerait-il ? Crois-moi, suis mon conseil, dételle un peu. Et reviens me voir dans deux mois pour une autre visite de contrôle.

— Parfait, dit Grace. Du moment que tu ne me prescris pas de sédatifs, je suis d'accord.

— Je te connais trop bien pour m'amuser à ça, répondit-il en souriant. Tu prendrais ton ordonnance mais tu n'aurais rien de plus pressé que de jeter les médicaments dans les toilettes.

— Nous nous comprenons, c'est là l'essentiel, fit la jeune femme en se dirigeant vers la porte.

— Grace...

Elle pivota vers lui.

— Dans ton programme infernal, tu n'aurais pas un créneau pour dîner avec un ancien soupirant ?

— C'est... C'est trop tôt, Scotty. Trop tôt.

Un mardi, deux mois après cette première visite, Grace arriva chez le Dr MacClune avec près d'une heure de retard. Elle transpirait abondamment et ses cheveux blonds d'habitude si soignés étaient tout collés.

— Désolée, Scotty. Je sais que tu as un emploi du temps serré...

— Calme-toi, Grace ! Assieds-toi et reprends ton souffle.

Il lui tendit une boîte de Kleenex pour qu'elle s'essuie le visage.

Elle ne put résister au besoin de se justifier :

— Tout a commencé quand je suis allée chercher Kathy. Ça m'était totalement sorti de l'esprit. Qu'on était mardi. Or le mardi, c'est le jour où elle va à la danse. Ça fait un an et demi que c'est comme ça ; mais j'étais si occupée à la boutique que je n'y ai plus pensé. Il a fallu qu'elle me téléphone pour me rappeler à l'ordre. Inutile de dire que je me suis précipitée à l'école pour la prendre et la déposer à son cours. Le temps que je fasse toutes ces allées et venues, j'étais tellement en retard que je t'ai complètement oublié, toi. A peine étais-je de retour au magasin que j'ai consulté mon agenda et mon planning et c'est là que... Le reste, tu le devines : tu n'as qu'à voir dans quel état je suis. Désolée, Scotty, vraiment désolée. Je ne voudrais pas que tu croies que je profite de notre... amitié.

Scotty écouta patiemment la fin de ce récit. Puis il lui prit la main et chercha son pouls. Rapide mais pas irrégulier. A cet instant cela lui aurait été bien égal de constater qu'il était irrégulier. Car s'il lui avait pris le pouls, c'était uniquement pour camoufler sa véritable intention, qui était de procéder à un diagnostic plus approfondi.

— Comment le trouves-tu ? s'inquiéta Grace. Je parle de mon pouls. Trop rapide ?

— Un peu, oui, mais c'est normal compte tenu de l'énervement. (Lui examinant les yeux, il remarqua :) Les trous de mémoire, ça ne te ressemble pas, Grace. Tu étais de ces femmes qui sont toujours à l'heure et sur qui on peut compter. Je me souviens encore de l'époque où nous étions au lycée et des jours de manifestations sportives. Je passais te prendre. Et je te trouvais fin prête, sous le porche, jolie comme un cœur. Dans ton panier, il y avait assez de fruits et de sandwiches pour trois ou quatre personnes.

— Il y a longtemps que cette Grace-là n'existe plus. Ces derniers temps, entre la boutique, les commandes à livrer, Kathy et la maison... je suis débordée ; je ne sais plus où donner de la tête. Résultat, j'ai des trous de mémoire. C'est normal, non ? Ça n'est sûrement pas un crime.

Ces explications, c'est à peine si Scotty les entendit car il était occupé à repérer les symptômes de sa patiente. Deux mois plus tôt, elle était venue le consulter pour une fatigue intense, des sueurs nocturnes, des épisodes de diarrhée. La numération globulaire avait mis en évidence une chute des globules blancs. Mais une chute qui n'avait rien de dramatique.

Seulement maintenant... elle présentait un symptôme qui, ajouté aux précédents, revêtait une signification inquiétante. Surtout quand on le considérait à la lueur de ses antécédents. Il savait donc ce qui lui restait à faire.

Il savait également que la loi lui interdisait de le faire sans le consentement du patient. Etant donné les sentiments qu'il éprouvait pour cette malade, il pourrait toujours trouver un prétexte anodin pour lui faire une autre prise de sang. Et envoyer l'échantillon au labo sous un autre nom. Le labo n'en saurait rien. Et cela éviterait des désagréments à Grace. A moins évidemment qu'il ne se trouve dans l'obligation de lui révéler les résultats.

Mais il comprit que si ce qu'il redoutait était vrai il faudrait qu'à long terme elle ait une confiance totale en lui. Mieux valait donc jouer franc jeu dès maintenant et ne rien lui cacher.

— Grace, je vais devoir te faire une autre prise de sang,

attaqua Scotty. (Devant son air surpris, il fut obligé de lui fournir des explications.) Pas pour une numération globulaire standard.

Les yeux bleus le fixèrent, exigeant toute la vérité.

— Pour découvrir s'il y a des anticorps dans ton sang. Des anticorps anti-VIH.

— Anti-VIH ? fit-elle, interdite. Parce que tu veux dire qu'il se pourrait que j'aie le... le sida ? Alors ça, c'est bien la chose la plus ahurissante, la plus insultante que... Tu crois que j'ai couché avec d'autres hommes depuis que Kip...

— Grace, fit-il en essayant de l'interrompre.

Mais elle ne lui en laissa pas le temps :

— Je suis sidérée. Je dirais même choquée que tu puisses penser une chose pareille. Tu crois que c'est pour ça que j'ai refusé de te voir ces deux dernières années ?

— Grace, loin de moi l'idée que tu...

— Alors, pourquoi évoquer ce test ? Soupçonner qu'il puisse m'arriver une chose pareille...

Elle semblait au bord des larmes.

— Grace... Grace, mon chou... J'espère être dans l'erreur. Tu ne peux pas savoir à quel point j'espère m'être trompé. Mais tu corresponds au profil.

— Quel profil ?

— Tes symptômes...

— J'ai eu des symptômes pires que ça quand j'ai eu la grippe, insista-t-elle, se défendant pied à pied.

— Grace, écoute-moi... Fatigue intense, sueurs nocturnes, épisodes de diarrhée, effectivement, j'en conviens, ce ne sont pas des symptômes très probants. Mais quand on y ajoute les trous de mémoire, ça change tout.

— Les trous de mémoire...

— Pour nous, médecins, c'est important ; c'est même un facteur déterminant. Cela éclaire les autres symptômes d'un jour particulier. Ça crée un syndrome possible. Un syndrome susceptible d'évoquer le VIH. Attention, j'ai dit *susceptible*. Toujours est-il qu'il est de mon devoir de creuser la question en envoyant un échantillon de sang au labo. Seulement, pour cela, j'ai besoin de ta permission.

— Mais puisque je te dis que je n'ai pas pu attraper le VIH depuis la mort de Kip ! protesta-t-elle.

— Et avant ?

— Tu penses que je lui aurais été infidèle avant...

— Non, je suggère tout simplement que c'est Kip qui aurait pu te passer le virus.

— Ah, parce que c'est *lui*, maintenant, que tu soupçonnes d'avoir eu des aventures extraconjugales ?

Perdant patience, Scotty l'attrapa par les bras pour l'obliger à l'écouter sans l'interrompre davantage.

— Grace ! Comment Kip est-il mort ?

— C'est une plaisanterie, j'espère ! Tu le sais aussi bien que moi !

— Comment est-il mort ? Raconte-moi tout de nouveau !

— On faisait de l'alpinisme. Il adorait ça, l'alpinisme. C'était sa façon à lui de prendre de l'exercice tout en appréciant les beautés de la nature. Arrivé à un endroit difficile, il a glissé. Il est tombé et s'est cogné la tête contre un rocher. Cogné avec violence. Mais ça n'a pas saigné. Il s'est relevé et on a continué l'ascension. C'est alors qu'il a commencé à avoir mal au crâne. On s'est arrêtés pour souffler. Mais sa migraine ne faisait qu'empirer. Au point qu'il s'est mis à vomir. Puis il s'est effondré et il a perdu connaissance. Il est mort dans mes bras. A l'autopsie, les experts ont découvert qu'il avait fait une hémorragie cérébrale massive. Le médecin légiste m'a expliqué que ce genre de phénomène pouvait survenir chez des gens atteints comme Kip d'hémophilie. Lorsqu'un hémophile se met à saigner et que le saignement se produit dans le cerveau, il n'y a que la chirurgie qui puisse être efficace. A condition d'être pratiquée sur-le-champ.

— Grace, Kip étant hémophile, il a eu à subir de nombreuses transfusions. Et il a pris pas mal de dérivés sanguins. L'un de ces médicaments peut fort bien être à l'origine de sa contamination par le virus du sida. En tant que femme d'hémophile, tu courais de plus grands risques que la population normale.

— Mais jamais personne ne m'a dit que Kip avait... Tu ne lui as jamais fait subir d'examens pour dépister...

— Si. Plusieurs fois.

— Et alors ?

— Alors je n'ai jamais rien trouvé. Seulement, ça ne prouve rien. Parce qu'il y a une marge d'erreur. Les résultats négatifs sont parfois faux. En outre, on n'a aucun moyen de savoir le laps de temps qui s'écoule entre le moment où une personne est infectée et celui où les anticorps se manifestent.

— Si tu n'as rien trouvé..., commença-t-elle, prête à discuter de plus belle. (Mais une peur soudaine l'empêcha de poursuivre.) Kathy... est-ce qu'il est possible que... tu crois que Kathy... ?

— C'est peu vraisemblable, répliqua Scotty. A moins que tu n'aies déjà été contaminée lors de ton accouchement. Ce dont je doute fortement. Il nous faut donc nous occuper de toi en priorité, ajouta-t-il, bien décidé à prélever l'échantillon de sang.

— Je ne comprends pas... ça ne peut pas... J'ai lu cent fois, entendu dire cent fois que les gens commençaient par attraper le virus et qu'ils ne développaient les symptômes que des années plus tard, protesta Grace.

Scotty s'empressa de rectifier :

— Grace, ces gens étaient *déjà* porteurs du virus. Peut-être même depuis plusieurs années. Mais tant qu'ils n'en avaient pas manifesté les symptômes, les médecins n'avaient aucune raison de leur faire passer des tests.

— C'est ce qui me serait arrivé alors, dit-elle, le front plissé.

Grace Cameron remonta la manche de son pull, dénudant son bras droit.

Le Dr MacClune planta l'aiguille dans la veine de son avant-bras. Il préleva suffisamment de sang pour remplir la seringue étroite et transféra le liquide dans une éprouvette qu'il scella.

L'opération se déroula dans un silence tendu.

— Ça va prendre longtemps ? questionna finalement Grace.

— Le labo va pratiquer ce qu'on appelle un ELISA. C'est-à-dire un *Enzyme-Linked Immuno-Sorbent Assay*. On saura à quoi s'en tenir dans moins de quarante-huit heures.

— Moins de quarante-huit heures, reprit Grace en écho en se rendant soudain compte que c'était peut-être pour elle le début de la fin.

2

— Maman ! s'écria Kathy, douze ans, de sa chambre au premier. Tu n'aurais pas vu mon pull bleu par hasard ? (Et de réitérer sans attendre la réponse, avec l'impatience de ses jeunes années :) Ma-man !

— Regarde dans la lingerie, sur le fil ! cria Grace du rez-de-chaussée.

Ma-man, reprit intérieurement Grace en se demandant à partir de quel âge les enfants s'adressaient à leur mère sur ce ton.

La maladie et la mort brutale de Kip avaient rendu Kathy beaucoup plus mature que ses condisciples et amies.

Dans certains cas, c'était particulièrement évident. Comme la fois où elle était tombée de l'échelle de corde en gymnastique. On l'avait envoyée à l'infirmerie et, de là, au service des urgences. Prévenue, Grace avait fermé le magasin en toute hâte pour se précipiter à l'hôpital où elle avait trouvé sa fille parfaitement calme et maîtresse d'elle-même. Grace était si tendue que Kathy avait dû serrer sa main entre les siennes pour la rassurer : « Ça va, Maman, avait-elle chuchoté. Pas de scène, je t'en prie. On nous regarde. »

Un peu plus tard, après que Kathy eut été examinée et autorisée à sortir et qu'elles furent de retour à la maison, la fillette avait demandé tout à trac à sa mère :

« Tu as peur que j'aie hérité du problème de Papa ? »

Le problème de Papa. C'était l'expression qu'elles utilisaient pour parler de l'hémophilie de Kip.

« Eh bien, poursuivit Kathy, je vais te rassurer : les filles ne sont pas hémophiles. »

Comme Grace lui jetait un regard surpris, elle ajouta :

« J'ai posé la question au Dr Scotty. Après l'accident. »

L'accident. Tel était le terme qu'elles employaient quand elles faisaient allusion à la mort de Kip.

« Je sais, chérie, dit Grace. Qu'est-ce qui a pu te faire croire que je pourrais avoir une idée pareille ?

— La vitesse à laquelle tu as foncé aux urgences. Comme lorsqu'il arrivait quelque chose à Papa.

— Comment ça ?

— Tu ne te comportais pas de la même façon dans ces moments-là... Tu sais, quand tu entrais dans une pièce où il se trouvait... que tu lui apportais un journal ou une boisson... que tu retapais son lit... que tu restais à son chevet, à l'observer, pour voir si tout allait bien. Comme si tu avais peur qu'il cesse de respirer. »

Mon Dieu, songea Grace, elle était si jeune à l'époque, et malgré tout aucun détail ne lui a échappé. Fallait-il que je sois transparente pour que, si petite, elle ait décodé mes moindres faits et gestes ?

Ce n'était pas par hasard que le souvenir de cet accident lui revenait avec tant de netteté ce matin-là. Et pas par hasard non plus qu'elle se hâtait de préparer le petit déjeuner de sa fille, posant tout sur la table avant même que Kathy fût descendue. Elle brûlait de la voir expédier son breakfast et partir pour l'école.

Aussi, la voyant s'attarder à table, la rappela-t-elle à l'ordre :

— Kathy, il est huit heures moins dix. Alors ne traîne pas.

— Ma-man, j'ai le temps. (Puis, changeant de ton :)

Au fait, n'oublie pas qu'aujourd'hui on a entraînement de foot, Cindy et moi. Et que c'est ton tour de passer nous chercher. Si jamais tu étais en retard, inutile de courir ventre à terre au vestiaire.

— Oui, chef. Bien, chef, ironisa Grace comme chaque fois que sa fille lui faisait le coup de l'autorité.

Son petit déjeuner terminé, Kathy passa aux toilettes du rez-de-chaussée afin de jeter un dernier coup d'œil à la glace. Lorsqu'elle en émergea, Grace l'attendait avec son sac à dos.

— Tu essaies de te débarrasser de moi, c'est ça ? dit Kathy non sans perspicacité.

— Pourquoi... pourquoi est-ce que je voudrais me débarrasser de toi ? rétorqua Grace, contrariée que Kathy ait vu clair dans son jeu.

Elle observa sa fille qui descendait l'allée jusqu'au trottoir, attendit qu'elle fût montée dans le bus scolaire. Lorsque le véhicule démarra, certaine que Kathy n'allait pas lui tomber dessus à l'improviste, Grace se rua sur le téléphone et appuya sur la touche correspondant à un numéro qu'elle avait composé régulièrement ces dernières années.

— Cabinet du Dr MacClune, annonça une voix efficace et décidée.

— Dorothy ? Grace Cameron à l'appareil. Est-ce que je peux parler au docteur ?

D'un ton plus guindé que d'habitude, Dorothy Kroger répondit :

— Un instant, je vous prie.

Cette fois l'intonation était si professionnelle que Grace en eut froid dans le dos.

— Grace..., commença le médecin avec chaleur.

— Scotty. Tu as eu les résultats ?

— Oui. Avant qu'on en parle, il faut que tu saches que l'ELISA n'est pas parfait. Loin de là. En fait, il y a toujours une marge d'erreur de cinq pour cent. Cinq pour cent des négatifs sont des faux négatifs. Et cinq pour...

— Et cinq pour cent des positifs sont des faux positifs, c'est ça ? fit Grace.

— Exactement, la marge d'erreur est valable dans les deux sens, confirma MacClune.

— Alors je suis positive, conclut Grace.

— Rassure-toi, je dispose d'autres outils pour me faire une opinion. Avant de poursuivre cette conversation, je vais avoir besoin d'un autre échantillon de sang pour faire pratiquer un Western Blot. Passe me voir. Si possible aujourd'hui.

— Oui, bien sûr, aujourd'hui, fit Grace.

Puis toujours debout près de l'évier, elle tenta de raisonner. Sa première pensée après avoir raccroché fut : Non !

D'abord Kip. Et maintenant moi. C'est impossible. Kip n'avait pas le sida. Comment l'aurais-je attrapé ? Certes, les médecins n'ont jamais affirmé qu'il n'était pas contaminé. Mais il n'y a pas de raison qu'il ait été séropositif. Jamais il n'a développé les symptômes. S'il avait su... Si on avait su... Grace Cameron, ressaisis-toi. Scotty vient de te le dire, ce test n'est pas fiable à cent pour cent, il comporte une marge d'erreur. Il faut que tu passes un autre test, un Western quelque chose, un Western Blot... Drôle de nom... Il faut que j'aille au magasin. Et cet après-midi je passerai au cabinet de Scotty afin qu'il prélève un autre échantillon de sang.

Mais, au lieu de cela, elle courut d'abord chez le médecin.

Tout en prélevant le sang nécessaire, Scotty expliqua :

— Le Western Blot prend plus longtemps.

— Combien ?

— Une semaine.

— Toute une semaine ? Eh bien, c'est gai. Quand je vois dans quel état j'étais au bout de quarante-huit heures, je me demande comment je serai dans une semaine...

— Je t'appelle dès que j'ai le résultat, fit Scotty d'une voix dépourvue de son optimisme habituel.

En se rendant à la boutique, Grace prit une décision.

Il ne faut pas que Kathy sache. Je ne peux pas me permettre de la laisser soupçonner ce qui se passe. Elle est trop intelligente, trop sensible. Et puis, il y a toujours cette marge d'erreur de cinq pour cent. Les ELISA qui sont des faux positifs. N'oublie pas ça !

Cependant, elle s'aperçut que malgré cette prise de décision elle avait libellé les quatre premières enveloppes d'une commande d'une écriture si incertaine qu'elle dut les déchirer. Conclusion : il lui fallut appeler son fournisseur pour qu'il lui procure des enveloppes de la même dimension et du même coloris que les autres. Se rendant compte qu'elle tremblait, elle renonça à poursuivre pour l'instant. Elle se rendit aux toilettes et se passa les doigts sous l'eau chaude pour réchauffer ses mains glacées.

Puis elle se remit au travail. Au prix d'un gros effort sur elle-même, elle réussit cette fois à venir à bout de sa tâche avec le chic et l'élégance qui étaient les siens et qui lui valaient des commandes multiples.

La journée se passa à libeller des enveloppes, s'interrompre pour faire des paquets. Grace fut contente de la voir toucher à sa fin.

Maintenant, il lui fallait aller chercher Kathy. Et il allait falloir qu'elle passe le reste de la journée sans se trahir. Elle n'avait pas seulement peur, elle était terrorisée. Et ce n'était que le premier des six jours qui devaient s'écouler avant que tombent les résultats.

Elle compta les jours et même les heures jusqu'au matin du septième jour.

— Est-ce que le docteur est là ? demanda-t-elle au téléphone.

— Oui, Mrs. Cameron, il m'a demandé de vous dire de venir le plus vite possible, fit Dorothy d'un ton prudent qui renseigna Grace plus que des discours.

Assise en face de Scotty, Grace remarqua qu'il nettoyait machinalement ses lunettes. Ce tic ainsi que la lueur de sympathie qui brillait dans ses yeux gris lui apprirent tout ce qu'elle devait savoir.

— Surtout n'en parle à personne.

— Bien sûr que non, dit-il.

— Pas même à Kathy, insista-t-elle.

— Pourquoi en parlerais-je à Kathy ?

— Elle est très en avance pour son âge et tellement sensible. Je suis sûre qu'elle se doute de quelque chose. C'est moi qui dois lui annoncer la nouvelle.

— Avant d'en arriver là, suggéra Scotty, on devrait peut-être essayer de se faire une idée un peu plus précise de ton état.

— Comment ça, « plus précise » ? Si je l'ai, je l'ai.

— On va devoir faire un bilan complet. Savoir exactement où tu en es. Heureusement, nous avons ici même l'un des meilleurs immunologistes du Middle West. Et les installations, les labos de l'hôpital sont aussi performants que ceux de Chicago ou de Cleveland. Tu recevras les meilleurs soins.

— Comment s'appelle cet immunologiste ?

— Spence. Norman Spence. C'est un as. Tu peux me croire.

Il fit glisser vers elle un morceau de papier sur lequel il avait noté les coordonnées de Spence. Grace y jeta un coup d'œil sans vraiment les voir.

— Kathy...

— Eh bien quoi, Kathy ?

— Je veux qu'on lui fasse passer les tests.

— Grace, je te l'ai déjà dit, il n'y a pratiquement aucune chance, même pas une sur un million, que Kathy ait attrapé le virus.

— Je veux qu'elle passe les tests ! fit Grace au bord de la crise de nerfs.

— Grace, ma chère Grace, je sais que c'est un choc pour toi, un choc terrible, mais au lieu d'effrayer Kathy, surtout à un moment où nous allons avoir largement de quoi nous occuper, essaie de lui faciliter les choses autant que possible. Pas d'émotions, pas de craintes dénuées de fondement. Sois aussi calme que tu le peux jusqu'à ce que tu ailles voir le Dr Spence. Et ce sera à lui de décider s'il faut ou non tester Kathy.

Il avait parlé doucement pour l'aider à surmonter son premier mouvement de panique. Manifestement, cela réussit car elle se mit à respirer à coups plus réguliers.

Finalement, elle se leva en chuchotant :

— Merci, Scotty.

Elle se dirigea vers la porte. A peine l'avait-elle ouverte que Scotty la rappela :

— Mon invitation à dîner tient toujours.

Elle pivota, essayant de sourire sans y parvenir.

— Trop tard... Cette fois, c'est trop tard.

En sortant du cabinet médical elle avait pris le volant sans bien faire attention à la circulation ni aux feux. Elle avait conduit comme un automate. Tout d'un coup, elle se rendit compte qu'elle était sur River Road.

L'habitude, la force de l'habitude. Cela lui rappela les mois d'octobre où Kip l'emmenait au bord du fleuve. Là, ils observaient les couleurs des arbres sur la rive opposée. Lorsqu'il n'y avait pas de vent, les couleurs se reflétaient dans la nappe liquide.

Elle s'arrêta à l'endroit où, généralement, ils faisaient halte. Une fois, tard dans la nuit, ils s'étaient garés là pour faire l'amour dans la voiture.

Kip en avait été presque gêné. « Seigneur ! Je me comporte comme un de mes étudiants. Tu n'as pas honte ? Quand je pense qu'on a un grand lit bien chaud à la maison et qu'on est là comme deux gamins... »

Elle était assise seule maintenant à cet endroit, glacée, se posant des questions.

Est-ce que ça s'est produit à ce moment-là ? Est-ce que c'est comme ça que les choses se passent ? On attrape la maladie à la suite d'un rapport spécifique ? Ou bien au bout de plusieurs ? Kip et moi faisions souvent l'amour. C'était un homme très passionné. Il avait toujours envie de moi. Et moi de lui. Si on avait su ce qu'on risquait à ce moment-là, est-ce qu'on aurait réussi à s'abstenir de s'aimer ? Je ne sais pas comment tout cela est arrivé mais ce que je sais, c'est que je suis heureuse qu'il soit mort sans savoir. Heureuse qu'il n'ait pas connu cette souffrance. Même si je dois affronter seule la maladie.

3

Grace Cameron dut patienter relativement longtemps dans la salle d'attente du Dr Norman Spence. L'angoisse l'ayant poussée à arriver en avance, elle eut de ce fait tout loisir d'observer les autres patients cet après-midi-là.

Des jeunes gens pour la plupart, dont certains étaient âgés d'une vingtaine d'années tout au plus. Jadis beaux et en pleine santé, ils étaient maintenant maigres pour ne pas dire émaciés. A l'évidence, la peste qui ravageait le monde occidental était passée par là. Par le spectacle qu'ils offraient, ils prévenaient tous ceux que leur maladie avait amenés chez le spécialiste.

Une personne se détachait du lot des malades, formant un contraste singulier. C'était une femme fort élégante, mince, au maintien presque royal. Ses cheveux blancs magnifiquement coiffés ne collaient pas avec le reste de sa physionomie ; en effet, c'est à peine si on lui aurait donné une petite quarantaine.

Elle était plongée dans un livre qu'elle avait apporté pour distraire la petite fille qui l'accompagnait. La fillette, âgée d'environ six-sept ans, était adorable — grands yeux noisette, cheveux châtains bouclés encadrant un petit minois. L'enfant n'arrêtait pas de remuer, mettant à rude épreuve la patience de son aînée. Plus celle-ci s'efforçait de l'intéresser au livre et plus elle se révoltait, essayant de s'échapper pour aller rejoindre un jeune homme qui lui souriait.

Grace Cameron se mit à penser à cette femme, sa compagne de souffrance, mariée sans doute à un hémophile. Oui, c'était bien possible. Car comment expliquer autrement qu'une femme de cette classe ait contracté le sida ? Pourtant, elle n'avait pas l'air très atteinte.

Peut-être que cette maladie n'affecte pas les hétérosexuels ou les femmes aussi gravement que les homosexuels, se dit Grace. J'aimerais bien lui parler. Mais est-ce que je vais oser engager la conversation ? S'il s'agissait d'une autre pathologie, je n'hésiterais pas. Mais là, c'est différent. Les gens préfèrent se taire. Garder ça pour eux. C'est une maladie sur laquelle on a tendance à faire le secret. Comme le cancer autrefois. Quand j'avais l'âge de Kathy, les gens ne parlaient pas aussi librement du cancer que maintenant. J'aimerais bien lui adresser la parole. Essayer de savoir comment elle s'en sort. Se pourrait-il que ce soit sa première visite ici ? Comme moi ?

Alors que Grace se livrait à ces spéculations, les jeunes gens étaient appelés l'un après l'autre dans le cabinet du Dr Spence, dont ils émergeaient peu de temps après.

Finalement, la salle d'attente se trouva quasiment vide. Il ne restait plus que l'inconnue à cheveux blancs, la fillette et Grace Cameron. L'infirmière vint de nouveau annoncer :

— Le Dr Spence va vous recevoir.

La femme ne bougea pas. Ce fut la petite qui se leva et disparut dans le bureau du praticien.

Voyant le visage choqué de Grace, l'inconnue se sentit obligée de préciser :

— Ma petite-fille.

— Vous voulez dire...

— Ma fille était très jeune, follement imprudente. Elle a négligé toutes les précautions.

— Je suis désolée, fit Grace. (Bouleversée par ce

qu'elle venait d'apprendre, elle ne put s'empêcher de questionner :) Et on n'a rien pu faire pour votre petite-fille ?

— Les lois n'étaient pas les mêmes qu'aujourd'hui.

— Quand la vie d'un enfant est en jeu, au diable les lois ! Il faut tout mettre en œuvre pour sauver un enfant !

— Malheureusement, les textes sont formels. Impossible de faire passer des tests de dépistage aux femmes enceintes sans leur consentement. En conséquence, impossible de savoir à l'avance qui a le virus et qui ne l'a pas.

— Et du fait que le virus se transmet à la naissance, impossible de prendre des mesures pour protéger le nouveau-né, fit Grace après un temps de réflexion.

— Exactement, confirma son interlocutrice.

C'était tellement injuste que Grace insista encore :

— Alors il faut tester systématiquement tous les nouveau-nés !

— Ça ne servirait à rien, rétorqua son interlocutrice. Le Dr Spence me l'a suffisamment dit et redit. Une mère porteuse du virus VIH transmet ses anticorps au bébé à la naissance. Or il faut dix-huit mois à l'enfant pour s'en débarrasser. Ce n'est qu'après ce laps de temps qu'on peut lui faire passer des tests afin de savoir s'il fabrique ses propres anticorps. Si tel est le cas, cela signifie que le petit est infecté par le virus. Dix-huit mois, c'est long quand on attend. Ce sont les dix-huit mois les plus longs de *mon* existence. Je n'oublierai jamais le jour où mon médecin m'a appelée pour me communiquer les résultats. Je l'ai forcé à refaire passer les tests à ma petite-fille.

— D'abord l'ELISA, ensuite le Western Blot, murmura Grace.

— Hélas pour vous, je vois que vous connaissez la marche à suivre, remarqua tristement la femme. Suivis bien entendu d'un test d'ADN.

— Qu'est-ce que c'est que ça ?

— C'est la première fois que vous venez consulter ici, alors.

— En effet, reconnut Grace.

— Dans ce cas, l'ADN n'aura bientôt plus de secret pour vous. Mais chaque chose en son temps. (Désireuse d'éviter toute discussion sur le sujet, elle s'empressa de détourner la conversation :) Au fait, je ne me suis pas présentée. Victoria Sloane.

— Grace Cameron.

— J'ai bien l'impression que nous allons nous voir tous les mois pendant... pendant un bon bout de temps, j'espère.

Le Dr Norman Spence était à son bureau et il examinait le dossier de sa nouvelle patiente, Grace Cameron. Il avait certes étudié son cas avec Scotty MacClune deux jours plus tôt. Mais compte tenu du nombre sans cesse croissant de sidéens qu'il recevait à son cabinet — lesquels constituaient le plus gros de sa clientèle —, il avait besoin de se rafraîchir la mémoire.

En attendant, assise en face de lui, Grace Cameron l'observait. Mains croisées sur les genoux pour dissimuler sa nervosité, elle essayait de deviner la gravité de son état d'après les réactions du praticien. Spence, la quarantaine, mince, brun, avec un profil de médaille, n'avait ni double menton ni bajoues. D'une certaine façon, il lui rappelait Kip. A ceci près qu'il était encore plus séduisant. Son physique était celui des acteurs auxquels on confiait des rôles de médecin dans les pubs à la télévision. C'était donc là l'expert dont Scotty lui avait dit tant de bien ?

Elle constata encore une différence entre son mari et lui. Alors que Kip était spontané, ouvert, Spence semblait introverti, pour ne pas dire renfermé. Manquant d'expérience, Grace ignorait que si Spence s'efforçait de rester distant avec ses patients condamnés, c'était pour éviter qu'ils ne soient encore plus déprimés.

Lorsque Spence releva le nez, Grace remarqua qu'il braquait sur elle un regard perçant.

— Eh bien, Mrs. Cameron...

Sans lui laisser le temps de poursuivre, elle l'interrompit :

— Docteur, s'il y a une marge d'erreur de cinq pour cent avec l'ELISA, pourquoi n'y en a-t-il pas autant avec le Western Blot ?

— Mrs. Cameron...

— Il doit bien y avoir des cas où les deux tests se sont plantés. Où vous avez eu deux faux positifs.

Respectant son émotion, Spence garda le silence et la laissa exprimer ses craintes et sa révolte contre l'injustice de sa situation. Ce genre de réaction était courant chez ses patients. Il était de tout cœur avec eux. Il essayait toujours de rester calme. Et cela pour une bonne raison : il y avait peu de choses à leur dire pour les réconforter.

Quand Grace comprit que Spence lui laissait le temps de donner libre cours à ses émotions, elle arrêta de protester et finit par chuchoter :

— Désolée, docteur.

— Mrs. Cameron, je sais exactement ce que vous ressentez. (Il se pencha pour croiser de nouveau son regard.) Etant donné la nature de cette infection et le très vif intérêt que le gouvernement lui porte, je vais me voir contraint de vous poser certaines questions. Vous risquez de les trouver déplacées. Mais la loi m'oblige à les formuler.

— Je comprends.

S'apprêtant à noter ses réponses sur le formulaire qui était placé devant lui, Spence attaqua :

— En premier lieu, j'aimerais connaître la cause de votre infection par le virus.

— Mon mari était...

— Mrs. Cameron, contentez-vous de répondre. Avez-vous jamais, votre mari ou vous-même, utilisé des drogues par voie intraveineuse ?

— Non.

— Combien de partenaires avez-vous eus au cours des cinq dernières années ?

— Un seul. Mon mari.

— Avez-vous eu des aventures extraconjug...

— Non ! Docteur, nous savons d'où vient l'infection que je présente. Inutile de...

D'un regard, il coupa court à ses protestations. Elle se recroquevilla sur sa chaise et, le buste rigide, se résigna à subir l'épreuve.

— Vous est-il arrivé d'avoir des relations sexuelles bucco-génitales ?

— Non.

— Anales ?

— Non.

— Avez-vous déjà eu des relations sexuelles pendant vos règles ?

— Non.

— Vous a-t-on fait des injections de sang ou de produits sanguins ?

— Non. Mais mon mari a été transfusé à maintes reprises.

— Mrs. Cameron, la question suivante ne figure pas sur mon formulaire. C'est uniquement pour satisfaire ma curiosité que je vous la pose. Avant d'épouser... (il jeta un coup d'œil au dossier)... Kip, saviez-vous qu'il était hémophile ?

— Oui. Il n'était pas homme à cacher ce genre de chose à la femme qu'il aimait.

— Et vous l'avez épousé malgré cela, dit à mi-voix Spence, se parlant à lui-même.

— Parfaitement. Si c'était à refaire, d'ailleurs, je recommencerais.

— Je comprends, fit Spence. Maintenant à vous. Vous devez bien avoir des questions à me poser. Mais auparavant, j'ai un certain nombre de choses à vous préciser.

Grace hocha la tête pour lui montrer qu'elle écoutait.

— Il est impossible de dire depuis combien de temps exactement vous êtes infectée. Il y a probablement des années que le virus est tapi dans votre organisme. Mais c'est maintenant seulement qu'il commence à se manifester. On ne s'aperçoit de sa présence que lorsqu'on découvre celle d'anticorps dans le sang. Cela se conçoit : en l'absence de virus, l'organisme n'a pas à fabriquer des anticorps pour le combattre.

« Malheureusement, si on a l'impression que le virus et le sida se développent de façon concomitante, c'est parce que dans la plupart des cas on ne commence à rechercher les anticorps qu'après l'apparition de certains symptômes. Fièvre, grande fatigue, sueurs nocturnes...

— Troubles de mémoire, ajouta Grace.

— Oui, et il y en a d'autres. C'est ce que nous appelons des infections opportunistes, qui indiquent la présence du sida. Pneumocystose, tuberculose, candidose, qui est une infection de l'œsophage entre autres. Maintenant que les symptômes ont fait leur apparition et que les tests ont confirmé que vous étiez porteuse du virus, nous allons faire en sorte que votre existence soit aussi confortable et proche de la normale que possible. Je ne peux évidemment pas vous promettre que nous y réussirons. Mais je vous prie de croire que nous ferons le maximum.

« Laissez-moi vous expliquer comment les choses vont se dérouler. Je vais vous demander de passer une fois par mois à mon cabinet afin de me permettre d'observer la progression du mal.

Grace ne put s'empêcher d'intervenir :

— Si je comprends bien, vous allez surveiller ma... déchéance progressive.

— Si vous préférez formuler les choses de cette façon, libre à vous, concéda Spence.

Grace comprit qu'elle avait fait un faux pas.

— Désolée. J'ai du mal à accepter mon état.

— Je comprends ça... Comme je vous le disais, une fois par mois vous viendrez me voir pour un check-up. Et une fois par trimestre, nous vous prélèverons un échantillon de sang afin de faire des analyses et voir comment les choses évoluent.

« En attendant, je vais vous prescrire de l'AZT en comprimés, trois fois par jour. Si jamais il avait des effets secondaires, il faudrait que vous m'appeliez immédiatement.

« A présent, je vais vous examiner, vous peser, et surtout écouter vos poumons de façon à dépister une éventuelle pneumonie. C'est la chose à redouter à ce stade ; une pneumonie à *Pneumocystis carinii.*

« Voyez-vous, le danger véritable ne vient pas du sida mais des maladies que vous pouvez contracter du fait de l'affaiblissement de votre système immunitaire. Pour limiter les risques de maladies infectieuses, je vais vous donner quelques règles d'hygiène de base. Lavez soigneusement les légumes. Faites cuire tout ce qui peut l'être. Si vous buvez du lait avec votre café, faites-le bouillir au préalable. Et prenez des bains...

— Les bains, c'est trop long, je préfère les douches.

— Ça peut être une cause d'infection. Tenez-vous-en aux bains ! répéta Spence.

Grace se contenta de faire « oui » de la tête.

Tout en la soumettant à un examen méticuleux et approfondi, Spence continua de la briefer sur les règles d'hygiène que doit respecter un patient atteint de sida.

— Lorsque vous avez des relations sexuelles, prenez les précautions voulues de façon à ne pas contaminer votre partenaire...

— Inutile de vous faire du souci pour ça, docteur.

— Mrs. Cameron, je suis obligé de vous donner toutes ces précisions étant donné que vous êtes ma patiente et porteuse d'une maladie mortelle, la réprimanda Spence. Il vous est interdit de donner votre sang. Vous devez avertir votre dentiste de votre état afin qu'il puisse prendre les mesures qui s'imposent. Et bien entendu, au cas où vous devriez être opérée, vous devez prévenir le personnel médical.

— Oui, docteur, je comprends, fit Grace.

Elle se faisait l'effet d'être un paria coupé du reste du monde.

Kathy, songea-t-elle soudain. Il faut que je fasse particulièrement attention avec Kathy.

— Avez-vous des questions ?

— Oui, j'ai entendu parler d'un test d'ADN. Qu'est-ce que ça signifie ?

Spence aurait préféré que la question vienne plus tard, quand les résultats des premières analyses seraient entre ses mains. Mais, comme ses patients avaient autant de problèmes psychologiques que de problèmes physiques, il faisait le maximum pour être franc avec eux.

— C'est un test que nous effectuons pour déterminer la charge virale dans le sang du patient. Voyez-vous, entre vos lymphocytes T et le virus, c'est une bataille constante qui a lieu. L'ADN nous permet de savoir comment progresse la bataille.

Il avait formulé son explication de façon aussi adroite que possible compte tenu de l'état dans lequel sa patiente se trouvait en ce moment.

Grace Cameron ne se contenta pas de cette réponse :

— Dans cette bataille, docteur, arrive-t-il aux lymphocytes T d'avoir le dessus ?

Spence secoua la tête :

— Non.

— Autrement dit, ce test indique uniquement la gravité de l'état du malade...

— C'est une façon de voir les choses, Mrs. Cameron, convint Spence.

Tout à trac, elle s'enquit :

— Combien de temps ?

— Combien de temps ?

— Docteur Spence, j'ai une fille de douze ans. Combien de temps me reste-t-il à vivre ? Je dois m'organiser, prendre diverses dispositions. (Bien décidée à garder son sang-froid, elle ravala son envie de pleurer et réussit à poursuivre :) Ma fille est déjà orpheline de père. Quand j'aurai disparu, elle sera seule au monde. Il faut que je prenne des mesures.

— Je comprends. Toutefois, à ce stade, il m'est impossible de vous répondre.

— Mais il faut absolument que je sache à quoi m'en tenir !

— Je devrais pouvoir vous donner bientôt satisfaction, répliqua Spence.

— Je vous en prie, docteur.

— Si je puis me permettre, avez-vous mis votre fille au courant ?

— Pas encore.

— Je vous suggérerais de le lui dire, conseilla Spence.

— Bien sûr. Maintenant que nous savons à quoi nous en tenir, je ferais mieux de lui parler.

— C'est la meilleure des choses.

— Docteur, je voudrais que vous fassiez passer les tests à Kathy.

— Si c'était nécessaire, croyez bien que ce serait déjà fait. Mais je vous assure qu'elle ne risque rien.

Rassurée, Grace pivota vers la porte.

Il la regarda partir avec regret. Certains jours, il se maudissait d'avoir choisi l'immunologie. Ce qui, au départ, lui avait semblé être un voyage prometteur dans une branche de la médecine en plein devenir s'était métamorphosé avec le temps en un périple dont il sortait régulièrement frustré.

Traiter des patients qui avaient contracté la maladie à cause de leur négligence ou des débordements de leur libido, c'était triste. Mais des malades comme Grace Cameron ou la petite Sara Sloane qui étaient victimes de cette terrible maladie sans y être pour quoi que ce soit donnaient à Spence un atroce sentiment d'impuissance.

L'AZT, que prenaient tous les patients capables de le supporter, n'était pas un traitement à visée curative. Jamais ce produit n'avait été considéré comme tel. Il pouvait tout juste empêcher la survenue d'autres maladies opportunistes. Toutefois, dans l'esprit de certains porteurs du virus, l'AZT était une panacée à laquelle ils se cramponnaient, comme si elle était dotée d'un pouvoir presque religieux. Car renoncer à espérer, c'était mourir. Ce qui finirait par se produire, bien entendu.

Ce n'était donc pas — psychologiquement parlant — dans une branche gratifiante de la médecine que Spence avait choisi de se spécialiser. Et c'était encore plus décourageant lorsque le hasard voulait qu'il reçoive coup sur coup deux patientes comme la petite Sara et Grace Cameron.

Mais il n'avait pas le temps de s'appesantir car on l'attendait à l'hôpital et dans la clinique spécialisée où étaient soignés ceux de ses patients qui étaient en phase terminale.

4

« *Je vous suggérerais de le lui dire.* »

Annoncer à sa fille qu'elle avait le sida était une situation que Grace n'aurait certainement jamais envisagée parmi toutes celles qu'elle avait pu imaginer le jour où elle avait mis les pieds pour la première fois dans le minuscule bureau de Kip Cameron au département de littérature anglaise de la faculté.

Scotty MacClune — avec qui elle sortait depuis le lycée — lui avait parlé d'un ami qui venait de décrocher un boulot d'enseignant dans la fac où Grace poursuivait ses études. Cet ami cherchait une assistante. Grace, qui avait besoin d'un job pour terminer sa première année, n'avait qu'à le contacter.

Elle eut du mal à dénicher le bureau, qui n'était qu'une espèce de placard à deux pas de la bibliothèque. Kip Cameron était plongé dans un livre très esquinté dont la reliure était consolidée par du ruban adhésif.

Sans laisser à la visiteuse le temps d'ouvrir la bouche, il pivota brusquement vers elle avant de se replonger dans ses recherches. Mais l'espace d'un instant seulement.

Car, se retournant de nouveau, il la dévisagea, lui demanda si elle pouvait approcher légèrement et lui fit signe de se placer dans le rayon de soleil qui pénétrait dans la pièce exiguë par l'une des étroites fenêtres.

— Ah, avait-il dit, des cheveux comme les vôtres, des traits comme les vôtres doivent être examinés à la clarté la plus vive. Auquel de mes cours avez-vous l'intention de vous inscrire ?

— A aucun, avait répondu Grace.

— Alors, qu'est-ce que vous fabriquez là ?

Tout ça n'était qu'une comédie. Car Kip savait pertinemment pourquoi elle était venue, Scotty l'avait prévenu. Il n'attendit pas la réponse de l'étudiante et s'empressa de lui poser une autre question :

— Dites-moi, qu'est-ce que Scotty... et vous... Je veux dire...

Voyant sa gêne, Grace vint à son secours et alla droit au but :

— Nous sommes bons amis.

— Bons... ? Bons comment ?

— Amis, c'est tout.

— Parfait, avait-il rétorqué, soulagé.

C'était ainsi que tout avait commencé. Il était fatal qu'elle tombe amoureuse de Kip. Il était beau, avec un air un peu fragile qui suggérait des ennuis de santé sans qu'on pût en deviner la nature.

Ils tombèrent amoureux l'un de l'autre. Lui, presque tout de suite. Elle, peu de temps après. Tant et si bien que lorsqu'ils s'en aperçurent, et qu'il lui révéla son état, il était déjà un peu tard.

Elle se rappelait bien comment elle avait accueilli la nouvelle. Sur le moment, elle avait pensé qu'il plaisantait, qu'il la mettait à l'épreuve.

— L'hémophilie ? La maladie des princes et des rois. Est-ce que les Bourbons n'étaient pas hémophiles ?

Mais il était très sérieux en lui parlant de son état, de ce que cela impliquait, des dangers et des risques que le plus anodin des accidents pouvait représenter.

Cela expliquait une bonne partie de son comportement. Sa prudence, notamment, qu'elle avait d'abord mise sur le compte de son tempérament. Prudence qu'elle trouvait tout à la fois rare et attendrissante.

Sans lui en parler, elle se rendit à la bibliothèque afin d'effectuer des recherches. Une fois ses lectures terminées, elle revint le trouver.

— C'est tout ce que tu as trouvé comme prétexte pour ne pas m'épouser ? Tu ne t'en tireras pas à si bon compte. Je veux que tu m'épouses. Quitte à crever de faim avec ton salaire d'assistant. Je veux prendre soin de toi. M'assurer que tu ne te blesses pas. Je suis capable de gérer la situation si tu l'es aussi. Je suis devenue experte en matière d'hémophilie. Et j'ai bien l'intention de t'en faire la démonstration.

Tout ça sur le mode humoristique. A la fin ils s'étaient blottis l'un contre l'autre.

— J'espère que tu sais ce que tu fais, chérie, avait-il murmuré.

— Oui. Et je suis prête.

Mais jamais elle n'avait imaginé qu'il lui faudrait un jour faire ce qu'elle s'apprêtait à faire. Annoncer à Kathy qu'elle avait le sida.

Les paroles du Dr Spence poursuivirent Grace pendant toute la journée du lendemain tandis que, penchée sur sa table de travail, elle rédigeait de son écriture élégante les suscriptions des enveloppes contenant les invitations à la bar-mitsva des Bernheim. Ces paroles lui trottaient dans la tête tandis qu'elle confectionnait des paquets cadeaux pour le baptême du bébé des Mallory. Du fait de la nature de son travail, elle était au courant de tout ce qui se passait dans la petite communauté, ne ratant aucun des événements heureux ou malheureux qui jalonnaient l'existence des uns et des autres.

A plusieurs reprises, et notamment après avoir terminé une commande ou avant d'en attaquer une autre, elle s'était promis de mettre Kathy au courant le soir même.

Mais le moment venu, elle trouva tout un tas de

bonnes raisons de ne pas mettre son projet à exécution. Pas encore. C'était trop tôt. Quel mal y avait-il à laisser sa fille vivre encore quelques jours tranquille et insouciante ?

Comment Kathy réagirait-elle lorsqu'elle lui apprendrait la vérité ? Comment lui présenterait-elle la chose ? Comment dire à une enfant de la façon la moins traumatisante possible : « Chérie, ta mère a le sida » ? Que peut-on dire en préambule pour atténuer un coup pareil ? Surtout à une enfant qui est déjà orpheline de père ?

Kathy avait mis longtemps, plusieurs mois, à lui pardonner la mort de Kip. Tous les soirs, lorsqu'elle mettait sa fille au lit, elle lisait dans ses yeux de la colère et du ressentiment. Et cette accusation : « *Tu es partie avec Papa. Et quand tu l'as ramené, il était mort.* »

Après des semaines chez un pédopsychiatre, Kathy avait finalement réussi à exprimer ses émotions. A les mettre en mots :

— A cause de toi, fini les câlins. Plus jamais il ne m'embrassera. Plus jamais il ne me jettera en l'air pour me rattraper, mettre son visage dans mon cou et éclater de rire. J'adorais le rire de Papa. Et ça aussi, tu me l'as pris !

Grace avait eu mal en entendant ces paroles. Plus mal que lorsque Kip était mort.

Il avait fallu que Grace soigne Kathy atteinte d'une méningite pour que le lien entre sa fille et elle soit renoué.

Assise près du lit de sa fille, la nuit où la fièvre s'était déclarée, Grace la frictionnait à l'alcool à 90° pour la rafraîchir. Les yeux brillants, Kathy lui avait demandé doucement :

— C'est pas vrai, dis, Maman ?

— Quoi, qu'est-ce qui n'est pas vrai ? répondit Grace en passant ses doigts imprégnés d'alcool sur la poitrine de sa fille.

— Tu lui as rien fait à Papa, n'est-ce pas ?

— Non, ma chérie, bien sûr que non.

Kathy s'était rapprochée de la main de Grace qui comprit à ce geste que sa fille lui avait enfin pardonné.

Cela lui avait pris longtemps pour s'habituer à la mort de Kip. Grace se demanda combien de temps il lui faudrait pour s'habituer à l'idée qu'elle allait être abandonnée une seconde fois.

Est-ce qu'elle va m'en vouloir d'être malade ? Est-ce qu'elle va m'en tenir rancune jusqu'à la fin ? Non que je lui reproche de se révolter contre la vie et ses aléas. La *vie* ? Mais, et si c'était moi la responsable, et non la vie ? Aurais-je dû prévoir ce scénario lorsque, connaissant les risques auxquels je m'exposais, j'ai épousé Kip ?

Lorsque son père est mort, c'est quand même bien moi qui l'ai serrée dans mes bras et lui ai fait une promesse : « Ne t'inquiète pas, ma chérie, je serai toujours près de toi. Tu auras toujours ta maman. » Oui, j'ai dit ça. Et non seulement je l'ai dit, mais je le pensais. Or maintenant...

Ces pensées ne faisaient que rendre plus terrible encore le dilemme.

Je vous suggérerais de lui dire. Les paroles de Spence continuaient de lui trotter dans la tête.

Quand arriva la fin de la journée, Grace avait pris une décision : parler à Kathy mais dans les meilleures conditions possibles.

Le week-end. Lorsqu'elle aurait appris la nouvelle à Kathy, elles auraient du temps pour laisser le choc s'atténuer.

Oui, elle lui parlerait ce week-end.

Grace était passée chercher Kathy à son club de sciences naturelles. Dans la voiture, la mère et la fille avaient discuté pour savoir si elles rentreraient dîner à la maison ou iraient au chinois dont Kathy raffolait depuis qu'elle maîtrisait le maniement des baguettes. Lesquelles ne constituaient pour Grace qu'un moyen original mais efficace pour perdre du poids rapidement.

Elles avaient passé leur commande. On venait de leur

servir l'entrée lorsque Grace se rendit compte qu'au lieu d'attaquer la nourriture avec ses baguettes Kathy la regardait fixement.

Grace s'efforça de l'ignorer en commençant à manger.

— Tu peux utiliser ta fourchette, chérie, ce n'est pas un crime.

Mais Kathy continuant de la fixer, Grace reposa sa fourchette.

— Kath ?

— Maman, je peux te poser une question ?

— En voilà une nouveauté ! Tu demandes l'autorisation de poser des questions maintenant ?

— C'est parce que c'est un peu... particulier.

— Kathy, on en a déjà discuté. Tu es trop jeune pour ce week-end à Washington avec ta classe. Certes, je sais que Miss Kinney est de la partie mais...

Voyant l'expression qui se formait sur le visage de Kathy, Grace s'interrompit :

— Voyons, cesse de me regarder avec ces yeux-là. Je ne me comporte pas en mère hyperprotectrice comme après la mort de Papa. Je sais que tu as changé, que tu as presque deux ans de plus. Mais ce n'est pas pour autant que tu peux t'absenter quarante-huit heures comme ça.

— Maman, finit par interrompre Kathy. Ça n'a rien à voir avec l'excursion à Washington.

— Alors, de quoi s'agit-il ?

— Je..., fit Kathy en hésitant. Maman, qu'est-ce qu'il y a ?

— Comment ça, qu'est-ce qu'il y a ? dit Grace, décontenancée.

— Qu'est-ce que *tu* as ?

Kathy avait parfois une façon de poser les questions qui prouvait qu'elle était beaucoup plus mûre que les autres enfants de son âge. C'était maintenant le cas. Même à la lumière tamisée du petit restaurant chinois, Grace distinguait son regard scrutateur posé sur elle.

— Comment ça, qu'est-ce que j'ai ?

— Cette semaine, ces quinze derniers jours. Tu as fait ce que tu fais d'habitude. Dit les choses que tu dis d'habitude. Mais je sais pas pourquoi, c'est pas pareil.

Mon Dieu, songea Grace, qu'est-ce que je fais maintenant ? Je lui dis tout ? Au restaurant ? Au milieu de tous ces gens ? Ce week-end... je m'étais promis de tout lui dire ce week-end quand on aurait du temps, qu'on serait tranquilles. Le moment et l'endroit sont mal choisis. Et pourtant, elle exige une réponse. Elle a le droit d'être informée. Mais pas ici.

— Ma puce, finis de dîner. Nous aurons une petite conversation à la maison.

— A quel sujet ? s'entêta Kathy.

— Mange, Kathy ! fit Grace.

Ce ne fut pas le ton de Grace mais son air vulnérable qui incita sa fille à se pencher sur son entrée maintenant froide et dénuée de saveur.

Le trajet du retour se déroula dans un silence tendu. Grace sentait que Kathy continuait de l'observer, s'efforçant de déchiffrer l'expression de son visage. Alors qu'elle était décidée à regarder droit devant elle et à se concentrer sur sa conduite. Elle s'arrêta dans l'allée, attendit que la porte du garage bascule, coupa le contact et éteignit les phares. Puis, sans un mot, elle s'engouffra dans la maison.

Même lorsqu'elles furent dans l'antre-bibliothèque de Kip — lieu de toutes les discussions importantes —, Kathy ne souffla mot. Mais ses yeux parlaient pour elle ainsi que son attitude lorsqu'elle prit place dans le fauteuil de son père.

Grace Cameron, qui s'était assise dans sa bergère à oreillettes recouverte de chintz, se pencha. Tout en protestant intérieurement et en se disant que le moment était mal choisi, elle attaqua le sujet :

— Kathy, ma chérie, j'ai eu une très mauvaise nouvelle la semaine dernière.

— C'est Grand-mère ? la devança Kathy.

— Non, ma chérie, ce n'est pas Grand-mère.

— Pas Oncle Harry, alors... La dernière fois qu'on l'a vu, il avait l'air en pleine forme.

— Non, Kath. Il s'agit de moi.

Kathy la fixa en silence avant de chuchoter :

— Toi ? Mais... (Puis elle s'enquit :) Quel genre de mauvaise nouvelle ?

Cette fois, ça y est, se dit Grace. Il va falloir le lui annoncer. Mais comment ? C'est la première fois que je vais prononcer les mots à voix haute.

— Kathy, ma puce. J'ai... le sida.

— Le sida ? fit la fillette avec une réaction de rejet total. Mais c'est impossible ! On étudie cette maladie à l'école. Tu ne peux pas l'avoir. Tu n'es pas dans les groupes à risque. C'est une erreur. C'est forcément une erreur !...

— Kathy, ma chérie, les tests sont formels.

— Retourne chez le Dr Scotty, et dis-lui de les refaire !

La petite fille était au bord des larmes.

— Kathy... Kath, insista doucement Grace. Les tests ont été faits et le résultat est là : j'ai le sida.

— Mais pourquoi... Comment ? murmura la fillette, les larmes roulant sur ses joues criblées de taches de rousseur.

— Eh bien, c'est Papa...

— Papa t'a transmis le sida ? Mais c'est ridicule ! Il ne l'avait pas ! protesta Kathy.

— C'est vrai que ses tests ont toujours été négatifs, mais il a subi de nombreuses injections de sang et d'autres dérivés sanguins avant même qu'on parle de l'existence de ce virus. D'une façon ou d'une autre il l'aura attrapé. Et jamais on ne s'en est rendu compte.

— Papa t'a transmis le virus du sida ? Il n'aurait jamais dû faire ça, il n'avait pas le droit, il aurait dû faire attention...

Kathy se répandait en sanglots secs et irrépressibles. Grace la prit dans ses bras et la serra contre sa poitrine.

Elles se cramponnèrent l'une à l'autre tout en se balançant doucement d'avant en arrière.

Quelques minutes s'écoulèrent qui devinrent une heure. Le pull de Grace était trempé. Elles continuèrent à rester enlacées jusqu'à ce que Kathy chuchote :

— Maman, je peux dormir avec toi ce soir ?

— Bien sûr, ma petite fille, bien sûr.

Des heures plus tard, elles s'endormaient enfin dans les bras l'une de l'autre.

A la lueur du radio-réveil, Grace constata qu'il était quatre heures. Elle eut le sentiment qu'on l'observait attentivement et vit que Kathy, debout près du lit, avait les yeux braqués sur elle.

L'espace d'un instant, Grace se rappela sa propre attitude lorsque Kathy était souffrante. Elle se glissait dans sa chambre au beau milieu de la nuit et se plantait près de son lit. Puis elle essayait de savoir si la fièvre de Kathy était tombée.

— Kathy ? chuchota-t-elle.

Sa fille ne répondit pas tout de suite et continua de la scruter. Finalement, elle protesta :

— C'est pas vrai. Ça peut pas être vrai. T'as pas l'air malade. J'ai vu des photos de gens qui ont le sida à la télévision. Tu n'as pas du tout cette tête-là. Tu es égale à toi-même. Ça peut pas être vrai.

— Kathy... mon poussin. (Grace tendit le bras pour prendre sa fille par la main et la ramener dans la chaleur du lit.) Kathy chérie, comme j'aimerais que ce soit faux. Malheureusement, c'est tout ce qu'il y a de plus vrai et il va falloir qu'on s'y habitue. Et puis, ce n'est peut-être pas aussi grave que tu le penses.

— Les gens qui ont le sida, ils meurent, dit simplement la fillette.

— Certains d'entre eux vivent des années et des années, fit Grace en s'efforçant de la consoler. Le médecin chez qui je vais maintenant...

— Ça n'est pas le Dr Scotty ?

— Scotty m'a envoyée chez lui. Il s'appelle Spence, Norman Spence. Et c'est un spécialiste du sida. Un homme charmant. C'est lui qui va s'occuper de moi. Lorsque je lui ai posé la question, il m'a dit que l'on ne pouvait rien prévoir. Il m'a dit... (exceptionnellement, Grace se sentit obligée de faire une petite entorse à la vérité)... qu'il était impossible de savoir au juste combien de temps je pouvais vivre avec cette maladie. C'est donc à nous de nous organiser en conséquence, de continuer à vivre comme si de rien n'était. Je prendrai mes médicaments. J'irai passer un check-up tous les mois. Quant à toi, tu continues ton train-train. Tu vas à l'école, tu t'adonnes à tes activités habituelles. On s'en sortira très bien, tu verras.

Kathy ne prononça pas un mot, ne fit pas un geste. Et Grace se demanda si elle avait réussi à la rassurer. Car elle connaissait sa fille, celle-ci était très intelligente et très futée.

PATIENT : Cameron Grace

ÂGE : 34

SEXE : F

DIAGNOSTIC : SIDA

MÉDECIN TRAITANT : Dr R. MacClune

DATE	LYMPHO-CYTEST	CHARGE VIRALE	POIDS
21/9	280	14 000	57,6

5

Dr Norman Spence, immunologiste, indiquait la plaque de bronze sur la porte.

Kathy Cameron fixa le nom afin de s'assurer que c'était celui qui figurait sur le flacon du médicament qu'elle avait découvert dans la pharmacie de la salle de bains. Certaine d'avoir trouvé le bon cabinet, elle rassembla tout son courage et, jugeant qu'il n'était pas nécessaire de frapper, ouvrit la porte.

Elle s'aperçut que la salle d'attente était très différente de celle de Scotty MacClune. Ses occupants également. La plupart des patients étaient en effet des jeunes gens d'une maigreur effrayante qui avaient l'air fort mal en point. Elle vit dans un coin un homme plus âgé.

Est-ce qu'il essaierait de se cacher ? se demanda Kathy. Et pourquoi est-il recroquevillé sur lui-même comme s'il faisait un froid de chien dans la pièce alors que la température est parfaitement acceptable ?

L'examen des lieux fut interrompu par une voix venant du guichet de la réception. Cette voix de femme était à la fois intriguée et grondeuse :

— Jeune fille...

Ainsi apostrophée, Kathy se haussa sur la pointe des

pieds pour arriver à la hauteur de l'ouverture pratiquée dans la paroi vitrée et déclara :

— Je suis venue voir le Dr Spence.

— Vraiment ? fit la réceptionniste. Et puis-je vous demander de la part de qui ?

— Personne, lâcha Kathy sans chercher à dissimuler.

— Désolée, mais le Dr Spence ne reçoit que les patients qui lui sont envoyés par leur médecin traitant.

Décidée à aller jusqu'au bout de sa mission, Kathy annonça :

— Mon médecin traitant est Robert MacClune.

— Et le Dr MacClune vous a conseillé d'aller voir le Dr Spence ?

— Oh oui, fit Kathy avec insistance.

— Le Dr MacClune..., fit la réceptionniste, sceptique.

Elle ferma son guichet, prit son téléphone, composa un numéro.

— Docteur, j'ai ici une fillette d'environ douze ans qui essaie de se faire passer pour beaucoup plus âgée. Elle prétend avoir été envoyée par le Dr MacClune.

— Scotty ne m'a jamais parlé d'une enfant, répondit Spence. Tâchez de savoir qui c'est.

Faisant de nouveau coulisser le panneau vitré, la réceptionniste s'enquit :

— Votre nom, s'il vous plaît ?

— Cameron, répondit Kathy.

— Docteur, elle dit s'appeler Cameron. Est-ce que ce pourrait être...

— Oui, conclut Spence. C'est sûrement la fille de ma nouvelle patiente. Demandez-lui d'attendre.

Pendant près de deux heures, les patients jetèrent des coups d'œil curieux à cette fillette en bonne santé, se demandant ce qu'elle fabriquait dans cette salle d'attente. Personne n'osait lui adresser la parole car elle avait pris un air lointain, sans doute pour essayer de donner aux gens venus là en consultation l'impression qu'elle faisait partie des leurs et avait sa place dans cette salle. Un à un les patients pénétraient dans le cabinet du médecin, étaient examinés et prenaient congé. Finalement, il n'y eut plus personne. L'homme âgé était parti lui aussi.

La porte s'ouvrit. Cette fois, le Dr Norman Spence, grand, mince dans sa blouse blanche, sortit pour accueillir sa dernière visiteuse qui lui inspirait une vive curiosité.

— Miss Cameron, entrez, c'est à vous.

— Parfait, docteur, fit Kathy d'un ton d'adulte.

Spence s'effaça pour la laisser passer en lui précisant :

— Dernière porte à gauche.

Kathy déboucha dans le cabinet du spécialiste. Elle fut un peu surprise par le mur qui était derrière son fauteuil. Celui-ci était en effet recouvert de diplômes encadrés et de certificats divers. Très impressionnée, elle se sentit plus décidée qu'intimidée.

— Asseyez-vous, Miss Cameron, dit Spence, faisant le tour de son bureau pour prendre place en face d'elle.

Elle se laissa tomber sur un siège, mal à l'aise sous son regard scrutateur.

Avec sa petite queue de cheval blonde, ses yeux bleus, ses joues roses pleines de taches de rousseur, cette petite promet d'être aussi séduisante que sa mère. J'espère qu'elle aura davantage de chance, songea Spence.

— Voyons, jeune fille, si je comprends bien, c'est le Dr MacClune qui vous a adressée à moi ?

— Eh bien, attaqua Kathy en choisissant ses mots avec soin, ce n'est pas exactement ça. J'ai dit que le Dr MacClune était mon médecin, et c'est vrai. Mais ce n'est pas moi qu'il a envoyée chez vous. C'est ma mère.

— Oui, effectivement, dit Spence, amusé et ému par la situation de la fillette. (Cette dernière était à la fois mal à l'aise et en même temps très décidée.) Je peux vous demander ce que vous faites ici alors qu'à cette heure vous devriez être à l'école ?

— J'ai jugé qu'il était plus important de venir vous voir que d'assister au cours cet après-midi, lança-t-elle sans détour.

— Oh, vraiment ? fit Spence. Mais, dites-moi, comment êtes-vous arrivée jusqu'à mon cabinet ?

Elle marqua un temps avant d'avouer :

— J'ai fait du stop.

— Du stop, répéta Spence avec une moue désapprobatrice. On ne vous a jamais dit que c'était dangereux ?

— Si. Ma mère n'arrête pas de me le répéter.

— Et vous lui avez désobéi, la rabroua Spence.

— Il fallait que je vienne. Sans que Maman le sache.

— Bien. Maintenant que vous êtes là, qu'est-ce que je peux faire pour vous ?

— Me dire la vérité ! lança Kathy.

Aussitôt elle regretta de s'être montrée aussi agressive, craignant que le spécialiste ne lui ordonne de quitter les lieux.

Au lieu de cela, Spence se pencha pour lui parler avec gentillesse.

— Miss Cameron... c'est quoi, votre prénom ?

— Katherine, répondit-elle d'un ton moins assuré.

— Très bien, Katherine, pourquoi pensez-vous que je *refuserais* de vous dire la vérité ?

— Parce que c'est ce que fait Maman, dut admettre Kathy. Elle essaie de me cacher des choses.

— Je vois. Qu'aimeriez-vous savoir au juste ? Avez-vous peur qu'elle vous transmette le virus ? Avez-vous peur chaque fois qu'elle vous touche, vous embrasse, prépare vos sandwiches pour le déjeuner, cuisine le dîner, que le virus arrive à se frayer un chemin jusqu'à vous ? Bon sang, la désinformation est telle concernant cette maladie que les gens en deviennent hystériques. Irrationnels ! Eh bien, je vous en donne ma parole, sachez que vous ne pouvez contracter le virus en embrassant votre maman, pas plus qu'en étant embrassée par elle.

« Cette maladie se transmet par le sang et par les sécrétions. Supposons que votre maman se coupe en préparant votre nourriture, celle-ci peut être contaminée. Mais je lui fais confiance, elle se dépêchera de jeter cette nourriture souillée et de vous préparer autre chose. Elle sait quelles sont les précautions à prendre pour protéger son entourage. Vous ne devez donc pas avoir peur que votre mère vous contamine. C'est ça qui vous tracassait ? Vous êtes rassurée maintenant ?

Bien que pour manifester son désaccord avec le médecin il lui fallût une certaine dose de courage, Kathy se risqua à répondre franchement :

— Non, monsieur. Ce que je voudrais savoir, c'est où elle en est, de la maladie. Et vous êtes le seul à pouvoir me répondre.

Ses yeux bleus étaient maintenant embués de larmes.

— Je vais faire de mon mieux, dit Spence. Votre mère *est* malade. Je vais faire tout ce qui est en mon possible pour l'aider. Malheureusement, son état va aller en empirant. Parce qu'il n'existe pas de traitement curatif pour vaincre le sida. Pas encore.

— Quand y en aura-t-il un ?

— Katherine, vous êtes intelligente. Je vais donc vous parler franchement. Les médecins qui font la même chose que moi vivent dans l'espoir qu'un traitement va être découvert, qui permettra de guérir cette maladie. Maladie non seulement mortelle mais insaisissable. Car contrairement à la plupart des autres virus, celui-ci est un mutant dont les caractéristiques varient d'un jour à l'autre. Tant et si bien qu'un patient peut avoir plusieurs versions du virus dans son sang en même temps. C'est l'une des raisons pour lesquelles nous n'avons pas encore réussi à mettre un traitement curatif au point.

« Cela signifie, ajouta-t-il, que les lendemains pleins d'espoir peuvent ne jamais arriver. C'est pourquoi ma salle d'attente est toujours pleine. Et que l'un après l'autre les visages familiers disparaissent pour ne plus revenir. Mais, et c'est bien triste, il y en a toujours de nouveaux pour les remplacer. Et il y en aura toujours jusqu'à ce que ce lendemain tant souhaité arrive.

— Ma mère fait partie de ces visages, n'est-ce pas ?

— Malheureusement, oui, dit Spence. Maintenant,

mon petit, si vous avez envie de pleurer, allez-y. A votre place, c'est ce que je ferais.

Au lieu de ça, Kathy se redressa sur sa chaise.

— Y a-t-il quelque chose...

— Katherine, j'ai essayé de vous le dire à l'instant, il n'y a rien, aucun traitement...

— ... quelque chose que je puisse faire pour Maman ?

— Oui. Soyez gentille avec elle. Aimez-la très fort. Profitez pleinement de chaque instant. Montrez-vous patiente lorsqu'elle va plus mal. Essayez de faire pour elle ce qu'elle faisait pour vous quand vous étiez souffrante. Parfois il s'agit de choses toutes simples qui lui épargneront de la fatigue. C'est le seul conseil que je puisse vous donner.

— J'ai vu à la télé des parents sauver leurs enfants, des frères leur sœur, en leur donnant un rein ou de la moelle osseuse. Alors j'ai pensé que je pouvais peut-être donner mon sang à Maman pour remplacer le sien...

— Katherine, c'est formidable, comme geste. Mais malheureusement, ça ne servirait à rien. Je vous le répète, tout ce que vous pouvez faire, c'est la seconder dans les tâches ménagères, la soutenir moralement.

Incapable de continuer à se donner l'air d'une grande, Kathy frissonna, puis se mit à trembler. Spence contourna son bureau. S'accroupissant devant la fillette, il lui entoura la taille des bras et la serra contre lui jusqu'à ce que le tremblement cesse.

— Docteur, pour combien de temps est-ce qu'elle en a ?

— Nous n'en savons rien, fit Spence. Et maintenant Kathy... je peux t'appeler Kathy ?

— Oui.

— Kathy, tu ferais mieux de retourner à l'école.

— C'est trop tard. Les cours sont finis aujourd'hui.

— Alors, je vais te déposer chez toi en allant à l'hôpital.

Kathy hocha vaguement la tête.

— Docteur...

— Oui, Kathy ?

— Je pourrai accompagner Maman quand elle viendra vous voir ?

Sans même lui laisser le temps de refuser, Kathy dévida ses arguments :

— Une fois par mois, c'est rien. Et je m'arrangerai pour rattraper. Je suis très bonne en classe.

Spence la fixa en songeant qu'elle était certainement une bonne élève. Aussi se laissa-t-il fléchir :

— Si ta mère est d'accord et s'il n'y a pas de problèmes avec l'école, alors tu peux venir.

PATIENT : Cameron Grace

ÂGE : 34

SEXE : F

DIAGNOSTIC : SIDA

MÉDECIN TRAITANT : Dr R. MacClune

DATE	LYMPHO-CYTEST	CHARGE VIRALE	POIDS
21/9	280	14 000	57,6
10/12	310	10 000	57,1

6

C'était la troisième fois que Kathy Cameron accompagnait sa mère chez le Dr Norman Spence.

Grace s'était habituée aux consignes qu'il lui avait données. Elle avait cessé de manger des crudités en salade et faisait cuire tous les légumes. Elle faisait chauffer le lait avant de prendre son café. Lorsqu'elle mangeait à l'extérieur, elle prenait du café sans lait plutôt que de demander qu'on le lui fasse bouillir. Quant aux bains, bien que cela ne lui fît pas plaisir, elle en prenait, regrettant toujours la sensation de fraîcheur que lui procuraient les douches rapides.

C'était un après-midi ordinaire chez le Dr Spence. La salle d'attente était pleine de jeunes gens qui bavardaient sur le mode chuchoté. Les trois quarts du temps ils faisaient de l'humour noir sur leur maladie.

En examinant les visages alentour, Grace réussit à calculer combien manquaient par rapport à ses précédentes visites. Bien entendu, elle ne pouvait être sûre que tous ceux qu'elle ne voyait pas n'étaient pas passés avant elle. Cependant la totalité des patients devaient passer un check-up mensuel et généralement à la même heure d'un mois sur l'autre. Examen permettant au spécialiste de se rendre compte de la progression de la maladie et de décider d'éventuelles modifications dans leur traitement. Tous les trois mois, on leur faisait passer un test d'ADN afin de savoir de combien leurs lymphocytes avaient chuté et quelle était la charge virale. Les chiffres de ce test constituaient en fait le compte à rebours vers la mort.

Grace en était particulièrement consciente ce jour-là. Car lors de sa dernière visite, Spence lui avait prélevé un échantillon de sang pour lui faire faire un ADN. C'était aujourd'hui qu'elle devait avoir les résultats. Seraient-ils pires que les précédents ? Ses pensées plutôt sombres furent interrompues par le bruit que fit en s'ouvrant la porte d'entrée. Celle-ci livra passage à Victoria Sloane et à Sara. Grace fut frappée par la maigreur et la pâleur de la petite fille, beaucoup plus impressionnantes que la fois d'avant. En outre, l'enfant avait le regard dans le vague. Elle paraissait avoir perdu tout intérêt pour ce qui l'entourait.

Y compris pour la vie, pensa Grace.

Que ce fût parce que Sara était la seule autre fillette présente ou par réelle sympathie, Kathy se sentait attirée vers elle. Ne voulant pas être importune, elle demanda à sa mère d'un simple signe de tête si elle pouvait parler à cette petite qui avait l'air si abattue. Grace acquiesça.

Kathy s'approcha donc de la fillette et attaqua :

— Je suis venue avec ma maman, moi aussi.

— Ma maman est morte, déclara Sara d'une voix inexpressive.

Kathy fut saisie davantage par l'absence d'émotion que trahissait la réponse que par le côté inattendu de celle-ci.

— Désolée, réussit-elle à dire.

Sara ne répondant pas, Kathy s'estima presque obligée d'effectuer une autre tentative :

— Comment tu t'appelles ?

La petite fille, qui semblait avoir très envie d'éviter la conversation, répondit toujours aussi laconiquement :

— Sara.

— Moi, c'est Katherine. Mais tu peux m'appeler Kathy. C'est ainsi que tout le monde m'appelle.

— Je ne suis pas comme tout le monde, rétorqua la fillette.

Mal à l'aise, se sentant indésirable, Kathy jeta un coup d'œil à sa mère — qui lui fit signe de poursuivre d'un battement de paupières.

— Comment ça, pas comme tout le monde ?

Sara essaya de se détourner mais Victoria s'interposa :

— Explique à Kathy ce que tu veux dire.

Au lieu d'une explication, c'est un avertissement que Sara adressa à Kathy :

— Tu ferais mieux de ne pas me parler.

— Pourquoi ?

— Parce que si tu me parles, personne ne t'adressera plus la parole, fit Sara.

Kathy avait l'air tellement sidérée que Victoria Sloane lui fit signe d'approcher.

— N'allez pas vous imaginer qu'elle vous trouve antipathique. Mais à l'école, la situation a été difficile. Je pense que vous êtes en âge de comprendre. Surtout compte tenu du fait que votre mère est une patiente du Dr Spence.

— Je ne comprends pas. Vous voulez dire que sous prétexte que Sara a...

— Oui. Parce que Sara a le sida, affirma Victoria, la situation a été très difficile pour elle, à l'école.

— Je suis désolée.

— Dommage que les autres ne réagissent pas comme vous. Mais la plupart des parents et des enfants sont méfiants et ils ont peur. Lorsque la maladie de Sara a été diagnostiquée, j'ai été obligée d'en avertir le principal et l'infirmière de l'école. Tout ça devait rester confidentiel, malheureusement...

Cette fois la portée des propos de Victoria fut claire pour Kathy.

— Pour protéger ses camarades de classe et les professeurs vous avez été obligée de les mettre au courant.

— Oui. Mais ça n'est pas resté confidentiel très longtemps. Ce sont les parents qui, les premiers, ont commencé à soulever des objections. Après ça, effrayés par une poignée d'hystériques, les enfants ont suivi le mouvement. Tant et si bien qu'aucun des élèves de la classe de Sara ni même de l'école ne voulait plus jouer avec elle. Ou lui parler. Ceux qui en avaient encore envie avaient peur de la réaction des autres. C'est pourquoi il ne faut pas en vouloir à Sara. Si elle vous paraît hostile, c'est qu'elle a été échaudée. Traumatisée. Ne le prenez pas personnellement. Ça n'a rien à voir avec vous.

— C'est triste, fit Kathy. C'est épouvantable.

— Ils ont une telle frousse qu'ils ne pensent même pas à ce que Sara peut ressentir. Quand je pense que le Dr Spence s'est donné la peine de téléphoner à l'école pour expliquer au principal que les autres élèves ne couraient aucun danger... Son intervention n'a servi à rien.

La porte du cabinet s'ouvrit et l'infirmière appela :

— Mrs. Cameron.

— Je vais avec Maman, dit Kathy.

Tandis que Grace se déshabillait, Spence, toujours impassible en présence de ses patients, lui demanda d'un ton presque négligent :

— Avez-vous constaté des changements dans votre état, Mrs. Cameron ?

— Je me sens un peu plus faible que d'habitude peut-être. Mais c'est normal.

— C'est peut-être lié au stress. Au fait d'avoir découvert votre maladie, dit Spence, s'abstenant de faire d'autres commentaires avant d'avoir terminé son examen.

Car il avait reçu les résultats du deuxième test d'ADN de Grace et ces résultats l'intriguaient.

Il lui fit passer l'examen habituel, poumons, dos, cœur, poids.

La perte de poids était bien réelle ; toutefois, il n'y avait pas encore lieu de s'inquiéter. Certains malades perdaient davantage de kilos en moins de temps que cela.

Son teint n'était pas inquiétant. Il avait le temps de pâlir. Et Grace n'avait pas non plus de taches sur le visage. En une attitude de défi dérisoire, elle s'était maquillée très légèrement comme pour lui prouver qu'elle n'avait pas besoin de recourir à de savants artifices pour paraître en bonne santé.

Il fut soulagé en écoutant ses poumons. Dieu merci, la pneumocystose n'était pas encore à l'ordre du jour.

La plupart des gens se figuraient que le sida tuait. En réalité, c'étaient les infections opportunistes qui avaient raison du système immunitaire déprimé, voire anéanti, du patient et lui portaient le coup fatal.

— Rhabillez-vous et rejoignez-moi dans mon cabinet, dit Spence.

Kathy avait suivi le processus avec intérêt. La plupart du temps, les yeux fixés sur le visage du Dr Spence, elle étudiait ses moindres mouvements, ses moindres réactions. Elle était bien décidée à tirer ses propres conclusions, fondées sur son interprétation du comportement du spécialiste.

Une fois dans son cabinet, Spence ouvrit le dossier de Grace.

— Mrs. Cameron... Je peux vous appeler Grace ? Lorsque, avec Scotty, nous parlons de vous, nous vous appelons par votre prénom.

— Bien sûr.

— Grace, j'ai reçu les résultats de votre second ADN.

— Et ils sont plus mauvais que les premiers, fit Grace, le devançant.

— Non, justement pas. Et c'est ça qui est étonnant. Le premier ADN a mis en évidence une charge virale se montant à quatorze mille. En d'autres termes, cela signifie qu'il y a quatorze mille copies du virus par centimètre cube dans votre sang. Mais là... (il lui tendit le compte rendu)... le deuxième ADN indique que vous êtes passée à dix mille copies du virus.

— Génial ! s'exclama Kathy. Ça veut dire que le traitement marche !

— Kathy, lui ordonna sa mère, laisse parler le docteur.

— Eh bien, Grace, ce résultat est très encourageant. Mais il n'a rien à voir avec le traitement. Celui-ci vous aide à lutter contre les infections opportunistes. Disons que, pour le moment, les choses semblent s'être améliorées. Concernant vos lymphocytes T4, on note également une amélioration. Ils sont passés de 280 à 310. Ce qui fait que l'un dans l'autre vous ne vous en sortez pas trop mal.

— Je m'attendais à pire, convint Grace.

— Je vous conseillerai donc de continuer votre train-train au magasin comme à la maison. Et, bien sûr, continuez à prendre votre AZT.

Spence s'apprêtait à se diriger vers la porte pour reconduire ses visiteuses quand Kathy soudain demanda :

— Docteur, la petite fille qui est là... Sara... comment va-t-elle exactement ?

— Kathy ! la rabroua sa mère.

Mais Spence adopta un ton moins vif pour lui expliquer :

— Kathy, je suis son médecin, je n'ai pas le droit de parler de son cas.

— Bien sûr. J'aurais dû m'en douter. Excusez-moi, docteur. En tout cas, moi, je trouve qu'elle n'a pas l'air bien.

Spence ne fit rien pour infirmer ou confirmer cette remarque.

Lorsque Grace et Kathy regagnèrent la salle d'attente, Victoria Sloane comprit que ça s'était plutôt bien passé. Aussi les accueillit-elle avec un sourire.

— Vous avez eu de bonnes nouvelles ?

— Oh oui, très bonnes, répondit Grace toute contente.

— C'est merveilleux, fit Victoria, se mettant à l'unisson. (S'efforçant d'arracher sa petite-fille au silence, elle ajouta :) N'est-ce pas que c'est formidable, Sara ? Mrs. Cameron a appris de bonnes nouvelles.

La fillette ne réagit pas. Elle resta immobile, les mains inertes sur ses genoux ; son joli visage était blême, ses yeux noisette ne laissaient transparaître aucune émotion. Ne voulant pas ajouter à la déception de Victoria, Grace s'abstint de tout commentaire, se contentant de lui donner rendez-vous le mois prochain. Ce faisant, elle se demanda combien de fois dans cette même salle des rendez-vous avaient été pris qui n'avaient pas été tenus. Les malades étaient envoyés en clinique spécialisée ou bien alors ils mouraient beaucoup plus brusquement que le médecin ne s'y attendait. Et certains non pas de la maladie mais parce qu'ils avaient choisi de mettre un terme à des mois de lente déchéance.

Tandis que Grace et Kathy rentraient, Norman Spence appela Scotty MacClune. Il venait de lui faire part des derniers chiffres du test d'ADN lorsque Scotty l'interrompit, survolté :

— Fantastique !

— Peut-être. Mais peut-être que non, commenta Spence.

— Pourquoi ça, Norm ?

— Eh bien... parfois, les chiffres sont *trop* bons. Ce qui indique qu'on est peut-être en présence d'une anomalie. Cela s'est déjà vu. Il va falloir attendre.

7

La mère et la fille étaient rentrées de chez le Dr Spence. Grace s'activait à préparer le dîner lorsqu'elle entendit Kathy appeler de l'étage :

— Maman, tu te souviens des livres...

— S'ils ne sont pas dans ton sac à dos, c'est qu'ils sont sur ton bureau.

— Ce n'est pas de ceux-là que je parle, poursuivit Kathy avec une pointe d'agacement.

— Alors, de quoi parles-tu ? fit Grace en mettant son plat de légumes au four.

— Mais tu sais bien, les livres que j'avais quand j'étais petite, fit Kathy.

Petite, songea Grace. Quand une fillette de douze ans s'exprime comme ça, on en arrive à se poser des questions.

— Kathy, ma chérie, de quels livres s'agit-il au juste ?

Kathy dévala l'escalier avec l'énergie qu'elle dépensait pour jouer au football.

— Mais tu sais bien, Maman. *Charlotte's Web... Superfudge*. Tu t'en souviens pas ?

— Bien sûr que si. Il y en avait aussi un autre que tu adorais. *The Twits*. Et alors ?

— J'en ai besoin.
— Pourquoi ? Tu dois faire une rédaction sur tes lectures d'enfance ?
— Non, c'est pour la petite fille. Tu sais, celle qui est si triste...
— La petite fille triste, fit Grace, réfléchissant un instant avant de voir où sa fille voulait en venir. Ah, la petite Sara ?
— Oui, Sara ! fit Kathy, impatientée. Elle est tellement déprimée que... (Elle eut un moment d'hésitation avant d'avouer :) J'ai eu l'impression que ce n'était pas de maladie qu'elle allait mourir mais de tristesse. Je la comprends, remarque. C'est affreux la façon dont ils l'ont traitée à l'école. Se faire mettre en quarantaine tout d'un coup. C'est moche.
— Moche, cruel et parfaitement inutile, renchérit Grace. Mais il y a des gens comme ça. Au lieu de réfléchir, ils se laissent guider par leurs instincts. Dans ce cas précis, l'instinct de survie. Et la peur de la contagion.
— Eh bien, moi, j'ai décidé d'agir.
— Comment cela ?
— Je vais appeler sa grand-mère et lui demander si je peux aller jouer avec elle.
— C'est très gentil, Kath. Mais quand ? Tu as un emploi du temps chargé...
— Peut-être que je pourrais laisser tomber le club de sciences naturelles. Comme ça, j'arriverais à débloquer quelques heures en fin d'après-midi.
— Mais tu aimes ça, les sciences naturelles ! protesta Grace.
— Ma-man, modula Kathy, tu sais bien que ça ne durera pas longtemps. Et je pourrai toujours retourner au club après.
— En effet. Tu as raison.
Sans un mot, la mère et la fille se jetèrent dans les bras l'une de l'autre. Après un long câlin, Grace dit :
— Cherche vite le numéro de Victoria Sloane dans l'annuaire et passe-lui un coup de fil.

Le lendemain, à trois heures et demie, Kathy Cameron sonnait à l'entrée d'une impressionnante propriété située en bordure de la ville. La porte s'ouvrit et Victoria Sloane l'accueillit, ses cheveux blancs flottant sur ses épaules, ce qui lui donnait l'air encore plus jeune que d'habitude.

— C'est vraiment gentil d'être venue, Katherine. Sara est dans sa chambre. Tu montes au premier et c'est à gauche après l'escalier.

Tandis que Kathy se dirigeait dans la direction indiquée, Mrs. Sloane lui glissa un mot d'avertissement :

— C'est un mauvais jour pour elle aujourd'hui.

— Elle souffre ?

— Non, mais elle a appris qu'il allait y avoir une petite fête jeudi à la patinoire. Le patinage est son sport préféré. *Etait*, devrais-je dire.

Ainsi prévenue, Kathy monta les marches et s'approcha de la porte de gauche. Celle-ci était fermée. Elle colla l'oreille au battant mais n'entendit rien. Elle frappa, n'obtint pas de réponse. Alors elle frappa de nouveau.

— Je ne prendrai plus jamais cette saleté de médicament ! s'écria Sara.

— Sara..., commença Kathy, c'est moi. Kathy Cameron. Tu te souviens, on s'est rencontrées dans la salle d'attente du Dr Spence.

Sara ne bronchant toujours pas, Kathy poussa la porte.

— Je peux entrer ?

— Si tu veux, fit Sara, désagréable.

Kathy la trouva allongée sur son lit, le dos tourné à la porte comme si elle voulait chasser de ses pensées le monde entier. Kathy se planta au pied du lit et la fixa.

Elle est bien pâle, remarqua-t-elle. Encore plus que la semaine dernière chez le Dr Spence.

— Je suis venue jouer avec toi.

Sara se recroquevilla encore davantage sur elle-même.

— Mais si tu veux, on peut bavarder, proposa Kathy en essayant de sortir la fillette de son mutisme.

— J'ai pas envie de parler.

— Tu veux qu'on joue ? Tu as des tas de jouets. Tu veux qu'on joue à la poupée ?

— Evidemment que j'en ai, des jouets, fit Sara. Quand Grand-mère est à court d'idées, elle m'achète une nouvelle poupée. J'en ai assez, de tous ces jouets !

Sara se tourna vers Kathy et aperçut les livres que cette dernière avait apportés.

— C'est quoi, ça ?

— Des livres.

— Je vois bien, fit Sara d'un air bougon. Quel genre de livres ?

— Des livres que je lisais quand... (sur le point de préciser : « quand j'étais petite », Kathy reformula sa phrase :)... quand j'avais ton âge.

Curieuse, Sara tendit la main.

— *The Twits* ? fit Sara en lisant le titre. Drôle de nom pour un bouquin.

— C'est un livre comique, expliqua Kathy.

— *Charlotte's Web*, fit Sara lisant le titre d'un autre album.

— Celui-là, tu vas l'adorer. C'est l'histoire d'une petite fille qui s'appelle Fern et qui vit dans une ferme. Le cochon de la ferme a des petits cochons. Le père de Fern veut en tuer un. Mais elle ne le laisse pas faire. Elle adopte le petit cochon, l'élève et en fait un bon gros cochon. On peut le lire ensemble si tu veux.

Sara ne réagit pas tout de suite mais fixa Kathy.

— Je parie qu'il n'avait pas le sida, ce cochon.

— Tu veux qu'on lise ? insista Kathy.

— J'ai pas envie de lire ! J'ai envie de rien. Je veux qu'on me laisse seule !

— Il y a bien quelque chose que tu as envie de faire. Qu'on pourrait faire ensemble, s'obstina Kathy.

— Non ! Laisse-moi seule !

Kathy finit par céder.

— Comme tu voudras. Je te laisse les livres au cas où tu changerais...

— Laisse-les si tu veux mais je les lirai pas. Je les ouvrirai même pas.

Sara fit face au mur. Kathy posa les livres sur son lit. Ce n'est qu'en entendant la porte se refermer que Sara se retourna et se mit à pleurer.

Victoria Sloane attendait Kathy au pied de l'escalier.

— Vous avez abouti à quelque chose ? demanda la jeune grand-mère, l'air désolé.

— Non, avoua Kathy.

— Merci d'avoir essayé, fit Victoria.

Un peu plus tard dans la soirée, tandis que la mère et la fille dînaient dans la cuisine comme elles le faisaient depuis la mort de Kip, Grace constata que Kathy chipotait au lieu de manger.

— Comment ça s'est passé avec Sara ?

Kathy raconta à sa mère qu'elle avait échoué sur toute la ligne.

— Ils ont dû être drôlement méchants avec elle à l'école pour qu'elle soit si en colère...

— Ce n'est pas parce que tu vas passer quelques instants à son chevet que tu vas effacer le mal qu'on lui a fait, commenta Grace.

— Mais si elle refuse d'en parler...

Grace se sentit obligée de lui rafraîchir la mémoire bien qu'en règle générale elle évitât de faire allusion aux jours qui avaient suivi la mort de Kip.

— Souviens-toi de l'état dans lequel tu étais quand Papa est mort...

Aussitôt Kathy protesta :

— Mais c'était pas pareil ! C'est arrivé si soudainement !

— Tu es restée des jours sans me parler, fit Grace. Et des mois à me détester. Tu m'en voulais d'avoir emmené Papa faire de l'alpinisme, de te l'avoir enlevé et de ne pas te l'avoir ramené.

— Je m'en souviens, fit Kathy.

— Chacun exprime sa colère et sa tristesse à sa façon. Sara a le droit d'être triste et en colère.

— Peut-être qu'après-demain je sauterai mon cours de danse pour retourner la voir.

— Sauter ton cours..., protesta Grace.

— Maman, si tu voyais son visage tout maigre, ses yeux...

Toutes deux songeaient manifestement à la même chose. A la tête qu'aurait Grace un jour ou l'autre.

— Bon, pour cette fois, c'est d'accord, concéda Grace.

Deux jours plus tard, après les cours, Kathy Cameron prit le bus qui s'arrêtait à deux pas de l'école. Elle gagna la banlieue résidentielle où sur une petite éminence se dressait la maison des Sloane au pied d'une longue pelouse parfaitement entretenue.

Elle sonna. A la bonne qui venait ouvrir, elle annonça :

— Je viens voir Sara.

La petite fille ne recevant plus de visites, la bonne hésita pour faire entrer Kathy. Soudain, d'une pièce voisine, Victoria appela :

— Qui est-ce, Hetty ?

— Une jeune personne qui veut voir Sara, répondit la domestique.

Victoria émergea de son bureau-bibliothèque.

— Qui cela peut-il bien être ? Oh, Kathy, je ne m'attendais pas... Pas après ce qui s'est passé l'autre jour. Entrez, mon petit, entrez.

Tout en conduisant Kathy vers l'escalier, Victoria lui confia :

— Aucun changement. Si seulement vous pouviez la persuader de reprendre son AZT, ça irait mieux.

— Je vais essayer.

Kathy commença à gravir les marches. Alors qu'elle approchait de la porte fermée, elle se demanda si elle devait frapper, décida que non. Peut-être que l'effet de surprise jouerait en sa faveur.

Elle poussa la porte avec un sonore :
— Bonjour, Sara !
La fillette pivota et laissa tomber le livre qu'elle avait en main. Kathy le reconnut. C'était *Charlotte's Web*, son préféré.
Se sentant obligée de lui fournir des explications, Sara dit :
— Je regardais les images.
— On peut le lire ensemble, si tu veux.
— Non ! répliqua Sara.
— Qu'est-ce qu'on pourrait faire alors ? Se promener... Jouer... Coiffer tes poupées... J'adorais coiffer mes poupées, moi.
— Non, fit Sara, mais cette fois avec moins de conviction.
— Y a sûrement quelque chose qu'on peut faire ensemble. Ah, j'ai une idée. On va faire des galipettes ! J'adore ça. Sur la moquette, ce sera génial !
Sara secoua la tête.
— Voyons, qu'est-ce qui te plairait ? lança Kathy qui avait bien envie de renoncer.
Sara lui fit signe d'approcher comme pour lui confier un secret.
— Tu veux vraiment le savoir ?
— Oui.
— Le patinage, chuchota Sara, je voudrais faire du patin à glace.
— Eh bien, je vais t'emmener.
— C'est pas possible, dit Sara d'un ton de défi.
— Bien sûr que si.
— Jamais ils ne te laisseront faire, déclara Sara.
— Qui ça, ils ? fit Kathy.
Ayant finalement réussi à engager le dialogue avec Sara, même si la conversation n'était pas très constructive, Kathy s'approcha et s'assit au pied du lit.
— Je vais parler à ta grand-mère. Tu verras, elle sera d'accord.
— Il ne s'agit pas de Grand-mère. Mais de l'école, des

mères. Elles ont peur que je me blesse et que je saigne en patinant. Mon sang leur fait peur. C'est pour ça qu'elles ne veulent pas de moi là-bas.

— Et si on y allait toutes les deux sans l'école ? suggéra Kathy.

— Tu ferais ça ?

— Bien sûr.

Kathy dut se montrer particulièrement persuasive pour obtenir la permission de Victoria. Finalement, cette dernière céda mais à deux conditions : que Sara lui promette de prendre son AZT et qu'elle-même les accompagne afin de s'assurer que la fillette ne se fatiguait pas trop. Le Dr Spence lui avait interdit les efforts physiques trop violents.

L'école ayant quitté les lieux, et les adultes du groupe du soir n'étant pas encore arrivés, l'endroit était désert. Victoria dut graisser la patte au gérant pour qu'il éclaire la patinoire. Tandis que les lumières se reflétaient sur la glace lisse et immaculée, Sara et Kathy s'élancèrent pour faire lentement le tour de la patinoire. Kathy ralentit pour permettre à Sara de la précéder de quelques mètres. Sous les yeux de Victoria, elles continuèrent à patiner. Kathy fut étonnée de constater que la petite Sara était très à l'aise et particulièrement gracieuse dans ses mouvements.

Elles étaient à l'autre bout de la patinoire lorsque Sara quitta le bord pour le centre. Elle se mit à évoluer en imitant les patineuses. Kathy se dépêcha de la rejoindre, craignant que son enthousiasme ne l'incite à en faire trop.

Mais Sara souriait. C'était la première fois que Kathy la voyait si heureuse. Elle semblait très sûre de ses gestes jusqu'au moment où sa jambe gauche lui joua un tour. Elle tomba tête en avant, dérapant sur la glace avant d'entrer en collision avec la barrière.

Kathy se précipita, se baissa tandis que de l'autre côté de la patinoire Victoria s'écriait :

— Sara chérie ! Tu n'as rien ?

Elle courut en direction des fillettes.

Penchée sur Sara, Kathy essayait de lui faire bouger le visage afin de s'assurer qu'elle n'avait pas été blessée.

— Ne me touche pas ! s'écria la petite fille.

— J'essaie de t'aider, expliqua Kathy.

— Ne me touche pas, je saigne, dit la fillette comme s'il s'agissait d'un péché mortel.

Prenant soin de ne pas se tacher, Kathy réussit à faire pivoter la tête de Sara et constata que celle-ci avait du sang sur la lèvre inférieure. Manifestement, elle s'était mordue en heurtant la barrière. Kathy lui tendit son mouchoir. La petite l'appuya contre sa bouche. Sur ces entrefaites, Victoria les rejoignit. Elle se pencha par-dessus la barrière.

— Sara, mon petit cœur, tu vas bien ? Rien de cassé ?

— Je n'ai pas laissé Kathy me toucher, fit la petite fille fièrement. Pas vrai, Kathy ?

— En effet. Tu as été formidable. Et très courageuse.

— On peut patiner encore un peu ? demanda la fillette moitié à Kathy et moitié à sa grand-mère.

Sara lui jetant un regard suppliant, Victoria céda :

— Oui, mais fais attention.

Sara et Kathy passèrent le reste de l'heure à évoluer lentement sur la glace. De temps en temps, Sara souriait à Kathy pour lui faire partager son plaisir.

Sur le chemin du retour, Sara se montra plus vive qu'elle ne l'avait été depuis des mois. Elle était pleine de projets et elle voulait lire avec Kathy l'histoire du petit cochon et de la petite fille prénommée Fern.

Mais Kathy n'était pas encore arrivée au bas de la première page que Sara s'était endormie, tenant dans sa main celle de Kathy. Prenant soin de ne pas la réveiller, Kathy se dégagea et se glissa hors de la chambre.

Victoria l'attendait au pied de l'escalier.

— Elle dort, expliqua Kathy. Elle semble épuisée.

— C'est une saine fatigue, fit Victoria. Il y a longtemps

que je ne l'ai pas vue si animée, si souriante. (Elle était au bord des larmes.) Elle adorait... elle adore le patin à glace. Elle rêvait de devenir championne de patinage. Je lui avais fait prendre des leçons et pourtant je savais que cela se terminerait comme ça.

— Elle est géniale, dit Kathy.

— C'est sa meilleure journée depuis qu'à l'école tout le monde est au courant pour sa maladie. Les gens sont cruels. Mais, évidemment, ils ne voient pas les choses de cette façon. Ils cherchent uniquement à protéger leurs enfants, fit Victoria. Kathy, je ne sais comment te remercier. C'est vraiment très gentil d'être venue.

Au dîner, ce soir-là, Kathy raconta son après-midi ainsi que la chute de Sara.

— C'était horrible, Maman. Ils lui ont tellement flanqué la frousse avec cette histoire de sang. Tu aurais dû voir son regard quand elle a dit : « Ne me touche pas. » Elle éprouvait du dégoût pour elle-même. C'était affreux. Mais une fois qu'elle a recommencé à patiner, là, elle était heureuse. Vraiment heureuse.

— Je suis contente que tu sois retournée là-bas, ma chérie. Tu as eu une bonne idée.

— Tu sais, Maman, dans le bus en rentrant je me suis dit que je pourrais peut-être sauter la danse régulièrement pendant quelque temps. Quitte à reprendre après. Comme ça, je passerais deux après-midi par semaine avec Sara.

8

— Kathy... Kathy... ! appela Sara tout en poursuivant Kathy Cameron sur la pelouse de la propriété des Sloane.

Kathy ralentit pour permettre à la fillette de la rattraper. Une fois ensemble, elles se mirent à rouler le long de la pente vers la maison où Victoria Sloane les attendait.

— C'est l'heure, les petites. L'heure d'aller voir le Dr Spence.

Après leur avoir fait faire un brin de toilette, Victoria Sloane les conduisit en voiture au cabinet du médecin. Là, elles retrouvèrent Gracc Camcron qui dcvait passer sa visite mensuelle de contrôle. Cette fois, on devait lui faire d'autres analyses pour vérifier son ADN. Comme les précédents résultats avaient été prometteurs, Grace se sentait confiante.

Les petites s'étaient installées dans un coin de la salle d'attente, et de temps en temps elles éclataient de rire.

Grace Cameron et Victoria Sloane qui les observaient sautèrent sur l'occasion d'échanger des confidences.

— Sara est pleine de vivacité. Elle a les yeux brillants, fit Grace.

— C'est un miracle. Depuis que Kathy passe deux après-midi avec elle, elle vit dans l'attente des mardis et des jeudis.

— J'ai également constaté un changement chez Kathy, rétorqua Grace. Cette petite était déjà très mûre pour son âge. Mais cette expérience l'a mûrie encore davantage. (Elle hésita avant d'admettre :) Je crois aussi que ça l'a rendue plus optimiste en ce qui me concerne.

— J'ai fini par croire qu'il *pouvait exister* un traitement, avoua Victoria. Qu'il *existe* un traitement. Que cela dépend de la volonté de l'individu. Ces analyses, ces résultats, je suis sûre que si on est décidé à guérir, on peut agir sur eux. Parfois, lorsque je mets Sara au lit, j'ai l'impression de lire cette détermination dans son regard.

Grace n'était pas tout à fait d'accord. Mais elle n'eut pas le courage d'ôter ses illusions à sa nouvelle amie.

La porte du bureau du Dr Spence s'ouvrit. Sara fut priée d'entrer. Les filles se séparèrent, riant toujours. Une fois Sara partie en compagnie de Victoria, Kathy rejoignit sa mère.

— Elle est vraiment rigolote, tu sais, dit Kathy. A l'école, ils sont fous de l'avoir traitée comme ça.

— C'est la peur, fit Grace. La peur et l'ignorance.

Le Dr Spence avait fini d'examiner la petite Sara et il lui prélevait un échantillon de sang.

— Tu as l'air de bonne humeur cet après-midi.

— J'ai gagné, fit Sara avec un sourire épanoui. J'ai battu Kathy.

— Vraiment ? fit Spence. Mais c'est génial.

Il avait rempli la seringue de sang. Tout en transférant le sang dans le tube, il fit signe d'un regard à Victoria de s'attarder quelques instants après le départ de sa petite-fille.

Une fois Sara partie, Spence dit :

— Je suis curieux de voir ce que le nouveau test d'ADN va donner.

— Docteur, est-il possible à un malade de lutter contre cette maladie ? Je veux dire : est-ce qu'on peut arriver à surmonter les effets du mal quand on veut rester en vie ? Depuis l'irruption de Kathy dans son existence, Sara a l'air de vouloir se battre. Elle n'est plus déprimée. Elle apprécie la vie.

— Mrs. Sloane, c'est bien pour cela que je voulais vous parler. Elle a perdu du poids, ses réactions sont plus faibles. Et pour ne rien vous cacher, je m'attends à une forte augmentation de la charge virale. Bien sûr, je ne veux pas que vous fassiez ou que vous disiez quoi que ce soit de nature à lui faire perdre son optimisme. Mais je crois que vous, une adulte, ne devez pas vous faire d'illusions.

Victoria dévisagea le médecin et plissa les yeux pour s'empêcher de pleurer. L'espace d'un instant, elle eut envie de lui montrer qu'elle n'était pas d'accord. Mais elle comprit que c'était parce qu'elle s'accrochait à un vain espoir que le médecin avait cru bon de la préparer.

— Elle en a pour combien de temps ?

— Je l'ignore. Il faut que j'aie les résultats des tests. En attendant, je l'avoue, c'est un véritable soulagement pour moi de tomber sur une patiente aussi enthousiaste.

Sur le point de s'en aller avec Victoria, Sara s'écria, tournée vers Kathy :

— A jeudi.

Ensuite, ce fut au tour de Grace. En présence de Kathy, Spence pratiqua son examen de routine. Il mit un soin particulier à s'assurer que Grace ne souffrait d'aucune des infections opportunistes qui fondaient sur les sidéens. Aucun signe de pneumonie. Pas l'ombre d'une tuberculose. Pour en être doublement sûr, il fit un test également.

Il ne trouva pas de dégâts neurologiques susceptibles de révéler la présence d'une tumeur au cerveau. Pas de taches sur sa peau laiteuse. Pas de signes de léthargie. Pas de migraine.

L'un dans l'autre et compte tenu du fait qu'elle était séropositive, Grace Cameron était en forme. L'AZT agissait et empêchait les infections opportunistes de faire leur œuvre de mort.

Comme c'était son troisième check-up mensuel depuis le dernier ADN, Spence lui préleva un autre échantillon de sang. Il lui renouvela son traitement et la renvoya ainsi que sa fille.

L'école finie, ce jeudi-là, Kathy alla attendre le bus au coin de la rue. Elle prit le 21 qui faisait le trajet jusqu'à Duval Heights pour passer chercher Sara. Les fillettes avaient projeté d'aller au zoo. Sara n'y avait pas mis les pieds depuis plus d'une année. Toutefois, lorsque Kathy arriva chez les Sloane, elle constata que la fillette ne pensait plus du tout au zoo. En fait, elle n'avait même pas envie de sortir, se plaignant d'être fatiguée. Trop fatiguée pour jouer ou même lire le livre qu'elle aimait tant.

Kathy s'en chargea tandis que Sara, allongée sur son lit, faisait semblant d'écouter. Mais elle s'endormit très vite. Kathy reposa son album. Plantée au chevet de sa jeune amie, elle l'observa. Il lui sembla remarquer une tache sur son bras nu. Kathy s'approcha, examina cette tache. Effectivement, la peau était décolorée à cet endroit.

Sortant de la chambre sur la pointe des pieds, elle referma doucement la porte de façon à ne pas réveiller Sara. Elle descendit l'escalier moquetté et trouva Victoria dans son bureau, qui faisait sa comptabilité et rédigeait des chèques.

Surprise, Victoria sursauta.

— Que se passe-t-il, Kathy ?

— Mrs. Sloane, vous n'avez rien remarqué sur le bras de Sara ? Son bras gauche.

— Comment cela ?

— Une trace... d'une couleur différente. Quelque chose qui n'y était pas avant.

Victoria Sloane se leva d'un bond et fila vers l'escalier. Kathy se hâta à sa suite. Une fois dans la chambre de Sara, Victoria s'approcha du lit et examina le bras gauche de sa petite-fille. Il y avait bien une tache sur le bras. Une tache ronde au contour irrégulier, légèrement violacée.

— Oh, mon Dieu, chuchota Victoria. Il faut que je contacte le Dr Spence.

On lui passa immédiatement le médecin. Son appel n'eut pas l'air de surprendre le praticien.

Une fois qu'elle eut raconté la découverte de Kathy et la sienne, elle entendit Spence confirmer à contrecœur :

— Sarcome de Kaposi. Je m'y attendais. Je viens de recevoir son dernier compte rendu d'ADN. Sara a maintenant dans le sang un million deux cent cinquante mille copies du virus par centimètre cube.

— C'est mauvais, comme résultat ?

— Ça ne peut pas être pire, reconnut Spence. Je suis désolé, Victoria. Si cela peut vous consoler, sachez que vous avez fait tout votre possible.

Saisie, Victoria raccrocha.

— Mrs. Sloane ? s'inquiéta Kathy.

— Ces taches violacées, c'est le sarcome de Kaposi. Ça fait des mois qu'il m'a prévenue. C'est le stade final. Le cancer qui annonce l'arrivée imminente de la mort. Pauvre Sara...

— Qu'est-ce qu'on peut faire ?

— Continuer à faire ce que nous faisions. Essayer de lui soutenir le moral jusqu'au bout.

Deux jeudis passèrent. Désormais, lorsque Kathy se présentait chez les Sloane, elle ne faisait plus de projets d'activités de plein air. Elle se contentait de bavarder avec Sara ou de lui faire la lecture des quelques livres qu'elle s'était mise à aimer ces derniers mois.

Comme à son habitude, maintenant, Sara était au lit. Bien qu'elle fût en chemise de nuit, on voyait quand même sur les parties de ses bras qui étaient à nu les taches violacées du sarcome de Kaposi — lesquelles couvraient également d'autres parties de son corps.

Affichant son plus beau sourire, Kathy annonça :

— Sara, j'ai une bonne nouvelle aujourd'hui !

Son amie ne réagit pas avec son enthousiasme habituel mais Kathy n'en poursuivit pas moins :

— J'ai trouvé un autre livre écrit par l'auteur de *Superfudge*. Ça va te plaire. Ça s'appelle *Iggie's House*.

Kathy sortit le livre, tel un magicien qui sort un lapin d'un chapeau. A sa grande déception, Sara détourna aussitôt les yeux après l'avoir regardé. Sans se laisser décourager, Kathy commença sa lecture.

Sara restait allongée sans bouger et de temps en temps fermait les yeux. Lorsqu'elle les fermait trop longtemps, Kathy essayait de savoir si elle dormait en étudiant le rythme de sa respiration. A plusieurs reprises, sans même ouvrir les yeux, Sara murmura :

— Kathy ?

— Je suis là, Sara, je suis là, répondait Kathy en reprenant sa lecture.

Une autre fois, sans préambule et toujours sans ouvrir les yeux, Sara interrompit Kathy pour lui poser une question :

— Kathy, dis-moi comment c'est.

— Comment c'est quoi ?

— De l'autre côté.

— De l'autre..., commença Kathy avant de comprendre à quoi Sara faisait allusion. Sara... l'autre côté, il est encore loin. Tu as des années avant d'y penser. Des années, répéta-t-elle, consciente de mentir et ne sachant qu'inventer.

Elle continua à lire, espérant distraire Sara de ses préoccupations. Mais à la fin de l'après-midi elle comprit qu'elle avait échoué. Elle essaya de faire comme si la question de Sara n'était pas le signe manifeste que la petite fille n'avait plus la volonté de se battre, qu'elle était prête à lâcher prise.

Normalement, en sortant de chez les Sloane, Kathy rentrait en bus. Mais ces derniers jours il y avait eu une sorte de psychose dans leur quartier, où un enfant avait disparu ; aussi Grace avait-elle insisté pour passer la prendre.

D'habitude, Kathy parlait volontiers de ses après-midi avec Sara. Mais en ce début de soirée, elle ne souffla mot.

Grace connaissait suffisamment sa fille pour ne pas insister. Kathy se confiait quand elle en avait envie et se taisait lorsqu'elle en éprouvait le besoin.

Elles s'étaient arrêtées au feu avant de s'engager dans leur rue lorsque Kathy tout d'un coup posa une question à sa mère :

— Tu penses à l'autre côté ?

— L'autre côté ? reprit Grace, saisie par la question et ses implications. Tu veux dire l'au-delà ?

— Oui.

— Ecoute, Kath, avec le magasin, la maison, les allers et retours à l'école, chez Sara, la préparation du dîner, mes prises de médicaments, je n'ai le temps de penser qu'à ce qui se passe ici-bas et maintenant.

— Tu le penses vraiment, ce ne sont pas des paroles en l'air ?

Grace s'arrêta le long du trottoir.

— Kath, je ne veux pas que tu te mettes à ruminer des idées pareilles. Mon dernier test d'ADN était excellent. Ma charge virale basse. J'ai tout lieu de penser que la prochaine le sera aussi. Si je m'en tiens à ces données, je considère que j'ai encore des années devant moi, des années. Alors ne perds pas ton temps et surtout ne fais pas une déprime en pensant à un événement qui n'est pas près d'arriver. D'accord ?

— D'accord, acquiesça Kathy. Mais tu sais, c'est Sara qui m'a posé cette question.

— Elle t'a parlé de l'autre côté ? Ce sont les mots qu'elle a utilisés ?

— L'autre côté.

— Oh, mon Dieu. Tu en as parlé à Mrs. Sloane ?

— Je savais pas quoi faire. Je voulais pas l'inquiéter. Alors j'ai gardé ça pour moi.

— Pauvre petite, fit Grace à voix basse.

Kathy avait dîné et fait ses devoirs. Après avoir préparé un exposé pour le lendemain, elle était allée se coucher. Grace Cameron prit sa troisième et dernière pilule d'AZT de la journée et se glissa au lit à son tour.

Bien que fatiguée par son emploi du temps chargé, elle n'arrivait pas à trouver le sommeil. La question de la petite Sara la troublait. Non qu'elle se sentît elle-même en danger dans l'immédiat. Après tout, elle avait pris ses médicaments scrupuleusement et suivait à la lettre les instructions du Dr Spence. Et cela avait payé. Elle n'avait présenté aucun signe des maladies auxquelles son système immunitaire affaibli l'exposait. Et puis elle avait le dernier compte rendu de l'ADN, qui était vraiment réconfortant.

Elle n'était pas angoissée et ne se préoccupait pas de ce qui l'attendait de l'autre côté. Son état étant stable, elle n'avait pas besoin de prendre des décisions hâtives concernant l'avenir de Kathy. Des années pourraient s'écouler avant que le problème ne se pose. Et puis, d'ici là, Kathy serait peut-être en âge de se prendre en charge.

Ces réflexions lui ayant permis de reprendre confiance, elle s'endormit enfin.

Il faisait encore nuit lorsque, soudain, elle se réveilla. Elle se tourna sur le côté pour jeter un œil à son radio-réveil. Il n'était que minuit vingt. Il n'y avait pas deux heures qu'elle dormait. Elle resta allongée, les mots de la petite Sara la tarabustant. Charge virale, nombre de lymphocytes CD4T, paroles encourageantes : tout ça avait été remis en question par les mots de la petite fille.

Rejetant drap et couvertures, Grace se dirigea vers sa salle de bains et alluma. Penchée au-dessus du lavabo pour être le plus près possible de la glace, elle s'étudia attentivement. Aucun changement à première vue. Pourtant, songeant aux taches que Sara avait sur les bras et dont Kathy lui avait parlé, Grace examina les siens. Elle retira sa chemise de nuit et se tint toute nue devant la glace, scrutant son corps de son mieux. Ce que la glace ne pouvait lui révéler, elle essaya de le découvrir à l'aide du miroir de sa coiffeuse. Il lui fallait s'assurer qu'elle n'avait aucune trace de la terrible maladie de Kaposi. Mais, en dehors d'un grain de beauté sur l'épaule gauche, elle n'avait pas de tache suspecte.

Rassurée, elle renfila sa chemise de nuit. Et se recoucha. Glacée, elle se recroquevilla sous les couvertures et s'entortilla dedans, bien décidée à dormir car elle avait besoin de sommeil pour récupérer physiquement et psychologiquement.

9

Une légère bruine tombait lorsque Grace et Kathy Cameron arrivèrent à l'église. Le corbillard et les deux limousines noires étaient garés le long du trottoir. Grace s'engagea dans le parking. Mère et fille pénétrèrent dans le sanctuaire au son d'une musique de circonstance interprétée par un organiste invisible. Le parfum entêtant des fleurs imprégnait l'air. Kathy et sa mère remontèrent l'allée centrale où on leur fit signe de s'approcher du premier rang.

Kathy cherchant des yeux Mrs. Sloane, Grace chuchota :

— C'est elle qui entrera la dernière.

Assises l'une près de l'autre, elles restèrent immobiles jusqu'à ce que Kathy prenne entre les siennes la main de sa mère. Elles n'osaient parler mais toutes deux pensaient à la même chose : à la mort d'une enfant innocente. Une enfant qui aurait peut-être pu être sauvée si les textes de loi avaient fait obligation à toutes les femmes enceintes de passer des tests avant de mener leur grossesse à terme.

Soudain il y eut un frémissement au fond de l'église. Kathy et Grace se tournèrent et découvrirent un groupe de vingt fillettes, toutes de l'âge de Sara. Elles remontèrent l'allée centrale deux par deux jusqu'à des rangées de bancs que défendait une barrière à cordon de velours écarlate.

Les fillettes prirent place comme on le leur avait demandé, mains gantées sur les genoux. Toutes étaient vêtues de blanc avec un petit ruban rouge accroché à l'épaule gauche. La musique s'arrêta lentement. Dans le silence qui suivit et tandis que çà et là des toux nerveuses se faisaient entendre, le prêtre fit son entrée. Par une porte située à côté de l'autel, Victoria Sloane apparut à son tour. Escortée par deux hommes qui semblaient douter qu'elle pût rejoindre seule son banc.

Une fois qu'elle fut installée, l'orgue se remit à jouer une mélodie douce. Alors que celle-ci touchait à sa fin, le prêtre annonça au micro qu'en hommage à Sara ses condisciples chanteraient plusieurs hymnes.

Sur un geste de leur maître de chœur, les petites filles se levèrent. Il y eut un moment de flottement avant que le signal du départ fût donné, puis les petites se mirent à chanter la première hymne. Elles avaient des voix fluettes mais décidées. Elles entamèrent une deuxième hymne, après quoi l'une d'elles, qui se trouvait en bordure de l'allée, s'avança et fit un petit speech qui avait manifestement été rédigé par un des professeurs.

— Sara Sloane était une élève appréciée de l'école et de notre classe. Nous nous souviendrons toujours d'elle. Elle était très aimée. Elle a laissé un vide dans notre cœur que personne ne comblera. Adieu Sara, adieu. Dieu soit avec toi, dors bien.

Après avoir récité son petit laïus, la fillette se rassit, les mains toujours sur les genoux, prête à subir le reste de la cérémonie.

Kathy ne cessa de s'agiter pendant tout cet intermède et sa mère dut la rappeler à l'ordre :

— Kathy, tu es à l'église !

— Hypocrites ! marmonna Kathy.

Le prêtre se leva pour rendre hommage lui aussi à la

courte vie de Sara. Son discours fut parsemé d'extraits des Evangiles pas toujours judicieusement choisis.

Puis ce fut fini. Le petit cercueil fut poussé vers la sortie par le personnel des pompes funèbres. Alors que Victoria se préparait à sortir, Grace et Kathy tombèrent nez à nez avec elle dans l'allée. Grace et Victoria s'étreignirent.

— Vous venez au cimetière, n'est-ce pas ? Sara aurait voulu que vous soyez là. Surtout Kathy. Venez, je vous emmène, montez dans ma limousine.

Elles s'éloignèrent en direction du cimetière sous le crachin. Victoria parlait à peine, de peur de se remettre à pleurer. Mais elle remarqua toutefois :

— C'est gentil d'avoir envoyé la chorale.

Kathy allait répondre, mais Grace d'un regard l'en empêcha.

Au cimetière, elles comprirent bien vite pourquoi Victoria les avait suppliées de l'accompagner. Sous la pluie, il n'y avait qu'une poignée de personnes près de la tombe. Et deux d'entre elles étaient des domestiques de la famille Sloane.

Une fois que la brève cérémonie fut terminée, Kathy tira sa mère par la manche en murmurant :

— Maman, on peut maintenant ?

— Bien sûr, ma chérie, acquiesça Grace.

Elle se tourna vers Victoria Sloane et se mit à lui parler bas à l'oreille. Puis, main dans la main, Grace et Kathy s'éloignèrent, se frayant un chemin à travers les tombes jusqu'à une grande pierre de granit gris.

Décolorée par les intempéries, la pierre portait gravé en grosses lettres un nom : *Cameron.* D'un côté, on pouvait lire en petits caractères : *Kip Cameron 1962-1994.*

La mère et la fille s'immobilisèrent près du monticule qui maintenant se fondait harmonieusement dans le paysage environnant.

Kathy fixa la tombe puis la pierre tombale dont un côté était vierge.

Afin d'empêcher Kathy de trop réfléchir à ce détail, Grace murmura :

— Dis une prière, ma chérie, dépêche-toi. Victoria nous attend.

Elles prièrent toutes les deux en silence puis repartirent à pas lents. Kathy regardait derrière elle. Grace finit par lui dire :

— Kathy, on nous attend.

Le petit groupe regagna la propriété des Sloane où on servit des sandwiches, des gâteaux et du café. Au bout d'un moment, les rares invités prirent congé avec les mots de consolation habituels qu'ils s'efforçaient de prononcer d'un ton qui se voulait le plus encourageant possible, compte tenu des circonstances. Voyant Grace et Kathy se diriger vers la porte, Victoria les supplia de rester.

— Il faut que je vous montre quelque chose.

Prenant Kathy par la main, elle la conduisit au premier étage, dans la chambre de Sara. Tout y était comme la dernière fois que Kathy était venue, à ceci près qu'au pied du lit soigneusement fait était posé un petit paquet emballé dans du papier de soie rouge et noué d'un ruban doré.

— Kathy, ma chère petite, c'est pour toi, dit Victoria.

Intriguée, Kathy la regarda.

— Sara tenait à te donner ceci. Elle n'a eu de cesse que nous l'ayons empaqueté. Elle a essayé de faire le nœud mais elle n'a pas tellement bien réussi. Elle était si faible.

Kathy s'empara du petit paquet. Elle le tenait gauchement, ne sachant ce que la politesse voulait qu'elle fît : devait-elle l'ouvrir tout de suite ou bien attendre d'être rentrée ?

Victoria trancha :

— Ouvre-le quand tu voudras.

Alors qu'elles s'apprêtaient à quitter la chambre, la

bonne entra, portant dans ses bras des draps blancs dont elle se mit à recouvrir les meubles. Après avoir jeté un dernier coup d'œil à la pièce, Kathy regagna le séjour avec Victoria. Grace les y attendait.

— Victoria, sachez que ce n'est pas la fin de notre amitié, commença Grace. Quand vous éprouverez le besoin de parler ou d'évoquer vos souvenirs, nous serons là, Kathy et moi. Et nous aimerions que vous veniez dîner chez nous de temps en temps.

— Merci, répondit Victoria, mais je ne pourrai pas vous prendre au mot, j'en ai peur.

Grace et Kathy échangèrent des coups d'œil inquiets.

— Cette maison, cette région recèlent trop de souvenirs douloureux pour moi. Je savais que la chose la plus pénible qui puisse arriver à une femme, c'était de perdre son enfant. Les mères devraient mourir avant leurs enfants. A fortiori les grand-mères avant leurs petits-enfants. Et puis ce n'est pas seulement la mort qui est choquante, mais la souffrance qui la précède. J'espère que vous ne critiquerez pas ma décision : mais je veux quitter cet endroit.

« Je vais retourner en Europe. J'ai un pied-à-terre dans le midi de la France. Mon mari, Fred, et moi passions nos vacances là-bas. Cette fois, ce ne sera pas un lieu de villégiature mais un refuge. Je prends la fuite. Je fuis la souffrance et le chagrin. J'en ai eu plus que ma part. Je suis vaincue. Vaincue par le sida, comme l'ont été avant moi ma fille et ma petite-fille.

Elle prit Kathy dans ses bras et l'embrassa en la remerciant :

— Merci, mon petit, pour tout. Tu as bon cœur. Tu es formidable.

Elle étreignit Grace à son tour. Puis la mère et la fille s'en allèrent.

La limousine des Sloane ramena Grace et Kathy au parking de l'église où elles récupérèrent leur véhicule.

Grace conduisait lentement, non par prudence mais parce qu'elle se sentait déprimée.

— Lorsqu'il m'arrivera..., lâcha-t-elle soudain.

Mais Kathy, refusant d'écouter, lui coupa la parole :

— Il ne t'arrivera rien ! (Au bout d'un instant, elle ajouta avec moins de conviction :) Ils découvriront sûrement quelque chose. Il y a constamment des articles là-dessus dans les journaux. Tous les jours. De nouveaux médicaments. De nouvelles pistes. L'interleukine par exemple. Il paraît qu'ils ont renversé le cours de la maladie.

— Pas vraiment, Kathy, corrigea Grace.

— Maman, ils disent que des gens qui ont le virus voient leur nombre de bonnes cellules remonter après avoir pris de l'interleukine. C'est vrai ! insista Kathy.

Elle était au bord des larmes et souhaitait désespérément que sa mère confirme.

Pour la première fois, Grace se rendit compte que Kathy avait suivi très attentivement les nouvelles concernant le sida et les derniers progrès de la science. Et qu'elle interprétait avec son optimisme habituel les résultats de ces percées scientifiques. Déchirée entre le désir de forcer sa fille à regarder la vérité en face et celui de ne pas la décourager, Grace continua à conduire en silence. Elle sentait Kathy raidie à côté d'elle, persuadée qu'une découverte miraculeuse serait faite à temps pour bouleverser le pronostic.

Revenant à des préoccupations plus immédiates, Grace remarqua :

— Tu vas en avoir, des cours de danse à rattraper.

— En effet, acquiesça Kathy.

— Il y a le club de sciences nats aussi.

— Oui, oui.

— Je me demande ce qu'il y a dans ton paquet, fit Grace, faisant allusion au cadeau que Kathy tenait à la main.

— Je peux l'ouvrir maintenant ?

— Quand tu voudras.

— Je ne sais pas. J'ai l'impression que quand je l'aurai ouvert elle sera vraiment morte. Et je ne veux pas, dit Kathy.

— Chérie, que tu le veuilles ou non, Sara est morte. Tu devrais ouvrir ton cadeau.

— Maintenant ?

— Maintenant.

Kathy défit le nœud et retira soigneusement le ruban doré. Puis elle écarta les pans du papier de soie et vit une petite boîte recouverte de satin blanc. Elle l'examina avant de se décider à l'ouvrir. Au cœur du satin blanc se trouvait une bague en or. Un mot l'accompagnait, c'était sans doute la dernière chose que la petite Sara avait écrite de sa main incertaine. Kathy lut à voix haute :

« Chère Kathy, ça appartenait à Maman. Elle me l'a donnée. Je veux que tu la portes. Ton amie Sara. »

Ni Kathy ni Grace ne firent de commentaire. Elles poursuivirent leur route en silence.

10

— Kathy ? lança le professeur d'histoire qui, tout en déambulant dans la salle de classe, procédait à une interrogation impromptue sur le sujet traité devant ses élèves quarante-huit heures plus tôt.

Kathy ne répondant pas tout de suite, Mrs. Forsythe reprit :

— Kathy Cameron ? Pourquoi Rosa Parks est-elle un personnage important dans l'histoire des Etats-Unis ?

Kathy se leva. Une fois debout, cependant, elle s'aperçut qu'elle ne savait que dire. En fait, elle n'avait même pas idée de la question. Finalement, rouge comme une tomate, elle fixa le sol sans répondre.

— Viens me voir après le cours ! lui ordonna Mrs. Forsythe avec impatience avant d'interroger sa voisine.

La salle s'était vidée avec bruit. Les vingt-deux fillettes de douze ans en pleine santé avaient fui après le dernier cours de la journée.

Seule Kathy Cameron était restée assise. Sa meilleure amie, Cindy Persons, s'attardait devant la porte.

Mrs. Forsythe ferma afin de se trouver en tête à tête avec Kathy et se tourna vers celle-ci.

— Approche un peu.

Kathy se dirigea vers l'estrade sur laquelle trônait le bureau de l'enseignante, semblable à celui du juge dans une salle d'audience.

— Voyons, attaqua Mrs. Forsythe, décidée à se montrer pleine de mansuétude. Quel est le problème ?

— J'ai pas de problème, répondit Kathy, le nez baissé sur le sol.

— Pendant tout le trimestre tu n'as pas arrêté de lever la main pour répondre. Ces deux dernières semaines, en revanche, non seulement tu ne bouges plus, mais encore tu n'es même pas capable d'articuler un mot quand je t'interroge. Pourquoi ?

— Parce que je ne connais pas la réponse.

— Kathy, regarde-moi. Regarde-moi ! insista le professeur. (Kathy s'étant décidée à relever la tête et ayant croisé le regard de Mrs. Forsythe, celle-ci poursuivit :) Kathy, s'il y a quelque chose qui ne va pas... quelque chose... une bêtise à propos de laquelle tu culpabilises... n'hésite pas à m'en parler. On trouvera une solution. Tu ne peux pas continuer à garder pour toi un secret qui risque de gâcher toute ton année scolaire. Tu es trop bonne élève pour ça. Tu ne t'en rends peut-être pas compte pour l'instant ; mais plus tard tu verras que les notes, c'est très important. Elles figureront sur ton livret scolaire quand tu brigueras une place à l'université. Alors, quel que soit le problème qui te tracasse, je t'en prie, fais-m'en part. Je ne peux pas te laisser compromettre ton année. Tu m'entends ?

— C'est rien, répondit Kathy. Peut-être que finalement je suis pas aussi brillante que vous le croyez.

Sans tenir compte de cette protestation dénuée de fondement, Mrs. Forsythe insista :

— Ecoute, Kathy, j'ignore de quoi il s'agit, mais ça ne peut pas être grave à ce point-là. Je t'écoute !

— Je viens de vous le dire : c'est rien, fit Kathy en luttant pour ravaler ses larmes.

— S'il s'agit d'une bêtise, d'une farce qui a mal tourné, tu ferais mieux de tout raconter.

Kathy garda le silence.

— Très bien, fit Mrs. Forsythe, se résignant à en rester là.

A peine Kathy fut-elle sortie de la salle de classe que Cindy, inquiète, la questionna :

— Qu'est-ce qu'elle te voulait ?

— Sous prétexte que j'ai pas répondu tout à l'heure, elle s'est mise en rogne. Ah, les profs ! Viens, on va être en retard à l'entraînement de foot.

Quatre jours plus tard, au milieu d'une des semaines les plus agitées que la boutique eût jamais connues, Grace Cameron dut fermer à quatre heures moins le quart de façon à se rendre à la convocation de Hazel Thom, principale de l'école.

Ce qui perturbait Grace, ce n'était pas tant le fait d'être obligée de fermer en pleine journée que celui d'être convoquée pour la première fois par la principale depuis que Kathy fréquentait l'école Harrison. Jusqu'à présent, les résultats et la conduite de Kathy avaient toujours été un sujet de fierté pour sa mère.

C'est la première fois, la première fois, se répétait Grace en se rendant au rendez-vous au volant de sa voiture. Qu'est-ce que Kathy avait bien pu faire ? Certes, cette petite n'avait pas froid aux yeux. Et parfois elle en faisait même un peu trop. Toute jeune déjà, elle n'avait pas manqué de se distinguer en désobéissant. Aurait-elle de nouveau fait l'idiote en cours de gymnastique ? Ou s'agirait-il d'une blague d'écolière qui n'aurait pas eu les conséquences voulues ?

Lorsque Grace pénétra dans le bureau de Mrs. Thom, elle constata que la principale n'était pas seule. Glenda Forsythe, professeur d'histoire, se trouvait également là. Ainsi que Joseph Curtis, professeur de maths. Grace eut l'impression de se retrouver devant un tribunal composé de trois juges.

Après l'avoir priée de s'asseoir, Mrs. Thom lui exposa le problème :

— Lorsqu'une élève médiocre se met à récolter des notes franchement médiocres pour ne pas dire plus, c'est une chose. Le stress lié à l'obligation de passer dans la classe supérieure inhibe certains élèves dont les notes peuvent chuter de façon spectaculaire. Mais lorsqu'une élève brillante comme Kathy Cameron voit ses notes dégringoler brusquement, c'est qu'il y a une raison. C'est pourquoi nous avons estimé qu'il valait mieux nous pencher sur le problème sans attendre que la situation dégénère davantage. Il faut que nous parvenions à remettre Kathy sur les rails. Est-ce que vous auriez une idée de ce qui perturbe ainsi votre fille, Mrs. Cameron ?

Sans laisser à Grace le temps de répondre, Joe Curtis prit la parole :

— Mrs. Cameron, cette histoire me tracasse tellement que j'ai pris la peine d'examiner les résultats obtenus par Kathy depuis qu'elle est dans notre établissement. Eh bien, c'est simple, en quatre ans elle n'a eu qu'un seul passage à vide. Et quand j'ai interrogé ses professeurs, j'ai découvert que ce fléchissement avait coïncidé avec la mort de son père. Dieu merci, elle a très vite remonté la pente, repris le dessus et obtenu d'excellentes notes. Le décès d'un parent peut être à l'origine de ce genre de phénomène, c'est tout à fait compréhensible. Mais lorsque la baisse des résultats n'a pas de cause apparente, la situation devient préoccupante.

— Et nous sommes préoccupés, renchérit Mrs. Forsythe. Car c'est rare d'avoir des élèves du niveau de Kathy.

— Mrs. Cameron, intervint Mrs. Thom, avez-vous une idée de ce qui peut la déstabiliser ainsi ? Bref, de ce qui est à l'origine de ses contre-performances ?

Se sentant cernée tel le criminel dans la salle d'interrogatoire d'un commissariat de police, Grace Cameron réfléchit. Certes, le spécialiste lui avait conseillé de faire part au dentiste, au médecin et aux infirmières de son problème de santé. Mais quel comportement adopter face aux enseignants et à la principale ?

Que suis-je obligée de leur dire ? Le Dr Spence n'a jamais évoqué une situation de ce type. Pourtant, il va bien falloir que je leur touche un mot de mon état de santé puisque, manifestement, ce dernier a sur Kathy des répercussions qui sont loin d'être négligeables et que j'avais sous-estimées. Oui, décidément, pour son bien et pour aider ses professeurs à résoudre le problème, il convient que je fournisse des explications.

Pas facile. Grace dut rassembler tout son courage, se creuser la tête, envisager plusieurs manières d'aborder le sujet. Finalement, elle opta pour la plus simple. A savoir la plus directe.

— Mrs. Thom, je vous remercie de l'intérêt que vous portez à ma fille. Je sais combien les professeurs ont été compréhensifs lorsque son père est mort. Je vais donc être franche avec vous : je sais ce qui ronge Kathy. J'avoue même avoir songé à la faire suivre par un psychiatre, afin de l'aider à passer le cap.

— C'est un trouble d'ordre affectif, conclut aussitôt Joe Curtis d'un ton sentencieux. Tout s'explique.

Désireuse d'empêcher que sa fille ne soit cataloguée comme une enfant à problèmes, Grace s'empressa de le détromper :

— Non, Mr. Curtis. Kathy n'a pas de problème. C'est moi qui en ai un. Et c'est à cause de moi qu'elle a de mauvais résultats en classe en ce moment.

Grace marqua une pause puis poursuivit, décidée :

— Voyez-vous, elle vient d'apprendre... vous garderez ça pour vous, n'est-ce pas ? (Mrs. Thom, Mrs. Forsythe et Mr. Curtis opinèrent aussitôt. Rassurée, Grace Cameron reprit :) Eh bien, je viens d'apprendre que j'ai le sida.

Immédiatement, le silence tomba. Un silence de plomb. Grace sentit que les enseignants étaient sous le choc. Qu'ils sympathisaient. Mais également qu'ils avaient peur.

— Oh, mon Dieu, murmura finalement Mrs. Thom.

Mrs. Forsythe exprima sa sympathie de façon différente :

— Evidemment, ça explique tout. Une enfant, surtout une enfant aussi sensible et intelligente que Kathy, ne pouvait que réagir avec violence face à ce genre de situation. Et rejeter la responsabilité de son échec sur elle-même pour protéger sa mère.

— C'est exactement ça, dit Grace, soulagée d'une certaine façon mais craignant aussi les retombées que cette véritable bombe risquait d'avoir sur la vie scolaire de Kathy. Je vous rappelle que tout cela doit rester strictement entre nous. J'ai votre parole, bien sûr ?

— Vous pouvez compter sur nous, promit la principale.

Le lendemain, après l'entraînement de foot, les Cameron déposèrent Cindy chez elle et prirent le chemin du retour. Grace avait toujours mis à profit ce trajet en voiture pour s'entretenir avec sa fille. Dans la voiture il n'y avait bien sûr ni distraction ni coups de fil de ses camarades de classe. La mère et la fille étaient seules, tranquilles.

— Kath, tu sais que je suis allée à l'école hier après-midi ?

— A l'école ? sursauta Kathy.

Pour ménager sans doute sa susceptibilité, les membres du corps enseignant ne lui avaient pas fait part de cette visite.

— Oui. Mrs. Thom, Mrs. Forsythe...

— Forsythe. Evidemment, grommela Kathy. J'ai eu le malheur de rester sèche à une question qu'elle m'a posée et elle en a fait tout un plat. Mais pourtant Rosa Parks, je sais qui c'est ; je sais très bien que c'est elle qui, en refusant de s'asseoir à l'arrière du bus, a lancé le mouvement des droits civiques. Faut pas être un génie pour savoir ça. Je la connaissais, la réponse. Papa et moi, on avait parlé des droits civiques il y a longtemps. Seulement, quand elle m'a interrogée, impossible de m'en souvenir. Ce n'est quand même pas un crime ! Pas une raison pour te convoquer ! C'est vraiment ridicule de monter ça en épingle. Il y a des gens qui sont stupides.

— Kath, fit Grace d'une voix unie, il n'y avait pas que Mrs. Forsythe pour se plaindre de toi. Mr. Curtis a remarqué un fléchissement dans tes résultats ces derniers temps. Et ils sont inquiets. Je ne leur donne pas entièrement tort. De nos jours, tu vois, pour intégrer les meilleures écoles préparatoires, les meilleures facs, la concurrence est impitoyable et la sélection féroce. D'où l'importance des notes. Jusqu'à présent, tu as eu un livret impeccable. Ce serait criminel de gâcher tes chances.

— Les notes, fit Kathy d'un ton méprisant. Les notes, c'est de la connerie.

— Parfaitement, les notes ! insista Grace. Elles peuvent être déterminantes ! C'est grâce aux notes que tu es admise dans telle université et non dans telle autre. Ce sont tes notes qui d'une certaine façon décident des amitiés que tu vas nouer au fil des années, des postes auxquels tu accéderas, de toute ta carrière en un mot. C'est ton livret scolaire qui conditionne ton avenir.

Kathy ne répondit pas tout de suite. Mère et fille continuèrent de rouler en silence jusqu'à ce que tout d'un coup Kathy explose sous le coup des émotions et des angoisses qu'elle s'efforçait de refouler depuis plusieurs semaines :

— Les facs, les postes, la carrière ! Il ne s'agit pas de ça, et tu le sais très bien !

— Où veux-tu en venir ?

— Depuis...

Kathy avait du mal à trouver ses mots, à dire ce qu'elle ressentait. C'était encore plus difficile d'en parler que de le vivre.

— Depuis... quoi ? insista Grace.

— Tu sais bien... depuis le jour où... la petite Sara...

— Tu veux parler du jour de son enterrement...

— Oui, avoua Kathy. C'est pour ça que tu te fais autant de mauvais sang à propos de mes notes.

— Kathy, ma chérie, de quoi parles-tu ?

— Tu me pousses à obtenir de bonnes notes pour que les gens m'apprécient davantage, veuillent me prendre.

— Veuillent te prendre ?

— Quand le moment... quand la fin viendra, qu'est-ce qui m'arrivera ? Où est-ce que j'irai atterrir ? C'est pour ça que tu veux que j'obtienne des bonnes notes. Pour donner envie aux gens de me recueillir chez eux.

— Oh, ma chérie, pas du tout. On est loin d'en être là. Tu te souviens de mes résultats ? Ils étaient bons. Maintenant les gens qui sont atteints du sida peuvent vivre des années, des années ! insista Grace autant pour se rassurer que pour rasséréner sa fille.

Elles n'en dirent pas davantage mais dans le silence qui suivit Grace Cameron comprit que la mort de Sara avait eu un énorme impact sur Kathy. Ce décès l'avait profondément bouleversée.

Grace comprit aussi qu'elle s'était laissée aller à trouver du réconfort dans le résultat qu'on lui avait communiqué. Qu'elle s'était raccrochée à ce chiffre comme à un talisman. Mais des résultats, il y en aurait d'autres, et malheureusement ils ne seraient pas tous aussi bons.

Le problème soulevé par Kathy méritait réflexion. Et cela d'autant plus que Grace ne pouvait se résoudre à accepter qu'un jour proche ou lointain sa fille tombât entre les mains de quelqu'un d'autre. Même lorsque sous la pression des événements elle envisageait cette éventualité, elle s'efforçait de la rejeter.

Elle passa de nouveau une très mauvaise nuit, au cours de laquelle elle se dit que son prochain résultat d'ADN lui dirait où elle en était.

11

Grace Cameron comptait les jours qui la séparaient de sa prochaine visite chez le Dr Norman Spence. L'inquiétude que Kathy avait laissé transparaître — la peur que personne ne veuille d'elle si ses notes n'étaient pas au top niveau — trahissait une angoisse beaucoup plus profonde qu'elle avait résumée en une question pathétique et aussi simple que dénuée d'ambiguïté : « Qu'est-ce qui va m'arriver, à moi ? »

Cette question réveillait Grace au beau milieu de la nuit. Et continua de la hanter tandis qu'elle rédigeait les enveloppes destinées à ses clients qui fêtaient tel ou tel événement heureux. Et cette même question lui revenait encore plus vivement en mémoire trois fois par jour au moment où elle devait prendre son AZT.

Il lui fallait en parler à quelqu'un. A quelqu'un en qui elle avait confiance. Cette personne, c'était Hannah, la mère de Cindy. Les fillettes étaient si proches que Hannah avait forcément dû se faire une idée assez exacte de la personnalité de Kathy.

Discrète, brune, menue, Hannah Persons n'était pas seulement une mère particulièrement attentive. C'était aussi une femme nantie d'une conscience sociale très développée. Epouse et mère modèle, elle trouvait en outre le temps de travailler bénévolement comme tutrice quatre après-midi par semaine dans une école élémentaire d'un quartier pauvre de la ville où ses qualités de pédagogue et sa patience étaient aussi hautement appréciées de ses jeunes élèves que des enseignants de l'établissement.

Grace invita Hannah à la retrouver dans un petit restaurant où elles seraient tranquilles pour bavarder. Tout en prenant le café, Grace continua la conversation.

— Heureusement, si j'en crois mon dernier bilan, je m'en sors plutôt bien. Pour l'instant, du moins. Donc j'ai encore du temps devant moi. Le tout, c'est de choisir le foyer et les gens qui conviennent.

— Et si on commençait par passer la famille en revue ? suggéra Hannah.

— C'est là que le bât blesse, fit Grace. Papa étant diplomate et donc à la merci du ministère des Affaires étrangères, nous n'avons jamais séjourné suffisamment longtemps aux Etats-Unis pour que j'aie la possibilité de connaître mes cousins. Leurs parents nous envoyaient des cartes de vœux et des cadeaux à Noël. Je me souviens d'avoir reçu de ma tante Marion, sœur de Maman, une ravissante écharpe en soie. Le temps qu'elle me parvienne, Papa avait été nommé à Milan. Et sur l'écharpe, figure-toi qu'il était écrit *Made in Italy*. Ça nous a bien fait rire.

— Effectivement, on ne peut pas dire que vous soyez proches, dans ta famille, remarqua Hannah. Et du côté de ton père, il n'y aurait personne que tu puisses solliciter ?

— Ma cousine Carole. Ce n'est pas qu'elle soit vraiment proche, mais elle a habité chez nous un certain temps alors que Papa était en poste à Londres. Elle faisait ses études là-bas.

— Et alors ? la poussa Hannah.

— Après ça, elle s'est mariée, puis elle a plaqué son mari pour aller vivre avec un marchand de tableaux à

Santa Fe. Un type que je n'ai jamais rencontré. Comment savoir s'ils sont partants pour adopter une fillette de douze ans ? Voire de treize, quatorze ans.

— Et la famille de Kip, glissa Hannah. Si j'ai bien compris, Kathy est assez proche d'eux.

— Justement, c'est bien le problème, répondit Grace. Les deux sœurs de Kip, Hortense et Louise, sont aussi différentes l'une de l'autre que l'eau du feu. Et se jalousent. Si je contacte Hortense la première, Louise ne me pardonnera jamais. Et si je commence par Louise, c'est Hortense qui m'en tiendra éternellement rigueur.

— Il n'y a qu'elles ? Il m'avait pourtant semblé entendre Kathy parler d'un oncle...

— Ce doit être Ed. Un musicien de rock toujours par monts et par vaux. Pas l'idéal quand on veut adopter une petite fille. Et même si sa profession l'y autorisait, c'est moi qui mettrais mon veto. Evidemment..., commença Grace. Non, je ne crois pas.

— Quoi donc ?

— Il y a aussi la cousine de Kip. Amanda. Elle nous envoyait des cartes et des cadeaux de New York et de Paris. Mais ça remonte à un certain temps. Depuis qu'elle est devenue une vedette de la mode, nous sommes sans nouvelles. Elle fait la morte.

— Une célébrité de la mode, reprit Hannah. Tu veux parler d'Amanda Cameron ? C'est la cousine de Kip ? J'ai souvent vu sa photo dans les magazines féminins et à la télévision. Mais jamais je n'ai entendu Kathy prononcer son nom.

— Ça n'a rien d'étonnant, fit Grace. Elle ne l'a jamais rencontrée.

— Je suis d'accord avec toi, je la vois mal dans le rôle de la mère adoptive, enchérit Hannah. Ce qui nous ramène à la case départ. Hortense et Louise. Il va falloir que tu prennes le risque de les froisser. A moins que... Kathy m'a parlé d'un oncle Harry. Comment est-il, lui ?

— C'est le patriarche de la famille. Un tyran. Le « roi » Cameron. C'est Kip qui l'avait baptisé comme ça.

— Je vois le genre, compatit Hannah.

— Kip disait souvent qu'Oncle Harry s'était trompé de siècle. Qu'il aurait fait un merveilleux planteur avant la guerre de Sécession. Il aime régner sur les gens. Les « posséder », régenter leur existence. Il prend un malin plaisir à les manipuler, se mêler de leurs affaires. Kip m'a toujours mise en garde à ce sujet : « Fais attention où tu mets les pieds avec Oncle Harry. Il est vite envahissant. »

— Pourquoi ne pas lui demander conseil à propos des sœurs Cameron ?

— C'est une idée, convint Grace sans enthousiasme. (Puis elle ajouta :) Dieu merci, j'ai le loisir de trouver le foyer qui conviendra à Kathy. Evidemment... (Elle hésita avant de poursuivre :) Si mes résultats d'ADN continuent sur cette lancée, Kathy aura le temps de faire ses études au collège et d'acquérir son indépendance avant ma disparition.

— Le temps. Quelle chose merveilleuse. C'est comme de l'argent à la banque. Ou une assurance-décès. Ou un don de Dieu. Plus je lis d'articles sur le sida, plus je m'aperçois qu'il y a des malades qui vivent des cinq ans et plus. Beaucoup plus.

Le temps est devenu son ami, son allié, et l'aide à réfléchir à l'avenir, ne put s'empêcher de songer Hannah en examinant le visage amaigri de Grace. J'espère qu'elle ne se trompe pas.

Grace avait attendu que Mrs. Brighton vienne prendre les faire-part de fiançailles de sa fille. C'était son tour de passer prendre Kathy et Cindy à la sortie de l'entraînement et elle n'avait pas du tout envie d'arriver en retard. La dernière fois, ç'avait été le cas. Et les filles avaient dû rentrer en taxi — luxe que Grace ne pouvait se permettre.

Mrs. Brighton arriva avec plus d'une demi-heure de retard. Grace dut abréger les politesses d'usage et la mettre gentiment dehors de façon à pouvoir quitter le magasin.

Les petites attendaient. Toutes leurs camarades étaient parties.

Grace s'excusa mais les filles ne paraissaient pas spécialement perturbées. Elles riaient, s'amusant à imiter leur entraîneur, une femme qui avait suffisamment de tics pour que de jeunes adolescentes aient envie de se payer sa tête.

Mère et fille déposèrent Cindy et firent bonjour de la main à Hannah restée sur le pas de la porte. Grace fit sa marche arrière et repartit.

— Alors, comment ça s'est passé aujourd'hui ? L'entraînement, je veux dire.

— Pas mal du tout, fit Kathy.

— Et ton devoir de sciences nats ?

— J'ai eu un B+, fit Kathy.

— Si je comprends bien, tu vas de nouveau être en tête de classe, fit Grace toute contente.

Au même moment, elle tendit le bras pour allumer ses phares.

— Pourquoi tu fais ça ? questionna Kathy, intriguée.

— Parce qu'il commence à faire nuit, expliqua Grace.

— Hein ? Mais les autres voitures n'ont pas leurs phares allumés.

Grace examina les véhicules qui venaient en sens inverse. Effectivement, Kathy avait raison, aucun n'avait ses phares allumés. Pourtant, elle avait l'impression que tout était noir et flou. Elle ralentit et se concentra sur la route, sur la ligne blanche en pointillé qui séparait les deux voies. Elle la distinguait mais avec difficulté. Elle s'aperçut qu'elle avait des mouches volantes, des taches sur un œil. Des petits points sur l'œil gauche, mais pas sur le droit. Il lui était arrivé, comme ça peut arriver à tout le monde, de voir des points mais jamais en quantité pareille. Elle passa sur la file de droite et se gara sur le bas-côté.

— Maman ?

— Une minute. J'ai une gêne dans l'œil.

— Qu'est-ce qu'il a, ton œil ? Qu'est-ce qui te gêne ?

— Des petits points. Tu sais, ça arrive des fois. Mais là, il y en a vraiment beaucoup.

— Tu veux que j'aille chercher de l'aide ?

— En voilà une idée ! protesta Grace. Dans une minute, je repars.

Mais un quart d'heure plus tard, les taches n'étaient toujours pas parties lorsque Grace remit le moteur en marche. Conduisant lentement et prudemment, elle réussit à arriver à bon port.

Aussitôt, elle passa un coup de fil à Scotty MacClune. Elle lui décrivit ce qui lui arrivait, lui demandant de lui recommander un ophtalmo en qui il avait confiance. Au lieu de quoi Scotty lui dit :

— Je crois que tu ferais mieux d'aller consulter Norman. Je te rappelle dans dix minutes.

En l'espace d'une heure, Scotty s'était débrouillé pour avoir un rendez-vous au cabinet du Dr Spence. Il passa prendre Grace et, à son corps défendant, emmena également Kathy qui ne voulait pas quitter sa mère.

Grace était assise dans le cabinet de Spence, le buste raide sur le tabouret blanc tandis que le médecin examinait son œil gauche tout en lui demandant de décrire ses symptômes.

— Des petits points... Des mouches... Des tas de petits points, fit-elle.

— Des flashes ?

— Non. Des petits points qui flottent ici et là.

En aparté, Spence dit à Scotty :

— Rétinite.

A ce moment-là, Kathy, qui était assise à l'autre bout de la pièce, bondit et se rapprocha de sa mère de façon à entendre tout ce que se disaient les deux médecins. Elle était proche de Grace au point de la toucher. Levant les yeux, elle observa attentivement les visages des deux hommes que sa curiosité mettait mal à l'aise.

— Qu'est-ce que tu proposes ? fit Scotty.

— Le Ganciclovir me paraît tout indiqué, répondit Spence.

— C'est quoi ? questionna aussitôt Kathy.

— Kathy ! la gronda sa mère.

Mais Norman Spence avait l'habitude des regards implorants des parents et amis de ses patients. Il décida de mettre Kathy dans la confidence au lieu de feindre d'ignorer son inquiétude sous prétexte qu'elle n'avait que douze ans. Il la connaissait depuis assez de temps maintenant pour savoir qu'il avait affaire à une jeune fille intelligente. Qui avait le droit de savoir à quoi s'en tenir sur l'état de sa mère, son seul parent.

— Le Ganciclovir est un médicament qui permet de combattre la rétinite résultant du sida. Il permet de ralentir l'évolution de la maladie. Parfois même de la guérir.

Sa curiosité partiellement satisfaite, Kathy posa une deuxième question :

— Et si on ne la guérit pas ?

— Jeune fille, si nous mettons votre maman sous perfusion de Ganciclovir deux fois par jour pendant plusieurs semaines, je suis persuadé qu'elle viendra à bout de cette saleté, déclara Spence.

— Des perfusions deux fois par jour, fit Kathy avant de hocher la tête pour marquer sa satisfaction.

Une lueur malicieuse dans l'œil, Spence ne put s'empêcher de la taquiner gentiment :

— Je suppose que maintenant tu vas me demander quelle dose on va lui injecter ?

— J'ai confiance en vous, docteur.

— Merci, rétorqua Spence. Mais puisque ça t'intéresse, sache qu'à une femme pesant le poids de ta mère, il faudra injecter 250 milligrammes deux fois par jour.

— Quand est-ce que vous commencez ? voulut aussitôt savoir Kathy.

— Pour l'amour du ciel, Kathy, protesta sa mère.

Mais Spence répondit très sérieusement :

— Demain matin. Mon infirmière lui administrera le produit.

— Je ferai en sorte que ma mère soit là, promit Kathy.
— C'est toi qui conduiras, alors.
Kathy comprit que le médecin plaisantait.
— On prendra un taxi, docteur.

Grace et Kathy patientaient dans la salle d'attente de Spence tandis que les deux médecins tenaient un conciliabule.
— C'est grave ? questionna Scotty.
— Ce n'est que l'un des obstacles qu'elle rencontrera en chemin, il y en aura d'autres.
— Est-ce qu'elle a une chance de s'en débarrasser ?
— Il y a quatre-vingt-cinq pour cent de chances que son état s'améliore. Mais la plupart des malades rechutent une fois le traitement terminé. J'ai eu des patients qui étaient dans un état bien pire et qui ont réussi à s'en sortir, fit Spence. Evidemment...
Scotty le poussa à poursuivre :
— Evidemment, quoi ?
— Ecoute, Scotty, je suis bien obligé d'évoquer tous les scénarios. Y compris le pire : il faut quand même que tu sois au courant. Si la rétinite continue de progresser sans qu'on puisse faire quoi que ce soit pour la freiner, le foie risque d'être touché. Et pas seulement le foie. Le côlon, le système nerveux. L'infection peut gagner du terrain.
— Toucher le cerveau, tu veux dire ?
— C'est possible, reconnut Spence.
Scotty hocha la tête d'un air sombre.
— Fais bien attention à ce que tu vas lui dire, surtout ; ne répercute pas mes propos à la légère, fit Spence d'un ton pressant. Il y a des tas de patients qui sont incapables d'accepter ce type de discours.
— Je ne lui communiquerai que ce qu'elle doit savoir pour continuer de vivre.
— En ce qui concerne Kathy... j'ignore ce que tu as

l'intention de faire, mais à ta place je ne la mettrais pas au courant, l'avertit Spence. Du moins pas encore.

Scotty opina. Alors qu'il se dirigeait vers la porte de la salle d'attente, Spence le rappela :

— Scotty...

— Oui ?

— Elle a de la famille, n'est-ce pas ? (Devant l'air abasourdi de Scotty, Spence se vit contraint d'expliquer :) Je ne m'attendais pas à ce que la rétinite frappe si tôt. Le virus est galopant. C'est pourquoi j'évoque sa fille. Qu'est-ce qui va lui arriver, à cette petite ?

— Il faut que je mette la question sur le tapis maintenant, tu crois ?

— Je saurai mieux à quoi m'en tenir après son prochain résultat d'ADN, dit Spence. Les derniers étaient tellement atypiques que, franchement, j'appréhende les suivants.

12

— Kathy ! Tu n'es pas encore prête ? On va être en retard ! s'époumona Grace au bas de l'escalier.

— J'arrive ! s'écria Kathy en déboulant sur le palier.

Grace lui jeta un regard réprobateur.

— Ton sac à dos ! Tu as oublié ton sac à dos.

Au lieu de se troubler ou de retourner dans sa chambre, Kathy continua à descendre l'escalier.

— Kath ?

— Je vais pas à l'école.

— Tu ne vas pas... Qu'est-ce que ça signifie ?

— Je t'accompagne chez le Dr Spence.

— Pas question. Tu vas suivre le programme qu'on s'est tracé hier soir. Je vais te déposer à l'école et me rendre au cabinet médical. Je vais me faire faire cette perfusion de Ganciclovir et ensuite je me rendrai à la boutique. J'ai mille choses à faire. Fais-moi le plaisir de faire demi-tour et d'aller prendre tes livres !

Grace avait pris un ton aussi énergique que possible car elle-même n'était pas sans inquiétude à propos du traitement qui devait démarrer ce matin-là.

— Je t'accompagne, insista Kathy.

— On n'a pas besoin de toi là-bas. Tu ne ferais que nous gêner. Tu serais dans nos jambes.

— Ah, parce que je t'ai gênée quand Papa est mort ?

— Mais c'était différent ! Complètement différent ! protesta Grace.

— Je n'étais pas là quand l'accident s'est produit.

— Tu étais trop jeune pour faire de l'alpinisme. Allons, sois raisonnable, va chercher tes livres et filons.

— Tu n'aurais jamais dû le laisser partir.

— Quand ton père avait décidé de faire quelque chose, personne, pas même les médecins, ne pouvait l'en empêcher. Et à supposer que j'aie réussi à le dissuader de partir faire de l'escalade, ç'aurait été le plus malheureux des hommes.

Prenant Kathy par la main, elle la fit asseoir près d'elle sur la troisième marche.

— Ton père avait l'esprit d'un aventurier, ma chérie. Et le corps d'un invalide. Son état lui faisait horreur. A certains moments, j'ai cru qu'il allait se blesser exprès pour voir s'il réussirait à s'empêcher de saigner par la seule force de sa volonté. Eh bien, il a échoué.

« Maintenant, ma chérie, si tu as peur que ce traitement me soit fatal, je n'irai pas chez le Dr Spence. Cependant, je ne suis pas près de mourir. Tu as entendu le docteur quand il a dit que grâce à ce médicament je pouvais me débarrasser de cette rétinite en quelques semaines. Alors je t'en prie, j'ai plusieurs commandes urgentes à terminer aujourd'hui. Plus vite je serai à la boutique et mieux ce sera.

Kathy caressa la main de Grace. Puis elle embrassa sa mère et dit finalement, d'un ton résigné :

— Très bien.

— Restez tranquille, Mrs. Cameron, dit l'infirmière. Vous allez sentir une piqûre, c'est tout. Vous resterez allongée, et vous laisserez le produit faire effet. Le traitement est indolore.

Quelque temps plus tard, le Dr Spence pénétra dans la pièce.

— Alors, comment ça va ?

— Bien, dit Grace. Je n'ai pas mal.

— Parfait. Et maintenant, si vous n'y voyez pas d'inconvénient, nous allons prélever un autre échantillon de sang.

— Mais je croyais que vous veniez d'en prendre, protesta Grace.

— Vous n'allez pas me refuser quelques centimètres cubes de sang, fit-il avec un sourire.

Il ne souffla mot en prélevant le sang sur son autre bras ; mais après avoir scellé l'éprouvette, il donna l'ordre à l'infirmière de l'expédier au labo sans tarder.

Pendant ce temps, Grace ne pouvait s'empêcher de se poser des questions en constatant que le train-train habituel avait changé. Normalement, elle devait voir le médecin une fois par mois, et se faire faire un bilan sanguin tous les trois mois. Alors, pourquoi tout d'un coup ce test devenait-il mensuel ? La rétinite ne serait-elle pas plus grave que Spence ne le lui avait laissé supposer ?

Une fois la perfusion terminée, l'infirmière suggéra à Grace de se reposer un moment avant de partir. Spence reparut, cette fois pour s'assurer que tout allait bien.

Lorsqu'il la surprit à cligner de l'œil gauche, il la gronda avec un sourire :

— Nous ne sommes pas des faiseurs de miracles. Ce n'est pas avec une seule perfusion que vous allez constater des changements. Cela demandera du temps. Maintenant, filez travailler et revenez un peu plus tard.

Elle roulait avec prudence, se servant surtout de son œil droit. De temps en temps, elle cillait pour voir si le gauche était redevenu normal. Mais tel n'était pas le cas. Alors elle continua de se fier à son seul œil droit.

Lorsqu'elle atteignit la boutique, alors même qu'elle

ouvrait la porte, elle entendit le téléphone sonner. C'est sûrement une cliente, pensa-t-elle, qui appelle pour s'assurer que ses enveloppes seront prêtes aujourd'hui comme convenu.

Grace se précipita et décrocha.

— *Tour de main* ! annonça-t-elle.

— Ça va ?

— Kathy ! Qu'est-ce que tu fabriques ! Tu devrais être en classe !

— Je voulais être sûre que ça allait. Tu n'as pas répondu tout de suite.

— Kathy Cameron, il va falloir que ça cesse ! C'est en classe que tu dois être. Comment as-tu fait pour dénicher un téléphone ?

— Mrs. Thom m'a autorisée à appeler de son bureau.

— Bon, tu es contente, tu as appelé, tu sais que je me sens bien. Alors, retourne en cours !

— Oui, Mamita.

En raccrochant, Grace se rendit soudain compte qu'il y avait bien deux ans que Kathy ne lui avait pas parlé sur ce ton tout de tendresse.

Comme promis, Grace alla chercher sa fille à la sortie du club de sciences naturelles avant de se rendre chez le Dr Spence. Là, Kathy suivit attentivement les opérations. Et attendit patiemment que le flacon de Ganciclovir fût vide.

Après quoi la mère et la fille reprirent le chemin de la maison.

Pendant tout le trajet, Kathy ne cessa de harceler sa mère :

— Tu te sens bien ? Tu es sûre ? Tu ne vas pas te trouver mal ?

— Je me sens bien, ma chérie. Très bien.

Pourtant, Grace avait un peu mal au cœur. Elle mit cela sur le compte du médicament mais en fait elle était préoccupée.

L'allusion de Kathy à la mort de son père l'avait marquée plus qu'elle ne l'aurait pensé.

Grace en était au huitième jour de traitement lorsque, en début de soirée, le Dr Norman Spence passa un coup de fil à Scotty MacClune. MacClune étant absent, Spence lui laissa un message, lui demandant de le rappeler le plus vite possible. Dans l'heure qui suivit, Scotty s'exécutait.

— Norman ? Quoi de neuf ? Grace commencerait-elle à éprouver des effets secondaires liés à son traitement ?

— Non. Mais c'est à son sujet que je t'appelle. Je suis en train d'étudier les résultats de son dernier test d'ADN.

— Et alors ?

— Commençons par la charge virale. La première fois, le chiffre était de quatorze mille. La deuxième, il avait baissé, passant à dix mille. Et maintenant, voilà qu'il est remonté à trente mille.

— C'est encore loin d'être alarmant.

— Oui, mais c'est assez révélateur. D'autre part, le nombre de lymphocytes T me tracasse. La première fois, il était de 280. La deuxième fois, et ça c'est une anomalie ou je ne m'y connais pas, il avait grimpé à 310. Cette fois, il a baissé. Comme je m'y attendais. Mais dans des proportions beaucoup plus considérables, car de 310 il est passé à...

— Combien ?

— 220.

— Effectivement, on peut dire qu'il a chuté, acquiesça Scotty.

— J'ai bien peur que ce soit parti. Ses CD4T vont dégringoler encore plus vite maintenant. Et la charge virale va grimper en flèche par dizaines de milliers. Si ce n'est pire.

— Qu'est-ce que tu en penses ?

— Ça fait un bout de temps qu'elle a le virus. A vue

de nez, je lui donnerais neuf mois à vivre, au maximum un an.

— Oh, mon Dieu, murmura Scotty. Qu'est-ce qu'on peut faire ?

— Rien de plus que ce que nous faisons déjà.

— Tu veux que je lui annonce la nouvelle ?

— Non, Scotty, c'est mon boulot. J'ai plus d'expérience que toi en la matière. Apprendre aux gens à accepter la mort est devenu ma spécialité. Je lui parlerai.

PATIENT : Cameron Grace

ÂGE : 34

SEXE : F

DIAGNOSTIC : SIDA

MÉDECIN TRAITANT : Dr R. MacClune

DATE	LYMPHO-CYTEST	CHARGE VIRALE	POIDS
21/9	280	14 000	57,6
10/12	310	10 000	57,1
12/2	220	30 000	56,2

13

Grace Cameron pénétra dans le cabinet de Norman Spence et y découvrit Scotty MacClune. Ses craintes se virent soudain confirmées et elle ressentit une brusque douleur à l'estomac. Lorsque Spence lui avait demandé de venir seule, elle s'était doutée qu'il se préparait quelque chose d'inhabituel. La présence de Scotty la confortait dans cette idée.

Scotty et Grace se saluèrent avec émotion, brièvement.

— Grace...

— Scotty...

Ce fut là tout ce qu'ils réussirent à se dire avant que Spence ne prenne les choses en main :

— Grace, je viens de recevoir vos derniers résultats d'ADN. Malgré le compte rendu optimiste d'il y a deux mois, je dois dire que l'on peut observer une augmentation très nette de la charge virale. Dans le même temps, le nombre de lymphocytes T a chuté de façon inquiétante. En clair, cela signifie que vos lymphocytes T sont en train de perdre la bataille contre ce fichu virus. Aussi...

— Docteur, combien de temps me reste-t-il ?

— Grace, intervint Scotty, écoute Norm jusqu'au bout.

— Pourquoi ne va-t-il pas droit au but ? s'énerva-t-elle. Au lieu de m'abreuver de faits et de chiffres. Pourquoi ces détours ? De façon à pouvoir dire plus tard : « J'ai fait le maximum. Le virus a eu le dessus. Mais j'ai été franc avec elle ; je ne lui ai rien caché. » C'est ça l'objectif de cet entretien ? Donner au médecin l'impression qu'il a fait correctement son boulot ? A votre place, docteur Spence, je m'épargnerais ce mal. Je vous comprends. Et je vous pardonne. Vous avez fait de votre mieux. Alors, dites-moi simplement combien de temps il me reste.

— Grace, intervint de nouveau Scotty.

— Non, fit Spence. Je ne lui en veux pas : je sais ce qu'elle ressent. Ce n'est pas la première fois que j'entends ça. Et même lorsque je ne l'entends pas, je lis la question dans les yeux de mes malades. La médecine a échoué. Nous avons échoué. Ça n'est pas notre faute. Ce n'est la faute de personne. C'est simplement que l'ennemi, les virus se sont ligués contre nous. C'est comme s'ils avaient fait bloc, se disant : « Comment détruire ces créatures ? Ces créatures qui se couvrent du nom d'hommes. Comment se fait-il que lorsque nous nous attaquons à l'espèce humaine nous échouions la plupart du temps ? Réponse : parce que les hommes possèdent une arme secrète ; leur système immunitaire. Une fois que ce dernier a détecté notre présence, il se mobilise, rassemble ses lymphocytes T. Et c'est la défaite assurée. Eh bien, on va élaborer une autre stratégie pour venir à bout de ces maudits humains. » Et après avoir creusé la question, ils sont arrivés à une solution : « On va développer un virus capable de s'attaquer au système qui fabrique les lymphocytes T. On va frapper au cœur même des défenses de l'homme : son système immunitaire. Et quand ce système s'imaginera avoir développé un lymphocyte T de nature à combattre la nouvelle arme mise au point par nos soins, nous changerons de forme chaque fois que nous nous reproduirons. Le système immunitaire de l'homme sera tellement pris de court qu'il ne réussira jamais à se mobiliser de façon efficace contre nous. Alors nous pourrons dire que nous aurons développé le fin du fin en matière de virus. Celui que des millions d'années d'évolution humaine ne peuvent combattre. »

« Voilà à quoi nous sommes confrontés, nous autres médecins. C'est pourquoi nous n'avons pas réussi à trouver de traitement adéquat. Ni de vaccin. C'est pourquoi nous ne pouvons vous répondre. Tout ce que nous pouvons faire, c'est apprendre aux gens à éviter d'avoir cette saleté de maladie.

« Ce que je veux vous dire n'est pas tellement destiné à soulager ma conscience d'être humain ou de médecin. Je veux simplement vous faire remarquer que, au vu des derniers résultats, il semble que nous soyons en train de perdre la bataille. Et plus vite que je ne l'avais soupçonné.

— Je m'y attendais, insista Grace. C'est pourquoi je vous repose ma question : *combien de temps me reste-t-il* ?

— Impossible de le préciser. Neuf mois ou...

— Ou moins ?

Spence jeta un coup d'œil à Scotty avant de concéder :

— Peut-être moins. Nous n'en savons rien. Cela dépendra des résultats à venir. C'est pourquoi j'ai pensé... Nous avons pensé qu'il fallait vous prévenir. Etant donné que vous avez des dispositions à prendre.

— Je vous remercie de votre franchise.

— Grace, fit Scotty, je sais que cette nouvelle t'a fait un choc, alors pourquoi...

— Non, je m'y attendais, fit-elle doucement. Simplement, je ne pensais pas que ce serait si rapide.

— Tu n'es pas en état de conduire. Je ferais mieux de te ramener chez toi.

— Chez moi ? Mais j'ai deux commandes à livrer d'ici à la fin de la journée, et d'autres commandes qui m'attendent au magasin. Sans compter les paquets cadeaux.

— Tu devrais mettre la pédale douce à la boutique et prendre le temps de réfléchir à tout ça.

— Scotty, s'il y a une chose dont je manque, c'est bien

de temps. J'ai trop de travail. Trop de sujets de préoccupation.

Se levant, elle se tourna vers le Dr Spence :

— Merci de votre franchise. C'est une qualité que j'apprécie.

Alors qu'elle fermait la porte, le Dr Spence murmura pensivement :

— Elle a mieux réagi que je ne m'y attendais.

— Elle a vu son mari mourir d'une hémorragie intracrânienne sous ses yeux. Et elle s'est débrouillée pour subvenir à ses besoins et à ceux de sa fille. Si le courage et la détermination pouvaient venir à bout de cette maladie, Grace n'aurait aucun souci à se faire.

— Et elle ne serait pas la seule à être tirée d'affaire. Malheureusement, dans l'état actuel des choses, cela ne risque pas de se produire.

Grace avait quitté le cabinet du Dr Spence et elle n'était plus qu'à quelques centaines de mètres de sa boutique. Soudain elle s'arrêta sur le bas-côté. Sa douleur à l'estomac n'avait fait que croître à mesure qu'elle conduisait. Ce n'était pas le genre de douleur que sa maladie pouvait lui causer. Les douleurs, ce serait pour plus tard. Ce n'étaient pas non plus les douleurs brutales qui accompagnaient les épisodes de diarrhée qu'elle traversait périodiquement et qui étaient liés au sida.

Cette douleur ressemblait comme une sœur à celle qui l'avait assaillie lorsque Kip était mourant, et qui l'avait accompagnée des mois durant. C'était une douleur identique à celle qui l'avait conduite à envisager le suicide au cours des semaines qui avaient suivi la mort de son mari. Seule la pensée de Kathy, ainsi que la nécessité de la protéger, l'avait empêchée de se supprimer.

Kathy, songea-t-elle. A supposer que je tienne encore le coup neuf mois comme Spence me l'a laissé entendre, elle n'aura que treize ans lorsque... Que va-t-il lui arriver ?

Et comment lui dire ? Je ne vais pas lui annoncer ça de but en blanc. Non. Pourtant, peu importent les mots que j'utiliserai, leur signification restera la même. « *Kathy, ma chérie, dans neuf mois ou peut-être même plus tôt tu vas te retrouver seule au monde.* » Impossible de faire ça. Je ne peux pas lui dire les choses aussi sèchement. Je lui parlerai *quand je saurai à qui la confier.* Seulement voilà, à qui ? Je n'en sais rien.

Et puis, nous n'avons plus le temps de choisir, plus le temps d'envoyer Kathy passer une partie de l'été chez les uns ou chez les autres, histoire de voir si elle s'entend bien avec eux.

Avant de dire quoi que ce soit à Kathy, je ferais mieux de régler cette question en priorité. Oncle Harry ! Kip m'a dit bien des choses sur son compte, mais il n'en reste pas moins que Harry est le chef de la famille. Il saura à qui je dois confier Kathy. C'est ça, je vais d'abord parler à Harry et ensuite seulement à Kathy.

Ayant pris cette décision et sa douleur s'étant légèrement atténuée, elle remit le contact et poursuivit sa route jusqu'au magasin.

Quelqu'un l'attendait dehors. Une femme. Grace ne la reconnut pas. Toutefois, alors qu'elle ouvrait sa porte, l'inconnue se présenta.

— Mrs. Cameron, Evelyn Forrest. Vous vous souvenez de moi ? Nous nous sommes rencontrées au mariage des Burris. J'ai trouvé les invitations que vous aviez rédigées tellement réussies que je me suis promis de faire appel à vous lorsque ma petite Melanie se marierait.

Tout en parlant de sa fille, de son futur gendre, de sa famille et de mille choses encore, Evelyn Forrest choisit le vélin qui lui convenait et communiqua à Grace tous les renseignements nécessaires — date, nom de l'église, adresse, lieu et heure de la réception. Elle fut un peu surprise en apprenant combien cela lui coûterait mais elle finit par déclarer : « On ne se marie qu'une fois. » Puis elle ajouta : « Du moins, je l'espère. »

Baissant la voix, elle dit à Grace sur le ton de la confidence :

— Il faut que tout soit parfait ; la famille de mon gendre est très à cheval sur l'étiquette. La liste des invités nous a déjà posé de tels problèmes... J'ai cru qu'on n'en sortirait jamais. Pourtant c'est quand même nous qui payons le mariage.

Evelyn Forrest partie, Grace examina les données qu'elle avait notées dans son carnet de commandes en songeant que sa cliente ne s'était doutée de rien. Cette femme n'avait cessé de caqueter à propos de sa petite Melanie, de la famille de son futur gendre, de la composition de la liste des invités. Elle était loin de soupçonner ce qui allait arriver à Kathy...

Quant à moi, jamais je ne verrai Kathy se marier... Je ne serai plus là pour faire rédiger les invitations, l'aider à choisir sa robe, faire la connaissance de mon gendre, admirer ses enfants. Jamais, c'est le mot le plus atroce de toute notre langue.

Pour la première fois, Grace Cameron s'effondra et se mit à pleurer. Elle s'essuya les yeux quelques minutes plus tard, sortit le dossier du baptême du petit Bradley et commença à libeller les enveloppes d'après la liste qu'on lui avait confiée. Tout en travaillant, elle repensa à la décision qu'elle avait prise. Oncle Harry saura à qui je dois m'adresser. Quant à Kathy je ne peux pas lui parler, c'est trop tôt.

14

Encouragée par le fait que sa rétinite répondait au Ganciclovir, Grace Cameron se rendait de bon gré chez le Dr Spence deux fois par jour. Sa vision s'étant améliorée, elle n'appréhendait nullement la perspective d'avoir à effectuer le trajet jusque chez l'oncle Harry qui n'habitait pas tout près.

Elle avait eu beaucoup à faire avant d'entreprendre cette démarche. Notamment, il lui avait fallu demander à Hannah Persons d'aller chercher les filles à la sortie de l'entraînement alors que c'était à elle de s'en charger.

Jamais elle ne remercierait assez Hannah de tout ce qu'elle avait fait et continuait de faire depuis la mort de Kip. Impossible d'avoir une amie plus dévouée. C'était vraiment une chance que Kathy et Cindy s'entendent aussi bien.

Mais ni Hannah ni quiconque ne pouvait la remplacer à la boutique. Elle avait été obligée de travailler tard un soir de façon à prendre de l'avance pour pouvoir s'absenter tout un après-midi.

Grand, bien bâti, les cheveux blancs, le teint vif, Harry passait la plus grande partie de son temps en plein air. Il devait sa légère claudication à une blessure reçue pendant la Seconde Guerre mondiale, lors de l'assaut de l'île de Tarawa, dans le Pacifique. A son retour, il portait avec fierté le Purple Heart et autres décorations récompensant sa bravoure au feu. Accueilli en héros par les siens, dès ce moment-là il occupa une place à part dans la famille Cameron.

Reconnu par tous et fort de l'expérience qu'il avait acquise en électronique au cours de son passage dans la marine, il avait pu emprunter de quoi monter une petite usine où il mettait au point pour les commercialiser des antennes destinées au marché florissant de la télévision.

Au bout de quelques années, il avait si bien réussi qu'il parvenait à revendre son affaire à un grand groupe électronique. Il consacra l'essentiel du produit de cette vente à l'achat d'une ferme où il élevait des chiens de chasse. Le reste de ses avoirs avait été sagement investi. Il était de notoriété publique dans la famille que l'oncle Harry était plusieurs fois millionnaire.

A ce titre, vrai ou faux, Harry Cameron jouait le rôle de chef de famille. De tous les membres du clan Cameron, Kip avait été le seul à ne pas rendre à Harry l'hommage qui lui revenait — et dont ce dernier était persuadé qu'il lui était dû. Harry avait vu d'un mauvais œil Kip passer quatre ans à l'université pour y étudier les lettres. Lorsque son fils Justin était mort des suites d'un malheureux accident, Harry aurait préféré que Kip se consacre à des études plus concrètes : droit, comptabilité ou gestion. Les ambitions de Kip, son désir de se consacrer à l'enseignement équivalaient pour Harry à une perte de temps.

Et il ne se privait pas de le lui rabâcher. « Kip, mon garçon, si tu réussis à devenir professeur de littérature, tu feras quoi ? Tu enseigneras à un tas d'analphabètes qui sont aussi à leur place sur les bancs de la fac que les chiens que j'élève. Et encore... mes chiens ont plus de bon sens que les jeunes qui entrent à l'université de nos jours. Tu veux perdre ton temps avec des nullards de cette espèce ? Allons, mon garçon, écoute ma vieille expérience : les affaires, il n'y a que ça de vrai. Lance-toi dans les affaires, ou apprends un métier qui a un rapport avec les affaires. C'est ça l'avenir, petit. »

Grace n'avait pas oublié sa première visite à la ferme de Harry, lorsque Kip l'y avait emmenée pour faire la connaissance de toute la famille. Kip l'avait prévenue : « Même si Harry se taisait, il s'arrangerait pour te faire savoir ce qu'il pense. C'est simple, s'il avait un blason, ce dernier représenterait un chien de chasse avec cette devise en latin : "Je te l'avais bien dit." »

Les souvenirs affluèrent à la mémoire de Grace tandis qu'elle quittait l'autoroute 1-90 pour prendre une nationale à deux voies. Elle atteignit le portail sept kilomètres plus loin. Au-dessus, un nom : *Cameron*. Simple. Direct. Tout le style d'Oncle Harry.

Les terres étaient riches, noires, grasses, des terres du Midwest au parfum âcre et puissant. Grace franchit le portail et s'engagea sur une étroite route asphaltée qui conduisait au vaste bâtiment qu'on apercevait au loin. A mi-chemin, elle fut accueillie par les aboiements d'un chien. D'autres y joignirent bientôt les leurs, formant un chœur rauque. Regardant vers l'endroit d'où partait ce concert, Grace découvrit dans un champ l'oncle Harry qui entraînait un jeune pointer. En la voyant, Harry abandonna l'animal et se dirigea en boitillant vers la maison. Il était devant sa porte pour la recevoir lorsque, après avoir fait le tour de l'allée, elle immobilisa son véhicule.

Au départ, la maison avait été une ferme traditionnelle du Middle West, assez laide. Mais, depuis, Harry l'avait partiellement fait reconstruire ; et maintenant ce n'était plus une vieille ferme, c'était son foyer.

Harry ouvrit la portière et embrassa Grace. Elle nota qu'il sursautait en voyant sa maigreur, ses pommettes saillantes. Peut-être aussi qu'elle avait l'air très pâle sous son maquillage ?

J'aurais dû le préparer, se dit-elle. La dernière fois qu'il m'a vue, c'était à Noël, il y a un an. J'ai eu tort de cacher ma maladie à la famille.

Toutefois, il feignit de n'avoir rien remarqué. Il lui passa un bras autour des épaules et l'entraîna dans la maison.

— Leeza ! Notre visiteuse est arrivée !

Leeza constituait une énigme qui n'avait pas fini d'intriguer le clan Cameron. Toute jeune, elle était venue travailler à la ferme pour prêter main-forte à la femme de Harry, Patricia. Mais celle-ci, atteinte d'atrophie musculaire, était morte à l'âge de quarante-deux ans.

Ayant eu des années pour s'habituer à l'issue fatale, Harry jugea inutile de pleurer longtemps sa femme. Cependant, il devint encore plus renfermé et préoccupé par les problèmes de famille.

La question que tout le monde se posait sans oser la formuler était celle de savoir ce qui allait arriver à Leeza après la mort de Patricia. Cette question eut bientôt sa réponse. Leeza resta tout simplement à la ferme. A sa manière silencieuse et subtile, elle s'arrangea pour faire partie intégrante de la vie de Harry. Sans que son mariage avec celui-ci ait jamais été envisagé, tout le monde accepta tacitement sa situation de maîtresse de maison. Harry la consultait chaque fois qu'il avait des décisions importantes à prendre.

Leeza et Grace avaient un point commun, elles étaient toutes deux des étrangères. Des pièces rapportées.

Harry fit entrer Grace dans la véranda. Alors qu'elle n'était pas encore assise, Leeza se présenta, s'arrêtant net à sa vue. Puis elle se reprit, sourit et l'embrassa chaleureusement sur la joue.

— Tu veux du café ? De la tarte aux pommes ? Elle sort du four, expliqua Leeza. Ça te requinquera après ce long trajet.

Grace fit oui de la tête davantage pour faire plaisir à Leeza que parce qu'elle désirait boire ou manger.

Harry lui fit signe de prendre place dans le fauteuil en

osier garni de coussins. Il s'assit face à elle, ses yeux dans les siens.

— Kip me disait toujours : « Oncle Harry, elle a les yeux les plus bleus que j'aie jamais vus. Si j'en étais capable, j'écrirais un poème dessus. »

Il avait beau vouloir flatter Grace, ses paroles eurent le résultat inverse. Le fait qu'il éprouvât le besoin de citer les propos de Kip signifiait clairement que les yeux de Grace n'étaient plus aussi bleus.

— Voyons, Grace, tu voulais me parler, je crois, dit Harry en entamant la discussion.

Leeza revint, portant un plateau qui semblait trop lourd pour elle. Mais elle réussit à s'en sortir, le déposa sur une table et se mit à servir café chaud et parts de tarte aux pommes d'où s'échappait un parfum délicieux. Grace l'examina un moment, enviant son allure vive pour une femme de son âge et sa silhouette élancée.

Elle ne change pas, songea Grace, elle a toujours la même peau lisse, les mêmes yeux pétillants. Quant à ses cheveux châtain foncé, coupés très court, ils ne grisonnent absolument pas.

Une fois qu'elle se fut servie, Leeza s'assit sur le canapé en osier hors du champ de vision de Grace et Harry. Par égard pour Leeza, Grace planta résolument sa fourchette dans la tarte mais elle s'aperçut qu'elle était incapable de mastiquer et d'avaler une bouchée. Et lorsqu'elle attrapa sa tasse pour boire et faire passer la pâtisserie, sa main tremblait tellement qu'elle ne put achever son geste. Finalement, elle réussit à avaler le morceau de gâteau.

Voyant cela, Harry prit la situation en main :

— Inutile d'avoir la tremblote, mon petit, nous sommes en famille. Nous n'avons pas de secret les uns pour les autres.

L'espace d'un instant, Grace se demanda s'il savait qu'elle était malade et comment il l'avait su.

— Les surprises, ça n'existe pas, poursuivit Harry. Pas lorsqu'on est observateur. Je me souviens d'avoir déconseillé à mon frère d'épouser la mère de Kip. « Ned, lui avais-je dit, toute jolie qu'elle est, elle ne peut que souiller le sang des Cameron. C'est comme si une malédiction pesait sur sa famille. Cette femme ravissante et douce est porteuse d'une tare affreuse. Ses fils, si elle en a, en hériteront malheureusement. La moitié d'entre eux seront hémophiles. C'est un héritage terrible à léguer à un fils. » Mais, il a épousé la mère de Kip, et toi ensuite tu as épousé Kip.

« Pourtant, je ne m'étais pas fait faute de te prévenir. La première fois que tu es venue ici, et que Kip t'a présentée à la famille, j'ai essayé de te détourner de ton projet. De façon subtile bien sûr. Mais toi, tu as tout de suite vu où je voulais en venir et tu m'as dit... je n'oublierai jamais tes paroles, tu m'as dit : « Oncle Harry, je me charge de prendre soin de Kip. Il ne lui arrivera rien. J'y veillerai. » Tu t'en souviens, Grace ?

Il prit une gorgée de café, repoussa sa tarte comme s'il avait perdu l'appétit.

— Je ne suis donc pas étonné de te voir débarquer chez moi.

— Oncle Harry, comment as-tu pu...

Mais il ne la laissa pas l'interrompre.

— Je savais ce qui arriverait. Depuis longtemps. Note bien que j'admire ton courage. Ton comportement à la mort de Kip. Ta décision de te lancer dans les affaires. Ta réussite. Mais je vois également sur ton visage le prix que tu as dû payer pour en arriver là. Mon Dieu, ma pauvre petite, comme tu as maigri. Tu n'as plus que la peau sur les os.

— Oncle Harry, j'ai peur que tu comprennes pas.

— Plus un mot. Je ne veux pas que tu t'humilies devant moi ni que tu me supplies.

« Je savais depuis longtemps ce qui arriverait à Kip. Aussi ai-je mis de côté des petites sommes d'argent qui, judicieusement placées, représentent maintenant une somme non négligeable. Cet argent est à toi. Je te le donnerai par versements de dix mille dollars par an. A cause des impôts qui me chercheraient des noises si je te donnais davantage. Mieux encore, je pourrais t'en donner dix à toi, et dix à Kathy. Cela te permettrait de ralentir un peu la cadence au magasin. Ou, si tu préfères, de fermer la boutique carrément. Et au cas où tu aurais besoin de cet argent plus rapidement, surtout n'hésite pas à me le dire. Tant pis, s'il le faut on paiera des impôts. N'est-ce pas, Leeza ?

Leeza hocha la tête d'un air rassurant.

— Voilà, c'est réglé ! dit Harry, très fier d'avoir résolu le problème sans que Grace ait eu à plaider sa cause.

Aussi fut-il surpris lorsqu'elle murmura :

— Oncle Harry, il ne s'agit pas d'argent.

— Pas d'argent..., reprit-il. Je n'aurais jamais pensé que Kip pouvait gagner autant en enseignant en faculté.

Grace croisa sans trembler le regard du vieil homme :

— Mon visage... ma perte de poids... ça n'a rien à voir avec le surmenage.

Harry et Leeza échangèrent des coups d'œil abasourdis. Harry attendit que Grace s'explique.

— J'ai le sida, annonça-t-elle simplement.

— Comment ! s'exclama le vieil homme.

— Harry ! fit Leeza pour le faire taire.

Grace expliqua alors l'origine de sa maladie et termina en disant :

— D'après le médecin, il ne me reste pas beaucoup de temps à vivre. Un an, peut-être moins. Et j'ai un souci plus important que l'argent. Je dois trouver un nid pour Kathy. Une famille pour Kathy.

— Un nid... Une famille, reprit Harry.

Il jeta un nouveau coup d'œil à Leeza dont les yeux sombres exprimaient une stupéfaction au moins égale à la sienne. D'un mouvement de tête, elle lui fit signe de poursuivre.

— Une famille ? dit encore Harry. Je m'attendais à ce que Kip connaisse une fin prématurée, mais certainement pas à ça... Excuse-moi, mon petit, je n'avais jamais pensé que ce genre de choses pouvait arriver. Mais c'est la vie.

Les surprises en série. Pour la plupart malheureuses. Si seulement tu m'avais écouté jadis.

— Harry ! le gronda Leeza du ton d'une mère qui réprimande son enfant.

Aussitôt, l'attitude de Harry changea.

— Mais tu ne m'as pas écouté. Résultat, il nous faut resserrer les rangs. Ça, les Cameron ont toujours su le faire. Cesse de te miner, ma chère Grace. La maison est grande. Et le premier étage inoccupé. On n'aurait pas beaucoup de travaux à faire pour transformer la pièce du haut en jolie chambre pour une petite fille.

— Et je pourrais fabriquer des rideaux, ajouta Leeza. Ainsi qu'un couvre-lit à fleurs assorti. Ça serait joli. Il y a deux placards. Des grands placards. Je connais les petites filles. Elles ont besoin de place. Et il y a une vraie baignoire. Mais on pourrait faire installer une douche aussi. Ah oui, on pourrait faire une très jolie chambre. Acheter de nouveaux meubles. Qu'en penses-tu, Harry ?

— De nouveaux meubles, ça c'est sûr. Et pas du genre de ceux qu'on trouve dans les catalogues. Il y a une boutique juste à l'entrée de la ville qui est spécialisée dans la restauration des lits anciens. Ce serait beaucoup plus décoratif que ces trucs fabriqués à la chaîne qu'on trouve partout.

— Oncle Harry, c'est très gentil à toi et à Leeza...

Plongé dans ses projets, Harry poursuivit :

— Et il y a une chambre contiguë avec une fenêtre qui donne sur la ferme. Ça ferait un bureau-salle de jeux très agréable. La petite pourrait avoir son téléphone. Les filles, ça aime téléphoner. On pourrait peut-être y faire installer un téléviseur aussi. Et un ordinateur. Les jeunes aujourd'hui, les ordinateurs, ils en raffolent. Je suis bien placé pour le savoir. J'ai gagné suffisamment d'argent dans l'électronique.

Grace essaya d'empêcher le vieil homme de continuer :

— Oncle Harry, je ne suis pas venue te demander...

Mais les projets de l'oncle dépassaient nettement ces histoires de pièces et de mobilier.

— Je trouve qu'il y a une sorte d'ironie des choses dans tout cela. Ce que Kip, qui était têtu comme une mule, a refusé de me laisser faire pour lui, je vais pouvoir le faire pour sa fille. Oui, je vais prendre cette petite sous mon aile, car Dieu sait qu'elle est douée et intelligente. Je vais la modeler et en faire une vraie Cameron. Avec le cerveau et la tournure d'esprit qu'elle a, elle choisira sûrement une voie importante, un métier concret. Vois-tu, Leeza, c'est comme si on me donnait une seconde chance. Quand Justin a disparu, j'ai cru pouvoir prendre Kip en charge. Mais quand je me suis rendu compte qu'il était perdu dans ses songes et ne voulait pas en démordre, j'ai laissé tomber. Et voilà que Kathy... Je vais pouvoir en faire des choses, avec elle.

Soudain, les paroles de Kip revinrent à la mémoire de Grace : « Oncle Harry a une vision des choses qui date d'avant la guerre de Sécession : il aime posséder les gens. Les manipuler. » Elle se sentit obligée de déranger le vieil homme dans ses projets :

— Oncle Harry, je crois que tu te trompes.

— Non non, je ne ferai pas d'erreur, pas en m'y prenant de cette façon. Je vais contacter mon avocat... Dis-moi, mon petit, est-ce que le temps presse ? Je veux dire... est-ce que le médecin... Enfin, tu me comprends...

— Harry, pour l'amour du ciel... le gronda Leeza.

— Oncle Harry ! l'interrompit Grace d'une voix aiguë.

Harry fixa Leeza d'un air indigné avant de revenir sur Grace. Son silence toutefois permit à la jeune femme de prendre la parole :

— Oncle Harry, je ne suis pas venue vous demander de prendre Kathy sous votre toit. Ni de l'adopter.

Pour la première fois, Leeza prit une initiative :

— Si ce sont ses études qui te préoccupent, sache que nous avons une nouvelle école en ville. Une des meilleures de l'Etat.

— Ce n'est ni une école ni une jolie chambre dans une belle maison que je veux, commença à expliquer Grace.

— Ecoute, mon petit, si tu n'es pas venue me réclamer

de l'argent et si tu n'es pas venue non plus nous demander de prendre Kathy, pourquoi diable es-tu là ?

— Pour te demander conseil.

— A propos de quoi ? fit Harry d'un ton dont l'irritation reflétait sa déception.

Grace comprit qu'il lui faudrait se montrer diplomate.

— Je voudrais que Kathy fasse partie d'une famille.

— J'avais deviné, figure-toi, insista Harry d'un ton belliqueux. Et je vois où tu veux en venir. Leeza et moi ne constituons pas à proprement parler une famille. Eh bien, laisse-moi te dire une bonne chose, mon petit, nous sommes plus près d'en former une que certains Cameron que je connais qui se sont mariés à l'église en grande pompe. Ne compte pas sur moi pour te donner des noms. En outre, sache que, de nos jours, on confie des bébés à adopter à des couples non mariés. Mais aussi à des couples d'homosexuels et de lesbiennes. Je ne pense donc pas qu'un juge puisse nous reprocher, à Leeza et à moi, de ne pas être passés devant M. le maire. D'ailleurs, je vais en toucher un mot à mon avocat.

— Grace, ma chère, intervint Leeza (et Grace comprit à quel point elle était désireuse que Kathy vienne vivre chez eux). Si tu as peur qu'elle s'ennuie toute seule à la ferme, sachez qu'à l'école toutes sortes d'activités sont organisées pour les jeunes. Elle aura l'occasion de se faire une montagne d'amis en peu de temps et je ferai tout pour qu'ils se sentent les bienvenus dans cette maison.

Ç'allait sûrement être pénible à entendre mais Grace savait qu'il lui fallait le dire :

— Oncle Harry, je suis venue parce que je n'ai pas beaucoup de famille. J'étais fille unique. Du fait des nombreux déplacements de mon père qui était diplomate, il y a des années que je n'ai vu ma cousine. C'est le genre de femme qui envoie des cartes à Noël et vous laisse sans nouvelles le reste de l'année. C'est pourquoi je m'adresse à la famille Cameron, la famille de Kip.

— Nous t'avons déjà proposé... commença Harry.

— Je m'adresse à la famille de Kip pour trouver un

nouveau foyer à Kathy. Je voudrais que tu me donnes ton avis. Selon toi, qui serait le plus indiqué pour une petite fille comme Kathy ?

Harry Cameron hocha lentement la tête comme s'il avait enfin compris.

— Tu nous trouves trop vieux.

— Ce n'est pas ce que j'ai voulu dire.

— Pourtant, c'est la vérité, admit Leeza à contrecœur. Autant regarder les choses en face. Ce ne serait pas une maison pour une petite fille. Nous avons nos habitudes. Notre train-train. Nous mangeons à heures fixes. Nous regardons les mêmes programmes de télévision. Nous nous couchons toujours à la même heure. Quant à nos activités, jamais elles n'intéresseraient une enfant de son âge. Et puis elle a ses habitudes, elle aussi. Sa musique qui pour nous ne serait que du bruit. Et ses amis. Peut-être qu'au bout d'un certain temps ils n'auraient plus envie de venir la voir. Elle a raison, Harry. Je crois que ce serait une erreur de faire venir une enfant de douze ans ici.

« Pourtant, ajouta-t-elle d'un ton de regret. Ç'aurait été agréable d'entendre des rires dans la maison. D'avoir quelqu'un qui trépignerait d'impatience en attendant que mes gâteaux sortent du four. D'entendre quelqu'un dévaler l'escalier le matin à l'heure du petit déjeuner, attraper ses livres au vol et foncer prendre le bus scolaire. Ç'aurait été bien agréable.

Grace réfléchit. Ça n'aurait pas été aussi agréable que ça pour Kathy car Harry était du genre autoritaire et il aurait essayé de la plier à sa volonté. Ça n'aurait pas du tout plu à Kip, et ça ne lui plaisait pas davantage à elle.

Harry attaqua le problème de front :

— Voyons, une famille pour Kathy. Qu'est-ce que nous avons chez les Cameron à lui proposer ? Les deux sœurs de Kip. Louise et Hortense. Toutes deux mariées à des types bien. A priori, je pencherais pour Hortense, vu qu'elle n'a pas d'enfant. Mais je n'éliminerais pas pour autant Louise, dont les deux filles sont à l'université. Il y a aussi le frère de Kip, Ed. Et sa cousine Eloise. L'embêtant avec Eloise, c'est qu'on ne sait pas grand-chose de son mari Gerard, ni comment il réagirait dans un cas pareil.

« Le mieux, je crois, c'est Hortense. Quelque chose me dit qu'elle serait enchantée, fit Harry. Et puis, comme ça, Kathy fera toujours partie de la famille. Ce sera une Cameron.

« Au fait, surtout ne laisse pas ses parents adoptifs changer son nom. Je veux qu'elle sache qu'elle est une Cameron. Alors, même si c'est Hortense et Carter qui se chargent de la prendre, empêche-les de l'appeler Windust.

Il n'y avait presque plus rien à dire après ça. Aussi Grace laissa-t-elle Oncle Harry l'emmener jusqu'au chenil pour lui montrer ses plus beaux chiens de chasse. Tout en marchant, il réfléchissait à haute voix :

— Il faut faire attention. Un enfant de douze-treize ans peut devenir pupille de l'Etat si on ne fait pas les choses dans les règles avant...

Il s'arrêta, incapable de formuler avec diplomatie le reste de sa phrase. Car ce n'était pas un diplomate.

— Assure-toi qu'elle a une famille. Un foyer. N'attends pas la dernière minute.

Il raccompagna Grace à sa voiture. Une fois qu'elle fut au volant, il se pencha par la vitre et dit :

— S'il y a quoi que ce soit que nous puissions faire... que nous puissions t'envoyer... qui puisse te faciliter les choses, passe-nous un coup de fil ou envoie-nous un mot. Je sais que tu es terriblement indépendante. Quand Kip est mort, Leeza m'a demandé de t'aider. Mais je lui ai dit que non, que ce n'était pas le moment. Que je voulais voir ce que tu avais dans le ventre. Autant te le dire maintenant. J'étais drôlement fier de toi quand tu as ouvert la boutique et que tes affaires ont si bien marché. Drôlement fier. Mais toi, n'hésite pas à me solliciter quand tu auras besoin de moi. Laisse ton amour-propre de côté.

Il marqua une pause, hésitant à aborder le sujet. Puis, comme c'était un homme direct, il ajouta :

— Si... plus tard tu as besoin d'un point de chute, d'un endroit où l'on prendrait soin de toi, tu peux toujours venir chez nous. Leeza est là. Et je ne me débrouille pas trop mal lorsqu'il s'agit de donner un coup de main. J'ai soigné Pat pendant des années. Bref, ce que j'essaye de te dire, c'est que nous sommes des Cameron et que nous devons présenter un front uni dans l'adversité.

— Merci, Oncle Harry, merci.

— Tu me tiendras au courant, tu me diras comment ça s'est passé avec Hortense ?

— Bien sûr, fit Grace.

Il la regarda s'éloigner sur la petite route et franchir le portail. Puis il pivota et se dirigea vers la maison.

— Ç'aurait été agréable, dit Leeza.

— Oui, très agréable.

S'approchant du téléphone, il composa un numéro familier.

— Herkimer ? Harry Cameron à l'appareil.

— Tu appelles ton avocat ? fit Leeza.

— Joshua, ici Harry. Dites-moi, Josh, les problèmes d'adoption, c'est dans vos cordes ? Non, non, rien pour l'instant. Mais on ne sait jamais, il se pourrait que j'aie à solliciter vos services.

Tandis qu'il raccrochait, Leeza ne put s'empêcher de lui jeter un regard interrogateur :

— Harry ?

— C'est seulement au cas où, Leeza. Au cas où. (Puis il ajouta pensivement :) Je serais capable d'en faire quelque chose, de cette petite.

15

Grace Cameron ne put se payer le luxe de rentrer lentement. Il lui fallait consulter sans cesse l'heure afin de s'assurer qu'elle arriverait à temps pour prendre Kathy après l'entraînement de football. Dans le même temps, elle était obligée de conduire avec prudence car sa rétinite n'était pas complètement guérie et la handicapait.

Tout en roulant elle pensait aux résultats de son entretien avec l'oncle Harry. Pas un instant elle n'avait voulu l'offenser. Et encore moins froisser Leeza, qui était une femme adorable. Si Harry était furieux à l'idée que Grace pût les trouver trop vieux pour se mettre dans la peau de parents adoptifs, nul doute que Leeza saurait lui faire comprendre la situation et la lui faire accepter.

Kip n'aurait pas été d'accord. Il aurait même été violemment contre. Jamais il n'aurait voulu que sa fille dépende d'Oncle Harry, qu'elle soit façonnée par ce tyran. « Tyran », tel était le mot que Kip utilisait le plus fréquemment lorsqu'il faisait référence à Oncle Harry. Grace avait presque senti Harry bondir de joie à l'idée d'accueillir Kathy sous son toit. Aussitôt, il avait mentionné son avocat, et les procédures légales d'adoption. Il était si impatient, si désireux d'avoir Kathy sous sa coupe... pour pouvoir faire avec elle ce qu'il n'avait pu réaliser ni avec Kip ni avec Justin.

Désolée, Oncle Harry. Pas question que tu prennes ma fille en main. Pas la fille de Kip, ça non.

Mais Harry avait vu juste sur un point : Hortense. C'était la personne tout indiquée pour s'occuper de Kathy, même si Kip ne l'avait pas beaucoup fréquentée les dernières années. Comment l'aurait-il pu ? Hortense était toujours par monts et par vaux. Une fois Carter en semi-retraite, les époux s'étaient mis à voyager énormément. Une année, longtemps auparavant, alors que Kip et Grace avaient réuni toute la famille à l'occasion du réveillon de Noël, Grace arrivait avec les entrées lorsqu'elle entendit Carter décréter : « Kip, si jamais je prends ma retraite, j'ai bien l'intention de jouer sur tous les terrains de golf de ce pays et d'Ecosse. Je veux jouer là où tous les grands ont joué : Varden, Jones, Sarazen, Hogan, Palmer, Nicklaus. Je veux pouvoir comparer mes résultats avec les leurs. A Pebble Beach, Augusta et en Ecosse. »

Carter Windust avait réalisé ses rêves. Grace préférait ceux de Kip. Qui consistaient à savourer les joies de la nature. Celles d'un bon livre. A jouer avec Kathy.

Grace avait toujours eu l'impression que Carter n'avait jamais eu beaucoup d'estime pour Kip, lequel se contentait du traitement d'un professeur non titulaire. Carter parlait essentiellement en termes de Bourse, c'était un redoutable boursicoteur. Et Grace était bien forcée de reconnaître que Carter avait gagné des masses d'argent de cette façon. De sorte que maintenant il pouvait traiter ses affaires par téléphone en une demi-heure et jouer au golf le reste du temps. Dernièrement, il s'était mis à la pêche au gros. Lorsque Kip était mort, Hortense et Carter avaient pris un avion depuis la côte ouest de l'Amérique du Sud où Carter s'adonnait justement à son dernier passe-temps favori.

Il était peut-être temps qu'il se fixe quelque part. Après tout, Carter avait foulé les greens d'Ecosse, de Pebble

Beach et d'Augusta, joué sur une centaine d'autres terrains de golf en Amérique, en France, en Espagne et même au Japon. Grace se souvenait qu'il s'était vanté d'avoir fait passer pour un voyage d'affaires son déplacement au Japon.

Oui, cela pourrait être une bonne chose, cela pouvait même être la chose dont Hortense et Carter avaient besoin à cette époque de leur vie : un enfant et les responsabilités que cela impliquait. En outre, Hortense avait toujours eu un faible pour Kathy. Elle n'aurait pu être plus gentille ni plus aimante avec un enfant qui eût été le sien. Aussi loin qu'elle se trouvât, elle n'oubliait jamais son anniversaire.

Oui, elle l'aime, se dit Grace. Et je sais que Kathy l'aime. Harry n'a fait que confirmer mes impressions. Je vais commencer par Hortense. L'appeler ce soir. Pourvu qu'ils soient en ville.

Elle levait le pied de la pédale de l'accélérateur pour quitter l'autoroute 1-90 lorsqu'une pensée lui vint, si soudainement qu'elle ralentit au point de s'arrêter, ce qui déclencha chez l'automobiliste qui la suivait une bordée d'injures.

Elle s'immobilisa sur le bas-côté et réfléchit. Quelle est la meilleure façon de m'y prendre ? Est-ce que c'est à Hortense que je dois parler en premier ou à Kathy ? Que se passera-t-il si Hortense et Carter disent oui, comme c'est probable ? Mais que Kathy refuse ? Comment est-ce que le reste de la famille réagira ? Evidemment, tout le monde va me tomber dessus à bras raccourcis. Je ne suis qu'une pièce rapportée. Ils diront que j'ai monté Kathy contre les Cameron. C'est comme ça que ça se passe, dans les familles. Et Oncle Harry, qu'est-ce qu'il dira ? Hortense, c'est une idée à lui. Si Kathy n'est pas d'accord, j'entends d'ici le couplet qu'il va débiter contre moi, contre Kip et contre Kathy. Il est capable d'accuser

Kathy d'avoir hérité du tempérament infernal de Kip. Et même Leeza ne réussira pas à le calmer.

Non, je vais parler d'abord à Kathy et ensuite à Hortense.

Lorsqu'elle passa prendre Kathy, elle constata qu'elle avait la peau encore humide de la douche d'après l'entraînement. Ses yeux bleus rayonnaient de contentement car elle s'était bien comportée sur le terrain. Son équipe avait gagné et elle racontait les détails du match avec enthousiasme, particulièrement le but qu'elle avait marqué.

Grace aurait souhaité parler aussitôt à sa fille de la nécessité de lui trouver une famille, mais elle s'aperçut que c'était impossible. Mieux valait la laisser savourer sa victoire. L'occasion d'aborder le sujet se présenterait certainement à table. A table ? Et elle lui gâcherait son dîner ? La pauvre petite ne pourrait rien avaler après pareille discussion. Dans ce cas, pourquoi ne pas attendre la fin du dîner ? C'est ça, pour l'empêcher de se concentrer sur ses devoirs ?

Non, elle attendrait que les devoirs soient terminés, que sa fille soit au lit et elle lui parlerait en venant lui souhaiter bonne nuit. Ce n'était peut-être pas un bon moment mais, à bien y réfléchir, c'était encore la meilleure solution.

Kathy venait de se glisser sous la couverture lorsque Grace monta l'escalier.

— Tu es prête, ma chérie ?

— Prête, répondit Kathy d'une voix chantante.

Grace s'assit près de sa fille. Elle la serra dans ses bras, l'embrassa sur la joue. L'étreignant toujours, elle commença :

— Kathy... on a à parler toutes les deux.

— Je sais, rétorqua la fillette à sa grande stupeur.

— Comment ça, tu sais ? fit Grace en se demandant si

sa fille n'avait pas par hasard surpris le coup de fil qu'elle avait passé à l'oncle Harry.

Mais à supposer qu'elle ait entendu, elle ne peut pas savoir pourquoi je voulais aller voir son oncle. Après tout, je ne lui ai rien dit au téléphone.

— J'ai fait... je vais te montrer, dit Kathy.

Sortant de son lit, elle se dirigea vers son bureau et sortit de sous le sous-main une grande feuille de papier qui y était dissimulée. Manifestement, il s'agissait d'un travail censé rester secret.

Kathy revint et montra la feuille à Grace. C'était une feuille de papier millimétré sur laquelle on pouvait voir deux lignes parallèles distantes l'une de l'autre sur la partie gauche mais qui graduellement convergeaient vers le centre.

Intriguée, Grace demanda :

— C'est pour ton prof de maths, mon chou ?

— Oh non, protesta Kathy. Simplement, j'ai cru que tu étais tombée dessus par hasard et que c'était peut-être de ça que tu voulais qu'on discute.

— C'est la première fois que je vois cette feuille. J'ignorais son existence. De quoi s'agit-il ?

Kathy qui généralement n'avait pas la langue dans sa poche fut réduite au silence. Incapable de proférer un mot, elle se mit à pleurer.

— Kathy ? fit doucement Grace.

Voyant sa fille dans l'incapacité de répondre, elle s'empara du graphique et l'examina plus attentivement.

Certains chiffres commencèrent à lui évoquer quelque chose. Elle étudia tout particulièrement ceux qui avaient été portés sur la courbe supérieure. Ces chiffres qui commençaient aux alentours de 200 allaient en décroissant à mesure que la courbe descendait. Puis elle examina la courbe du bas qui grimpait tandis que les chiffres atteignaient les milliers. Alors qu'elle étudiait ces données, elle comprit non sans un frisson de quoi il s'agissait. La fillette avait représenté graphiquement les progrès de sa maladie. La courbe descendante correspondait au nombre de lymphocytes T ainsi qu'à la perte d'efficacité de son système immunitaire. La courbe ascendante concernait la charge virale et indiquait la vitesse à laquelle le virus se développait dans son organisme. Bientôt ces deux courbes se couperaient. Et à ce moment-là...

Kathy comprit que sa mère venait de saisir la signification de son travail.

— Désolée, Maman. On étudiait les graphiques en cours de maths. Et Mr. Curtis nous a dit qu'on pouvait s'entraîner, qu'on n'avait qu'à choisir un sujet qui nous intéressait. Alors j'ai pris les chiffres que le Dr Spence nous a communiqués chaque fois que tu avais eu une recherche d'ADN viral. Comme ça... comme ça je saurai... à quel moment ! s'exclama-t-elle en se jetant à son cou.

Elles s'étreignirent et Grace dit alors :

— C'est de ça qu'il nous faut parler, Kathy. Du moment où ces deux courbes se rejoindront.

— Non ! fit Kathy, refusant de l'écouter.

— Il le faut pourtant, chérie. Sinon d'autres se chargeront de décider de ton sort. C'est pour ça que je dois te poser la question sans plus attendre. Dis-moi, est-ce que ça te plairait de vivre chez Tante Hortense et Oncle Carter ?

— Je n'ai envie de vivre avec personne d'autre que toi !

— Kath, écoute-moi. Le moment viendra où tu y seras obligée. Je ne serai plus là pour... (Grace s'efforça de trouver la formule la moins pénible possible pour parler à sa fille.) Ecoute, ma grande, comment crois-tu que je me sentirai... le moment venu, si j'ignore ce qui va t'arriver ? Ce que je te demande de faire, c'est pour moi, pas contre moi. Je me sentirais beaucoup mieux si je te savais chez quelqu'un que tu aimes, quelqu'un que tu as choisi.

Kathy ne réagit pas immédiatement. Elle se détourna pour réfléchir à la suggestion de sa mère.

— Tu me promets une chose ?

— Si possible, oui, fit Grace.

— Si je choisis quelqu'un, tu ne seras pas fâchée ? Tu ne m'en voudras pas ?

— Bien sûr que non. Je sais bien que tu n'as pas d'autre solution, lui certifia Grace.

— C'est pas ce que je voulais dire.

— Qu'est-ce que tu voulais dire ?

— Si... à supposer que j'opte pour telle ou telle personne, ça voudra dire que le moment est venu pour toi de mourir ?

— Ma chérie, ce sont les chiffres de ton graphique qui décideront du moment où je mourrai. Et non ce que toi ou moi pourrons dire ou faire. Et ce n'est pas en refusant de prendre une décision que tu retarderas l'échéance. Est-ce que tu me comprends ? En choisissant quelqu'un, tu me faciliteras l'existence, j'aurai un poids de moins, je saurai qu'on s'occupera bien de toi, que tu seras chez des gens que tu aimes et qui t'aiment.

— Il faudra que j'appelle Tante Hortense *Maman* ?

— Tu n'appelleras personne d'autre que moi Maman, lui assura Grace.

Au bout d'un long silence pendant lequel elle jouait avec son graphique, Kathy finit par dire :

— J'aime bien Tante Hortense. Sans doute que c'est réciproque. Elle m'envoie toujours des jolies choses. Chaque fois qu'on la voit, elle s'arrange pour me consacrer du temps. Elle me demande comment ça va à l'école. Au football. Elle me parle de ce qui m'intéresse. Et Oncle Carter, il est sympa aussi. Bon, il sait pas parler aux filles, c'est vrai. Mais il a le temps d'apprendre. Et une fois, il m'a promis que quand je serais plus âgée, il m'apprendrait à tenir un club de golf. Tu vois, il fait des efforts. Je crois qu'ils sont bien tous les deux.

— Je ne te demande pas de dire oui tout de suite, souligna Grace. Il faut d'abord que tu habites quelque temps avec eux.

Aussitôt Kathy de questionner :

— Tu voudrais que je te quitte ?

— Bien sûr que non, ma puce. Simplement tu pourrais

passer quelques jours chez eux, ou bien quelques semaines cet été. Faire une période d'essai, dit Grace pour la rassurer.

— Si c'est seulement pour quelque temps, alors c'est d'accord.

Cela étant réglé, Grace l'embrassa et la borda. Alors qu'elle allait éteindre, Grace remarqua qu'au pied du lit gisait le graphique sur lequel sa fille avait représenté le reste de sa vie. Elle éteignit et dans l'obscurité se dirigea vers le bureau de Kathy. Elle remit la feuille sous le sous-main.

16

Ayant obtenu l'accord de Kathy à défaut de son approbation pleine et entière, Grace Cameron descendit dans le petit bureau-bibliothèque de Kip pour passer son coup de fil. Elle composa le numéro, attendit la sonnerie et s'apprêtait à dire bonjour à Hortense lorsqu'elle tomba sur un message : « Nous ne pouvons vous parler pour le moment mais laissez-nous vos coordonnées et nous vous rappellerons dès que possible. »

La voix était celle de Carter apparemment décidé à prévenir tout correspondant indésirable de la présence d'un homme à la maison.

Grace laissa son nom et dit qu'on pouvait la contacter jusqu'à onze heures et demie.

Elle était au lit et écoutait les infos lorsque le téléphone sonna. Elle s'empressa de décrocher pour ne pas déranger Kathy.

— Allô ?

— Grace... C'est Hortense. Que se passe-t-il ?

— Rien, rien, rassure-toi.

— En entendant ta voix sur le répondeur, j'ai cru qu'il

y avait quelque chose de grave. Ravie de savoir qu'il n'en est rien.

— Je me demandais si on pourrait se voir bientôt.

— Il y a un problème, j'avais raison, fit aussitôt Hortense.

— Non non. Simplement, j'aimerais te parler.

— Et de préférence bientôt, dit Hortense en reprenant le mot de Grace. Mercredi, ça te convient ?

— Très bien, mercredi. Je n'ai pas mon agenda, il est à la boutique ; mais normalement, mercredi c'est parfait.

— Bien ! Parce que Carter et moi participons aux demi-finales du tournoi hommes-femmes et nous devons être sur le terrain à huit heures, mercredi. Normalement, on devrait avoir fini à une heure. Déjeunons ensemble, si tu veux.

— Ça me va, fit Grace.

— Nous serons au Lakeland Country Club. Il me semble que tu es déjà venue. Tu te souviens, c'est là que j'ai organisé ce grand dîner pour fêter le départ à la retraite de Carter. Tu étais là et enceinte de Kathy jusqu'aux yeux. On a eu chaud, on a cru que tu allais accoucher sur place.

— Je connais le chemin effectivement. J'y serai. A une heure.

Grace raccrocha et se tourna sur le côté, soulagée maintenant qu'elle avait exécuté la première étape de son plan.

Mais elle s'aperçut qu'elle n'arrivait pas à fermer l'œil. Car la question qui se posait à elle à présent était de savoir comment elle allait aborder le sujet avec une femme qui n'avait pas la moindre idée de ce qui l'attendait.

Grace resta éveillée jusqu'à plus de trois heures, essayant de trouver une phrase d'introduction. Que dirait-elle une fois qu'elle aurait passé sa commande ? Bien sûr, Hortense lui demanderait des nouvelles de Kathy. Des nouvelles de la boutique. Les formalités habituelles. Mais le moment viendrait où Hortense exigerait des explications. Que lui dirait-elle alors ?

Elle s'endormit sans avoir trouvé de solution et pour se consoler se dit que, d'ici à mercredi, elle avait le temps d'y penser.

Mercredi à midi, Grace Cameron ne savait toujours pas comment présenter le problème à Hortense. Elle songea à appeler le club et à annuler le déjeuner. Mais c'était impossible. Elle se dit qu'elle trouverait un moyen. Elle accrocha une pancarte à la porte, sur laquelle elle avait écrit : « De retour à trois heures. » Elle se rendit au parking, se mit au volant et prit la direction du club.

Pendant le trajet, elle s'efforça de se repasser les arguments de nature à faire fléchir Hortense. Il était temps que Carter et elle se stabilisent. Ils avaient fait à peu près tout ce qu'ils avaient projeté de réaliser. Le moment était venu de passer à la phase suivante. Carter et Hortense n'avaient pas d'enfant. C'était probablement la meilleure raison pour en adopter un de l'âge de Kathy. Ainsi cela leur éviterait les problèmes de la petite enfance et autres maladies infantiles. Kathy était intelligente et mûre pour son âge. Et Carter l'avait toujours appréciée. Il avait paru se plaire en sa compagnie les rares fois où il y avait eu des réunions de famille. Tout cela tenait parfaitement debout.

Lorsque Grace atteignit l'entrée du club, elle se sentit soulagée d'un poids. Elle s'arrêta au portail et donna son nom au gardien en uniforme.

Ce dernier parcourut des yeux la liste des invités tout en répétant :

— Cameron, Cameron.

L'espace d'un moment, Grace se dit que Hortense avait oublié : elle avait une vie tellement mouvementée que le rendez-vous avait dû lui sortir de la tête.

— Ah oui, Cameron. Mrs. Windust vous attend dans la salle à manger du club-house. Continuez sur la gauche.

Grace franchit le portail, prit à gauche un sentier sinueux entre des arbres impressionnants. Finalement, elle aperçut le club-house. Elle laissa son véhicule au voiturier puis pénétra dans le club. Une hôtesse d'accueil s'enquit alors :

— Mrs. Cameron ?

— Oui.

— Mrs. Windust vient d'appeler. Elle sera un petit peu en retard. Voulez-vous vous asseoir et prendre un verre ?

— M'asseoir ? Volontiers, dit Grace en se demandant quelles répercussions ce retard allait avoir sur son emploi du temps très chargé.

Le mariage des Kohler, la bar-mitsva des Levine. Les invitations pour les noces d'or des Valentine. Non, ça, ça pourrait attendre. Demain en tout cas. Il fallait qu'elle aille chercher Kathy à sa sortie de la danse. Je pourrais appeler Hannah, lui demander de me remplacer et de prendre Kathy en même temps que Cindy. Nom d'un chien, pourquoi faut-il que Hortense joue au golf aujourd'hui ? Tout ça, c'est ma faute ; j'aurais dû attendre qu'elle soit libre. Pourquoi est-ce que je me suis précipitée ? J'ai le temps. J'ai le temps, se répéta-t-elle en sentant sa tension croître de plus en plus.

Finalement, elle décida que ce n'était ni le lieu ni l'heure pour parler d'une chose aussi importante que la vie de sa fille.

Alors qu'elle sortait de la salle à manger, l'hôtesse l'intercepta :

— Mrs. Cameron ?

— Dites à Hortense... dites à Mrs. Windust que je n'ai pas pu attendre. Je la rappellerai.

Grace était à peine de retour au magasin que sa belle-sœur téléphonait.

— Hortense ?

— Grace, mais qu'est-ce qui s'est passé ? commença Hortense. Je suis arrivée dix minutes après ton départ. Et

Carter était avec moi. Il se faisait un plaisir de te voir. Il y a si longtemps qu'il ne t'a pas aperçue.

— J'ai décidé que le club n'était pas un endroit pour bavarder tranquillement, dit Grace.

— Oh... C'est donc si important que ça, fit Hortense. Eh bien, dis-moi, c'est quoi le bon moment ? Le bon endroit ?

— Si on déjeunait ensemble demain ?

— Oh, mais je ne t'ai pas dit ? On a gagné aujourd'hui. Alors demain on joue la finale. Pourquoi pas après-demain ?

N'ayant pas le choix, Grace s'inclina :

— D'accord.

— Tu connais *Le Versailles ?* C'est un petit restaurant français au coin de Main et de Rosedale. C'est tranquille, on peut bavarder et la nourriture n'est pas mauvaise.

— Bonne idée, dit Grace en se demandant comment elle allait rattraper le temps perdu aujourd'hui et prendre de l'avance pour pouvoir s'absenter le surlendemain.

17

Une fois de plus, Grace Cameron accrocha le panneau « De retour à trois heures ». Et se mit en route pour gagner le petit restaurant français dont lui avait parlé Hortense. Cette dernière connaissait *tous* les petits restaurants français.

Hortense l'attendait de pied ferme. Elle était installée à une table un peu à l'écart et buvait un verre de vin rouge. Hortense connaissait également *toutes* les variétés de vin rouge.

Lorsque Hortense se leva, Grace l'admira. Elle était vêtue d'un tailleur impeccable qui mettait sa silhouette mince en valeur et d'un chemisier en soie d'un bleu assorti à celui de ses yeux. Elle était extrêmement jolie, caractéristique qu'elle partageait avec Kip. Lorsqu'ils étaient enfants, on les prenait souvent pour des jumeaux, bien que Kip fût de deux ans l'aîné. Tous deux étaient blonds, dotés de traits agréables, mais Hortense était de ces femmes qui sont bien décidées à mourir plus blondes qu'à la naissance. Après que Grace et elle eurent échangé un de ces baisers sur la joue dont les belles-sœurs ont le secret, Hortense passa commande au serveur :

— Fernand, un verre de cabernet pour Mrs. Cameron.

— Non, merci, déclina Grace.

— Tu préfères du blanc ?

— Rien, merci, fit Grace qui avait hâte de s'acquitter de sa mission.

Une fois Grace assise, Hortense l'observa.

Je l'ai déjà vue tendue, surtout après la mort de Kip ; mais cette fois, c'est différent. Elle est différente. Beaucoup plus maigre. Un chat écorché. Je vais essayer de la mettre en confiance.

— Grace, détends-toi. Carter et moi nous avons parlé de ça hier soir.

— De ça ? Comment est-ce possible ?

— Carter est formidable dans ce genre de situation. Il a du nez, tu sais. C'est lui qui m'a suggéré l'idée. Et il m'a fait remarquer qu'on ne s'était peut-être pas suffisamment manifestés à la mort de Kip. « On aurait dû l'appeler plus tôt. Demain, ma petite Hortense, tu diras à Grace que ce n'est pas la peine de faire des chichis. Je ne sais pas de combien elle a besoin mais elle n'a qu'à noter le montant sur un bout de papier et je lui ferai virer la somme sur son compte dans la matinée. » Tout ça avant même que j'aie ouvert la bouche. Alors, exécution.

Hortense glissa un morceau de papier avec le stylo en or qu'elle avait gagné dans un tournoi de golf à Hongkong trois ans plus tôt.

Grace fixa le papier, le stylo. Puis elle croisa le regard de Hortense.

— Il y a des problèmes que l'argent ne suffit pas à résoudre.

De satisfait, le regard de Hortense devint inquiet. Des rides se dessinèrent sur son visage généralement lisse et placide.

— Hortense, ma chérie, lorsque Kip est mort, personne ne savait qu'il était porteur du virus du sida, attaqua Grace doucement.

— En voilà une chose à dire à propos de mon frère !

Grace lui fit signe de ne pas élever la voix et de rester calme.

— Non seulement il en était porteur, mais il l'a transmis.

— Transmis, répéta Hortense. Grace, tu ne veux pas dire que... Oh non...

— Si.

— Il faut faire quelque chose, décida aussitôt Hortense. Carter a été un des premiers à investir dans l'un de ces labos pharmaceutiques de pointe. Tous font de la recherche sur le sida. Si quelqu'un est bien placé pour obtenir les derniers produits sortis, c'est lui. Même si ces médicaments n'ont pas encore reçu leur autorisation de mise sur le marché, Carter réussira à se les procurer. Pour cela, il n'a que quelques coups de téléphone à donner...

— Hortense, attends une minute. Tu ne comprends pas.

— Comment ça, je ne comprends pas ? lança Hortense, indignée. Tu as besoin d'aide et Carter va te donner un coup de main. C'est aussi simple que cela.

— Il ne s'agit pas de moi. La maladie a fait trop de ravages dans mon organisme. J'ai bien peur qu'il ne soit trop tard.

— Alors, qu'est-ce que tu veux ?

— Eh bien, il s'agit de Kathy. Je dois m'occuper de son avenir.

— Mais je viens de te le dire, Carter est un expert en la matière. Il me suffit de lui demander...

— Je ne parle pas d'argent. Je parle de Kathy. De sa vie. Qu'est-ce qui lui arrivera... lorsque je...

— Qu'est-ce qui arrivera à Kathy... lorsque tu...

Grace laissa le temps à sa belle-sœur de digérer la nouvelle. Hortense tendit la main vers son verre de vin qui était presque vide comme pour y puiser secours. Elle le vida d'un trait et fit signe au garçon de le remplir de nouveau.

— Tu veux dire que Carter et moi devrions l'adopter ?

— C'est vous qui êtes les mieux placés pour ça dans la famille. Nous ne sommes pas très nombreux. Il y a peu de candidats potentiels.

Le garçon arriva avec le vin de Hortense. Grace remarqua que la main de celle-ci tremblait lorsqu'elle souleva son verre pour boire une gorgée.

Grace en profita pour pousser son avantage.

— C'est logique. Même Oncle Harry penche pour cette solution. Vous êtes comblés. Il ne vous manque qu'une seule chose. Un enfant. Kathy est à l'âge où elle est débarrassée de toutes les maladies infantiles. Un souci de moins. En outre, non contente d'être en pleine santé, elle est intelligente et drôle. Je suis sûre qu'elle donnera à votre existence un piment supplémentaire. Tu n'as pas idée de ce qu'un enfant peut apporter dans un couple.

Soudain Grace s'interrompit, sidérée :

— Seigneur, qu'est-ce qui me prend ? Je te fais l'article comme s'il s'agissait d'un produit de consommation comme une voiture ou une maison. C'est une petite fille. Qui va avoir besoin d'un foyer, d'une famille. A l'heure qu'il est, Carter et toi êtes les mieux placés pour la recueillir et lui tenir lieu de famille. C'est la fille de Kip. La fille de ton frère. Cela ne signifie rien pour toi ?

Au lieu de répondre, les yeux bleus d'Hortense s'embuèrent. Une larme se mit à rouler le long de sa joue discrètement maquillée.

— Désolée, Hortense, je ne voulais pas que tu te mettes dans cet état, mais j'ai préféré ne pas tourner autour du pot et aller droit au but.

— Je t'en prie, Grace, plus un mot.

Au lieu de prendre son mouchoir, Hortense écrasa la larme qui coulait sur sa joue avec son index.

— Hortense ?

Cette dernière secoua imperceptiblement la tête. Grace comprit qu'elle essayait de gagner du temps pour reprendre ses esprits et trouver le courage de répondre.

— La sœur de Kip... oui, bien sûr, je suis la sœur de Kip. On me l'a assez seriné. « Fais attention, ne bouscule pas Kip. N'aie pas de gestes brutaux. Il ne faut pas qu'il tombe. Empêche-le de se blesser. Il ne faut surtout pas qu'il saigne, il en mourrait. » Pendant toute mon enfance, j'ai vu Papa et Maman faire leur possible pour le protéger...

— Hortense, je comprends que tu aies pu être jalouse de Kip. Mais tu ne peux pas en vouloir à sa fille.

— Ecoute, Grace, laisse-moi finir. Si je ne me confie pas à quelqu'un, je crois que je vais exploser.

— Excuse-moi, chuchota Grace. Tu veux qu'on s'en aille ?

Hortense réfléchit à cette proposition.

— Oui. De l'air, de l'espace. Je crois que les deux me feraient du bien. Sortons.

Elle appela le garçon qui hocha la tête. A l'évidence, Carter était connu comme le loup blanc dans cette maison.

Elles sortirent du parking dans l'Allante rouge de Hortense. Grace attendait que sa belle-sœur prenne la parole, mais cette dernière se taisait. Elle conserva le silence jusqu'à ce qu'elles aient atteint le sommet d'une colline assez élevée au pied de laquelle se situait le terrain de golf. Il y avait un point de vue. Hortense freina et immobilisa la voiture à cet endroit. Une fois que Hortense eut rabattu la capote de la voiture, elle parut respirer librement pour la première fois depuis que Grace avait commencé à lui parler de Kip.

— Il faut que tu comprennes, pour Kip et moi, commença-t-elle.

— Oh, je crois comprendre. Tu étais jalouse de lui parce que enfant il accaparait l'attention de vos parents. C'est naturel, comme réaction.

— Eh bien, tu as tout faux, rétorqua Hortense. Ce n'était pas de la jalousie, pas du tout.

— Si ce n'est pas de la...

— J'adorais Kip. C'était un frère merveilleux, un type formidable. Mais ça, ce n'est pas moi qui vais te l'apprendre. L'amour et les soins que Maman et Papa lui prodiguaient, je n'en étais pas jalouse. Au contraire, j'en avais peur.

— Peur ?

— J'avais l'impression en le voyant de voir ma vie se dérouler devant moi.

— De voir ta vie se dérouler, répéta Grace.

— Oui, d'avoir une idée de ce que serait ma vie si j'avais un fils. Non seulement l'inquiétude et les soins constants ; mais la culpabilité.

— La culpabilité ?

— Je pensais que ma mère le couvait par amour mais ça n'était pas tout à fait cela.

— Tu crois que c'était de la culpabilité ?

— Pourquoi Kip était-il hémophile ? A cause d'elle. Maladie ou malédiction, c'est la mère qui transmet cette anomalie à son fils. L'anomalie et tout ce qui va avec. Note bien que jamais elle ne m'en a soufflé mot. Mais plus tard, quand j'ai été en âge de comprendre, j'ai vu qu'elle se sentait coupable.

« Juste après qu'elle m'eut tout expliqué sur la menstruation, la grossesse, l'accouchement, je me suis dit que je n'avais pas envie de vivre comme elle. De passer ma vie à materner un fils qui pouvait d'une minute à l'autre se blesser et en mourir. Je ne voulais pas de ce poids ni de cette responsabilité. Mais surtout je ne voulais pas de la culpabilité qui allait avec.

Se détournant, elle sembla s'absorber dans la contemplation du paysage. Mais en fait elle se demandait si, pour la première fois, elle n'allait pas révéler à sa belle-sœur son secret le plus profondément enfoui.

— Ecoute, Grace, ma peur de me retrouver enceinte était telle... et crois-moi, ça n'a pas été une décision facile à prendre... que je me suis fait ligaturer les trompes.

— Hortense !

— Le médecin a été formel. Il m'a certifié que si je changeais d'avis je pourrais toujours faire machine arrière. Et j'avais quatre-vingts pour cent de chances de me retrouver enceinte après l'intervention.

« Je ne pouvais pas épouser Carter sans lui avouer que mon frère était hémophile. Je lui ai donc tout dit. Lorsqu'il eut discuté avec son médecin, il s'est rendu compte que notre fils, si nous décidions d'en avoir un, avait cinquante pour cent de chances de naître hémophile. Ça a levé ses hésitations et il m'a donné le feu vert. J'ai donc subi l'intervention. Seulement, manque de chance, il s'est avéré que dans mon cas l'opération était irréversible.

— Désolée, Hortense, je ne savais pas.

— Personne n'est au courant. Carter, et Dieu sait s'il voulait un fils, s'est montré très compréhensif. « Ne t'inquiète pas, ma chérie, ça ne nous empêchera pas de mener une vie formidable. Pense à la liberté de manœuvre dont nous allons disposer pour voyager, visiter le monde entier. Nous pouvons partir au pied levé, n'importe où, aussi longtemps que nous le voulons. Si on a envie de faire un saut à Acapulco, à Madrid, à Paris ou à Hawaii, on s'en va, on n'a pas à s'inquiéter de savoir si ça coïncide ou non avec les vacances de printemps de Junior. Ou avec les vacances d'hiver de Suzy. » Suzy, c'était ainsi que Carter voulait baptiser notre fille, si nous en avions eu une. Pas Suzanne, Suzy.

« "On sera libres comme l'air", disait Carter. Il n'empêche que je voyais bien qu'il souffrait. Il disait tout ça pour me consoler, pour que je me sente moins coupable de ne pas pouvoir avoir d'enfant. Bref, nous sommes restés tous les deux avec la liberté dont peuvent disposer deux adultes qui n'ont pas charge d'âme. Mais petit à petit le sacrifice de Carter est devenu son mode de vie et il a fini par l'adorer. Libre de travailler quand ça lui chante, de faire du sport quand il en a envie, de voyager quand ça le prend. C'est pourquoi maintenant je suis la dernière personne au monde qui ait le droit de lui demander de renoncer à tout ça. Pas après tout ce qu'il a sacrifié pour moi.

— Et si tu lui expliquais qu'il s'agit de Kathy ?

— Il n'est plus taillé pour jouer le rôle d'un père. Oh, il irait jusqu'à proposer de la prendre. Pour m'être agréable. Mais ça ne marcherait pas. On se retrouverait coincés à la maison tous les trois, à ronger notre frein chacun de notre côté. Ce ne serait pas épanouissant pour Kathy. Maintenant, en ce qui concerne l'aspect financier du problème, tu peux être sûre que Carter fera le nécessaire.

— Je ne veux pas que Kathy soit une gêne ou un fardeau pour quiconque. Je veux qu'elle soit membre à part entière d'une famille. Qu'elle se sente aimée, désirée.

— Tu as raison, Grace. Je regrette... Maintenant que tu connais mon secret, je suis certaine que tu me comprends. Surtout, garde-le pour toi ; ne le répète à personne. Et encore moins à la famille. Je sais qu'ils m'envient, tous. Mais tu crois que ça me plaît, à moi, de vivre comme un globe-trotter ? J'aimerais me fixer. Arrêter de sillonner le monde. Ne pas faire partie du country club. Mais Carter est très fier de moi. Je suis l'une des meilleures joueuses de golf du comté. Moi qui ai le golf en horreur maintenant... J'y joue uniquement pour Carter dont c'est la passion. Et je lui dois bien ça. Je me sens tellement coupable.

« C'est bizarre, la vie. Moi qui ne voulais pas en arriver à vivre dans la culpabilité permanente, eh bien, j'y suis jusqu'au cou. Heureusement, Carter n'en saura jamais rien. Je veux qu'il vive la vie qui lui plaît. Mais pour moi, tu sais, ce n'est pas génial, ce confort, ces distractions. Non, ce n'est pas génial.

Non, songea Grace, même s'ils me suppliaient de la prendre, je ne voudrais pas que Kathy vive dans une atmosphère pareille. Ce n'est pas comme ça que je conçois la famille.

Grace regagna la boutique plus déprimée que jamais. Hortense et Carter lui avaient semblé devoir être des parents acceptables, voire idéaux pour sa fille. Ils avaient besoin d'un enfant pour que leur vie soit complète. Ils avaient une belle maison suffisamment grande pour accueillir Kathy sans qu'ils soient les uns sur les autres. Et Kathy était d'âge à voyager avec eux sans les gêner pendant les vacances scolaires. S'ils décidaient de se déplacer pendant les périodes de cours, Kathy pourrait se faire héberger chez Cindy. Hannah était toujours heureuse de la recevoir. Elle l'avait amplement prouvé à la mort de Kip. Tout cela lui avait paru tellement bien pensé. Ç'aurait été tellement bien pour Hortense et Carter. Et puis pour Kathy également. Qui aurait pu imaginer que derrière cette façade de perfection se cachait un drame ? Hortense et Carter n'avaient-ils pas apparemment tout pour être heureux ?

Lorsque Grace atteignit le magasin, elle avait l'impression d'avoir un poids énorme sur les épaules. Si l'une des sœurs de Kip refusait de recueillir Kathy, qui se chargerait de sa fille ?

Qui, en effet ? Et Kathy, que pensait-elle des autres membres de la famille ? Comment les percevait-elle ?

Mais pour l'instant la question était de savoir comment elle allait lui annoncer que Tante Hortense avait dit non. Quelle que soit la façon dont elle formulerait le refus, la fillette était suffisamment intelligente pour comprendre qu'elle avait été rejetée par sa propre famille. Pourtant, il allait bien falloir qu'elle lui apprenne la nouvelle.

18

Secouée par sa rencontre avec sa belle-sœur, Grace Cameron arriva chez le Dr Norman Spence à bout de souffle, en nage et juste à temps pour sa perfusion de Ganciclovir. On la fit entrer dans la petite salle habituelle. Elle prit place sur la table d'examen, remonta la manche de son chemisier pour dénuder son bras.

Elle attendit assez longtemps. Mais comme l'infirmière ne venait toujours pas, elle se sentit prise de peur ; comme la plupart des patients lorsqu'une procédure banale est modifiée sans explication.

Ça y est, il a découvert quelque chose dans mes derniers résultats d'analyse. Le Ganciclovir est inopérant. Est-ce que je serais en train de perdre la vue sans m'en rendre compte ? Il y a quelque chose qui ne va pas. La rétinite est passée au rang de problème secondaire et ne mérite plus d'être traitée. Nom d'un chien, j'ai d'autres problèmes, et plus importants cette fois. Kathy ! Finissons-en, que je puisse aller chercher Kathy et lui parler.

Elle aurait voulu crier : « Infirmière ! Que se passe-t-il ? »

La tension devint insoutenable. Elle glissa à bas de la

table et se dirigea vers la porte. Elle tendait la main vers la poignée quand la porte s'ouvrit de l'extérieur.

— Mademoiselle..., commença-t-elle à expliquer.

Mais elle se tut en constatant que c'était le Dr Spence qui arrivait et non l'infirmière. Et maintenant, les mauvaises nouvelles, songea-t-elle. Il me reste moins de temps à vivre que je ne le pensais. Il faut absolument que je trouve une famille pour Kathy.

Elle battait en retraite vers la table lorsque Spence lui dit :

— Il faut que nous parlions tous les deux.

Tiens, remarqua-t-elle intérieurement, il sourit. Qu'est-ce que ça cache ?

Norman Spence souriait pour la mettre à l'aise car il avait tout de suite compris dans quel état de nerfs elle était quand il l'avait surprise à deux pas de la porte et qu'il avait vu ses yeux emplis d'une immense terreur. Elle était beaucoup plus stressée qu'elle ne l'avait jamais été. Il se demanda si elle était en état de prendre une décision. Car il allait lui falloir en prendre une.

— Grace, attaqua-t-il, il n'est peut-être pas nécessaire de continuer à vous perfuser deux fois par jour.

— Le Ganciclovir ne marche pas ? Est-ce que ça va avoir des répercussions sur... ma survie ?

— Ça marche, rectifia Spence. La question qui se pose, c'est de savoir si ça ne pourrait pas donner de meilleurs résultats. En changeant le mode d'administration du produit.

— Mais si on change le protocole, ça n'abrégera pas le temps qui me reste à vivre ?

— Non, ça ne peut que vous aider au contraire. A tous niveaux.

Soulagée, Grace attendit la suite.

— Grace, j'ai un collègue avec lequel j'ai fait mon internat à New York. Peter Adamson. Il se trouve qu'il a expérimenté le médicament sous une nouvelle forme. Au lieu de perfuser ses malades deux fois par jour, il leur injecte le produit directement dans l'œil, sous anesthésie locale bien entendu. L'injection stoppe la dégénérescence de la rétine huit semaines durant.

— J'aurai donc droit à une piqûre toutes les huit semaines ?

— Oui, au lieu de deux perfusions par jour. Adamson m'a demandé de tester le traitement sur plusieurs de mes patients. Personnellement, je crois que vous êtes une candidate idéale. Mais encore faut-il que vous soyez d'accord. Ne vous précipitez pas, vous n'avez pas à répondre tout de suite. Je vous laisse un jour ou deux pour réfléchir. Aujourd'hui, on vous perfusera comme d'habitude.

Au lieu de répondre, elle se mit à pleurer de façon incoercible. Elle tendit vaguement la main à la recherche d'un mouchoir. Spence lui passa une boîte de Kleenex. Elle se sécha les yeux.

Spence attendit qu'elle eût retrouvé suffisamment son sang-froid.

— Désolée, docteur, ça m'a prise tout d'un coup. La journée a été mauvaise et je craignais des nouvelles épouvantables.

— Je sais, dit Spence. Tous mes patients passent par là. Je vous le répète, vous n'êtes pas obligée de vous décider tout de suite. Je vais demander à Rita de vous faire votre intraveineuse.

— Vous êtes sûr, docteur, que ça ne risque pas d'écourter...

— Si j'en crois Pete, le traitement n'a pas d'effets secondaires indésirables.

L'espace d'un instant, elle hésita puis :

— Très bien, docteur. Alors pourquoi ne pas commencer maintenant ?

— Parfait !

Spence se lava les mains, les essuya avec soin puis enfila de fins gants de chirurgien. Ayant imprégné un coton de linolaïne, il le passa tout doucement sur l'œil gauche de sa patiente. Après avoir laissé à l'anesthésique local le temps d'agir, il prit une seringue de Ganciclovir et en injecta une goutte dans le corps vitré.

Si tout marchait selon les prévisions de son ancien camarade de fac, la rétine absorberait le produit qu'elle « stockerait » plusieurs semaines d'affilée.

Il avait traité les deux yeux lorsque, se laissant aller en arrière contre le dossier de son siège, il s'enquit :

— Ça ne vous a pas fait si mal que ça ?

— A peine si j'ai senti quoi que ce soit.

— Vous allez attendre une demi-heure et ensuite vous pourrez partir. Il nous faut être sûrs que vous ne ressentirez pas d'effets secondaires particuliers.

Soulagée, Grace Cameron quitta la pièce.

Norman Spence retourna dans son cabinet. Non sans avoir hésité, il demanda à sa réceptionniste de lui passer Scotty MacClune au téléphone.

— Scotty, tu as vu Grace Cameron récemment ?

— Non. Inutile, puisque c'est toi qui t'en occupes. Je lui donne un coup de fil de temps en temps. Ç'a l'air d'aller.

— Elle sort de ma salle d'examen. Elle est dans la salle d'attente. Je suis en train de tester sur elle un nouveau traitement. Mais ce n'est pas pour ça que je t'appelle. C'est la première fois que je la trouve aussi tendue. Trouve un prétexte pour l'appeler et essaye de savoir ce qui ne va pas. D'après moi, elle est à deux doigts de craquer.

— Tu lui as changé ses médicaments ? Tu lui as donné de nouvelles instructions ? Bref, tu lui as annoncé une nouvelle qui l'a secouée ?

— Je lui ai simplement parlé d'un nouveau traitement pour sa rétinite, qui lui faciliterait l'existence, répondit Norman. J'ai essayé de la sonder, de savoir ce qui avait pu la bouleverser comme ça, mais j'ai fait chou blanc. Mon objectif premier était de l'inciter à accepter ce nouveau traitement. En outre, je pense que si elle doit parler à quelqu'un, ce sera à toi plutôt qu'à moi.

— Je ferai de mon mieux.

Scotty MacClune fut perturbé pendant le reste de la journée après ce coup de fil. En fin d'après-midi, il appela *Tour de main*. De toute évidence, Grace était encore à cran lorsqu'elle décrocha.

Déguisant sa voix, il s'enquit :

— Je suis bien chez *Tour de main* ? Vous vous chargez de rédiger des invitations, il me semble ?

— Bien sûr.

— Puis-je vous en dicter le texte par téléphone ?

— Généralement, ce n'est pas comme ça que je procède. Mais je peux toujours faire une exception à la règle.

— Alors, prenez un crayon et notez. Vous êtes prête ?

Crayon en main, Grace répondit :

— Allez-y, mais dictez lentement. Je veux être sûre de ne pas faire d'erreur.

— Très bien. Le Dr Scotty MacClune serait heureux de dîner avec Grace Cameron...

— Scotty, mais qu'est-ce que diable...

Mais il poursuivit :

— ... ce soir ou un soir de la semaine qui vient. RSVP. Tout de suite !

— Scotty, j'ai suffisamment d'ennuis sans que tu t'amuses à me faire des blagues...

— J'aimerais que tu te libères pour aller dîner dehors. Ça te changerait les idées.

— Ecoute, Scotty, j'essaie de passer le maximum de temps avec Kathy. Et le dîner, c'est un moment privilégié pour se retrouver.

— Alors, amène-la !

— Impossible. Elle dîne, ensuite elle monte dans sa chambre faire ses devoirs. Nous n'avons pas de temps à perdre avec des histoires de sorties.

— Pourquoi...

— Scotty, coupa-t-elle, à deux doigts de la colère. Quand on dispose d'aussi peu de temps, le reste passe au second plan, ça devient dérisoire.

Tel était donc le problème qui la rongeait. Il lui proposa une autre solution :

— Grace, est-ce qu'il y aurait de quoi dîner pour trois ?

— Tu veux dire...

— Je m'invite chez toi, oui. J'apporte le dessert.

L'espace d'un moment, elle hésita.

— Très bien. Sept heures. Et sois ponctuel.

— Compte sur moi. De plus, je laisserai mon biper au bureau.

Conformément aux directives du Dr Spence, pour le dîner Grace se contentait de préparer une petite salade pour Kathy, et un plat chaud qu'elles pouvaient partager. Ce soir elle ferait une salade un peu plus copieuse, ainsi qu'une tourte à la viande, accompagnée de pommes de terre et de carottes pour que le repas soit équilibré. Scotty reprit deux fois de la tourte. Ensuite, café. Grace y versa un peu de lait qu'elle avait fait bouillir. Kathy, elle, dégusta une grosse tranche du gâteau au chocolat apporté par Scotty en buvant un verre de lait froid. Une fois que Kathy fut montée finir ses devoirs, Scotty aida Grace à débarrasser tout en bavardant.

Mais lorsqu'ils quittèrent la cuisine pour passer dans le séjour, Grace prit le taureau par les cornes :

— Bon, Scotty, je ne suis pas idiote. Si tu m'as appelée aujourd'hui, ce n'est pas par hasard. C'est parce que j'ai craqué dans le cabinet de Spence. Et qu'il t'a chargé de me cuisiner.

Il ne chercha pas à nier.

— Il était très inquiet. Du coup, moi aussi. Qu'est-ce que tu as ? Tu sais que tu peux me parler.

— Oui, je sais, et il va bien falloir que je vide mon sac.

Brièvement, elle lui résuma son rendez-vous avec Hortense.

— Alors, c'est donc ça, fit pensivement Scotty.

Il y avait de quoi mettre une mère dans tous ses états.

Pauvre Grace, elle avait l'impression qu'une course contre la montre s'était engagée. Et elle n'avait pas tort.

— Ça fait des années qu'on est amis. Tu me connaissais avant de rencontrer Kip. Pourquoi est-ce que tu ne m'as pas parlé ?

— Eh bien, Oncle Harry et moi avions décidé de faire appel à quelqu'un de la famille. Tu ne connais pas nos parents.

— Non, tu ne comprends pas. Ce que je veux dire, c'est pourquoi ne m'as-tu pas posé la question de confiance à moi ?

Grace le fixa un instant avant de comprendre.

— Tu prendrais Kathy ?

— Evidemment. Je serais même très heureux de la prendre. Certes, je ne fais pas à proprement parler partie de la famille. Mais je suis pratiquement de la famille.

— Je n'y avais pas pensé.

— Eh bien, commence à y réfléchir, fit Scotty. Si ça pouvait te faciliter les choses, je veux dire... ah et puis zut, comment trouver les mots... Ce n'est pas facile. Même pour un médecin qui est censé savoir parler à un malade. Grace, tu n'es pas idiote. La situation va se détériorer et ton état de santé se dégrader. Considérablement. Si tu penses que ça peut te faciliter le temps qui te...

— Le temps qui me reste ?

— En effet, si ça pouvait te tranquilliser l'esprit, je t'épouserais.

— Oh je sais, dit-elle dans un souffle, au bord des larmes tellement elle était touchée. Tu le ferais.

— Et alors ?

De la tête, elle fit non, rejetant sa proposition en silence.

— Et Kathy ?

— Tu es célibataire. Comment pourrais-tu élever une petite fille...

— Je t'assure que j'en prendrais soin. Je m'occuperais de tout. De ses études, de ses loisirs, de sa santé, de tout.

— Toi, un médecin surchargé de travail, tu réussirais

à élever une fillette de douze ans, à lui faire traverser en douceur l'étape si difficile de l'adolescence ?

— Emmaline me secondera. Ça fait quatorze ans qu'elle gère la maison. Et elle se plaint toujours de ne pas avoir assez de travail. Elle adorerait cuisiner pour quelqu'un qui aurait le temps de faire honneur à ses somptueux repas. Combien de fois ne m'a-t-elle pas répété que sa cuisine avait meilleur goût chaude que réchauffée. C'est qu'elle n'a pas la langue dans sa poche, Emmaline. Je la vois repassant les robes de Kathy comme elle repasse mes chemises. La seule chose qui risquerait de se produire, c'est que Kathy soit gâtée, pourrie. Emmaline adore les enfants.

Comme Grace ne répondait pas, Scotty la relança.

— Grace ?

— Je réfléchissais... Le dîner est prêt, le médecin est en retard, ou bien il est appelé en urgence au milieu du rôti... Kathy resterait seule. Avec Emmaline, bien sûr. Mais seule à table. Sans interlocuteur, sans personne à qui raconter sa journée, ce qui s'est passé à l'école, au football, à la danse. Sans personne avec qui discuter des infos. Les enfants intelligents ont une conversation étonnante. Qui sera là pour écouter Kathy, lui répondre, lui apporter la contradiction ? S'occuper d'une fillette intelligente dotée d'un esprit curieux ne consiste pas uniquement à lui procurer de la nourriture et un toit.

— Grace, j'organiserais mon emploi du temps en conséquence.

— Toi ? Mais c'est impossible ! Tu es sans cesse à la merci des impondérables.

Il haussa les épaules, l'air de dire : « Bon, bon, j'ai essayé mais j'ai échoué. »

— Grace, demande au moins son avis à Kathy. Il faut qu'elle sache qu'elle a le choix.

— Pour l'instant, elle croit qu'elle va aller chez Hortense et Carter. Je ne lui ai pas encore annoncé le refus de Hortense.

— Il va pourtant falloir qu'elle l'apprenne, et le plus tôt sera le mieux.

— C'est certain.

— Ecoute, quand tu la mettras au courant, assure-toi qu'elle sait que je suis prêt à la recueillir. Mets-moi en bonne place sur ta liste.

— Toi ou... Emmaline ?

Scotty ne chercha pas à discuter. Car il savait qu'elle avait raison.

Il était tard et tout était calme dans la maison. Kathy dormait depuis longtemps. Allongée dans son lit, Grace ressassait des pensées contradictoires. Le nouveau traitement proposé par Spence l'incitait à voir sa situation sous d'autres couleurs. Elle était tentée même de se laisser aller à un certain optimisme. Elle s'efforça ardemment de se convaincre.

Dans la presse, à la télévision, on ne cesse de parler des nouvelles thérapeutiques contre le sida. Et de leurs échecs. Pourtant, voilà un traitement dont le Dr Spence pense qu'il est efficace et constitue une manière de miracle. Au lieu de deux intraveineuses par jour, je n'ai plus qu'une piqûre toutes les six ou huit semaines. Formidable. Un de ces jours, j'entrerai dans le cabinet de Spence et il m'annoncera : « Un de mes collègues vient de découvrir un nouveau traitement, qui a guéri des cas de sida. On essaye ? » Un jour, avant qu'il ne soit trop tard, ça arrivera ; j'en suis sûre.

Mais elle n'était pas dupe, cet espoir était insensé.

Et Scotty, qui m'offre de m'épouser. Sous l'impulsion du moment, sans aucun doute. Quand il est stressé, il lui arrive de réagir de cette façon. Il ne s'en est pas rendu compte, mais en me demandant ma main, il a retiré ses lunettes et s'est mis à les nettoyer frénétiquement. C'est dire à quel point il était tendu. Il m'a fait cette proposition par gentillesse. Pour pouvoir veiller sur moi pendant ces derniers jours que je vois se profiler à l'horizon et qui menacent d'être épouvantables. Je ne pouvais pas accepter, ç'aurait été abuser de la situation. Et Kathy, dans tout ça, qu'adviendrait-il d'elle ? Elle se retrouverait avec Emmaline, qui est sûrement une brave femme mais pas une mère. Pour commencer, elle est trop âgée. Kathy n'a pas seulement besoin de petits plats et de chemisiers bien repassés. Il lui faut une mère. Une femme. Cher Scotty, je ne peux que dire non.

Cette décision prise, Grace se tourna sur le côté, remonta couvertures et drap par-dessus sa tête comme pour ne plus rien entendre, pour se protéger des agressions du monde extérieur.

Combien de temps me reste-t-il ? songea-t-elle encore en s'endormant.

Quelques instants plus tard, elle se réveillait, les paroles de Scotty résonnant dans son esprit : « Le plus tôt sera le mieux. »

Il a raison, se dit-elle. Mais cette fois je m'y prendrai différemment pour épargner à Kathy l'humiliation d'un refus. Je choisirai la famille et ensuite je lui apprendrai que je lui en ai trouvé une. Et là, elle se prononcera. Elle me dira si ça lui convient ou non. Ainsi le problème ne la perturbera pas. Elle n'aura pas à ressasser tout ça des nuits entières. Alors que la seule chose qui doit lui occuper la tête, c'est son travail scolaire.

Il faut que je lui parle de Hortense. Sans entrer dans les détails. Simplement pour qu'elle sache que ce n'est pas chez Hortense et Carter qu'elle ira vivre. Je m'en occuperai demain. Oui, demain.

19

— Kathy..., commença Grace tandis que mère et fille pliaient le linge qu'elles avaient sorti encore tiède du sèche-linge.

Depuis que Grace se savait atteinte du sida, Kathy l'aidait de son mieux dans les tâches ménagères et sa chambre était même devenue un modèle d'ordre. Il y avait des moments où Grace culpabilisait, songeant : « Pourvu que cette maladie ne lui vole pas une part de son enfance. Ce n'est pas normal d'être aussi ordonné, pour un enfant. »

— Kath, reprit Grace de façon aussi prudente que possible, j'ai vu Tante Hortense l'autre jour...

— Justement, j'y pensais, Maman. Le mieux pour moi, vu que les examens vont commencer, ça serait d'attendre qu'ils soient finis. J'ai pas envie d'avoir à potasser mes cours pendant que je serai chez Oncle Cart et Tante Hortense.

— Kathy, ne te fais pas de mauvais sang pour ça, coupa Grace.

— Tu sais, j'ai bien réfléchi. Oncle Carter est tellement cinglé de golf qu'il va vouloir m'emmener au club. C'est sûr comme un et un font deux. Il avait dit un jour qu'il ferait de moi une championne. C'était à Thanksgiving chez Tante Louise, la fois où c'est chez elle qu'on a mangé la dinde parce que les jumelles allaient partir pour le collège.

Kathy ressemblait à Kip. Une fois qu'elle était lancée, il n'y avait pas moyen de l'arrêter.

— Kathy, fit de nouveau Grace.

Mais la petite fille continua :

— Maman, tu t'es demandé pourquoi les jumelles étaient parties chacune dans un collège différent ? Et si loin de chez leur mère ? Ça me tracasse, par moments, pas toi ?

— Pas vraiment. Ecoute, Kathy, fit Grace en s'efforçant d'attirer son attention.

Mais Kathy poursuivit :

— Où est-ce que j'en étais ? Ah oui, Oncle Cart. Eh bien, ce jour-là, à Thanksgiving, il a examiné mes mains avec soin. Puis il les a retournées, paumes en l'air, pour étudier mes paumes et mes doigts, et il m'a dit que j'avais des mains de golfeuse, que je pourrais être aussi forte à ce sport que Tante Hortense. C'est pourquoi je me suis dit que quand j'irais chez eux pour faire une période d'essai, il aimerait m'emmener au club et commencer à faire mon éducation ; dans ces conditions, je me vois mal lui dire que je peux pas l'accompagner parce que je dois étudier. Il va falloir que tu trouves un moyen de dire à Tante Hortense que je peux pas aller chez eux tant que la période des examens ne sera pas terminée. Tu peux faire ça, Maman ?

Elle a sérieusement réfléchi à la question, songea Grace. Elle a pensé à la façon dont s'organiserait son séjour là-bas, elle a tout prévu pour leur faire plaisir. Et maintenant il faut que je lui apprenne la mauvaise nouvelle.

— Kathy, ma chérie, ne pense plus à cette période d'essai.

— Alors, comment est-ce que je vais savoir si je me plais chez eux ? Il faut absolument que je fasse un essai.

Imagine-toi que je dise oui, je veux bien habiter avec vous, et qu'après je m'en morde les doigts ? Il faut que ça me plaise de vivre là-bas. Je croyais qu'on était d'accord là-dessus.

— Kathy, la période d'essai n'aura pas lieu parce que tu n'iras pas vivre chez Hortense et Carter.

— Mais pourquoi ? En quel honneur ?

— C'est délicat, ma grande. Mais Tante Hortense ne peut pas. C'est trop compliqué à expliquer pour le moment. Quand tu seras plus grande, tu comprendras.

— Maman, je suis pas complètement idiote. Dis-moi, je comprendrai.

— Impossible, Kathy, c'est un secret entre Tante Hortense et moi. Je lui ai promis de me taire. Tu sais ce que c'est, les secrets. Avec Cindy, vous en avez. Il ne te viendrait pas à l'idée de les trahir.

Kathy resta silencieuse puis son petit visage plein de taches de rousseur s'assombrit.

— Je comprends, ils ne veulent pas de moi, c'est ça ?

— Absolument pas, ma puce.

— Ils n'ont même pas voulu qu'on fasse un essai le temps d'un week-end. Ils n'ont pas voulu de moi, dit Kathy, trop bouleversée pour pleurer. Et moi qui croyais qu'Oncle Carter et moi on pourrait être copains, faire des choses ensemble. On aurait pu être amis. C'est parce qu'ils ne veulent pas d'enfants en général ? Ou parce qu'ils ne veulent pas de moi en particulier ?

— Kathy...

— Tu peux me dire la vérité. Tu dis toujours que ce qu'il y a de mieux entre une mère et sa fille, c'est la vérité ; alors vas-y.

— Ma chérie, c'est tout à fait autre chose.

— Elle a dit quelque chose de spécial ? Elle a une raison de ne pas vouloir de moi ? Ou alors c'est Oncle Carter qui ne veut pas en entendre parler ?

Grace prit sa fille par les bras et croisa son regard.

— Kathy, ma puce, ça n'a rien à voir avec toi. Ils t'aiment beaucoup. Mais ils ont des problèmes qui font qu'il leur est impossible de changer de vie maintenant.

— Je ne les gênerais pas beaucoup pourtant. Je sais très bien quand les adultes ont besoin de calme. Je me retire dans ma chambre. Je fais mes devoirs. J'écoute mes CD. Ou alors je téléphone à Cindy. Je sais me faire toute petite quand il le faut.

— Kathy, ils t'aiment. Carter te trouve très jolie et très intelligente. Tante Hortense aussi.

— Seulement ils ne veulent pas de moi.

— Si. Mais il y a des circonstances qui font que...

— Ecoute, Maman, ce n'est pas la peine de tourner autour du pot. Ils ne veulent pas me prendre, c'est tout.

Sur ces mots, Kathy prit sa pile de chaussettes et de sous-vêtements et monta dans sa chambre.

Une heure plus tard, plantée devant la porte de la chambre de Kathy, l'oreille collée au battant, Grace s'efforçait de deviner si sa fille dormait ou si elle pleurait. Mais pas un bruit ne filtrait de la pièce.

Tout doucement pour ne pas réveiller Kathy au cas où elle serait en train de dormir, Grace entrebâilla la porte. La pièce était plongée dans l'obscurité. Kathy était couchée mais dans l'obscurité ses yeux étaient grands ouverts.

— Maman ?

— Oui, chérie.

— Si Tante Hortense veut pas de moi, qui voudra de moi ?

— Je te l'ai dit, il ne s'agit pas de ne pas vouloir de toi.

— Elle ne veut pas de moi, insista Kathy.

— Ce n'est pas tout à fait cela, fit Grace. Elle t'aime, elle aimerait bien que tu viennes habiter chez elle, seulement ce n'est pas possible.

Grace prit sa fille dans ses bras et la serra contre sa poitrine.

— Ne t'inquiète pas, mon poussin, on trouvera bien un autre membre de la famille à qui te confier.

Kathy ne broncha pas mais Grace comprit qu'elle n'avait pas réussi à la rassurer.

Grace était plongée dans sa comptabilité, une véritable corvée, lorsque le téléphone sonna.

A cette heure ? Qui pouvait bien appeler si tard ?

— Ma chère Grace... (voix de basse d'Oncle Harry) il n'est pas trop tard pour te téléphoner, j'espère ?

— Non, Oncle Harry.

— Leeza et moi, on a eu une petite discussion te concernant. Et Leeza me disait...

Pourquoi toujours formuler les choses de cette façon ? Il fait comme si ses initiatives venaient de Leeza alors qu'il n'en est rien.

— Elle me disait : « Cette jeune femme est trop fière pour demander de l'aide. » Et moi de lui rétorquer : « Que veux-tu dire ? » Leeza de poursuivre : « Avec les montagnes de travail qu'elle a au magasin, sa fille qu'elle doit conduire ici, emmener là, la maison à entretenir, peut-être qu'elle aurait besoin d'un coup de main. Peut-être qu'une femme de ménage plusieurs fois par semaine serait la bienvenue. Ou alors une cuisinière-gouvernante. » J'y ai réfléchi et je me suis dit que ce n'était peut-être pas grand-chose mais qu'on était d'accord pour te payer quelqu'un qui te dépannerait. Ça te rendrait la vie beaucoup plus facile. Qu'en penses-tu ?

Grace ne put s'empêcher de penser à ce que lui avait dit Kip. « Oncle Harry a l'art de se faufiler partout. Surtout ne lui laisse pas mettre le bout du nez dans tes affaires. Tu ne serais bientôt plus maîtresse chez toi. Et il régenterait tout. Ne le laisse pas faire. » En se remémorant ces paroles, Grace refusa aussi gentiment que possible.

— Merci, Oncle Harry. On se débrouille très bien comme ça. (Estimant qu'un petit mensonge ne lui nuirait pas compte tenu des circonstances, elle ajouta :) En outre, le Dr Spence m'a recommandé de rester active. Il m'a dit que, pour moi, c'était la meilleure solution. Plus je fais de choses et mieux c'est. Alors merci mille fois. C'est très gentil. Si jamais j'ai besoin de quoi que ce soit, je te passe un coup de fil.

— Entendu comme ça, mais ne fais pas la fière.

— Non, non, Oncle Harry, s'empressa-t-elle de répondre afin de se replonger dans ses comptes où elle avait trouvé une erreur.

Mais à peine avait-elle repris ses calculs que de nouveau elle réfléchit à ce coup de téléphone tardif. Qu'est-ce qu'il mijotait cette fois ? Et cette histoire d'aide ménagère qu'il paierait de sa poche, est-ce que ce n'était pas sa façon de mettre le bout du nez dans ses affaires, comme Kip le lui avait dit ?

20

Oncle Harry étant du genre tenace, Grace n'eut qu'une semaine à attendre pour découvrir ce qu'il avait en tête.

— J'ai été patient, ma petite Grace. J'ai attendu ton appel. En vain. J'ai eu l'impression que ma proposition t'avait vexée. J'en suis désolé. Mais il nous faut parler sérieusement maintenant.

Grace Cameron était assise dans la véranda de la ferme. Leeza avait pris place un peu en retrait près de Harry. Bien qu'elle fît un effort pour paraître impassible, Grace comprit néanmoins qu'elle regrettait de devoir être témoin de ce qui allait se passer. Elle n'était pas d'accord avec Harry et elle lui avait fait part de son mécontentement, mais le vieillard autoritaire n'avait pas daigné prendre ses objections en compte.

— J'espérais qu'on n'en arriverait pas là. Peut-être est-ce ma faute. Je ne t'ai pas donné mon avis assez fermement. Vois-tu, mon petit, les membres de notre famille sont trop peu nombreux pour que nous puissions nous permettre des défections.

— Des défections ?

— Un Cameron reste un Cameron. Certes, il est probable même si ce n'est pas certain qu'un jour Kathy se mariera. J'espère qu'elle aura suffisamment de bon sens pour conserver son nom, quitte à le faire suivre de celui de son mari. Ça se fait beaucoup, si j'en crois les faire-part de mariage. Certaines jeunes femmes continuent même d'utiliser leur nom de jeune fille. Cela ne me déplairait pas que Kathy les imite.

Il jeta un coup d'œil à Leeza comme pour lui dire de rester en dehors de la conversation.

— Il n'y a pas beaucoup d'enfants dans la famille. Et, pour des raisons évidentes, pas beaucoup de garçons pour perpétuer la lignée. Chaque enfant est donc précieux. Et je n'arrive pas à me faire à l'idée qu'un jour la fille de Kip se retrouvera chez des étrangers dont elle portera le nom.

— Qui a dit qu'elle changerait de nom ? fit Grace. Elle restera Cameron.

— Vraiment, fit le vieil homme d'un ton de dérision. Parce que tu te figures que ses parents adoptifs la présenteront à leurs amis en disant : « Voilà Kathy Cameron, notre fille » ?

Leeza étant sur le point d'intervenir, Harry lui coupa aussitôt l'herbe sous le pied.

— Oh, je sais que dans la famille nul ne peut être considéré comme un candidat à l'adoption idéal. Mais la situation de Kathy est tout sauf idéale. Nous avons toujours été guidés chez les Cameron par une forme de sagesse. Du moins jusqu'à ce que mon frère épouse la mère de Kip. Là, je suis intervenu. Dieu sait que je l'avais prévenu. Je lui ai répété que cette histoire d'hémophilie — une tare génétique — pouvait avoir des conséquences dramatiques. Il est passé outre. Il a fait une grosse erreur. Inutile que je m'appesantisse.

Grace, qui avait laissé en souffrance au magasin de multiples commandes urgentes, essaya de le remettre sur les rails.

— Où veux-tu en venir exactement, Oncle Harry ?

— J'ai procédé à un rapide inventaire des Cameron

encore en vie. Tu ne peux pas écarter certains membres de la famille sans leur avoir donné leur chance.

— Leur chance ?

— Oui, envoie donc Kathy en stage chez eux. Le temps de faire connaissance. Laisse-leur une chance de se montrer tels qu'ils sont. Cela pour le cas où elle aurait des préjugés à leur encontre.

— Oncle Harry, je me suis longuement entretenue avec Hortense. Pour des raisons qu'il est inutile de préciser, elle ne se sent pas capable d'adopter un enfant, dit Grace.

— J'aurais dû m'en douter. Hortense est une égoïste. Elle a toujours été jalouse de Kip. J'ajoute que je ne l'ai jamais trouvée sympathique. C'est une enfant gâtée.

— Je ne suis pas d'accord, objecta Grace.

— C'est parce que tu ne la connais pas aussi bien que moi, contra Harry.

Grace préféra se taire plutôt que de trahir les confidences de sa belle-sœur.

— Il va donc falloir considérer d'autres candidats potentiels, reprit Harry.

— Louise ?

— Et le frère de Kip, Ed. Je nourrissais de grands espoirs à propos de ce garçon. Surtout après que Kip eut décidé d'entrer dans l'enseignement. Ed avait des capacités certaines. Seulement mon frère a eu la mauvaise idée de lui acheter cette saleté de guitare. Et Ed n'a rien trouvé de mieux que de filer avec un groupe de rock. Chanter dans des clubs crasseux. Parcourir le pays avec des musiciens fauchés. Fumer de la marijuana, j'imagine.

« J'en ai parlé à un psychiatre. Il m'a dit que c'était peut-être une façon de se révolter contre les soins dont Kip avait été l'objet. Quoi qu'il en soit, jamais je n'aurais l'idée de confier à Ed une de mes filles. Mais c'est à toi de prendre une décision, ma chère.

— Je n'avais pas envisagé Ed dans ce rôle un seul instant, s'empressa de déclarer Grace.

— Ce qui nous laisse Louise, conclut Oncle Harry. Une femme formidable. Une excellente mère. Qui a élevé deux magnifiques enfants.

Lesquelles, eut bien envie de répondre Grace, n'avaient rien eu de plus pressé que de fuir la maison. Les jumelles avaient en effet choisi de poursuivre leurs études dans des universités différentes mais qui avaient une chose en commun : leur éloignement par rapport à la demeure familiale, qui laissait peu de chances à leur mère si exemplaire fût-elle de leur rendre visite. Plus d'une fois, les filles étaient venues faire des petits séjours chez leur oncle Kip rien que pour échapper à l'étouffante emprise maternelle.

— Je sais ce que Kip pensait de sa sœur. Je sais que les deux filles de Louise ont pris la fuite dès qu'elles en ont eu l'occasion. Mais je considère que c'est une bonne chose au fond : cette expérience l'a mûrie. Je suis sûr qu'elle aimerait avoir une seconde chance, élever un autre enfant sans refaire les mêmes erreurs.

— En d'autres termes, fit Grace, tu la verrais d'un bon œil se servir de ma fille comme d'un cobaye. Tu aimerais savoir, par le truchement de Kathy, si Tante Louise est un peu plus « cool », si elle a mis de l'eau dans son vin concernant l'éducation des enfants.

— Qu'est-ce que tu racontes ! s'énerva Harry.

Même Leeza se recula en l'entendant.

— Tout ce que je te demande, c'est de faire un essai. Envoie ta fille passer quelque temps chez elle. Quelques semaines. C'est raisonnable, non ?

— Compte tenu des épreuves que ma fille a déjà traversées, je vois mal pourquoi je devrais lui en faire subir d'autres, se rebiffa Grace.

— C'est toi, ma chère, qui as parlé d'épreuves. Je n'ai fait qu'émettre une suggestion. Que Kathy aille donc passer une semaine chez Louise. Histoire de s'habituer à un nouvel environnement. Louise et Jim se mettront en quatre pour qu'elle se sente à l'aise et...

— Aimée aussi ?

— Ecoute-moi, Grace. Aimée de la même manière que par sa mère ? C'est impossible. Mais n'oublie pas que nous sommes dans une situation inextricable. Permets-moi de te rappeler qu'un moment viendra où tu ne seras plus là pour veiller sur elle.

A ces mots, Leeza ne put se contenir :

— Harry Cameron !

— Excuse-moi, Leeza, je ne voulais pas lui mettre les points sur les « i » ; mais elle m'a provoqué. J'ai beau être raisonnable, il y a des limites.

— Excuse-moi, Oncle Harry. Mais en conscience il m'est impossible de forcer ma fille à suivre ton conseil, décréta Grace.

En d'autres circonstances, l'air sur lequel elle avait parlé aurait mis un terme à la conversation. Mais pour l'oncle Harry ce n'était là que de la provocation, une façon de l'inciter à poursuivre.

— Grace, j'ai été aussi tolérant et patient qu'on peut l'être. Mais en tant que chef de famille j'ai certaines obligations. Et de ce fait j'ai consulté mes avocats.

— Des avocats ! explosa Grace. Qu'est-ce que les avocats viennent faire là-dedans ?

— Eh bien, ma chère, il semblerait qu'aux termes de la loi en vigueur dans cet Etat, lorsque le bien-être d'un enfant est en jeu, tout parent peut en appeler au tribunal pour se faire désigner tuteur de l'enfant.

Harry marqua une pause de façon que Grace ait le temps d'assimiler.

— Je n'ai pas encore donné à mes avocats l'autorisation de prendre les mesures nécessaires. Mais si tu ne fais pas davantage preuve de bon sens, sache qu'il suffirait d'un coup de téléphone de ma part pour que les dispositions en vue de trouver une solution soient prises. Si j'étais toi, j'y réfléchirais à deux fois avant de refuser que Kathy aille passer quelque temps chez Louise et Jim. Mettons, par exemple, un long week-end.

Sur le trajet du retour, Grace eut tout le temps de réfléchir calmement à la suggestion d'Oncle Harry, laquelle ressemblait fort à un ultimatum.

Elle ne pouvait s'empêcher d'éprouver de la sympathie pour Louise qui avait la malchance d'être le vilain petit canard de la famille. Tenant en cela de son père, Louise était courte sur pattes avec des cheveux d'un châtain fort terne, contrairement à Kip et Hortense qui étaient blonds et longilignes. Si Hortense était jolie avec des pommettes saillantes et une bouche pleine, Louise était quelconque, ses traits sans intérêt.

Pour compenser et surtout pour réussir à se faire bien voir de son père, elle avait pris l'habitude d'être toujours tirée à quatre épingles et d'être un modèle d'ordre et de précision dans tout ce qu'elle entreprenait. Une fois mariée, elle appliqua ces principes à la gestion de son foyer. « Si on veut qu'une chose soit faite dans les règles, il faut la confier à Louise », disait son père en la complimentant.

Au début de son mariage avec Jim, elle travailla à l'extérieur en qualité de secrétaire de direction. C'était une perle, une assistante hors pair grandement appréciée de son patron. A la naissance des jumelles, elle abandonna son métier pour se transformer en mère modèle. Obsédée par son désir de perfection, elle avait littéralement étouffé les fillettes sous son amour, exigeant d'elles qu'elles fussent aussi parfaites que possible.

Jim, qui l'aimait, avait supporté ce perfectionnisme sans mot dire, trouvant un dérivatif dans la pêche. Particulièrement la pêche à la mouche. Lorsqu'il partait taquiner la truite avec des copains, il se laissait enfin aller : c'était lui le plus négligé du groupe. A la maison, il s'était résigné à mener une vie réglée comme une pendule. Pour faire plaisir à son épouse.

Si Kathy devait atterrir un jour chez Louise, Grace était sûre d'une chose : elle serait dans une maison parfaitement tenue où on pourvoirait à tous ses besoins. Mais est-ce que ce serait suffisant ? Ou plutôt, connaissant Louise, est-ce que ça ne serait pas trop ?

Seulement il y avait Oncle Harry et ses menaces qui se précisaient.

— Et prends tes livres, fais comme lorsque tu es à la maison, fit Grace.

— Maman, faut vraiment que j'y aille ?

— Ce serait une bonne chose d'essayer de connaître ta tante Louise un peu mieux. Surtout compte tenu de la situation, dit Grace.

Kathy fixa sa mère.

— Tu crois que ce sera une bonne chose, vraiment ?

Grace devait prendre une décision, et vite. Dire la vérité à l'enfant et lui faire part des menaces d'Oncle Harry ou jouer la comédie. Elle se rabattit sur la deuxième solution.

— Ça ne peut pas te faire de mal. Ton père n'aurait pas été contre.

— Le problème, avec les adultes, c'est qu'ils ne se rendent même pas compte que les enfants ont des oreilles qui traînent. Papa n'a jamais trouvé Louise sympathique. J'étais toute petite mais je me souviens quand même de la tête qu'il faisait chaque fois que tu lui rappelais qu'on devait aller chez Louise. Ou qu'elle venait chez nous.

— Kathy ! Fais ton sac. Et n'oublie pas de prendre ton gros pull. Il fait froid à la campagne, le matin, ajouta Grace pour couper court à toute discussion.

Kathy avait mis dans sa valise pantalon, pull, pyjama, sous-vêtements, chaussettes, disques compacts, livres, et bloc pour travailler. Lorsque Jim Mitchell s'arrêta dans l'allée, elle était fin prête et l'y attendait avec sa mère.

Son sac rangé dans le coffre, Kathy embrassa Grace et lui chuchota :

— Fais attention à toi. Pas d'imprudences.

Là-dessus, elle prit place sur le siège du passager et la voiture recula dans l'allée. Grace regarda partir Kathy en agitant la main. Une fois que sa fille eut disparu, elle laissa libre cours à ses larmes. Mais elle s'arrêta bien vite de pleurer et rentra prendre son AZT avant de gagner le magasin.

Ils roulaient sur l'autoroute. Kathy regardait droit devant elle. Jim, les yeux fixés sur la route, sentit le malaise de sa passagère.

Pour meubler le silence, il lui posa une question :

— Kathy, comment va ta mère exactement ?

Bien décidée à ne pas trahir ses faiblesses, Kathy dit :

— Elle va bien, très bien.

— Elle s'en tire bien, n'est-ce pas ?

— Oui, si on pense qu'elle a ce virus. Mais c'est quelqu'un, Maman, c'est pas le genre à perdre le nord.

— Ravi de l'apprendre, dit Jim. Je me fais du souci pour elle. On s'entendait bien, elle et moi, dans le temps.

Kathy jeta un regard interrogateur à son oncle, lequel garda les yeux sur la route.

— On a tous les deux épousé des Cameron. Même si on vit centenaires, ils nous considéreront toujours comme des pièces rapportées. Il n'y a que ton père qui m'ait donné l'impression d'appartenir à la famille. Je me souviens lorsqu'on allait dans sa bibliothèque tous les deux, qu'on buvait un verre en bavardant. On était plus proches que personne ne pouvait le supposer.

— Vraiment ?

— Mais oui.

Après un silence, Jim reprit la parole :

— Kathy, je voulais te dire quelque chose concernant ta tante Louise. C'est une femme formidable, pleine de bonnes intentions. Seulement il faut du temps pour s'habituer à ses manies, à sa façon d'être. Mais elle a un bon fond.

— Je sais.

— S'il y a quoi que ce soit qui te déplaît dans son

attitude, c'est à moi qu'il faudra le dire. Pas à elle. Parce qu'elle est hypersensible.

— Je comprends, Oncle Jim.

— Et elle n'a jamais vraiment digéré la mort de ton père. Moins tu en parleras, mieux ça vaudra.

— Entendu, Oncle Jim.

Après cela, ils poursuivirent leur trajet en silence.

21

Sa petite valise à la main, Kathy descendit de la voiture et s'engagea dans l'allée pavée conduisant à la porte d'entrée de la villa des Mitchell. Devant cette porte se tenait Tante Louise, impatiente de l'accueillir pour le week-end. Kathy se raidit dans l'attente de la première étreinte. Aux réunions de famille, Tante Louise lui donnait toujours des baisers mouillés et la serrait si fort qu'elle ne pouvait s'empêcher de la comparer à une pieuvre.

Toutefois elle se raisonna. Maman lui avait dit de faire un effort. Elle jouerait donc le jeu.

A sa grande surprise, Tante Louise fit preuve de retenue. Avec un sourire, elle gratifia Kathy d'un bref baiser. Et au lieu de la plaquer contre sa poitrine, elle lui prit sa valise des mains et l'entraîna à l'intérieur.

— Le trajet a été bon, ma chérie ?

— Ça s'est bien passé. On a bavardé, dit Kathy.

« Bien », c'était le mot le plus neutre qu'elle avait trouvé pour éviter toute discussion.

— J'ai dit à ton oncle Jim de faire attention, fit Louise en riant avant de s'adresser à son mari : Jim, encore une amende pour excès de vitesse et on te supprime ton permis, alors vas-y doucement. Il n'y a que ça, Kathy, pour le faire conduire moins vite. Viens, on va t'installer. Je t'emmène là-haut.

Kathy jeta un coup d'œil autour d'elle dans la chambre. Cette chambre avait été celle de Charlotte jusqu'à son mariage. Charlotte avait quitté le collège à la fin de la première année pour des raisons que la famille s'était bien gardée de lui révéler. Personne ne pouvait se douter qu'à sept ans Kathy savait pertinemment pourquoi Charlotte avait dû se marier avant de finir ses études.

Louise posa la valise de Kathy sur le lit.

— Mets-toi à ton aise. Ensuite, nous déjeunerons. Je t'ai préparé un bon déjeuner.

— Je viens seulement de prendre le petit déjeuner.

— Le petit déjeuner ? fit Louise, plus que déçue.

— Maman ne savait pas si je déjeunerais chez toi.

— Qu'est-ce qu'elle s'imaginait ? Qu'on allait te laisser mourir de faim ? Comme dans *Oliver Twist* ?

— T'inquiète pas, Tante Louise, je vais me mettre à table. Je te promets pas de manger comme un ogre. Mais je vais faire de mon mieux, fit Kathy pour mettre de l'huile dans les rouages.

— Eh bien, descends quand tu seras prête, dit Louise en s'efforçant de garder un air aimable.

Le déjeuner s'était déroulé dans une atmosphère tendue. L'oncle Jim avait tout d'abord essayé de faire diversion en racontant des anecdotes. Voyant que celles-ci ne provoquaient pas la réaction voulue, il entreprit de répéter certaines des blagues que Jay Leno racontait dans le *Tonight Show*.

Louise présidait, surveillant Kathy, qui avait mangé lentement pour lui faire croire qu'elle absorbait plus de nourriture qu'elle n'en avalait réellement. Elle s'était forcée à ingurgiter autant de salade que possible.

— Kathy, mon docteur est formel : l'organisme a

besoin de légumes verts. C'est bon contre toutes sortes de cancers.

— Louise...

Comme s'il lui rappelait une phrase familière, Louise répondit par un haussement d'épaules et se concentra sur son assiette. Mais sa véritable nature reprenant le dessus, elle ne put s'empêcher de remarquer :

— Je parie que ta mère s'imaginait qu'on te ferait jeûner.

— Louise ! s'exclama Jim d'une voix forte.

Le reste du repas se déroula sans incident. Une fois qu'elle eut terminé, Kathy se leva pour donner un coup de main à sa tante. Mais Louise déclina son offre.

— Je n'ai pas besoin de toi, Kathy. Va plutôt faire tes devoirs, j'ai promis à ta mère que tu ne prendrais pas de retard dans ton travail. Monte dans ta chambre, ou bien, si tu préfères, va dans le petit bureau de Jim, il y a son ordinateur. De nos jours, les enfants sont peut-être incapables d'écrire ou de compter mais ils savent faire fonctionner un ordinateur.

— Bien, Tante Louise, dit Kathy, mais je ne me sers pas d'ordinateur. Pas à la maison.

— Parfait. Alors va dans ta chambre et mets-toi au travail.

Kathy gravit les marches quatre à quatre, ravie d'échapper à la bonne humeur forcée de sa tante.

Elle disposa ses livres sur l'ancien bureau de Charlotte. Avant d'ouvrir son manuel d'histoire afin d'y puiser des renseignements pour son compte rendu sur les causes de la guerre de Sécession, elle glissa un de ses disques compacts préférés dans l'appareil de Charlotte. La musique était forte, rythmée, la batterie et la basse dominaient.

Bientôt, on frappa à la porte.

— Kathy ? implora sa tante.

— Tout de suite, répondit Kathy sans dissimuler son impatience. Je vais mettre moins fort.

La porte s'ouvrit et Louise jeta un coup d'œil.

— Mon Dieu, comment peux-tu travailler au milieu de ce vacarme ? Tu ne peux pas faire sans ?

— C'est comme ça que je m'y prends à la maison.

— Ta mère te laisse faire tes devoirs en écoutant des disques ?

— Elle me laisse travailler comme je veux. Pourvu que j'aie tout fini et que mes notes soient bonnes, fit Kathy d'un ton sec.

— Charlotte, c'était pareil, observa Louise. Elle non plus ne pouvait pas travailler sans musique.

Kathy attendit, se demandant si sa tante n'allait pas poursuivre et lui assener : « Et tu vois où ça l'a menée... » Heureusement, elle ne souffla mot. Kathy lui aurait répondu.

— Très bien, tante Louise, je vais baisser le son.

Pas vraiment satisfaite, Louise se contenta cependant de répliquer :

— Je crois que ce serait une bonne idée.

En milieu d'après-midi, Kathy avait bien avancé dans son devoir d'histoire. Sans aucun doute elle aurait le temps de le terminer le lendemain matin. Elle décida donc de faire un petit brin de toilette avant de descendre rejoindre sa tante et son oncle. Elle se savonnait le visage lorsque, se contemplant dans la glace, elle se remémora les paroles de sa mère.

« Vas-y, Kathy. Le temps d'un week-end.

— Ça va me sembler long.

— Tu verras, le dimanche après-midi arrivera vite et tu seras revenue à la maison.

— Maman, pourquoi faut-il que j'y aille ?

— Impossible de faire autrement, ma poulette. Tu sais bien qu'un jour il faudra que tu aies une famille de substitution.

— Mais pourquoi Tante Louise ?

— Parce que c'est la sœur de ton père. »

Kathy s'était rendu compte qu'il y avait d'autres raisons. Mais ne se doutant pas un instant de l'intervention d'Oncle Harry, elle n'avait pas insisté.

Une fois fraîche et nette, elle descendit et découvrit que Tante Louise avait de grands projets pour le reste de l'après-midi. Et pour la soirée.

Mais d'abord l'après-midi. Ils iraient au cinéma voir *Le Bossu de Notre-Dame*. Bien que l'ayant vu deux fois, et trouvant que c'était un film pour enfants, Kathy dut feindre l'enthousiasme.

Elle revit donc le film une troisième fois, assise entre Louise et Jim qui guettaient ses réactions plus qu'ils ne suivaient ce qui se passait sur l'écran, ce qui ne pouvait que mettre la fillette encore plus mal à l'aise.

Une fois de retour à la maison, Louise s'enquit :

— Est-ce que tu as apporté une jolie robe ? J'avais bien précisé à ta mère qu'elle t'en mette une dans ta valise. Une robe un peu habillée pour dîner dehors.

— Oui, Tante Louise, rétorqua Kathy.

— Alors, habillons-nous. On dîne au club ce soir. Les samedis soir, on s'amuse beaucoup là-bas, fit Louise.

Tandis qu'ils approchaient du maître d'hôtel, Kathy constata qu'à l'exception d'un garçonnet de son âge, le reste de l'assistance était composé d'adultes. Les uns vieux. Les autres encore plus vieux.

Elle rectifia immédiatement. Sa mère lui avait défendu d'utiliser ce mot. « Mûr », « âgé », passe encore. Mais « vieux », jamais. Résignée, elle se prépara à passer une soirée assommante.

Et elle ne fut pas déçue. Les membres du club s'arrêtaient près de leur table pour lui serrer la main et la noyer sous un flot d'épithètes consternantes de banalité sucrée du genre *jolie, adorable, charmante, mignonne*, quand ils ne s'extasiaient pas carrément sur elle, déclarant que c'était *un vrai petit amour*.

Kathy décela bientôt autre chose derrière ces paroles. Ces adultes n'étaient pas seulement polis, gentils, aimables. Ils en rajoutaient. Cela lui rappela la façon dont on s'était adressé à elle lors de l'enterrement de son père.

Ils sont gentils parce que je leur fais pitié, songea-t-elle. Au bout d'un moment, elle conclut que Louise leur avait fait la leçon. Que leur avait-elle dit ? A son propos. Au sujet de sa mère.

Pendant le dîner, un petit orchestre avait joué en sourdine. Une fois le repas terminé, les musiciens se mirent à interpréter des airs dont le tempo et le style étaient en harmonie avec l'âge de l'assistance.

Jim invita sa femme à danser. Une fois seule, Kathy examina danseurs et dîneurs. Puis elle braqua les yeux vers la table où était installé le garçon de son âge. La mère de ce dernier, à bout de patience, semblait essayer de le pousser à se mettre en branle. De guerre lasse, il se leva et traversa la piste.

Kathy comprit alors qu'il se dirigeait vers elle non parce qu'il en avait envie mais parce que sa mère l'y avait obligé.

Elle se prépara à l'accueillir fraîchement.

— Bonjour.

— Bonjour, répondit Kathy, peu aimable.

— Je m'appelle Tim Brawner.

— Et moi...

— Je sais, tu t'appelles Kathy.

Manifestement on lui avait fait la leçon.

— Ma mère voudrait savoir si tu n'as pas envie de danser.

— Dis-lui que non.

— Danser avec moi, rectifia-t-il.

— Oh, je vois.

Il comprit que Kathy le faisait marcher et sourit avec gêne.

— Ça te dirait ?

— Ta mère te regarde, fit Kathy. On ferait mieux d'y aller.

— Ouais, dit-il en lui prenant la main.

C'était à qui aurait la main la plus moite. Se tenant

ainsi, ils réussirent à atteindre le bord de la piste. Bien que la musique n'eût rien à voir avec ce qu'ils écoutaient sur MTV, ils firent un effort pour se plier au rythme de l'orchestre, s'appliquant, tandis que les autres danseurs les admiraient à grand renfort de : « Oh, qu'ils sont mignons ! »

Kathy en grinçait des dents d'énervement.

A un moment donné, ils se trouvèrent près de Jim et Louise. Cette dernière leur sourit d'un air approbateur.

Bientôt les adultes reculèrent, formant un cercle autour d'eux. Ils furent alors le centre de l'attention générale.

— C'est débile, fit Kathy, mal à l'aise.

— C'est rien de le dire, acquiesça Tim, tout rouge. Je me suis rarement senti aussi con. T'en as pas marre ?

— Si, dit Kathy. Oh et puis zut ! On va leur montrer comme on est mignons.

— Mignons... Y a que les bébés qui sont mignons.

Ils continuèrent à danser mais en se déhanchant, ce qui ne facilita pas la conversation.

— Tu passes juste le week-end ici ?

— Ouais. Dimanche après-midi, je me tire, fit Kathy.

— Où tu vas ?

— A la maison.

— A la maison ?

— Où veux-tu que j'aille ?

— Je sais pas, moi. Mais comme ta mère est malade...

Kathy s'arrêta de gesticuler, empoigna Tim par le bras, croisa son regard.

— Qu'est-ce qu'on t'a raconté au sujet de ma mère ?

— Rien. Que c'est parce qu'elle était malade que tu étais venue chez ta tante et ton oncle. Que tu viendrais peut-être bientôt habiter chez eux.

A brûle-pourpoint, Kathy pivota, traversa la piste, rejoignit sa table où Jim et Louise l'attendaient pour la féliciter.

— Eh bien, ça ne s'est pas si mal passé que ça ? fit Louise avec un sourire rayonnant. Vous faites un joli couple.

— Oncle Jim, on peut rentrer maintenant ?

Les sourires se figèrent.

— Si tu ne te sens pas bien, on peut rentrer, répondit Jim.

— En effet, je ne me sens pas bien.

Une fois à la maison, Louise se mit à la harceler de questions.

— Tu veux quoi, ma chérie ? Qu'est-ce que ta mère te donne quand tu es patraque ? On a tout ce qu'il faut à la maison. De l'Alka-Seltzer, des Tums. Qu'est-ce que tu veux ? Je me demande ce que tu as bien pu manger qui t'a mise dans cet état. Parce qu'au club, en général, la nourriture est bonne.

— Ce n'est pas la nourriture, Tante Louise, dit Kathy, envoyant promener les conseils de sa mère.

Louise quêta du regard l'aide de Jim, qui ne broncha pas.

— Qu'est-ce que tu leur as raconté exactement ?

— A qui ? dit Louise.

— A tous ces gens. Ceux qui sont venus me dire des gentillesses sans en penser un mot. Et le garçon, c'est à cause de moi qu'il était là. Et il était au courant pour Maman. Qu'est-ce que tu leur as raconté ? Que j'allais être bientôt orpheline ? C'est pour ça qu'ils avaient l'air si désolés ? C'est pour ça qu'il est venu m'inviter à danser ? Tu leur as parlé de Maman, tu leur as dit qu'elle avait le sida, tu le leur as dit ?

En pleurant, Kathy pivota vers l'escalier.

— Jamais je n'ai...

— Louise ! l'interrompit Jim.

Elle s'arrêta net mais ne put s'empêcher de poursuivre, cherchant à se justifier :

— J'ai fait de mon mieux. J'ai vraiment tout essayé. Evidemment que j'ai parlé à certaines personnes. Il le fallait bien. Margo Brawner, par exemple. Elle est venue avec son fils pour qu'il te serve de cavalier. Et c'est comme ça que tu me remercies ? Cette petite ressemble décidément trop à sa mère. Têtue comme une mule. Toujours à n'en faire qu'à sa tête. Si elle avait tenu davantage compte des conseils des autres, mon frère serait encore en vie aujourd'hui.

Du haut de l'escalier, Kathy s'écria :

— T'as pas le droit de dire des méchancetés sur Maman ! Je t'interdis !

— Je les avais pourtant prévenus quand ils ont parlé de faire cette randonnée, s'écria Louise à son tour, mais ta mère n'a rien voulu entendre ! « Kip a envie d'escalade, on part. » Seulement, il a fait une chute et il s'est blessé, et c'est comme si elle l'avait tué de ses mains.

— Menteuse ! hurla Kathy en courant s'enfermer dans la chambre. Sale menteuse !

Une heure plus tard, les pleurs de Kathy furent interrompus par un petit coup frappé à la porte.

— Oui ?

— C'est moi, chuchota Jim.

Il poussa le battant, entra et s'approcha du lit.

— Kathy, je suis désolé. Elle n'en pensait pas un mot.

Hoquetant, Kathy le détrompa :

— Si, au contraire.

— Pas vraiment. Kip, tu vois, était le centre de la famille Cameron. Sa mère en était folle. Quand il est mort, Louise a donné libre cours aux sentiments qu'elle avait refoulés jusque-là. Ressentiment, jalousie, etc. Mais comme elle ne pouvait pas se défouler sur lui, ce qui n'aurait pas été convenable, elle s'est défoulée sur ta mère. Quand tu seras plus grande, tu comprendras.

Kathy hocha la tête.

— Oncle Jim, je ne pourrai jamais habiter dans cette maison, dit-elle doucement.

— Je sais. C'est dommage. C'est dommage, Kath.

— C'est comme ça que mon père m'appelait, Kath.

— Oh, je sais, c'est plus d'une fois que je l'ai entendu

t'appeler ainsi, fit Jim. Essaie de dormir, je te ramènerai chez toi demain matin.

Le dimanche matin, aussitôt après le départ de Jim et Kathy, Louise téléphonait à Oncle Harry pour lui faire son rapport :

— Oncle Harry, j'ai fait le maximum. Mais ça n'a pas marché. Cette femme... Grace... elle avait monté la petite contre moi. On l'a invitée à dîner au club, on lui a présenté tous nos amis. Un gamin de son âge est venu l'inviter à danser. Et tu sais comment elle me remercie ? En m'accusant d'être une menteuse. Oncle Harry, on a essayé, je t'assure. Mais cette petite...

— Ça ne m'étonne pas, répondit Harry. Mais si Grace s'imagine qu'elle peut couper Kathy du reste de sa famille, elle va avoir une sacrée surprise...

22

Kathy étant chez sa tante, Grace profita du dimanche matin pour faire le plus de ménage possible. Depuis quelque temps, lorsqu'elle essayait de le faire en présence de Kathy, sa fille se rendait bien compte que ça devenait trop dur pour elle. Alors elle lui proposait son aide, allant jusqu'à négliger ses devoirs.

Kathy absente, Grace avait fait une grosse lessive. Elle retirait les vêtements de la machine pour les mettre dans le sèche-linge lorsque le téléphone l'interrompit. S'attendant à avoir Kathy au bout du fil, Grace se précipita.

— Kath ?

— Erreur, c'est moi, annonça Oncle Harry.

— Oncle Harry, fit Grace, abasourdie. Comment vastu ? Et Leeza ?

— Très bien. Nous allons très bien, déclara Harry. C'est plutôt ta fille qui m'inquiète.

— Kathy ? Il est arrivé quelque chose à Kathy ?

— Non, mais j'aimerais la voir.

— Pourquoi ?

— Je crois que compte tenu de tes derniers résultats d'analyse...

— Mes résultats ? Comment sais-tu qu'ils sont moins bons que les précédents ?

— Je l'ignorais, figure-toi, mais je te remercie d'avoir confirmé mes soupçons. Remarque, il n'est pas besoin d'être grand clerc pour deviner. Grace, écoute-moi, il est temps de voir la situation de façon réaliste.

— Je fais de mon mieux, Oncle Harry. En fait, Kathy passe ce week-end chez Louise.

— Détrompe-toi, Kathy est sur le chemin du retour à la minute où je te parle. Elle ne va pas tarder à arriver.

— Que s'est-il passé ?

— C'est bien ce que j'aimerais savoir, fit Harry d'un ton réprobateur. Louise s'est décarcassée, elle a fait tout ce qu'elle a pu pour que ta fille passe un bon week-end. Mais la petite a refusé de coopérer.

— Dans ce cas, ça veut dire qu'ils sont incapables de vivre ensemble et qu'il me faut trouver un autre foyer pour Kathy.

— Je crois que tu t'impliques trop. Plus vite tu comprendras qu'il s'agit d'une affaire de famille, et mieux cela vaudra.

— Kathy est ma fille et tant que...

Elle s'aperçut qu'elle était dans une impasse.

— Exactement, ma chère, tant que tu vivras. Mais que se passera-t-il lorsque tu auras disparu ? Je ne t'en veux pas de t'accrocher à elle jusqu'à la dernière minute. Mais ça va la mener où, cette attitude ? Quand Kip est mort... sois tranquille, je n'ai pas l'intention de revenir là-dessus... Kathy a pu s'appuyer sur toi. Sur qui s'appuiera-t-elle lorsque tu ne seras plus là ?

— Je fais l'impossible pour lui trouver une famille.

— J'aimerais lui parler.

— Pourquoi ?

— J'aimerais essayer de savoir pourquoi elle a l'impression de ne pas pouvoir s'entendre avec Louise.

— Peut-être que c'est Louise qui ne peut pas s'entendre avec Kathy.

— Arrête de discutailler ! Je veux lui parler ! Quand puis-je la voir ?

— Désolée, Harry, c'est impossible.

— Dans ce cas, j'appelle mes avocats demain matin à la première heure.

Et sur ces mots, il raccrocha.

Grace resta plantée là, téléphone à la main, furieuse et terrifiée. Sur le point de raccrocher, elle décida de contacter Bert Adams, qui était un ancien collègue de Kip. Bert enseignait le droit, niveau débutants. Il l'avait beaucoup aidée à la mort de Kip à débroussailler les problèmes juridiques qui s'étaient posés.

— Bert ? Oh, c'est toi, Vera. Grace Cameron. Bert est là ? Il faut que je lui parle.

— Il y a quelque chose qui ne va pas, ma chérie ?

— Non, un petit problème juridique, dit Grace. Il est là ?

— Bert, fit Vera. Grace Cameron. Elle a l'air dans tous ses états. Vois un peu ce que tu peux faire.

— Bonjour, Grace, que se passe-t-il ?

— Bert, quand une mère essaie de trouver une famille d'accueil pour sa fille et qu'elle n'y parvient pas, est-il vrai qu'un membre de sa famille peut devenir le tuteur de l'enfant ? Est-ce que c'est possible, légalement ?

— Oui, Grace. Pourquoi ?

— Tu veux dire que n'importe quelle personne du moment qu'elle est membre de la famille...

— Pas uniquement de la famille. Mais si la fillette n'a pas de famille, pas de foyer, personne, tous ceux qui peuvent prouver qu'ils ont des liens privilégiés avec elle peuvent se porter candidats à l'adoption.

— Imagine qu'un membre de la famille de la petite et un simple ami soient en concurrence, lequel des deux aura le plus de chances de se voir confier l'enfant ?

— Le tribunal donne généralement la préférence aux membres de la famille. Mais en cas d'objections valables, il peut fort bien décider de confier l'enfant à un ami.

— Je vois.

— Cela ne veut pas dire pour autant que le premier qui se présente se verra nommer tuteur.

— Merci, Bert. Merci beaucoup.

— Grace, s'il y a quoi que ce soit que je puisse faire...
— Non merci, Bert. Merci.

Le laconisme de Jim fut loin d'atténuer les craintes de Grace. Car lorsqu'il ramena Kathy, il se borna à dire :
— Désolé, Grace. Vraiment désolé.
En trois mots, il venait de lui faire comprendre à quel point l'expérience avait été désastreuse.
Plus inquiétante encore était la façon dont Kathy s'était jetée dans les bras de sa mère lorsque celle-ci lui avait ouvert la porte. Bien sûr Grace était contente que sa fille lui manifeste son amour ; mais d'un autre côté, cela lui avait fait de la peine car, même si la chose était difficile à accepter, il lui fallait absolument trouver le plus vite possible quelqu'un qui puisse la remplacer.
Elle s'abstint de mentionner le nom d'Oncle Harry mais tandis qu'elle aidait Kathy à défaire sa valise, elle lui posa des questions, lui faisant raconter son week-end.
— Tim, il était sympa, comme mec. Manifestement, il était aussi furieux que moi d'être au club... Quand je pense que sa mère l'a obligé à danser. J'en étais malade pour lui.
« Mais le pire, c'est qu'il savait pourquoi j'étais chez Louise et Jim. Il savait que tu étais malade. Que j'allais devenir... (Elle s'arrêta net, ne parvenant pas à prononcer le mot fatidique.) C'est ça qui m'a fait mal. Il savait. Et il était désolé. Je veux pas qu'on soit désolé pour moi. Je veux pas qu'on s'apitoie sur moi.
Elle se mit à pleurer, cherchant de nouveau le réconfort dans les bras de sa mère. Grace la serra contre elle et se dit qu'avant de laisser sa fille rencontrer Oncle Harry il y avait un certain nombre de choses qu'elle devait faire.
— Kathy...
La fillette rejeta la tête en arrière et leva vers sa mère son petit visage plein de larmes.
— Kathy, tu te souviens de ce qui s'est passé il y a six ans ?

— Quand on habitait Clover Hill ?

— Exactement. Tu te souviens de nos voisins, les Conlon ?

— Bien sûr. Ils avaient deux enfants, Becky et Paul.

— Ça ne te plairait pas d'aller habiter chez eux ? A Santa Barbara, en Californie. Je n'y ai jamais mis les pieds mais il paraît que c'est une région magnifique. Le climat y est génial. Les écoles sont bonnes et...

— Tu voudrais que j'y aille... maintenant ?

— Pas pour y rester. Seulement pour y passer quelques jours. Histoire de voir si tu t'y plais. Pas avant les vacances d'été. Alors ?

— Je sais pas. Je pensais que pendant les vacances j'aurais du temps pour m'occuper un peu plus de toi.

— Tu n'irais qu'une semaine ou deux. On aurait le reste de l'été pour nous deux.

— Santa Barbara, répéta Kathy. Une semaine ou deux.

— Juste pour voir si tu t'y sens bien. Si tu t'entends toujours bien avec Becky et Paul. Si ça marche entre les Conlon et toi.

— Bon, d'accord, mais pas plus de deux semaines, alors, fit Kathy d'un ton ferme.

Compte tenu des deux heures de différence entre le Midwest et Santa Barbara, Grace attendit que Kathy soit au lit pour passer son coup de fil. Des souvenirs heureux lui revenaient à l'esprit, l'encourageant à entreprendre cette démarche.

De tous les amis qu'elle pouvait contacter, les Conlon seraient certainement les plus compréhensifs. Leur amitié s'était nouée et avait grandi au cours d'années pendant lesquelles ils avaient vécu des expériences similaires. Les deux ménages étaient mariés de fraîche date, et les deux jeunes femmes avaient été enceintes en même temps. Les Cameron et les Conlon avaient partagé les tribulations de la vie de parents, comparant leurs bébés, leurs progrès et leurs maladies infantiles. Ils avaient fêté ensemble Thanksgiving et Noël, ne pouvant se rendre dans leurs familles respectives faute de moyens — la carrière des deux hommes débutait. L'été, ils préparaient des barbecues dans le jardin où s'endormaient les enfants épuisés d'avoir cavalé toute la journée sur la pelouse. Ils faisaient du baby-sitting à tour de rôle, se rendaient service lorsque l'un d'eux était malade.

Les circonstances les avaient amenés à se séparer. Jerry avait tellement bien réussi qu'on l'avait muté sur la côte ouest avec une promotion particulièrement intéressante. Ils ne s'étaient pourtant pas perdus de vue. Lorsque d'aventure ils séjournaient dans la même région, ils s'arrangeaient pour se rencontrer. Ils se débrouillaient pour passer les vacances ensemble. A Noël, ils échangeaient des cartes de vœux et des cadeaux. A Pâques, des fleurs. Et ils se téléphonaient et s'écrivaient quand ils avaient de bonnes nouvelles à s'annoncer. Ou même parfois de mauvaises.

Lorsque Kip était mort, Jerry Conlon avait quitté une conférence se déroulant à Spokane afin de pouvoir assister à l'enterrement.

Dans ses lettres, Grace avait laissé entendre à Cheri qu'elle était malade, mais sans jamais faire allusion à la gravité de son état. Maintenant, l'heure n'était plus aux faux-fuyants ni aux secrets. La situation de Kathy exigeait que Grace raconte la vérité à son amie. Bien décidée à parler, Grace composa le numéro de téléphone familier. Elle attendit, espérant que ce serait Cheri qui décrocherait. Elle ne se sentait pas d'humeur à bavarder avec Jerry ou l'un des enfants avant d'avoir discuté sérieusement avec Cheri. Et elle se sentait mal à l'aise à l'idée que sa famille puisse être là et surprendre sa conversation.

Le téléphone sonna quatre fois et le répondeur se mit en marche. Grace raccrocha sans laisser de message.

Pendant une heure elle se posa toutes sortes de questions. Etaient-ils sortis dîner ? Ou bien s'étaient-ils absentés pour le week-end ? Jerry adorait emmener sa famille en promenade.

Elle essaya à nouveau et obtint le même résultat.

A onze heures, c'est-à-dire à neuf heures, heure de Santa Barbara, elle avait entendu tant de fois le message sur le répondeur qu'elle se mit à raccrocher à la troisième sonnerie pour éviter d'avoir à payer une autre communication.

A chaque appel, elle se torturait davantage. Est-ce qu'elle avait le droit d'exiger des Conlon un sacrifice pareil ? Toutefois, la menace d'Oncle Harry commençait à se préciser, elle finit par se dire qu'elle avait pris la bonne décision. Si jamais il devait y avoir une bataille juridique, son avocat pourrait prouver que les Conlon étaient des gens qu'elle connaissait depuis que leurs enfants et Kathy étaient bébés. Qu'ils étaient des gens bien. Qu'ils avaient l'âge voulu pour se charger d'une petite comme Kathy. Ils pouvaient se permettre d'adopter un autre enfant car Jerry gagnait très bien sa vie. Oui, Kathy pourrait s'intégrer sans problème. Bien plus facilement que chez Oncle Harry qu'elle connaissait à peine.

A onze heures et demie, Grace se risqua à passer un autre coup de fil. Elle écouta la sonnerie. Une, deux, trois fois. Alors qu'elle allait raccrocher, la quatrième sonnerie fut interrompue par la voix de Cheri :

— Allô ?

— Cher, c'est moi.

Après un instant d'hésitation, Cheri s'écria, ravie :

— Grace ! Comment vas-tu ?

Pour éviter de répondre directement, Grace s'enquit :

— Cher, tu as un peu de temps ?

— Du temps ?

— Oui, maintenant, il faut que je te parle.

— Les enfants sont couchés. La maison est calme. Bien sûr que j'ai du temps.

Grace décela un changement dans la voix de Cheri. Celle-ci était devenue tout d'un coup tendue, anxieuse, exactement ce que Grace avait espéré éviter. Trop tard. Il fallait qu'elle parle à cœur ouvert.

— Cher, tu te souviens de la lettre dans laquelle je te disais que j'étais malade ?

— Oui, bien sûr. Mais tu ne m'as jamais dit de quoi tu souffrais.

— Je ne voulais pas t'embêter avec ça.

— Inutile. J'ai deviné, figure-toi.

— Deviné ? fit Grace.

— Cancer du sein, c'est ça ? Tu es la sixième à y passer parmi mes amies. Est-ce que c'est grave ? Est-ce que tu as eu des métastases ? Est-ce qu'ils t'ont fait une mammectomie ? Ou seulement une chimio ?

— Cheri.

— Tu sais, la plupart de mes amies s'en sont bien sorties. Alors ne te décourage pas. Du cran. C'est le secret. Si ça a été pris à temps et que... les médecins l'ont pris à temps, j'espère ? Grace, tu m'écoutes ?

— Oui, Cheri.

— Eh bien ?

— Il ne s'agit pas d'un cancer du sein.

— De l'ovaire, alors ?

— Non.

— Tant mieux. Celui-là est meurtrier. Toutefois j'ai une amie...

— Cheri ! l'interrompit Grace. Il ne s'agit pas du cancer.

— Alors de quoi ?

— Du sida.

— Qu'est-ce que tu racontes ?

— J'ai le sida.

— Grace, c'est pas vrai, pas toi.

Aussi simplement que possible, Grace lui expliqua comment elle avait contracté le virus.

— Oh, mon Dieu, chuchota Cheri. Et alors, où en es-tu ?

— Ça ne fait qu'empirer. De test en test.

— Ma pauvre chérie... si seulement je pouvais faire quelque chose pour toi.

— Tu peux.

— Quoi donc ? Parle.

— Kathy. Il faut que je trouve une famille pour Kathy quand j'aurai disparu.

— Une famille... Oh, je vois. Tu veux que j'adopte ta fille ?

— Ne me réponds pas maintenant. J'aimerais que tu y réfléchisses et que tu fasses éventuellement venir Kathy chez toi une semaine ou deux cet été, afin de voir si vous vous entendez bien. Quelle que soit ta réponse, je t'assure que je comprendrai.

Ce fut au tour de Cheri de rester silencieuse.

— Cheri, tu m'écoutes ?

— Oui, oui, je t'écoute.

— Cheri, je sais que ce n'est pas facile, ce que je te demande. Mais je suis fille unique. Et Kip a très peu de famille. Alors je suis obligée de faire appel à mes amis. Mais si tu me trouves trop exigeante, dis-le-moi. Ça ne nous empêchera pas de rester amies. Je n'oublierai jamais que Jerry a fait tout ce trajet depuis Spokane pour assister à l'enterrement de Kip.

— Ecoute-moi, Grace. Normalement, je serais ravie de prendre chez moi une petite comme Kathy. Elle est formidable, cette gamine. Mais, vois-tu, les choses ont changé en quelque sorte. Je ne t'en ai jamais parlé dans mes lettres parce que je croyais que ça allait se tasser. Mais non, Jerry est resté sur ses positions.

— Jerry et toi, vous n'allez pas... divorcer ?

— Nous sommes en train de divorcer. Et la procédure est bien entamée. La situation est délicate pour les enfants. Becky vit très mal notre divorce. Je ne peux pas les perturber davantage.

— Je m'en doute, fit Grace.

— Alors... je suis désolée, vraiment désolée.

— Inutile de t'excuser. C'est moi qui suis navrée. Je

ne savais pas que ça allait mal avec Jerry. Jamais je ne me serais doutée que vous en seriez arrivés là.

— Restons en contact, Grace.

— Entendu, Cher, on reste en contact.

Grace Cameron raccrocha, assommée par cette nouvelle. C'était un nom de plus qu'il lui fallait rayer de sa petite liste. Heureusement, l'oncle Harry n'en saurait rien.

PATIENT : Cameron Grace

ÂGE : 34

SEXE : F

DIAGNOSTIC : SIDA

MÉDECIN TRAITANT : Dr R. MacClune

DATE	LYMPHO-CYTEST	CHARGE VIRALE	POIDS
21/9	280	14 000	57,6
10/12	310	10 000	57,1
12/2	220	30 000	56,2
14/5	180	110 000	53,5

23

Kathy était montée se coucher. Grace Cameron se déshabillait. Lentement, comme si l'idée de se mettre au lit lui répugnait. Elle savait bien ce qui l'attendait : la solitude et la tristesse. Il y avait plus de deux ans que Kip était mort et il lui manquait encore terriblement.

Ces réflexions la ramenèrent tout naturellement au problème qui la tracassait : Kathy. Un foyer, une famille pour Kathy.

Lorsqu'elle alla dans la salle de bains se passer de la crème sur le visage, elle s'examina dans la glace et se trouva encore plus maigre qu'elle ne s'y attendait. Ses joues étaient plus pâles que jamais. Le temps filait à toute allure. Elle avait parfaitement conscience de l'urgence de la situation. Les deux tests d'ADN qu'elle avait passés au cours des six derniers mois avaient fait apparaître une augmentation de la charge virale et la chute concomitante des lymphocytes T. Les résultats du second étaient encore plus décourageants que ceux du premier. Si elle avait pu avoir un doute à ce sujet, le coup de fil de Scotty lui aurait ôté ses dernières illusions. Il l'appelait assez souvent, et notamment pour lui renouveler son offre concernant Kathy. La dernière fois, il avait téléphoné pour la rassurer. Avec discrétion, il avait essayé de la réconforter car son état s'était dégradé de façon inquiétante.

Oncle Harry aussi appelait, en moyenne deux fois par semaine, s'enquérant toujours avec sollicitude de la santé de Grace. Comment allait-elle ? Que disaient les médecins ? N'aimerait-elle pas consulter à New York, Chicago ou dans le Minnesota ? Grace répondait poliment mais déclinait avec fermeté son aide. Moins subtil que Scotty dans ses démarches, il avait ajouté un nouveau couplet à ses litanies.

« Grace, ma chérie, tu ne crois pas que tu devrais laisser tomber la boutique ? Comme ça tu pourrais passer davantage de temps avec Kathy. Et puis tu as bien le droit de souffler un peu. Les années qui viennent de s'écouler ont été un enfer. Si c'est l'argent qui te tracasse, ne t'inquiète pas, une fois que tu auras vendu ta boutique, si ce que tu as ne suffit pas à couvrir tes dépenses courantes, je te dépannerai.

— Non, merci, Oncle Harry, c'est très gentil mais j'ai besoin du magasin, ça me motive. Ça me donne un but. Ça m'empêche de ressasser mes problèmes.

— Enfin, si jamais tu changeais d'avis...

— Si je change d'avis, je te le ferai savoir. »

Arrivé là, Harry se décidait à poser la question qui lui tenait à cœur :

« Au fait, Grace, as-tu du nouveau concernant Kathy ?

— Pas encore, Oncle Harry. Mais j'y travaille. »

Quelle que soit la façon dont elle formulait ses phrases, il terminait toujours en disant :

« N'oublie pas que nous sommes là, Leeza et moi. »

Son appel cet après-midi, juste après qu'elle eut reçu les résultats lamentables de son dernier test d'ADN, l'avait plongée dans un état dépressif encore plus profond. Il avait beau s'efforcer d'être jovial, elle ne pouvait s'empêcher de penser qu'il comptait les jours qui lui restaient à vivre encore plus soigneusement qu'elle-même.

Elle se glissa dans son lit et éteignit. Elle resta allongée à réfléchir, à essayer de se convaincre qu'en dernier ressort ce ne serait peut-être pas une mauvaise solution. Au fond, Harry et Leeza étaient des gens bien. Harry était un homme solide même s'il était autoritaire, intransigeant. Le fait que Leeza et lui ne fussent pas mariés ne constituait pas un obstacle à proprement parler, bien que Harry ait pu considérer que oui. Car un jour, il y avait de cela presque un mois, Leeza avait appelé Grace.

« Je dois passer en ville demain. On peut déjeuner ensemble ? Près de ta boutique. »

C'était tellement inattendu que Grace soupçonna un instant qu'Oncle Harry avait poussé Leeza à tenter cette démarche. Comme elle aimait bien Leeza, elle accepta.

Elles déjeunaient légèrement dans un salon de thé non loin de *Tour de main*, parlant de tout et de rien, lorsque Leeza aborda le sujet de la santé de Grace. Grace se dit que Harry voulait sans doute savoir à quoi s'en tenir. Mais au café, Leeza précisa :

— Ecoute, mon petit, il faut que je te dise quelque chose. Ce qui t'ennuie, c'est peut-être que Harry et moi ne soyons pas mariés. Eh bien, j'ai réussi à le convaincre que si là était le problème on n'aurait qu'à régulariser la situation. Pour le bien de Kathy. Inutile de compromettre son avenir pour un détail de ce genre.

A ces mots, Grace comprit à quel point Harry devait avoir hâte de prendre Kathy sous son aile et de la modeler à son goût.

S'il continuait, Grace allait devoir lui mettre les points sur les « i » : « Oncle Harry, Kathy est futée. Très intelligente, même. Nous avons essayé, Kip et moi, de l'élever de façon qu'elle devienne autonome, qu'elle réfléchisse. Mais c'est également une fillette hypersensible. Si tu t'amuses à la forcer à se couler dans un moule, tu risques de la briser. Ni Kip ni moi ne saurions te laisser faire ! »

Si besoin était, elle lâcherait tout ça au vieil homme, quelles que soient les conséquences. Et qu'il appelle ses avocats si cela lui chantait ! Elle s'arrangerait pour trouver à Kathy d'autres parents qu'un tribunal ou un juge ne pourraient récuser.

Et puis même si Harry n'était pas aussi tyrannique, il restait le problème de l'âge. Lorsque les camarades de classe de Kathy feraient venir leurs parents à la fête de l'école et qu'elle-même viendrait en compagnie d'Oncle Harry et de Leeza, tout le monde penserait que c'étaient ses grands-parents.

Non, Kathy méritait une autre sorte de famille.

Seulement qui ? Qui ferait l'affaire mieux qu'Oncle Harry ?

Des noms défilèrent dans l'esprit de Grace. Ceux d'anciennes camarades de fac. Membres des mêmes clubs d'étudiants qu'elle. Des jeunes femmes avec lesquelles elle avait travaillé à sa sortie de l'université. A défaut des Conlon, il y avait d'autres anciens voisins de Clover Hill. Ils étaient tous à peu près du même âge. Et avaient des enfants de l'âge de Kathy. Les habitants de Clover Hill formaient une grande famille et ils étaient proches les uns des autres, plus proches que Grace ne l'était de sa propre cousine. Ils devaient s'en sortir avec des salaires relativement maigres et des budgets serrés mais Grace se souvenait de cette époque comme d'une époque heureuse.

Oui, s'il fallait en arriver là, elle poserait la question de confiance à Marge et Gary, Enid et Dave, qui avaient envoyé des fleurs pour l'enterrement de Kip et l'avaient souvent appelée pour lui proposer un coup de main.

Elle songea à Naomi Gorman qui, pendant trois ans, avait partagé sa chambre à l'université. Naomi habitait Houston mais Grace et elle correspondaient régulièrement et se téléphonaient à l'occasion des fêtes. Naomi avait deux enfants, dont une de l'âge de Kathy.

Grace se rendit compte qu'elle fantasmait. Elle n'avait pas la moindre idée de la façon dont ses amis réagiraient à l'idée de recueillir une étrangère.

L'expérience qu'elle venait de vivre avec Cheri lui avait prouvé que c'était une erreur de se fier à des souvenirs.

Les souvenirs sont figés dans le temps. La vie, elle, suit son cours. Avec ses hauts et ses bas.

Epuisée, elle se tourna sur le côté et essaya de dormir.

Elle se réveilla avec une pensée identique à celle qu'elle avait eue en s'endormant : trouver une famille pour Kathy. Un foyer pour son adorable fille de douze ans. Douze ans ? se dit soudain Grace. Mais le temps passe... Bientôt Kathy n'aura plus douze ans mais treize ans. Dans la bousculade de ces derniers mois, elle avait complètement oublié son anniversaire.

Tout en se brossant les dents, Grace décida que ce serait l'anniversaire le plus réussi de Kathy. Une fête dont elle se souviendrait toute sa vie. Dont elle parlerait encore à ses propres enfants des années plus tard.

Grace commença à échafauder des projets. Elle organiserait la petite fête sur la pelouse si le temps le permettait. Mais pour ne pas être prise au dépourvu, elle décorerait également la maison. Il y aurait des hot dogs et des hamburgers à gogo, des tacos et du guacamole, des bâtonnets de poulet pour tremper dans toutes sortes de sauces, de la glace pour accompagner le gâteau traditionnel. Et de la musique, bien sûr, beaucoup de musique. Et tant pis si les voisins se plaignaient. Il fallait marquer le coup pour le dernier anniversaire que Kathy et sa mère fêteraient ensemble.

Les invitations ! En arrivant au magasin, elle décida qu'elle rédigerait elle-même les invitations. Ce serait l'événement le plus important pour lequel Grace aurait jamais utilisé ses talents. Oui, pour l'anniversaire de Kathy elle enverrait aux petits invités des cartons écrits à la main au bas desquels elle préciserait RSUP.

La liste des invités ! Grace connaissait la plupart des amies de Kathy. Mais les garçons ! Il fallait qu'il y ait des garçons. Kathy et Cindy passaient des heures au téléphone à rire sous cape. Lorsque des filles rient comme ça, c'est parce qu'elles parlent garçons.

Elle n'en avait pas vu beaucoup à la maison ces derniers temps. Mais Hannah les connaissait sûrement. Elle avait organisé une fête pour le douzième anniversaire de Cindy. Sa liste devait être encore à jour.

Combien de filles devait-elle inviter ? Et combien de garçons ? Treize filles et treize garçons, trancha-t-elle. Pour marquer le treizième anniversaire de Kathy.

Elle se mit à rédiger les vingt-six cartons. Le vingt-sixième était destiné à Kathy. Il figurerait dans l'album que Grace projetait de lui offrir. Cet album, Kathy le conserverait précieusement et le montrerait à ses enfants quand elle leur parlerait de leurs grands-parents.

Grace se prit à regretter de ne pas avoir l'air en meilleure forme pour les photos qui seraient prises lors de la fête. Ç'aurait été tellement agréable de laisser à Kathy des clichés représentant sa mère en forme et mignonne. Elle décida de coller d'anciennes photos d'elle dans l'album. Ainsi qu'un portrait de Kip et d'elle-même. Pourquoi pas ? Après tout cet album serait un cadeau d'adieu.

Elle fut interrompue dans ses projets par Mrs. Albritton, venue prendre une commande pour le mariage de sa fille. Cette femme appréciait hautement le travail de Grace. Tandis qu'elle libellait son chèque, elle jeta un coup d'œil à Grace :

— Mrs. Cameron, vous vous sentez bien ?

— Oui, très bien, fit Grace dont les forces déclinaient de jour en jour.

Après le départ de sa cliente, Grace se rendit dans les toilettes pour s'examiner dans la glace.

Est-ce que le changement était aussi patent pour que des étrangers le remarquent ?

Elle se remit au travail, plus décidée que jamais à terminer les invitations de Kathy.

Elle passa un coup de fil à Hannah Persons pour lui demander les noms des garçons et son aide pour organiser la fête. Hannah la lui proposa avant même qu'elle eût le temps de lui demander quoi que ce soit.

— Hannah, commençons par le commencement.

D'abord, il me faut les noms de treize garçons. Peut-être ceux qui sont venus à l'anniversaire de Cindy.

— Oui, bien sûr, des garçons, il te faut des garçons, fit Hannah.

— Les invitations sont rédigées. Il ne reste plus que les noms à ajouter. Je me suis dit que comme ce sera le dernier anniversaire de Kathy... enfin... le dernier auquel j'assisterai, je pourrais faire figurer le nom de chacun des invités dans le corps du texte et pas seulement sur l'enveloppe. « Mrs. Grace Cameron sera heureuse de recevoir *Joseph Smith* à l'occasion de l'anniversaire de sa fille Kathy. »

Hannah hésita, formulant sa phrase avec prudence :

— Grace, ma grande, tu ne crois pas qu'il vaudrait mieux lancer les invitations par téléphone dans un premier temps ? Et envoyer les cartons ensuite ?

— Appeler d'abord et envoyer ensuite le carton ? Mais pourquoi ?

— Les garçons sont de grands timides à cet âge, dit Hannah. Il vaut mieux être sûr qu'ils viendront. En parler d'abord à leur mère.

— Très bien, donne-moi ta liste.

Liste à la main, Grace commença à passer ses coups de fil.

— Mrs. Carroll ? Grace Cameron, à l'appareil. Très bien. Et vous ? Parfait. Kathy va fêter son treizième anniversaire dans trois semaines. Oui, samedi. Et je projette d'organiser une petite fête à cette occasion. Je sais qu'elle aimerait beaucoup que Robbie vienne. Aussi je me demandais...

Mrs. Carroll dit qu'elle allait jeter un coup d'œil à l'emploi du temps de Robbie ainsi qu'à celui de la famille. Puis elle revint en ligne.

— Désolée, mais mon mari a prévu d'emmener Robbie pêcher ce jour-là. Il veut lui apprendre à pêcher à la mouche. D'après lui, ce n'est pas tant une question d'âge que de coup de main. Je suis navrée, ma chère, mais Robbie ne pourra pas être des vôtres.

A regret, Grace biffa Robbie Carroll et passa au nom suivant.

— Mrs. Ward ? Grace Cameron. Moi ? Ça va. Ça va bien. Ecoutez, Jane, j'organise une fête pour l'anniversaire de Kathy dans trois semaines. Oui, samedi. J'espérais que Wesley pourrait être des nôtres... Oh, vous recevez de la famille... Peut-être que Wesley pourrait s'échapper quelques heures, je sais que Kathy aimerait beaucoup qu'il... Ça ne plairait pas à son grand-père... Je comprends. Après tout, il ne le voit pas souvent.

Elle avait fait plus de la moitié de la liste et sur sept appels elle avait eu sept refus. Sous toutes sortes de prétextes. Pourtant, trois semaines, c'était un délai raisonnable pour lancer des invitations. Grace passa le reste de la matinée et l'après-midi dans un état voisin de la dépression. Juste avant de fermer le magasin et d'aller chercher Kathy à l'entraînement, elle rappela Hannah.

— Hannah, j'ai passé sept coups de fil. J'ai eu les mamans. Eh bien, j'ai eu sept refus. J'ai peur de continuer. Je ne dois pas m'y prendre correctement.

— Grace, dit Hannah Persons d'une voix aussi douce que possible. J'ai essayé de te prévenir. C'est même pour ça que je t'ai suggéré d'appeler avant d'envoyer les cartons.

— Me prévenir de quoi ?

— Ecoute, Grace, ne le prends pas mal. Tu n'as pas le temps de papoter avec les autres mamans, alors tu n'es pas au courant. Mais figure-toi qu'il y a beaucoup de femmes dans cette ville qui sont décidées à empêcher leurs enfants d'aller chez toi, manger la nourriture que tu as préparée ou toucher des choses que tu aurais touchées.

— Tu veux dire qu'elles ont peur de... moi ? Mais Kathy n'a jamais eu de problèmes à l'école. Ni chez elles.

— Parce que Kathy n'a pas le sida, ajouta Hannah aussi doucement que possible. Grace, je sais ce que tu ressens. Je suis comme toi, j'ai horreur de l'ignorance et des préjugés. J'en ai discuté maintes et maintes fois avec elles. Mais une mère qui protège son enfant, fût-ce d'un danger imaginaire, est comme une lionne qui protège ses petits. La raison n'a pas de prise sur elle. L'instinct l'emporte sur tout le reste. Je suis désolée, ma grande, mais c'est la vérité.

— Autrement dit, les filles ne seraient pas venues non plus.

Grace raccrocha.

Comment pouvaient-ils tous être au courant ? se demanda-t-elle. Lorsque je suis allée à l'école dire pourquoi les notes de Kathy chutaient, mes explications étaient censées rester confidentielles. Apparemment, ce n'est pas le cas.

Un à un, Grace Cameron déchira les vingt-cinq cartons rédigés de sa plus belle écriture. Elle conserva le vingt-sixième. Elle était bien décidée à confectionner un album pour Kathy. Avec photos et tout.

24

Dans l'arrière-boutique de *Tour de main*, Grace Cameron s'apprêtait à prendre son deuxième AZT-DDC de la journée lorsque la sonnette de la porte tinta. Se dépêchant d'avaler le comprimé, elle alla au-devant de son nouveau client.

C'était un de ces jours où elle regrettait presque d'avoir autant de succès en affaires. Et également un de ces jours où elle avait du mal à tenir debout.

Cependant, elle se raidit pour accueillir la personne.

Elle se trouva nez à nez avec une femme qui, de prime abord, lui parut avoir quelque chose de familier. En y regardant de plus près, Grace se rendit compte que c'était Amanda Cameron, la cousine de Kip. Elle n'avait rencontré Amanda qu'une seule fois, à l'occasion de son mariage avec Kip. Amanda était venue seule et n'était pas restée longtemps. Mais elle s'était montrée charmante et ravie de retrouver des parents qu'elle n'avait pas vus depuis un bon bout de temps.

Plus tard, Kip lui parla de sa cousine. Extrêmement intelligente, elle avait obtenu des résultats époustouflants à l'université. Mais elle restait toujours un peu à l'écart car elle avait des idées et des ambitions qu'elle préférait ne pas crier sur les toits.

Compte tenu de son caractère indépendant, voire un peu tyrannique, on l'avait surnommée Tante Harry dans la famille. Après ses études universitaires, Amanda s'était installée à New York où elle avait trouvé son créneau. Dans la publicité. Son ambition, son énergie et ses dons lui avaient vite permis de se hisser au premier rang du monde de la mode. C'était à elle qu'on faisait appel dès lors qu'il s'agissait de vendre des produits destinés aux femmes. Lorsqu'une société envisageait de mettre sur le marché crèmes de beauté, parfums, lotions amincissantes ou vêtements haut de gamme, elle commençait par engager Amanda Cameron comme consultante en marketing.

Chez les Cameron, la réputation d'Amanda était telle que les parents la citaient en exemple à leurs enfants pour les encourager à produire des efforts à l'école. C'est ainsi qu'ils leur serinaient : « Si tu veux réussir dans la vie, suivre la voie de ta tante Amanda, travaille, obtiens de bonnes notes et intègre Harvard pour décrocher un MBA. »

Comme les enfants la voyaient rarement, Amanda avait fini par devenir pour eux une figure de légende. Les rares fois où elle se manifestait, elle se montrait d'ailleurs à la hauteur de leurs attentes. C'était une grande fille aux cheveux d'un noir de jais, tirés en arrière de façon à mettre en valeur ses traits d'une beauté rare. Elle avait sa photo dans les magazines de mode presque aussi souvent que les mannequins qu'elle engageait pour les faire poser. Elle défendait presque toutes les causes des femmes.

A plusieurs reprises, les grands pontes de la publicité l'avaient suppliée de poser pour eux. Elle aurait incarné une figure féminine idéalement belle mais aussi redoutablement intelligente.

Amanda avait toujours refusé de donner suite à ces propositions. Elle était parfaitement bien dans sa peau et satisfaite d'être elle-même. En secret, il lui arrivait de mépriser les modèles qu'elle utilisait. A de rares exceptions près, ces jeunes femmes ne s'intéressaient qu'à leur look, à leur poids, à leur tour de poitrine. Lorsque leur beauté se fanait, elles disparaissaient de la circulation. Amanda en avait vu des douzaines briller sous les feux des projecteurs puis repartir comme elles étaient venues. Amanda, elle, continuait de travailler et il n'y avait pas de raison pour qu'elle s'arrête.

Cet après-midi-là, elle était habillée de façon relativement sobre compte tenu de ses goûts habituels. Tailleurs foncé Armani d'une grande discrétion. Chemisier blanc sans fioritures. Son maquillage était discret lui aussi. Ses cheveux noirs luisaient. Bref, c'était une Amanda dont Grace ne se souvenait pas.

Compte tenu de l'allure très différente et de l'arrivée impromptue de la cousine de Kip, Grace voulut s'assurer qu'elle ne faisait pas erreur :

— Amanda ?

— Oui, ma chérie, c'est moi.

Amanda tenta de gratifier Grace d'un de ces baisers sans signification que l'on échangeait couramment dans le monde de la mode. Mais s'abstint en remarquant que Grace n'avait pas l'air d'accord.

Grace n'eut même pas le temps de demander à sa cousine ce qui l'amenait, Amanda prenant les choses en main comme à son habitude :

— Ma chérie, je sais à quoi tu penses. Qu'est-ce qu'Amanda peut bien fabriquer ici ? Qu'est-ce qui l'a poussée à venir ? Eh bien, disons que c'est une histoire de famille. J'ignore ce que Kip t'a dit concernant notre enfance.

« On était très proches. En fait, j'ai toujours eu l'impression qu'on était les brebis galeuses de la famille, Kip et moi. Parce qu'on savait ce qu'on voulait. On avait des ambitions, des objectifs. Et rien ni personne, et surtout pas l'oncle Harry, n'a réussi à nous en détourner. Résultat, Kip a fini par faire ce qu'il aimait. Et moi aussi.

« Au fait, ma chérie, est-ce que tu as reçu mon petit mot ? Celui où je t'expliquais que je ne pouvais pas venir à l'enterrement ? Tu sais, cette semaine-là, impossible de me dégager. J'avais un budget de cinquante millions de dollars à décrocher. Et dès qu'il s'agit de boulot, tu me connais, il n'y a pas plus accrocheuse que moi. C'est pour ça que j'ai raté les obsèques de Kip. Je ne pouvais pas laisser tomber mon personnel.

— Je comprends, lui assura Grace. En tout cas, tu as envoyé une superbe couronne. Et un petit mot adorable. Je suis sûre que Kip aurait été content parce que je sais qu'il a de ses premières années d'études le même souvenir que toi.

— Alors, peut-être que tu peux comprendre pourquoi je...

L'arrivée d'une cliente, qui voulait charger Grace des invitations au mariage de sa fille, les interrompit. Cette cliente se montra d'une grande exigence concernant la qualité du papier, la disposition du texte et autres détails. Grace mit plus longtemps qu'elle ne l'aurait désiré à régler la question. Voyant qu'elle s'angoissait, Amanda lui fit comprendre par gestes qu'elle avait tout son temps. Alors qu'elle finissait de donner ses instructions à Grace, la cliente remarqua soudain la présence d'Amanda. Elle la fixa, puis chuchota, sidérée :

— Oh, mon Dieu ! Vous ne seriez pas... Cette femme que je vois tout le temps dans les magazines...

— Non, non, fit Amanda, faussement modeste. Je sais de qui vous parlez, mais ce n'est pas moi. Elle est beaucoup plus jolie que moi.

Gênée, la cliente se tourna de nouveau vers Grace et poursuivit. En sortant, elle ne put s'empêcher de jeter un dernier regard par-dessus son épaule :

— J'aurais pourtant juré...

Avec un large sourire, Amanda lui dit :

— Vous vous êtes trompée, voilà tout.

Soulagée du départ de la cliente, Grace prit une profonde inspiration.

— Désolée.

— Désolée qu'elle t'ait retenue si longtemps ou qu'elle

m'ait reconnue ? Je t'assure que c'est sans importance : ça arrive tout le temps et, en plus, il faut que je signe des autographes. Ne t'excuse pas, ma chérie. (Puis, sur un autre ton plein de compréhension :) Tu crois vraiment que c'est raisonnable de travailler comme ça ?

— Amanda, Kip nous a laissées dans une situation un peu précaire, expliqua Grace.

— Je sais. Je sais aussi que cette maladie est une horreur.

A ces mots, il y eut un froid. Mais cela ne suffit pas à arrêter Amanda. C'était le genre de femme que rien n'arrêtait.

— Ma chère, j'ai vu disparaître des douzaines et des douzaines de ravissants jeunes mannequins, des stylistes, des artistes, des coiffeurs. Je les ai vus quasiment fondre, eux si virils, si musclés, devenir semblables à des coquilles vides. J'ai vu leurs mains trembler de façon incoercible. Je connais cette maladie. Ses ravages. La façon dont elle progresse. Je crois que tu devrais prendre davantage soin de toi-même. Te reposer un peu. Peut-être même fermer définitivement la boutique.

Est-ce que par hasard elle aurait parlé à Oncle Harry ? se demanda Grace.

— Je me vois mal mettant la clef sous la porte. En outre, mon médecin trouve que c'est bien que je reste active, que j'ai un but.

— Tu ne vas pas pouvoir continuer longtemps à ce rythme ; enfin, on verra ça plus tard, dit Amanda qui savait laisser tomber un argument lorsqu'elle sentait qu'il ne marchait pas. Tu dois te demander pourquoi je suis là. Sûrement pas pour te faire la morale, rassure-toi. J'imagine que l'oncle Harry s'en charge.

Grace fit oui de la tête.

— Je suis là parce que je pense pouvoir faire quelque chose pour Kathy et toi.

— Kathy et moi ?

— Grace, quand je veux, je peux être subtile. Je me défends même assez bien dans ce domaine. Mais ce n'est pas le moment de recourir à mes trucs professionnels. C'est plutôt le moment de parler net. Le sujet est trop grave pour qu'on le traite autrement qu'avec une totale franchise. Je vais donc aller droit au but : je veux Kathy.

— Tu... quoi ?

— Grace, je sais ce que tu ressens. Surtout après les échecs que tu as essuyés avec Louise et avec Hortense. Je suis au courant, Oncle Harry m'a tout dit. Tu dois être folle d'angoisse en pensant au sort qui attend ta fille une fois que tu... Eh bien, je veux t'enlever un poids. J'ai encore suffisamment d'esprit de famille pour me sentir...

— Obligée ? anticipa Grace. Je ne veux pas qu'on se sente obligé de recueillir Kathy.

— Ce n'est pas moi qui ai prononcé le mot, c'est toi, souligna Amanda. Ce que je voulais dire, c'est que j'ai l'impression qu'on a des atomes crochus, Kathy et moi. Peut-être parce qu'elle est la fille de Kip et que lui et moi étions très proches. Il y a sans doute aussi une question d'âge. Je ne suis plus une gamine de vingt-deux ans qui cherche à se faire une place au soleil. Dans deux ans, j'en aurai quarante. J'ai une situation, de l'argent. D'ailleurs, s'il faut dire les choses clairement, je suis riche. J'ai l'impression que le moment est venu pour moi de commencer une nouvelle vie. De devenir la femme que j'ai reléguée au second plan lorsque j'ai décidé de faire carrière.

A l'énoncé de cette confession, Grace éprouva un sentiment de pitié pour sa cousine.

— Sans doute as-tu su que je m'étais mariée deux fois. A chaque fois le mariage a capoté et tellement vite que je n'ai même pas eu le temps de présenter mes époux à la famille. Je crois que ma personnalité les écrasait. Et puis ma réussite professionnelle a été trop rapide, ils ne l'ont pas digérée. La première fois, j'ai commis l'erreur d'épouser un de mes mannequins. La seconde, un collaborateur. Un type bien, très bien. Mais c'était une bêtise Jamais je n'aurais dû épouser un homme qui était au-dessous de moi dans la hiérarchie. Il lui arrive encore de m'appeler de temps en temps. Il ne s'est jamais tout à fait remis de l'aventure.

« Mais ces expériences m'ont beaucoup appris. Maintenant, j'ai envie de me consacrer à quelqu'un qui ne songe pas uniquement à m'exploiter. J'ai l'impression de pouvoir être une bonne mère pour Kathy.

— Tu ne l'as jamais rencontrée, remarqua Grace.

— D'après ce que j'ai entendu dire, d'après les photos qu'Oncle Harry m'a envoyées, j'ai le sentiment de la connaître suffisamment bien pour avoir envie d'approfondir les relations. C'est pour ça que je suis là. Je voudrais que tu me confies ta fille. Le temps de quelques week-ends, ou pendant des petites vacances scolaires. Pour essayer de mieux la connaître. De l'apprivoiser. Après, ce sera à Kathy de décider.

Grace réfléchit en silence à la proposition d'Amanda.

Bien qu'Amanda eût exprimé l'intention de traiter cette affaire avec délicatesse, sa personnalité avait bien vite repris le dessus. Et puis l'expérience lui avait enseigné qu'il fallait battre le fer quand il était chaud. Qu'il ne fallait jamais laisser à un client qu'on « chauffait » le temps de réfléchir trop longtemps.

— Grace, enchaîna-t-elle en vertu de ce principe, je ne suis pas venue ici pour faire un deal avec toi. Je voudrais que tout se passe dans un climat de franchise. Je suis à même d'offrir à Kathy ce qu'il y a de mieux : éducation, opportunités, possibilité d'entrer dans un monde qui fait rêver toutes les jeunes filles. Si elle est aussi intelligente qu'on le dit, elle en tirera le maximum. Grâce à moi, elle peut faire une carrière exceptionnelle. Avoir une existence de rêve.

Grace examina les yeux noirs d'Amanda beaucoup moins maquillés que d'habitude, ses sourcils dessinés au crayon, ses cils à peine rehaussés de mascara. Et il lui sembla lire au fond de ses prunelles un besoin d'aimer qui ne demandait qu'à être assouvi.

Ce désir d'enfant était important car Kathy ne voulait pas de quelqu'un qui la recueillerait par pitié. Pour que l'expérience réussisse, il fallait que les deux parties aient un égal besoin l'une de l'autre.

— Tu te rends bien compte que je ne peux pas te donner mon accord comme ça, tout de suite.

— Pas même pour un bref séjour ? Mais j'y pense, pourquoi ne viendrais-je pas passer quelques jours ici au lieu de recevoir Kathy à New York ?

— Impossible de te répondre. Pas maintenant. Je dois y réfléchir. En parler avec Kathy.

— Alors, tu me donneras une réponse bientôt ?

— Ecoute, Amanda, je ne suis pas aussi près de la fin que tu as l'air de le croire.

— Ce n'est pas ce que je voulais dire.

— Nous avons encore du temps devant nous. En tout cas, j'ai du temps pour réfléchir. Discuter de ta proposition avec Kathy.

— J'espérais que tu pourrais me donner une réponse concernant un premier séjour, dit Amanda avant d'ajouter sur le ton de la confidence : *Vogue* m'a contactée, figure-toi. En début d'année prochaine, la rédaction veut faire un reportage sur les *career women*. Toi qui en fais partie, tu dois te rendre compte de l'importance de ce dossier. Ce serait l'occasion rêvée pour Kathy et moi de faire une brillante... démonstration.

— Une démonstration ?

— Oui, de montrer aux lectrices de *Vogue* qu'une businesswoman qui est aussi coriace qu'un homme au boulot sait être douce, féminine et maternelle à la maison. Le succès, c'est une chose. Mais le désir fondamental d'une femme, c'est d'être mère.

— Oui, oui, je vois.

— Chacune des femmes interviewées devra être photographiée avec sa fille ou son fils avant l'été. D'où mon insistance, résuma Amanda. Réfléchis et donne-moi ta réponse dès que possible. Au fait, j'ai l'intention de transformer mon petit bureau en chambre d'enfant. Tu connais Kirk Van Eiver, le décorateur ? Je l'ai mis sur le coup. Evidemment, il ne touchera à rien tant que Kathy ne lui aura pas donné le feu vert.

— Tu ferais bien d'attendre, en effet, dit Grace.

— Mais tu me donneras ta réponse rapidement ? (Comme Grace ne répondait pas, Amanda insista :) Crois-moi, Grace, je n'aurais pas fait le trajet depuis New York si ce n'était pas aussi important pour moi.

— Je te crois volontiers.

— Très bien, fit Amanda. (Elle mit un terme à la conversation en embrassant rapidement Grace sur la joue.) Grace chérie, ça va ?

— Oui oui. Pourquoi ?

— Ah bon. Il m'a semblé que tu frissonnais.

— Non non.

Grace suivit des yeux Amanda qui partait. Sa cousine traversa la rue et monta dans une limousine avec chauffeur qui démarra rapidement.

Une démonstration, réfléchit Grace Cameron. Se servir de Kathy comme d'un accessoire pour faire une démonstration dans *Vogue*. Non, pas question. Amanda est riche, c'est quelqu'un d'important, qui a du poids dans la société. Peut-être est-elle vraiment désireuse d'être mère. Peut-être a-t-elle les meilleures intentions du monde. Mais la malheureuse ignore tout de la maternité. Et ce n'est pas parce qu'elle va engager un décorateur pour arranger la chambre de ma fille qu'elle va pouvoir se parer du titre de mère. Ce n'est pas non plus en lui donnant des vêtements hors de prix, ni en l'envoyant dans les écoles les plus huppées.

Qu'est-ce qui se passera lorsque Kathy attrapera la grippe, qu'elle se blessera et que de son côté Amanda devra travailler d'arrache-pied pour décrocher un budget publicitaire de cinquante millions de dollars ? Que fera Amanda Cameron dans un cas semblable ? De quoi s'occupera-t-elle en priorité ?

Grace connaissait la réponse. Les femmes qui sont de bonnes mères n'ont pas besoin de le démontrer. Elles le sont, c'est tout.

Grace reprit sa place devant sa table à dessin pour continuer son travail mais éprouva le besoin de boire un verre d'eau car elle avait la gorge sèche. Ce devait être la climatisation qu'elle laissait en marche constamment pour que le papier à lettres soit à la température voulue ou bien sa pilule d'AZT qu'elle avait essayé d'avaler en hâte. Elle avait l'impression que cette dernière lui était restée coincée dans la gorge. En tout cas elle avait soif. Elle s'aperçut que même l'eau n'arrivait pas à la désaltérer. Elle toussa à plusieurs reprises avant de se remettre au travail.

En y réfléchissant, ce fut moins de l'agacement que de la compassion qu'elle éprouva pour Amanda. Mais une compassion qui n'était pas suffisante pour l'inciter à lui confier Kathy. Elle poursuivit sa tâche, interrompue par des quintes de toux auxquelles elle ne prêta guère attention.

25

Grace Cameron devait retourner chez le Dr Spence pour son check-up mensuel. De plus, cette fois, on devait lui faire un autre test d'ADN pour voir où en étaient ses défenses immunitaires. Plus que jamais elle redoutait d'en connaître les résultats car, quoiqu'elle n'en ait rien dit, elle ne s'était pas sentie très bien ces jours-ci. En effet elle toussait toujours, attribuant cela à la sécheresse de l'air qui régnait dans le magasin. Elle se sentait également plus fatiguée que d'habitude. Fatigue qu'elle mettait sur le compte du surmenage car elle essayait d'en faire le plus possible avant qu'il lui soit impossible de travailler.

Sa situation avait quelque chose de douloureusement ironique : la vie lui avait joué l'un de ses tours amers. Lorsqu'elle avait ouvert *Tour de main*, elle avait craint d'investir dans une affaire qui risquait de capoter. Toutes sortes de doutes l'avaient assaillie à l'époque. Et si les clients manquaient ? Et si elle ratait ses premières commandes ? Certes, elle avait déjà fait de la calligraphie, mais toujours en amateur. Passer professionnelle, c'était autre chose.

Les premiers mois, les commandes avaient été rares. Puis elles avaient commencé à affluer, car on appréciait son travail. Ses clients racontaient qu'ils avaient confié leurs invitations à la boutique *Tour de main* et que Grace Cameron travaillait comme un ange, et cela avait fait boule de neige. Grace avait plus de travail qu'elle ne pouvait en fournir et se voyait obligée d'en refuser, faute de temps, alors que ses besoins d'argent étaient plus pressants encore.

Selon la procédure habituelle, l'infirmière fit monter Grace sur la bascule, lui prit sa température et inscrivit les résultats sur sa feuille avant de s'éclipser.

Le Dr Spence arriva en courant.

— Ah, Grace... bonjour, Kathy. Kathy, tu viens voir si je fais mon travail correctement ? plaisanta-t-il. La plupart des médecins ont une assurance. Moi, je n'en ai pas besoin : j'ai mon amie Kathy. Alors, Dr Kate, on y va ?

Il procéda à l'examen habituel. Mais cette fois avec plus de soin et plus lentement que d'ordinaire. Il cacha si bien son inquiétude que ni Grace ni Kathy ne s'en aperçurent. Mais son infirmière lui avait glissé un mot à l'oreille pour le prévenir que la patiente avait un peu de fièvre.

En outre, Grace toussa plusieurs fois pendant l'examen. Pas une toux violente. Une petite toux dont un médecin n'aurait pas fait cas chez un malade ordinaire.

Alors qu'il l'examinait au stéthoscope, elle toussa de nouveau. De la façon la plus anodine possible, Spence remarqua :

— Ça vous arrive souvent ?

— Quoi ?

— De tousser comme ça.

— C'est la climatisation. Je suis obligée de la mettre en permanence, sinon l'air est trop humide et le papier gondole. Le problème, c'est qu'elle me dessèche les muqueuses.

— Hum hum, fit Spence. Histoire d'en avoir le cœur net, on va vous faire une radio des poumons.

— Une radio des poumons, pourquoi ?

— La routine, la routine, dit Spence en se tournant vers Kathy. Vous n'êtes pas d'accord avec moi, docteur ?

Pour rassurer sa mère dont elle percevait l'inquiétude, Kathy s'empressa d'opiner :

— Si, docteur, une radio des poumons s'impose.

Spence s'en alla. L'infirmière revint et conduisit Grace dans la salle de radio. Là, torse nu, Grace se mit devant la machine. L'infirmière fit les radios en trente secondes.

— Attendez que le docteur vienne vous voir.

Kathy ne manqua pas de constater que sa mère était très inquiète. Pour la réconforter, elle lui dit :

— C'est la routine, Maman. Tu connais le Dr Spence. Il ne néglige rien.

Soudain le Dr Spence ouvrit la porte :

— Je ne néglige rien ? Nous allons voir, nous allons voir.

L'infirmière entra et déposa les clichés sur la rampe de lecture. Le Dr Spence éteignit les lumières et se mit à examiner les clichés. Le voyant se pencher pour les étudier de plus près, Kathy et Grace éprouvèrent un mouvement de panique en attendant son verdict.

— Rien à dire, conclut-il. Tout est okay.

Grace et Kathy poussèrent un soupir de soulagement.

Mais Spence était loin de se sentir aussi léger qu'elles. Saisi d'un doute, il prit une décision :

— Repassez dans la salle d'examen et crachez dans ce tube.

— Je ne sais pas si je pourrai, protesta Grace. J'ai la gorge sèche pratiquement en permanence.

— Faites de votre mieux. Si vous n'y arrivez pas, on vous aidera. Toussez et ramenez autant de salive que vous pouvez. Allez-y, toussez à fond !

Au prix d'un gros effort, elle réussit à expectorer.

— On va envoyer ça au labo, dit Spence.

— Ça prendra combien de temps ? questionna Kathy.

— Quelques jours. Appelez-moi à la fin de la semaine, Grace.

Une fois la mère et la fille parties, Spence expédia

l'échantillon au labo aux fins d'analyse en urgence. Il avait des doutes, mais il lui fallait attendre d'avoir une confirmation.

Le labo, au lieu de lui envoyer les résultats, les lui téléphona :

— Dr Spence, c'est au sujet de Mrs. Cameron. Résultats positifs. Pneumocystose.

— C'est ce que je craignais, dit Spence en se tournant vers son infirmière. Faites-la venir le plus vite possible.

Lorsqu'on la fit entrer dans le cabinet de Spence et non dans la salle d'examen, Grace s'attendit au pire. Bien que le fauteuil dans lequel elle s'était installée fût profond et confortable, elle resta assise, buste rigide, sur le bord du coussin, attendant la suite.

Spence avait en main le compte rendu du labo.

— Grace, il y a un petit problème.

— Un problème.

— Nous avons trouvé des traces de *Pneumocystis* dans votre crachat. Vous avez une pneumonie. Ça arrive souvent dans des cas comme le vôtre. Je vais vous mettre sous Bactrim. Et vous faire passer des examens complémentaires.

Spence ne paraissant pas particulièrement inquiet, Grace en éprouva du soulagement.

— Parfait, approuve-t-elle.

Et puis soudain Spence ajouta :

— A l'hôpital.

— A l'hôpital, fit Grace, bouleversée.

Il y avait une chose qui l'avait consolée durant ses nuits agitées et sans sommeil. C'était que jusqu'à la fin elle serait chez elle avec Kathy.

— Pour quelques jours seulement, s'empressa de préciser Spence. Il va falloir qu'on vous fasse une bronchoscopie et qu'on vous garde en observation.

— Mais... Kathy.

— Il y a sûrement quelqu'un qui pourra venir la garder. Ou peut-être pourrait-elle passer quelques nuits chez une amie.

— Je vais voir comment arranger ça.

— Très bien.

— Dr Spence, vous avez dit quelques jours.

— Oui.

— Combien exactement ?

— Trois ou quatre. Pourquoi, c'est important ?

— Samedi est un jour un peu particulier. Il faut que je sois sortie samedi.

— A priori, je ne vois pas pourquoi vous ne seriez pas libre vendredi après-midi ou samedi matin au plus tard.

La réponse rassura Grace et l'inquiéta en même temps, mais, elle le savait, le Dr Spence ferait de son mieux pour qu'elle soit libre samedi — jour de l'anniversaire de Kathy.

Grace quitta le cabinet de Spence pour se rendre chez Scotty MacClune. Il l'attendait. Avant même qu'elle ait eu le temps d'expliquer, il la rassura :

— Grace, Norm et moi, nous avons discuté de ton cas. Certains médecins traiteraient ça en ambulatoire. Et c'est ce que fera Norm une fois qu'il aura la certitude que tu n'as rien d'autre. Tu peux l'accuser d'être trop prudent. Mais chez un médecin, ce n'est pas une faute, au contraire.

— Très bien, Scotty, je vais prendre mes dispositions.

Mais dans un premier temps, elle se demanda comment raconter ça à Kathy sans l'affoler.

Au dîner, la conversation fut presque trop normale. Elle demanda à Kathy comment s'était passée sa journée. Comment son exposé avait été accueilli en cours d'anglais. Est-ce que le devoir de maths avait été difficile ?

Puis, à son tour, elle se mit à lui raconter sa journée. Dans un premier temps, elle lui dissimula sa visite chez le Dr Spence et chez Scotty.

Elle chargeait le lave-vaisselle lorsque Kathy lui demanda soudain :

— Qu'est-ce qui se passe, Maman, qu'est-ce qui ne va pas ?

Il y a des moments où j'aimerais qu'elle soit moins perspicace, se dit Grace. Le moment est mal choisi pour lui parler. J'aurais préféré qu'on aborde le sujet plus tard, dans le bureau-bibliothèque.

— Maman ?

— Très bien, capitula Grace. Je vais mettre le lave-vaisselle en route et ensuite on parlera.

Une fois installée dans le petit bureau, Grace fit à sa fille un compte rendu des événements, ajoutant aussitôt :

— Mais ce n'est pas grave. Spence va me mettre sous Bactrim.

— Une pneumonie, fit Kathy, l'air sombre. Et moi qui croyais que tu avais eu une mauvaise journée à la boutique.

— Oui, mais je viens de te le dire, Spence n'est pas inquiet. Scotty non plus, d'ailleurs.

— Alors pourquoi faut-il que tu ailles à l'hôpital ? Tu pourrais rester à la maison, je m'occuperais de toi.

— Mais ma chérie...

Kathy ne voulut pas en démordre et insista :

— Je t'assure que j'en serais capable. Ce ne sont pas quelques jours d'absence à l'école qui me causeront un problème. De toute façon je m'arrangerai pour te donner un coup de main. Tu n'auras pas à poser le pied par terre.

— Kathy, c'est seulement pour des tests. Et il faut que je sois à l'hôpital pour ça.

— Des tests, répéta Kathy dont les craintes s'atténuèrent quelque peu.

— C'est l'affaire de quelques jours, c'est tout. Il va falloir qu'on te trouve un point de chute.

— Je veux pas aller chez Tante Louise !

— Bien sûr que non. Pourquoi pas chez Cindy, alors ? Je peux très bien passer un coup de fil à Hannah. Mais à condition que tu sois d'accord.

— Oh oui, ça serait sympa. Je l'appelle.

— Non. C'est une affaire entre mères. C'est à moi de contacter Hannah.

Une fois Kathy partie se coucher, Grace saisit le téléphone. Elle composa le numéro et attendit qu'on décrochât à l'autre bout.

— Hannah ?

— Erreur, répondit Steve Persons. C'est toi, Grace ? Comment va ?

— Pour l'instant, ça va, fit-elle d'un ton aussi détaché que possible, Hannah est dans les parages ?

— Je vais la chercher, dit Steve, qui appela aussitôt sa femme : Hannah, c'est Grace.

Un instant plus tard, Hannah était au bout du fil.

— Grace ! Bonjour, comment te sens-tu ?

— Bien. C'est mon médecin qui ne se sent pas bien.

— Que veux-tu dire ?

— Eh bien, j'ai une espèce de rhume mais lui veut m'envoyer à l'hôpital passer des tests.

— Décidément, on n'entend que ça en ce moment, des médecins qui font passer des tests à leurs malades. La médecine était meilleure dans le temps, quand les docteurs n'avaient à leur disposition que leur stéthoscope. Et il t'a dit s'il s'agissait de quelque chose de grave ?

— Non, ça n'a pas l'air d'être grave, répliqua Grace. Je me disais que puisque je vais passer quelques nuits là-bas...

Hannah la devança.

— Grace, ne te fatigue pas, j'ai compris. Bien sûr que Kathy peut venir à la maison. Sans problème. Dis-moi simplement quand tu me l'amènes.

Bien que soulagée, Grace ne dormit guère mieux cette nuit-là. Des rêves inquiétants la tirèrent du sommeil par trois fois. Et sa toux la tracassait. La notice figurant sur le produit que Spence lui avait prescrit indiquait qu'il fallait prendre le comprimé trois fois par semaine. Elle se demanda si elle n'allait pas l'appeler pour lui demander s'il ne vaudrait pas mieux prendre le médicament plus souvent.

Le lendemain, la secrétaire de Spence appela pour dire que l'hôpital lui avait réservé une chambre le mercredi. Elle devait s'y présenter à onze heures du matin.

Résignée à interrompre son train-train, auquel elle tenait comme à la prunelle de ses yeux, Grace aida Kathy à faire sa valise, sans oublier livres et cahiers. Mais le matin, au lieu de partir pour l'école, Kathy lui dit d'un ton décidé :

— Je n'irai à l'école que lorsque je serai passée à l'hôpital avec toi. Je veux voir à quoi ça ressemble. Et je veux savoir ce qu'ils vont te faire.

— Je te l'ai dit, des tests.

— Quelle sorte de tests ?

— Kathy, s'il te plaît, c'est déjà assez difficile comme ça.

— Est-ce que le Dr Spence a dit quand tu rentrerais ?

— Samedi matin au plus tard.

— Samedi matin, sûr ?

— Sûr.

— Alors, on pourra aller voir Papa ?

— Oui, ma chérie. Et maintenant, s'il te plaît, file à l'école.

Les larmes qui étaient apparues dans les yeux de Grace firent davantage pour persuader sa fille que ses paroles.

Quand Kathy fut partie pour l'école, Grace se rendit d'un coup de voiture chez Hannah qui l'attendait. Elles montèrent les affaires de Kathy dans la chambre de Cindy.

En même temps, Hannah s'efforçait de rassurer son amie :

— Je râle beaucoup, mais n'empêche que si j'avais à choisir, j'irais voir un médecin hyperconsciencieux. De nos jours, on a trop tendance à considérer les malades comme des numéros sur des dossiers. Il est de plus en plus difficile de rencontrer un docteur qui s'intéresse à vous. C'est le cas de Spence : il est formidable, à ce que j'ai entendu dire.

Hannah sembla soudain se troubler mais poursuivit néanmoins :

— Tu connais Moira Sanders, eh bien, son fils a le sida. Il est suivi par Spence. C'est elle qui me l'a dit.

Inconsciemment, Hannah avait rangé Grace dans cette catégorie de patients qui, s'ils n'étaient pas des parias, formaient du moins un groupe à part. Devant la porte, Hannah prit Grace dans ses bras et l'embrassa sur la joue.

— Reviens-nous avec de bons résultats. Et à l'avenir, si tu as besoin de quoi que ce soit, n'hésite pas. Mets-moi à contribution. C'est promis ?

— C'est promis.

Sa petite valise à la main, Grace Cameron se tenait devant l'entrée principale du County Medical Center. Elle contempla les silhouettes de pierre de trois médecins penchés sur un malade, sculptées dans le marbre blanc, au-dessus des portes à double battant.

Elle comprit que c'était la première fois mais certainement pas la dernière qu'elle pénétrait dans ce bâtiment.

26

Les bruits nocturnes s'étaient calmés. Finis les traînements de pieds des visiteurs. Finis les chuchotements et les éclats de rire vite réprimés. On n'entendait plus que les pas nerveux et efficaces du personnel de l'hôpital vaquant à ses occupations. L'infirmière du soir avait proposé à Grace un somnifère. Grace avait refusé. Elle se sentait encore plus lucide qu'avant d'éteindre sa lampe. Allongée dans son lit, elle était en proie à toutes sortes de craintes.

Pourquoi Spence a-t-il décidé de m'hospitaliser ? Pas pour me faire passer des examens de routine. Il soupçonne quelque chose de grave et il a peur de le mentionner tant qu'il n'en est pas sûr. Et pourquoi s'est-il entretenu en secret avec Scotty ? Parce qu'ils se sont forcément entretenus tous les deux : lorsque j'ai vu Scotty, il était déjà au courant.

C'est dur d'être laissée dans l'ignorance. Il vaut mieux savoir que d'en être réduite aux devinettes. Et avec cette maladie et tous les mystères qui l'entourent, le patient n'a aucun repère, il est démuni. Il n'a aucun moyen de se préparer à la suite. Or se préparer, ça permet de commencer à accepter ce qui va suivre. De s'organiser.

Tout ce qu'on sait, en fait, c'est ce qu'on veut bien nous montrer à la télévision. Des gens décharnés au crâne dégarni. Certains ressemblent aux survivants des camps de concentration. Est-ce que j'aurai cette tête-là ? Je préférerais mourir plutôt que de ressembler à ça, de vivre comme ça. Ou plutôt non, il ne faut pas que je meure. Il faut que je reste en vie pour Kathy. Aussi longtemps que possible.

Et ces examens, de quel genre d'examens s'agit-il ? Pourquoi Spence ne m'en a-t-il pas dit le nom ? Pourquoi ne m'a-t-il pas dit ce qu'il recherchait ? Je croyais que les tests d'ADN étaient suffisants et fournissaient aux spécialistes tous les éléments dont ils avaient besoin. Plus la charge virale est élevée, moins les lymphocytes T sont nombreux, et plus je suis près de la fin. Et les deux derniers comptes rendus ont fait clairement apparaître une progression régulière de la charge virale. La charge virale ? Je devrais dire *ma* charge virale. Il est temps que je cesse de penser en termes abstraits, il s'agit de ma maladie. De mon virus. Du virus qui va me tuer, moi.

Il n'y a rien à faire. Les tests, les médicaments et l'arsenal dont les médecins disposent pendant le peu de temps qui me reste à vivre ne peuvent m'être d'aucune utilité. Ce qui fait que tout ça, le traitement, les tests, n'est qu'un leurre.

Si Kathy n'était pas là, je dirais à Spence : « Docteur, finissons-en. Il doit bien y avoir un moyen de mettre un terme à tout ça en douceur. D'éviter la douleur. »

Si Kathy n'était pas là... seulement elle est là. Et moi je ne peux rien faire. Je ne lui suis d'aucun secours. Mais il doit bien y avoir quelqu'un. Quelque part. Je vais rédiger une autre liste. Il y a sûrement des gens que j'ai oublié de contacter. Est-ce que je perds la tête ? Il paraît que cette saleté de maladie finit par toucher le cerveau. Si ça se trouve, c'est pour ça que je suis là. Pour avoir un scanner du cerveau. Non. Si j'ai oublié quelqu'un, ce n'est pas la faute de mon cerveau. C'est parce que ce sont des gens qui ne sont pas assez proches pour faire des parents acceptables.

Je suis aux abois maintenant. L'étau se resserre.

La preuve, c'est que depuis cette histoire de pneumonie, j'en suis à me demander si Kathy ne pourrait pas aller vivre chez Amanda en fin de compte. Ou même chez Oncle Harry et Leeza. Ça n'aurait pas plu à Kip, je le sais. Je n'oublierai jamais ce qu'il m'a dit avant notre mariage. « Fais attention, ne te laisse pas embobiner par l'oncle Harry. C'est un tyran. Ne le laisse jamais te rendre service. Dieu sait qu'il te le proposera. Et souvent. Comme tu es nouvelle dans la famille, il fera le maximum pour te séduire. De façon à pouvoir avoir barre sur toi. »

Et cela avait bien failli arriver.

Cela avait même commencé le soir de notre mariage, au dîner, lorsque Harry, en portant un toast, avait appris à l'assemblée le cadeau de noces qu'il avait décidé de nous faire, à Kip et à moi : un voyage en Europe. J'étais enthousiasmée et prête à sauter sur cette offre. Mais pas Kip. Il a remercié l'oncle Harry dans un langage fleuri. Mais pour finir il a refusé. Plus tard, à notre retour de lune de miel, nous avons découvert un service à thé en argent massif que Harry avait commandé chez Tiffany à New York. Quand j'ai vu ça, j'en suis restée baba. C'est alors que Kip m'a parlé de Justin. Je n'en avais jamais entendu parler. Dans la famille, personne ne mentionnait son nom. Kip m'a expliqué pourquoi. Justin était le fils unique de Harry. Il s'était suicidé à Yale pendant sa dernière année d'université. Kip disait que c'était parce que Harry l'avait « poussé » au-delà de ses capacités. Justin n'aurait jamais dû intégrer Yale mais Harry avait insisté. Justin avait fait de son mieux et il avait échoué. Plutôt que d'affronter son père, il avait choisi une porte de sortie. Tel était l'effet que Harry pouvait avoir sur les gens qu'il dominait.

Et maintenant je suis en train d'envisager de lui confier Kathy... Sous prétexte que Kathy a une forte personnalité. Qu'elle a traversé l'épreuve du feu lorsque son père est mort et qu'elle en est sortie aguerrie. J'essaie de me persuader qu'elle est suffisamment forte pour vivre chez Harry et en sortir indemne. Mais je dois bien admettre que ce n'est encore qu'une enfant, une fillette hypersensible qui risque d'être broyée par un homme de cette trempe. Et comment pourrai-je expliquer cela à Kip ? J'ai beau ne pas croire à l'au-delà, j'ai malgré tout le sentiment qu'il me faudra justifier ma décision auprès de Kip ; et ça, j'en serai incapable.

C'est pourquoi, malgré les menaces de Harry, malgré le fait qu'il cherche à obtenir la tutelle de Kathy, je dois l'éliminer une bonne fois pour toutes de la liste. Et après, quelle solution me restera-t-il ? Et puis, qui me dit que cette histoire de tests n'est pas pour Spence un moyen d'essayer d'évaluer le temps qui me reste à vivre ? De combien de temps est-ce que je dispose encore, docteur ?

Couchée dans son lit, Kathy Cameron fixait le plafond. Près d'elle, recroquevillée comme à son habitude, se trouvait Cindy. Un peu avant de se souhaiter bonne nuit, elles avaient bavardé. Parlé de l'école, du cours de danse, de Mrs. Garvey, leur nouveau prof de maths, dont on disait qu'elle était enceinte bien que célibataire. La rumeur était née du fait que Garvey avait dû quitter la classe au beau milieu de son cours pour aller vomir dans les toilettes des dames. Officiellement, elle se serait intoxiquée avec du poisson pas frais qu'elle avait mangé la veille au dîner. Mais ses élèves n'avaient pas cru un instant à cette explication. Elles avaient treize ans, elles n'étaient pas tombées de la dernière pluie.

Cindy et Kathy s'étaient demandé qui pouvait bien être le père. Mr. Jackson, le prof de socio ? De l'avis de certaines de ces demoiselles, il était plutôt beau gosse. Oui, oui, Jackson était cool. C'était peut-être lui le père. Mais d'autres filles le trouvaient trop mignon, et elles avaient décidé qu'il devait être homo. Alors...

Kathy et Cindy avaient passé en revue tous les scénarios possibles pour tenter d'expliquer les problèmes digestifs de Mrs. Garvey. Elles en étaient là de leurs suppositions lorsque Hannah avait appelé d'en bas pour les faire taire :

« Les filles, y a école demain. Alors tâchez de dormir. »

Elles avaient éteint mais continué à chuchoter dans l'obscurité jusqu'à ce que Cindy s'endorme. Kathy était restée bien éveillée.

Maman dans cet hôpital, songea Kathy. Toute seule. Je devrais être là-bas. Je veux savoir ce qui se passe. J'ai le droit de savoir. Qu'est-ce qu'ils lui font ? Qu'est-ce qu'ils cherchent ? Qu'est-ce qu'ils me cachent ?

Je ne veux pas être mise devant le fait accompli. Comme avec Papa. Quand il est parti en randonnée, il était en pleine forme. Heureux. Fou de joie.

Et le drame s'est produit. A la maison, silence. Personne ne m'a prévenue. Mais moi j'ai deviné. A l'instant où le coup de téléphone est arrivé. Et Tante Louise, elle était sous le choc. Et puis ils se sont mis à chuchoter dans les coins. C'est à ce moment-là qu'ils ont décidé de ne pas me mettre au courant. Décidé que Maman s'en chargerait.

Pendant un jour et demi, j'ai erré comme une âme en peine dans la maison de Hortense. Il y régnait un calme inquiétant. De temps en temps je tombais sur Louise qui sortait de sa chambre les yeux rouges, les joues poudrées pour dissimuler ses larmes. Et malgré tout, silence total : personne ne voulait me mettre au courant. Et Oncle Jim complètement désemparé qui essayait de réconforter Louise.

Et tout le monde qui n'arrêtait pas de me dire que tout allait aller très bien. Qu'il fallait que j'attende que Maman rentre. C'est ça qu'ils n'arrêtaient pas de me dire : « Ma chérie, attends que Maman soit à la maison. »

Ils ont dû me prendre pour une demeurée. Comme si je n'avais pas compris. Pourquoi devais-je attendre le retour de Maman ? Et pas celui de Papa ?

Le deuxième jour, Maman est rentrée. Je lui ai jeté un

coup d'œil, et j'ai compris. Je l'ai lu dans ses yeux, sur son visage. Dans sa démarche. Il n'y avait plus de vie en elle. Elle n'était plus qu'une ombre.

J'ai couru à sa rencontre, elle s'est baissée, elle a passé ses bras autour de ma taille, elle m'a serrée contre elle plus fort que jamais, et puis j'ai senti ses larmes sur mon cou et je me suis mise à pleurer aussi.

Au bout d'un moment, elle a dit :

— Viens, ma chérie, on rentre.

Oncle Jim a insisté pour nous ramener mais Maman a refusé :

— Non, je ne peux pas vivre en assistée ; je dois apprendre à me prendre en charge. Autant commencer tout de suite.

J'ai pas très bien compris ce qu'elle voulait dire ; mais ce que je sais, c'est que j'ai été très fière d'elle en l'entendant.

Pendant le trajet du retour, elle m'a dit :

— Je vais te parler maintenant. Parce qu'à la maison il y aura du monde.

Un long moment elle est restée silencieuse. Je voyais bien, en lui jetant des coups d'œil de biais, qu'elle avait un mal fou à rassembler son courage pour me parler, puis elle me l'a annoncé :

— Ma chérie, Papa est mort.

— Non ! j'ai hurlé. Non !

J'ai commencé à sangloter. A me débattre avec ma ceinture de sécurité. Je voulais descendre. Courir. Loin d'elle. De cette horrible nouvelle. Je voulais m'enfuir. Et puis j'ai renoncé, et je me suis contentée de sangloter et sangloter. Elle a continué à parler tout en conduisant. Elle était très calme. Je m'en souviens.

« Kathy, ma chérie, on escaladait une montagne. A notre rythme. Sans forcer. Seulement tu connais ton père. Il était prisonnier de sa maladie depuis l'enfance. Alors, quand il en avait l'occasion, il oubliait les règles de prudence qu'on lui avait enfoncées dans le crâne. Il a commencé à se détacher, à prendre de l'avance. Derrière, je l'appelais : "Kip, Kip ! Attends-moi !"

« Mais lui continuait. Il a franchi un rocher. Et il a disparu. Je me suis dépêchée de le rattraper. Mais le temps que je le rejoigne, je l'ai trouvé gisant à terre, immobile. Je me suis précipitée. Je l'ai retourné sur le dos, il a ouvert les yeux, il a dit : "J'ai trébuché, mais ça va. Ne t'inquiète pas, je n'ai rien."

« Il s'est redressé, s'est assis, il a commencé à se frotter le visage à l'endroit où il était tombé. Il s'était cogné la tête, mais heureusement il ne saignait pas. Il m'a dit : "Le temps de reprendre mon souffle, et on repart. Et si jamais il y avait une hémorragie interne, les coagulants y mettraient bon ordre."

« Mais moi, je n'étais pas d'accord : "Pas question de poursuivre ! On fait demi-tour."

« Il a commencé à discuter ; je ne voulais rien entendre. Après tout il avait frôlé la catastrophe. Alors finalement il a baissé les bras et on a commencé à redescendre très lentement, très prudemment. Moi je me sentais drôlement soulagée.

« On n'était plus qu'à quinze mètres du plat lorsqu'il a commencé à se plaindre d'une migraine.

« On a continué mais son mal de tête empirait. On venait d'atteindre le plat lorsque Papa est tombé dans les pommes. Il est revenu à lui et c'est alors qu'il m'a dit : "Dis à Kathy que je l'aime."

« On nous avait prévenus : il fallait éviter les traumatismes crâniens. C'est comme ça que les médecins appellent un coup sur la tête. Parce que ce genre de traumatismes peut provoquer des hémorragies au cerveau. C'est pour ça que ton père avait des migraines. Et que malgré les médicaments il saignait. C'est ce qui l'a tué. »

C'est ce qui l'a tué. Les mots ne cessaient de hanter Kathy.

Les obsèques sont restées floues dans mon esprit. Toutefois je me souviens de certains visages. Amis de Papa, parents, voisins. Tous voulaient m'embrasser, me réconforter.

Seulement moi je me disais : s'ils insistent tellement pour que je ne m'inquiète pas, c'est que je dois avoir de bonnes raisons de m'en faire.

Jamais je n'oublierai le moment où il m'a fallu m'avancer devant la tombe encore ouverte tandis que Maman me tenait par la main. De ma main libre, j'ai lancé une rose sur le cercueil, puis le pasteur a prononcé quelques mots. Ensuite, tandis que les hommes des pompes funèbres s'apprêtaient à jeter des pelletées de terre sur la bière, Maman m'a dit : « Viens, poussin. »

On a tourné les talons, mais ça ne m'a pas empêchée d'entendre le bruit de la terre et des cailloux heurtant le cercueil. Je me souviens encore de m'être dit : « Ils vont abîmer le bois verni du cercueil de Papa. »

Les deux jours suivants, avant que je ne reprenne le chemin de l'école, les jours que Maman et moi on a passés seules à la maison, des voisins sont venus nous voir, nous ont apporté des gâteaux, de la nourriture. Ils ont essayé de dire des choses gentilles sur Papa, ils se sont efforcés de me remonter le moral. Mais on se sentait atrocement seules, Maman et moi, malgré tout. Chaque fois que je me mettais à pleurer, elle m'imitait. Alors, au bout d'un moment, j'ai cessé, ne pleurant plus qu'en cachette.

Et maintenant, qu'est-ce qui va m'arriver ? Qui me tiendra par la main lorsque je serai sur la tombe de Maman ? Où est-ce que j'irai en quittant le cimetière ? Je n'ai pas de foyer. Pas de famille. Rien.

J'ai l'impression d'être devant un grand trou noir. Je le fixe, j'ai peur à l'idée que quelqu'un m'y pousse, j'ai peur de tomber dans les ténèbres. En une chute sans fin parce que le trou n'a pas de fond. Personne ne sera là pour me rattraper. Contrairement à ce qui se passait lorsque j'étais petite et que Papa me lançait en l'air. A la dernière minute, juste au moment où je commençais à avoir peur, il me rattrapait et on riait, on riait comme des fous. Maintenant, quand je tomberai, il n'y aura plus personne pour me rattraper au vol. Personne.

Et puis ce rêve qui ne cesse de me hanter. Et que je ne peux confier à personne. Surtout pas à Maman. Je ne veux pas l'inquiéter. Il fait nuit. J'erre le long de rues inconnues. Des rues qui ressemblent à la nôtre. Avec de grands arbres. Et des maisons. De jolies maisons. Aux fenêtres éclairées. Je passe, je regarde les fenêtres. Les gens qui sont à l'intérieur. Des familles. Qui bavardent, qui rient, qui s'amusent. Dans chaque maison, un papa et une maman. Et des enfants. Heureux. Et moi, dehors, je les regarde. Ils ne savent même pas que je suis là. Alors je marche jusqu'à la prochaine maison. Puis jusqu'à la suivante. Mais personne ne me voit. C'est comme si je n'existais que dans mon propre esprit. Pourtant je suis là. Bien réelle. Mais tout le monde s'en moque. Et je vais de maison en maison, regardant par les fenêtres. Attendant que les portes s'ouvrent. Mais elles restent fermées. Je continue à marcher. Il me semble parfois que je marche toute la nuit.

Rester allongée, parfaitement immobile, devint soudain insupportable à Kathy. Tout doucement elle se glissa hors du lit. Elle traversa la pièce obscure pour se diriger vers la porte mais heurta au passage le bureau de Cindy, provoquant du bruit dans le noir.

Cindy s'éveilla en sursaut :

— Quoi ?

Mais, après un moment de silence, elle se rendormit. Kathy descendit, se dirigea vers la cuisine. Elle s'empara de l'annuaire afin d'y trouver le numéro de téléphone de l'hôpital. L'espace d'un instant, elle se demanda si elle devait appeler. Elle décida que oui. Composa le numéro.

Lorsque le standard lui répondit, Kathy annonça d'une voix aussi ferme que possible :

— Je voudrais avoir des nouvelles d'un de vos patients.

— A une heure du matin ? s'étonna la standardiste.

— Oui !

— Très bien. De qui s'agit-il ?

— De Grace Cameron.

— Le nom de son médecin ?

— Le Dr Norman Spence.

Voyant que son interlocutrice ne semblait pas plaisanter, la standardiste, un peu rassurée, lui dit :

— Un instant, je vous prie.

Lorsqu'on lui passa un autre poste, Kathy réitéra sa demande.

— Mrs. Cameron est en observation, elle va bien. Voulez-vous laisser un message ?

— Dites-lui... Non, ne lui dites rien. Je ne veux pas qu'elle s'inquiète.

Kathy raccrocha. Au lieu de remonter dans la chambre, elle pénétra dans le petit bureau-bibliothèque et s'endormit sur le canapé de cuir.

27

Grace Cameron venait de réintégrer son lit d'hôpital après un passage au service de radiologie. Elle était certaine de ne pas avoir remarqué d'inquiétude particulière sur le visage du manipulateur.

Considérablement rassurée, elle avait hâte de voir Kathy pour pouvoir lui affirmer que les choses se présentaient bien. Et que leurs projets pour samedi tenaient toujours. Le premier des trois jours qu'elle devait passer à l'hôpital avait été ennuyeux. Elle n'arrivait pas à s'intéresser à son journal. Ni à s'attaquer au livre qu'elle avait apporté. Bref, impossible de se débarrasser des craintes qui la taraudaient.

Les explications de ses médecins, les articles qu'elle avait lus sur sa maladie tant dans les journaux que dans les magazines insistaient sur le fait que ce n'était pas le sida qui tuait les sidéens. Mais l'une des infections opportunistes survenant dans un système immunitaire très affaibli.

Elle se demanda si la pneumonie, avec ce drôle de nom latin, était l'infection opportuniste qui l'emporterait. Spence n'avait pas eu l'air de le croire. Et Scotty ne lui avait pas laissé entendre que le danger pût venir de là.

Grace s'efforçait de mettre de l'ordre dans ses pensées lorsqu'un coup timide fut frappé à la porte.

— Kathy ?

Pas de réponse. La porte s'ouvrit lentement sur l'oncle Harry. Comme d'habitude, Grace fut aussitôt sur la défensive.

— Tu ne nous as même pas téléphoné pour nous prévenir, dit-il d'un ton accusateur. Tu ne nous as jamais dit que tu allais à l'hôpital. Leeza et moi, on était inquiets, très inquiets. Tu aurais quand même pu nous passer un coup de fil. Il a fallu que j'appelle le magasin. Quatre fois. Et quatre fois je suis tombé sur cette saleté de répondeur. Ces machines qui prennent la place des gens... elle est belle, la civilisation d'aujourd'hui. Quand on téléphone, on a envie d'être accueilli par une voix humaine, chaleureuse.

« Bref, n'obtenant pas de réponse, j'ai pris la voiture et j'ai fait un saut en ville. C'est là que j'ai vu que la boutique était fermée et qu'il y avait un petit mot sur la porte : "Réouverture lundi matin."

« Voyons, me suis-je dit, où est-ce qu'une femme dans l'état de Grace peut bien aller passer plusieurs jours ? Certainement pas à la campagne. Alors la réponse m'est apparue clairement. J'ai dressé une liste de tous les hôpitaux de la région et je les ai appelés par ordre alphabétique. Au quatrième, le County Medical Center, on m'a appris qu'il y avait effectivement une patiente du nom de Grace Cameron.

« Ne nous refais jamais ce coup-là, mon petit. Tu m'as flanqué les jetons. Je me suis dit que si tu étais hospitalisée la situation devait être rien moins que brillante. Puis, je me suis demandé où était passée Kathy. Est-ce qu'elle était restée toute seule à la maison ? Avec une voisine ? Ou bien est-ce qu'elle traînait dans les rues ? De nos jours, une petite fille de treize ans... je sais, je sais, elle n'aura treize ans que samedi... mais tu sais, je lis les journaux, je regarde les infos à la télé. Et les disparitions de fillettes, ce n'est pas ça qui manque. Des fillettes qu'on retrouve mortes. Et généralement, des fillettes de cet âge-là, douze, treize ans. J'étais fou d'inquiétude. Je me demandais ce qui avait pu lui arriver.

« Tu peux te vanter de m'avoir fait une belle peur, Grace. J'étais dans un drôle d'état rien que de penser à tout ça. Ne recommence plus jamais. Alors, dis-moi, où est-elle, ton adorable Kathy ?

Sans se laisser impressionner par cette tirade pourtant destinée à la faire culpabiliser, Grace répondit d'une voix ferme :

— Chez une amie, en sûreté. Elle ne ratera pas une seule matinée ou après-midi de classe. Et elle ne perdra pas son temps. Inutile que Leeza et toi vous fassiez du souci.

— Eh bien, fit Harry, je suis soulagé de l'apprendre. Et maintenant, venons-en à l'essentiel. Qu'est-ce que tu fais ici ? Que disent les médecins ?

Peu désireuse de lui communiquer des données concernant son état de santé du fait qu'elle savait pertinemment qu'il cherchait à profiter de ses moindres faiblesses pour obtenir la tutelle de sa fille, Grace se dit qu'elle allait pouvoir faire d'une pierre deux coups : répondre avec sincérité et réduire à néant ses espoirs de se charger de la fillette.

— J'ai un très léger début de pneumonie.

— Pneumonie ? fit Harry.

— Dans mon état, c'est fréquent, expliqua Grace. Ça se traite avec du Bactrim. Les médecins ne sont pas inquiets mais ils aiment autant vérifier.

— Je suis soulagé, mentit Harry qui s'était attendu à un bilan beaucoup plus lourd.

Grace ne cessait de consulter la pendulette de voyage qu'elle avait apportée. Kathy allait arriver d'un instant à l'autre et Grace n'avait pas envie qu'elle tombe sur son oncle. Aussi fut-elle fort contrariée lorsque la porte s'ouvrit et qu'elle entendit :

— Maman !

Kathy s'engouffra dans la chambre et freina des quatre fers en apercevant l'oncle Harry.

— Oh, s'exclama-t-elle d'une voix qui trahissait l'étonnement et le mécontentement.

Oncle Harry l'accueillit chaleureusement.

— Kathy, ma chérie, quelle surprise, quelle agréable surprise. On ne se voit plus. Je n'arrête pas de dire à ta mère que j'aimerais te voir davantage. Te voir grandir. Parce que tu grandis. Tu vas être une jeune femme ravissante. Aussi ravissante que ta mère lorsque je l'ai vue pour la première fois. Je t'ai déjà raconté comment ton père l'avait amenée à la ferme pour faire notre connaissance ?

Kathy regarda sa mère, puis de nouveau Harry. Elle n'avait pas envie de lui parler. Pourtant, par politesse, elle se força à répondre, résignée à entendre la suite.

— Non, Oncle Harry, tu ne m'as jamais raconté ça.

— Tu sais, la famille était en ébullition. Tout le monde parlait de Kip et de son amie. Bien sûr, on était tous inquiets, connaissant la maladie de ton père. Jamais on ne se serait doutés qu'il pût vouloir se marier. Et puis... Aussi on était tous fous de curiosité. On se demandait si la jeune personne était au courant des problèmes de santé de ton père. Si ça n'allait pas la dissuader de l'épouser. (Harry éclata de rire.) Ah, tu ne peux pas savoir... les spéculations allaient bon train chez les Cameron.

L'oncle Harry se tourna vers Grace :

— L'opinion qui prévalait, c'était que cette jeune femme devait être bien quelconque et avoir une envie folle de se caser pour se contenter d'un prétendant pareil. Mais lorsqu'on a vu ton père arriver au volant de sa voiture, ta mère à côté de lui, on était tous interdits et ravis. Elle était tellement belle.

« Et tellement amoureuse. La famille a poussé un soupir de soulagement. On l'a accueillie à bras ouverts. Comme toi quand tu es née. La tribu n'allait pas s'éteindre. Quand tu as commencé à grandir et à devenir la réplique de ta mère, on a été fiers comme tout, très fiers. On aimerait te voir davantage, mon petit. Oh je sais, tu es très occupée. L'école, la danse.

— Oui, la danse, confirma Kathy. Et le football aussi.

— Le football ? Est-ce que je t'ai dit qu'on avait une équipe féminine de football formidable au lycée près de chez nous ?

— Non, répliqua Kathy, espérant qu'il s'en tiendrait là.

Mais Harry n'était pas du genre à laisser passer une occasion, quelle qu'elle fût.

— On a gagné le championnat cette année. Bientôt, quand tu viendras à la ferme, on ira visiter l'école. Comme ça, tu verras par toi-même les installations sportives. Le haut de gamme. Evidemment on paie des impôts ahurissants. Mais il faut donner aux jeunes ce qu'il y a de mieux, ils vous remboursent au centuple par leurs succès. J'espère te voir bientôt à la ferme, Kathy. Je viendrai te chercher pour t'y emmener.

— Oui, dit Kathy en faisant mine d'abonder dans son sens. Mais ça va pas être demain la veille. J'ai beaucoup de travail, les examens approchent.

— Je comprends. Eh bien, dans quelque temps.

Harry s'approcha du lit de Grace, se pencha pour l'embrasser sur le front et doucement lui dit :

— Prends soin de toi pour le bien de tous.

Oncle Harry sortit. Donnant libre cours à ses émotions, Kathy se jeta dans les bras de sa mère. Elles restèrent cramponnées l'une à l'autre jusqu'à ce que Kathy se dégage.

— Je ne t'ai pas fait mal au moins ?

— Bien sûr que non, lui assura Grace. Comment pourrais-tu me faire mal ? Laisse-moi te regarder, poussin.

Kathy recula tandis que Grace passait en revue sa tenue. Chemisier blanc, un peu froissé maintenant mais qui devait avoir été repassé de frais ce matin. Jupe plissée écossaise. Socquettes blanches. Mocassins marron et blanc.

— Parfait, approuva Grace. Est-ce que ta journée a été bonne ?

Kathy lui fit un compte rendu. Elle avait été interrogée deux fois. Une fois en espagnol et une fois en instruction civique. Et elle n'avait pas été prise en défaut. Le reste de la journée avait été de la routine. Sauf avec Spindler.

— Mrs. Spindler, rectifia Grace.

— Okay, Maman, Mrs. Spindler. Elle nous a donné une interro écrite. Je m'en suis bien sortie. J'aurai les résultats lundi. Mais le scoop du jour, c'est Garvey.

— Mrs. Garvey, reprit Grace.

— Bon, bon, fit Kathy, pressée de raconter la suite. Figure-toi que Mrs. Garvey n'est pas enceinte. On l'a transportée à l'hôpital. Appendicectomie. C'est ce que Mrs. Thom nous a dit, en tout cas.

— Jamais la principale n'inventerait une histoire comme ça. C'est sûrement vrai.

— Sans doute, fit Kathy, contrariée de devoir renoncer à ses fantasmes romanesques sur Garvey et Mr. Jackson.

Mais elle avait d'autres sujets de préoccupation comme sa question ne tarda pas à le démontrer.

— Qu'est-ce qu'il faisait ici ?

— Oncle Harry ?

— Oui. On le voit pratiquement plus et je le retrouve à l'hôpital. Il s'en donne un mal, pour avoir l'air sympa. Du vivant de Papa, je l'ai jamais entendu dire du bien de lui. Alors que là... Il a mis le paquet.

— Ne dis pas ça ! fit Grace qui ne voulait pas jeter de l'huile sur le feu.

— C'est vrai ! poursuivit la fillette, indignée. Il disait que Papa avait gâché sa vie.

— Quand l'as-tu entendu dire une chose pareille ? fit Grace.

— Le jour de l'enterrement de Papa. Quand on est revenus à la maison. Il y avait des messieurs près du bar que Tante Louise avait organisé. J'étais allée chercher du

Perrier pour Tante Hortense. Avec une rondelle de citron. Tante Hortense ne peut jamais faire comme tout le monde. Même quand elle boit de l'eau, elle s'arrange pour que ça soit compliqué. Bref, j'étais là et j'ai surpris la conversation d'Oncle Harry avec un autre monsieur. « Quel dommage de mourir si jeune sans avoir réussi à tirer un meilleur parti de ses possibilités. C'est ce que j'appelle une vie gâchée. » Quel sale type ! Ne me demande pas de l'aimer après ça !

— Ne t'inquiète pas, ma puce. Je ne te demanderai rien de tel.

Grace espéra qu'elle s'était montrée convaincante. Mais comment parler d'une voix ferme alors que l'avenir de Kathy était encore en suspens et que Harry menaçait de faire intervenir ses avocats pour obtenir sa tutelle ?

S'il lui arrivait quelque chose plus vite que prévu — ce qui n'était pas exclu —, ce serait à un juge ou à un travailleur social de décider de l'avenir de sa fille et il la confierait sans doute au seul parent qui voudrait bien se charger d'elle.

Mais l'oncle Harry n'était pas seulement désireux de la recueillir. Il ne pensait qu'à ça. Il tenait à s'assurer qu'elle, au moins, ne gâcherait pas son existence.

Sa visite avait déstabilisé Grace. Elle ne pouvait s'empêcher d'être obnubilée par deux choses : son état de santé déclinait inexorablement et elle n'avait toujours pas trouvé de famille pour Kathy.

28

On était vendredi, troisième jour du séjour de Grace à l'hôpital. A son grand soulagement, on l'avait autorisée à se remettre en tenue de ville. Cependant elle devait encore attendre que le Dr Spence l'autorise officiellement à sortir.

Une heure s'étant écoulée sans qu'il eût fait son apparition, elle commença à donner des signes d'impatience. Il lui restait à faire des tas de préparatifs pour le lendemain. En outre, elle avait une commande à terminer qui devait être livrée lundi à midi. Il lui fallait également faire des courses, préparer le dîner de Kathy et ranger la maison.

Au bout de deux heures, la nervosité de Grace se mua en angoisse. Si Spence était en retard, c'était sûrement parce qu'il s'entretenait avec Scotty. Sans doute examinaient-ils les résultats des tests, lesquels devaient être plus catastrophiques que Spence ne s'y était attendu. Peut-être se demandaient-ils lequel d'entre eux allait lui cracher le morceau. Et dans quels termes. De façon à atténuer le choc au maximum. Elle était dans un état voisin de la panique lorsque la porte s'ouvrit.

Mais ce fut Kathy qui entra et non le médecin. La fillette venait rendre visite à sa mère, une fois ses cours terminés. Lâchant livres et classeurs, elle se précipita dans les bras maternels et se serra contre Grace qui finit par se dégager doucement pour pouvoir scruter les jolis yeux bleus.

— Quelque chose ne va pas, chérie ?

— Oh, Tante Hannah a été adorable, la rassura Kathy. Je n'ai même pas pu soulever une assiette. Impossible de lui donner un coup de main. Elle a refusé mon aide.

— Pas comme ta méchante maman, dit faiblement Grace.

— Tais-toi ! fit Kathy avec violence.

— Je plaisantais, poussin, fit Grace, désarçonnée par l'état de tension de sa progéniture.

— Avant de préparer le dîner, mercredi, elle a pris bien soin de me demander quels étaient mes plats préférés. Et hier soir, on est allés à *La Pagode*.

— Comme ça tu as pu frimer, avec tes baguettes.

Soudain la porte s'ouvrit avec fracas. Et le Dr Spence entra. Sourire aux lèvres, dynamique, jovial. Grace le soupçonna aussitôt d'en rajouter.

— Bonjour Grace, bonjour Kathy. Ravi de vous trouver ensemble. J'ai étudié les résultats des examens. Ils sont bons. Ce qui m'a rassuré, vous vous en doutez. Vous pouvez rentrer chez vous et vaquer à vos occupations habituelles. Je vous verrai dans un mois.

Grace éprouva une sensation d'intense soulagement mais Kathy posa très calmement la question qui la tracassait :

— Et le dernier test d'ADN, docteur, il était bon ?

S'efforçant de garder son air rassurant, Spence admit toutefois :

— La charge virale a augmenté. Pas dans des proportions alarmantes. Mais elle est plus élevée, c'est certain.

— Et les lymphocytes T ?

— Ils sont légèrement en baisse. Compte tenu des circonstances, c'est normal.

Avec le sourire, il se tourna vers Grace.

— Votre fille ne laisse rien passer. Rien ne lui échappe.

Il va sans doute falloir que je lui demande son avis avant de vous prescrire un nouveau produit.

— Un nouveau produit ? murmura Grace en pâlissant.

— Oui, du DDI au lieu de l'AZT et du DDC. Le DDI est plus costaud que les deux autres réunis. Mais il n'y a pas lieu de s'inquiéter. Et maintenant, jeune fille, les hôpitaux étant des endroits pleins de microbes, je ne saurais trop vous conseiller d'emmener votre mère loin d'ici. Le plus vite sera le mieux.

Alors qu'elles attaquaient le trajet du retour, Kathy se blottit contre sa mère. Si près que Grace dut intervenir :

— Kathy, pousse-toi et attache ta ceinture.

Une fois que la fillette se fut exécutée, Grace s'efforça de prendre un ton dégagé :

— Alors, ça ne s'est pas trop mal passé ?

— Non, non, la rassura Kathy, mentant effrontément.

— Kath, demain on passera prendre les fleurs au Garden Shop. J'ai commandé des plantes qui...

— C'est vrai ? l'interrompit Kathy.

— Pourquoi, ça t'étonne ?

— Eh bien... c'est que j'en ai commandé aussi, expliqua la fillette, gênée. Comme je savais pas si tu serais sortie de l'hôpital, je... me suis occupée des fleurs.

— Tu comptais te rendre là-bas par tes propres moyens ? Comment ?

— Aucune idée. Je me serais débrouillée.

— Pas question que tu refasses du stop ! Comme le jour où tu es allée chez le Dr Spence. Compris ?

— Je voulais pas que Papa pense qu'on l'avait oublié.

— Compris ? insista Grace.

— C'est compris, acquiesça Kathy.

— On passera prendre la plante, fit Grace pour mettre un terme à la discussion. (Mais elle se crut obligée d'ajouter :) Papa sait très bien qu'on ne l'oublierait pas.

Après la mort de Kip, Grace et sa fille avaient pris l'habitude de se rendre régulièrement sur sa tombe. Toutefois, au bout d'un an, Grace avait décidé d'espacer les visites au cimetière dans l'intérêt de sa fille et pour lui faciliter le travail de deuil. Après cela, elles s'étaient mises à y aller certains jours seulement : Noël, Thanksgiving, l'anniversaire de Kip... Et l'anniversaire de Kathy.

Le Garden Shop ouvrait à neuf heures le samedi matin. Alicia Kerr, qui tenait le magasin depuis des années, avait mis la jardinière de géraniums d'un rouge pétillant de côté dans un endroit frais. En la sortant, elle s'enquit :

— J'imagine que vous n'avez pas besoin des fleurs que votre fille a commandées.

— Non, ça ira comme ça.

— Maman, intervint Kathy, on sera tout près de la tombe de Sara. Et ça fait longtemps qu'on n'y est pas allées.

— Tu as raison, ma chérie. Nous prendrons également un bouquet. On lui apporte quoi, à Sara ?

— Les tulipes ont l'air drôlement jolies, fit Kathy.

Un bouquet de tulipes jaunes et violettes dans les bras, Kathy se dirigea vers la voiture. Sa mère la suivit avec la potée de géraniums.

Le reste du trajet s'effectua en silence. Grace se concentrait sur la conduite, Kathy tenait les tulipes d'une main et les plantes en pot de l'autre.

Avec son plantoir, Grace s'agenouilla près de la tombe de son époux. Elle creusa un trou de la grosseur du pot, y plaça ce dernier et combla avec de la terre humide. Se relevant, elle s'aperçut que sa fille fixait la pierre tombale de granit gris au centre de laquelle était gravé leur nom : CAMERON.

Sur la partie gauche de la pierre, on pouvait lire le nom

de Kip et la date de sa mort. La moitié droite était vierge de toute inscription.

C'était celle-là que fixait Kathy. Que pouvait-elle dire à sa fille pour la rassurer qui ne sonnerait pas faux...

— C'est le moment de prier, ma chérie, fit Grace.

Chaque fois que mère et fille venaient se recueillir sur la tombe de Kip, elles s'entretenaient en silence avec lui. Ce qu'elles appelaient prier.

Papa, c'est mon anniversaire, aujourd'hui. J'ai treize ans. Formidable, non ? Je suis une adolescente ! Et je vais bien. Vraiment bien. Sauf quand je pense à toi. Tu me manques. Tu me manques tout le temps. J'essaie de suivre tes conseils. Tu te souviens quand j'étais toute petite et que tu me disais que mon esprit était une tirelire ? Chaque fois que j'apprends quelque chose de nouveau, c'est comme si je mettais une nouvelle pièce dans ma tirelire. Un jour, je serai riche quand j'additionnerai toutes ces pièces. Pas en dollars mais en sagesse, en savoir. Alors tous les jours je garnis ma tirelire. Avec mes notes. Tu serais fier de moi, Papa.

Evidemment je me sentirais mieux si tu étais encore là. Pour te montrer mes bonnes notes, par exemple, quand je rentre de l'école. Seulement tu n'es plus là pour me féliciter. Je m'y habituerai sans doute un jour. Encore que ça reste à voir. Parce que tu sais, Papa, il y a encore des moments où je me dis que tu vas revenir. Je te vois assis dans ton fauteuil. Maman arrive avec mon dernier devoir, celui où j'ai eu un A, et elle sourit et elle est plus jolie que jamais et...

La fillette rompit net le cours de ses pensées car elle venait presque de transgresser l'une des règles qu'elle s'était fixées. A savoir ne jamais parler à son père de la santé de sa mère. Inutile qu'il s'inquiète. D'autant qu'il risquerait de culpabiliser alors qu'il n'avait pas lieu de le faire.

Papa, il faut qu'on parte, songea-t-elle pour finir sa prière. On va aller mettre des fleurs sur la tombe de la petite Sara. Alors prends bien soin de toi. Et à bientôt.

Je t'aime, mon petit Papa. Tu me manqueras toujours. Où que j'aille je reviendrai sur ta tombe le jour de mon anniversaire. Je ne t'en dis pas davantage pour l'instant.

A l'aide d'un petit sécateur, mère et fille dégagèrent la tombe de l'herbe qui l'envahissait par endroits et que le personnel de l'entretien oubliait parfois d'arracher.

La tombe nettoyée, Grace décida que le moment était venu d'aller voir Sara.

Elle s'éloignait lorsqu'elle se rendit compte que Kathy n'était pas près d'elle. Pivotant, elle surprit la fillette les yeux braqués sur la partie vierge de la pierre où seraient gravés un autre nom et une autre date.

Kathy se dirigea toutefois vers la tombe de Sara avec ses tulipes et constata en s'approchant qu'il y avait déjà des fleurs.

— Maman, tu as vu ?

— Quelle jolie composition, apprécia Grace en se baissant pour lire le nom du fleuriste sur l'étiquette.

— Mrs. Sloane a dû rentrer de son voyage en Europe.

— Nous passerons devant chez elle en rentrant, décida Grace. Je serai contente de la revoir.

Kathy déposa ses tulipes près des autres fleurs.

— On ne t'a pas oubliée, Sara, murmura-t-elle. Tu es passée de l'autre côté mais on ne t'a pas oubliée.

Grace fit un détour de façon à traverser la banlieue résidentielle où se trouvait la propriété des Sloane.

Elles s'engagèrent dans la rue menant à l'impasse au bout de laquelle s'élevait la pelouse en pente. Tandis qu'elles prenaient l'allée, elles virent que les persiennes étaient toujours fermées. Lorsqu'elles s'approchèrent des fenêtres, elles purent distinguer à travers les persiennes les housses blanches dont les meubles étaient recouverts.

Sur la porte, un panneau annonçait : « A vendre. Contacter l'agence Baldridge. » Le numéro de téléphone et l'adresse de l'agence immobilière étaient précisés au bas du panneau.

— Elle n'est pas rentrée, fit Kathy.

— Peut-être que si, mais peut-être qu'elle n'a plus besoin d'une maison de cette taille et qu'elle a déménagé. Les fleurs ne sont pas arrivées toutes seules au cimetière.

Par un coup de fil au fleuriste, elles découvrirent que l'argent des fleurs était viré tous les mois d'une banque de New York. Et en quantité suffisante pour que les fleurs fussent changées toutes les semaines. Le fleuriste n'en savait pas davantage.

Lorsque Grace appela l'agence immobilière, on lui dit que la propriété des Sloane n'avait toujours pas trouvé acquéreur bien que le prix eût été baissé par deux fois. La taille de la maison, les frais d'entretien décourageaient les amateurs.

Quant à Mrs. Sloane, la négociatrice de chez Baldridge déclara qu'elle ne connaissait d'elle que son adresse à Aix-en-Provence, dans le midi de la France.

Elle a vraiment quitté les Etats-Unis, pensa Kathy.

Pour célébrer l'anniversaire de Kathy, Grace la laissa choisir le restaurant où elle voulait dîner. Son choix se porta sur leur chinois préféré.

Grace avait commandé un gâteau pour le dessert. Lorsque les serveurs firent cercle autour d'elle pour lui chanter la chanson traditionnelle, Kathy applaudit. Bien que le gâteau fût petit, elle insista pour le partager avec eux.

Une fois de retour à la maison, Grace offrit à sa fille l'album qu'elle lui avait confectionné. Kathy s'assit sur la chaise longue jouxtant le fauteuil de Kip, sa place favorite du vivant de son père. Elle feuilleta l'album avec des exclamations de joie, examinant photos et souvenirs datant de sa petite enfance.

Les photos de sa mère firent ses délices. Comme elle était jolie ! Pas étonnant que son père la couve avec ces yeux-là. Grace se félicita d'avoir choisi des portraits datant d'avant sa maladie.

Comment oublier son état... La douleur sourde qui avait commencé à la tenailler au restaurant ne faisait qu'empirer. Et il lui fallait continuer de sourire, rire même pendant que Kathy s'extasiait sur son album.

Arrivée à la dernière page sur laquelle figurait une invitation à son treizième anniversaire, Kathy très émue dit :

— Je me souviendrai toujours de cette soirée, Maman.

Elle embrassa sa mère et se blottit contre elle. Puis elle murmura :

— Maintenant, monte te coucher, je vais éteindre.

Grace comprit qu'elle n'avait pas réussi à donner le change à sa fille ni à dissimuler complètement le fait qu'elle souffrait. Kathy avait beau n'être qu'une gamine, elle était terriblement observatrice.

Peu de temps après, Kathy pénétra sur la pointe des pieds dans la chambre de sa mère, afin de s'assurer qu'elle se reposait. Grace, qui avait avalé un des comprimés prescrits par le Dr Spence en cas de douleur, réussit à paraître moins tendue. Kathy l'embrassa, éteignit et gagna sa propre chambre.

Elle se déshabilla, plia ses vêtements avec soin, mettant d'un côté ceux qui iraient au sale, de l'autre ceux qu'elle rangerait dans son armoire. Depuis que Grace était malade, elle procédait de la sorte, s'efforçant de soulager sa mère de toutes sortes de tâches ménagères.

A plusieurs reprises, Kathy lui avait proposé ses services à la boutique au lieu de vaquer à ses activités extrascolaires. Une fois même elle était venue dans l'intention de confectionner les paquets cadeaux mais, sa mère n'ayant pas été satisfaite du résultat, elle s'était vite arrêtée. Quant à la calligraphie, elle ne pouvait lui être d'aucun secours en la matière, ignorant tout de cet art minutieux. Alors elle avait repris son train-train habituel

— école, danse, football et club de sciences naturelles. Sans oublier ses devoirs, bien sûr.

La petite fête au restaurant, songea Kathy, avec les serveurs qui chantaient — sans même comprendre les paroles pour certains —, ça m'a rappelé mon dixième anniversaire. Le dernier que j'ai fêté avec Papa. Quarante-huit heures plus tard, Maman et lui partaient faire cette escalade en montagne. Et il est mort. J'ai eu une impression semblable ce soir. A ceci près que cette fois ce ne sera pas une surprise.

Et Maman s'efforçait de sourire. Elle était si courageuse. Ses douleurs, ça veut dire que l'échéance approche. J'ai bien vu à quel point ses joues se sont creusées ces derniers temps. Elle a toujours un visage ravissant. Comme sur les photos de l'album. Des pommettes hautes. Un nez à peine retroussé. Mais même ses traits changent à mesure qu'elle fond.

Je suis contente qu'elle ait collé des anciennes photos dans l'album. C'est comme ça que je veux me souvenir d'elle. Comme ça que je veux que mes enfants la voient plus tard.

PATIENT : Cameron Grace

ÂGE : 34

SEXE : F

DIAGNOSTIC : SIDA

MÉDECIN TRAITANT : Dr R. MacClune

DATE	LYMPHO-CYTEST	CHARGE VIRALE	POIDS
21/9	280	14 000	57,6
10/12	310	10 000	57,1
12/2	220	30 000	56,2
14/5	180	110 000	53,5
17/8	120	350 000	49,4

29

— N'oublie pas ton pull marine ! lança Grace du rez-de-chaussée. Il fait frisquet la nuit là-bas.

— Oui, Maman, répondit Kathy de sa chambre.

Anxieuse comme elle l'était, Grace aurait volontiers donné un coup de main à sa fille qui faisait ses bagages en vue de ce long week-end. Mais elle se retint, préférant laisser Kathy faire l'apprentissage de son autonomie.

Pourtant, elle sentit confusément qu'elle se donnait là une excuse commode. Car ces dernières semaines, l'énergie lui avait manqué à plusieurs reprises. En outre elle avait constaté que sa main avait perdu de sa sûreté dès qu'il s'agissait de calligraphie. D'une exigence implacable à son propre égard, elle avait passé son temps à faire et refaire des enveloppes qu'elle jugeait indignes d'elle. Combien de temps serait-elle encore capable de gérer *Tour de main* ? Quand ses clients se rendraient-ils compte que la qualité de son travail n'était plus la même ? Si les gens acceptaient de payer plus cher, c'était parce que ses prestations étaient exceptionnelles. Mais que se passerait-il si elle ne parvenait pas à maintenir le niveau auquel elle les avait habitués ?

C'était cette crainte qui l'avait poussée à organiser cette semaine d'essai pour Kathy.

Celle-ci n'avait pas manifesté la moindre opposition à la perspective d'aller passer une semaine ailleurs. Mais, dans son regard et dans son attitude, Grace avait bien senti sa réticence. Depuis le jour où sa mère lui avait fait part de sa décision de l'envoyer chez les Osborne pour une semaine, Kathy n'avait pratiquement pas desserré les dents. Elle avait continué de vaquer à ses occupations tant à l'école qu'à la maison, mais sans son enthousiasme ni son allant coutumiers.

Par moments, Grace se demandait si sa fille ne rechignait pas à partir par peur de retrouver sa mère à l'hôpital — ou pire — à son retour.

Lorsque sa mère tentait de la rassurer, Kathy se contentait de la fixer sans articuler le moindre mot. Ce qui ne faisait qu'ajouter à la détresse de Grace et au sentiment de culpabilité qui la hantait nuit et jour. Christine Osborne — qui s'appelait alors Lammot — avait été l'une de ses meilleures amies au lycée et à l'université. Les deux jeunes femmes étaient devenues encore plus intimes lorsqu'elles s'étaient fiancées. Mais les divergences de personnalité et d'intérêts de George et de Kip les avaient peu à peu éloignées l'une de l'autre.

C'était la mort de Kip qui avait ramené Christine dans la vie de Grace. La jeune femme s'était précipitée chez son amie, prête à tout pour la soutenir dans son immense chagrin et la décharger des insupportables fardeaux de la vie quotidienne. Pendant les trois premiers mois, son aide avait été extrêmement précieuse à Grace qui, confortablement installée dans la vie, s'était brutalement retrouvée veuve avec un enfant à charge, peu de moyens pour faire face à la situation et la volonté farouche de conserver son indépendance.

George Osborne, qui était comptable, s'était occupé des problèmes administratifs et financiers. C'est ainsi que le couple Osborne avait permis à Grace de traverser cette passe difficile. Mais ils avaient en plus une qualité rarissime même chez les gens les plus généreux : ils savaient se retirer discrètement au bon moment.

Malgré l'amitié qui l'avait liée à Christine pendant toute leur jeunesse et qu'elle avait retrouvée après la mort de Kip, Grace avait longtemps hésité avant de lui parler du problème que Kathy lui posait. Non seulement les Osborne n'avaient pas d'enfant, mais Christine n'avait jamais abordé le sujet, pas même avec Grace. A une certaine époque, elle avait bien fait allusion à des examens et des analyses, mais sans s'étendre outre mesure. Jusqu'au jour où le corps médical lui avait conseillé l'adoption.

Bien que très désireux d'avoir des enfants, George ne pouvait pas se faire à l'idée d'en adopter. En une occasion, lui et sa femme avaient effectué le véritable parcours du combattant que représente une demande d'adoption. Mais à la dernière minute, alors qu'on allait leur confier un bébé, Christine, lisant dans le regard de George à la fois effroi et refus, avait renoncé.

Consciente de ce précédent, Grace n'aurait pas pris ce risque si elle avait eu d'autres possibilités. Mais il y avait ce test d'ADN, le plus alarmant à ce jour. Le temps passait. Grace entendait presque les secondes s'écouler. Elle avait décidé de parler à Christine.

Assises à une petite table dans le salon de thé où Grace déjeunait de temps à autre, les deux jeunes femmes bavardaient depuis quelque temps lorsque Grace finit par aborder le sujet. Elle s'efforça de passer le plus rapidement possible sur ce qui lui était arrivé pour en venir au fond du problème, mais Christine l'en empêcha.

— C'était donc ça, murmura-t-elle. Nous nous posions des questions à ton sujet. Pourquoi tu étais si... si...

Comme elle ne parvenait pas à trouver ses mots, Grace vint à son secours.

— Si maigre... si mal en point... ?

— Le sida... Non, Grace, c'est impossible, protesta Christine.

— Non seulement c'est possible, mais c'est certain. De toute évidence, ce sont les dérivés sanguins que Kip prenait qui lui ont filé cette saloperie, expliqua succinctement Grace qui brûlait d'aborder le problème de Kathy.

— Mais alors..., insista Christine. Que font les médecins ? Qu'est-ce qu'ils disent ?

— Ils font ce qui est en leur pouvoir. C'est-à-dire pas grand-chose, reconnut Grace. C'est pour ça que je voulais te parler.

— Je ferai tout... George aussi... Nous ferons tout ce que nous pourrons pour toi.

— Personne ne peut plus rien pour moi. C'est de Kathy qu'il va falloir s'occuper.

— Kathy... ? Bien sûr, comprit soudain Christine.

— Ecoute, Chris, ne dis rien pour l'instant. Pas aujourd'hui. Et surtout pas maintenant. Ecoute-moi, je t'en prie.

— Bien sûr, souffla Christine. (Les larmes lui montèrent aux yeux et elle ne put s'empêcher de reprendre :) Oh, Grace... ma chérie... Pourquoi est-ce que ça tombe sur toi ? Après la mort de Kip...

— Je t'en supplie, Chris, ne pleure pas. Ça ne sert à rien. Je suis bien placée pour le savoir, crois-moi. J'ai trop pleuré ces dernières années, ces derniers temps, surtout. Ecoute-moi. Tu y arriveras ?

Christine fit oui de la tête.

— Je ne sais pas combien de temps il me reste à vivre. Les médecins ne peuvent encore se prononcer. Mais ce que je sais, c'est qu'il ne me reste pas longtemps. C'est pour ça qu'il faut que je règle au plus vite le problème de Kathy. Il faut que je sache si... si George et toi seriez d'accord pour... Ne me réponds pas maintenant, sauf si c'est pour me dire non. Mais j'aimerais que tu en parles à George, pour voir sa réaction.

— George..., répéta Christine, soudain pensive. Nous n'avons pas parlé adoption... depuis bien longtemps. Mais à l'époque où ça nous arrivait, il rêvait d'un garçon. C'est un fils qu'il voulait. Je ne sais pas s'il voudra d'une fille. Bien sûr, il connaît Kathy. Il l'aime bien. Il la trouve très intelligente. Lorsque Kip est mort, il a même dit qu'elle avait fait preuve d'une maturité admirable.

— Alors, tu vas lui parler ?

— Oui, promit Christine.

D'un ton peu encourageant.

Huit jours plus tard, après des discussions interminables, Christine appela Grace.

— George est d'accord. Il veut bien tenter le coup.

— Formidable, fit Grace, soulagée. Les enfants sont justement en vacances la semaine prochaine. Si Kathy venait la passer chez vous ?

— J'allais te le proposer.

Débarrassée d'un grand poids, Grace raccrocha, reconnaissante, et se remit au travail avec enthousiasme. Cependant, à mesure que la journée avançait, son entrain déclina. Elle mit cela sur le compte du DDI. Sans doute cette baisse de tonus faisait-elle partie des effets secondaires. Mais lorsqu'elle ferma pour aller chercher Kathy à la danse, elle se rendit compte qu'elle était en pleine dépression.

La semaine d'essai chez les Osborne était la première possibilité prometteuse. C'était même peut-être le premier pas dans le processus de séparation mère/fille. Il n'était pas question d'attendre sa mort pour que cette séparation se fasse. Pour le bien de Kathy, pour la tranquillité de Grace, la petite devait absolument avoir intégré son nouveau foyer avant la disparition de sa mère Il fallait qu'elle se sente bien chez ses nouveaux parents pour que Grace puisse partir l'esprit en paix.

C'était un premier pas capital.

Ce fut en revenant avec sa fille que Grace aborda le sujet. Elle la mit au courant de sa conversation avec Christine, de la réponse de son amie, de la semaine d'essai qu'elle allait passer chez les Osborne.

Sérieuse et attentive, Kathy écouta avant de répondre :

— Puisqu'il n'y a pas moyen de faire autrement...

Grace avait espéré une réaction plus enthousiaste, mais elle se rassura en se disant que tout irait pour le mieux quand Kathy se sentirait en confiance avec les Osborne. Et Christine serait sans doute aussi adorable comme mère que comme amie.

Le matin tant attendu arriva.

Kathy descendit de sa chambre, sa valise à la main. Elle portait un sweat-shirt rouge vif informe et un jean déchiré aux genoux.

— Kathy Cameron ! s'exclama sa mère, indignée. A quoi rime cette tenue ?

— Ben quoi ! s'exclama la fillette. C'est comme ça que je m'habille pour sortir avec Cindy et les copains.

— Justement, ça n'est pas chez Cindy que tu vas. Mais chez Christine et George. Alors tu remontes te changer et tu mets ton uniforme. Corsage, jupe et chaussettes.

— Oui, chef, répliqua Kathy, comme chaque fois qu'on la forçait à faire quelque chose qui ne lui plaisait pas.

— Dépêche-toi, chérie, supplia Grace. George va arriver d'un instant à l'autre.

— Oui, chef.

Quelques minutes plus tard, Kathy redescendait l'escalier.

— Ça au moins, ça ressemble à quelque chose, dit Grace. Je veux que tu sois présentable.

— Oui, chef. Bien, chef.

— Et arrête de me parler comme ça.

— Oui, chef.

Au bord des larmes, Grace supplia :

— Kathy... s'il te plaît... tu trouves que les choses ne sont pas assez difficiles comme ça ?

Mère et fille s'entre-regardèrent avant de tomber dans les bras l'une de l'autre. Ce fut le klaxon de George qui les sépara. Kathy souleva sa valise et, suivie de Grace, se dirigea vers la porte d'entrée.

George chargea les bagages dans le coffre. La fillette s'assit sur la banquette puis boucla sa ceinture de sécurité. Pendant que le véhicule regagnait la rue en marche arrière, Grace resta debout souriante sur le seuil, faisant au revoir de la main. Mais dès que la voiture eut tourné le coin, elle ne retint plus ses larmes.

Quand elle rentra, la maison lui sembla vide et immense. Tous les matins, lorsque Kathy partait à l'école, elle avait le même sentiment, mais jamais à ce point. Même lorsque la fillette dormait chez Cindy.

Seul point positif : si Grace avait eu pareille réaction, c'était que tout allait bien marcher. Elle reprit confiance. Kathy allait trouver un foyer, une famille, de nouveaux parents. Bref, un nid.

Mais cette constatation ne réussit qu'à rendre le vide encore plus palpable.

Décidant de lutter contre ses larmes et sa dépression, Grace se rendit au magasin. D'ordinaire, elle n'ouvrait pas le samedi. Mais elle ne pouvait pas rester seule dans cette maison un instant de plus.

Le samedi fut interminable pour Grace Cameron. Résolue à rentrer le plus tard possible, elle fit tout son travail du lundi et attaqua même celui du mardi. Elle en aurait fait bien davantage si elle avait pu. Tout sauf cette horrible solitude. Mais les cartes qu'elle avait commandées pour les invitations au mariage Lindstrom n'avaient pas été livrées. Elle fut donc contrainte de s'arrêter, faute de munitions.

Le soir, elle ferma la boutique et décida d'aller dîner au salon de thé pour ne pas être obligée de faire la cuisine pour une seule personne.

Cela lui permettrait également de ne rentrer que pour prendre un bon bain et se mettre au lit. Quant au lendemain dimanche, ç'allait être une journée insupportable. Elle s'y était déjà résignée.

Histoire de se mettre du baume au cœur, elle tenta de se persuader que la séparation mère/fille faisait partie du traitement. Que les journées comme ce dimanche à venir étaient un début dans le processus. Pour Kathy, une séparation lente et douce était infiniment préférable au traumatisme brutal et violent qu'elle avait subi lors de la mort soudaine de son père.

Oui, se dit Grace en une tentative désespérée d'autopersuasion, c'était la meilleure façon de procéder. De longues journées de solitude nous aideront toutes les deux, Kathy et moi.

Le sommeil ne fut pas difficile à trouver. Quant à la qualité du repos, cela fut une autre affaire. Tourmentée par des cauchemars innombrables dans lesquels Kip revenait constamment, Grace ne cessa de s'agiter dans son lit. Au beau milieu de l'ultime mauvais rêve, elle se réveilla brutalement, en nage. Kip la poursuivait. Elle avait beau emprunter les ruelles les plus obscures et les plus tortueuses, elle le sentait toujours sur ses talons. Tournant un coin, elle s'aperçut qu'elle s'était engouffrée dans une impasse. Elle se précipita vers le fond, Kip lui emboîtant le pas. Acculée, elle fut obligée de pivoter pour lui faire face. Sans un mot, il la foudroya d'un regard accusateur. D'un ton suppliant, elle tenta de lui expliquer :

— Il le fallait... lui trouver une famille... Kip chéri, je t'en prie, crois-moi. Je n'avais pas le choix... J'étais obligée. Tout sauf l'oncle Harry... tout...

Toujours sans un mot, Kip pivota à son tour et s'éloigna dans la ruelle sombre, la laissant aux prises avec sa solitude et sa mauvaise conscience.

Soulagée d'avoir échappé au cauchemar, Grace n'en parvint pas pour autant à se débarrasser du sentiment de culpabilité qui la rongeait.

Après avoir mis le café et le lait à chauffer, elle alla jusqu'à la porte d'entrée prendre les journaux du dimanche et regagna la cuisine. Tout en prenant son petit déjeuner, elle tenta de se focaliser sur les nouvelles. Sans résultat. Rien de ce qui avait pu se passer — que ce fût à l'échelon local, national ou international — n'avait la moindre importance. Seul son problème lui semblait brûlant. Elle décida de s'habiller pour aller faire une promenade. Une longue promenade.

Pantalon ample, chemisier en lainage, chaussures plates, elle fut prête en un clin d'œil. Prenant son parka dans le placard de l'entrée, elle vérifia qu'elle avait bien ses clés, de l'argent et sa carte de crédit — pour qu'on puisse l'identifier, le cas échéant. De nos jours, on ne sait pas ce qui peut se passer quand on met le pied dehors.

Ainsi harnachée, elle se dirigea vers la porte, l'ouvrit et sursauta en voyant Kathy sur le seuil, valise à la main.

— Kathy... mais qu'est-ce que tu fabriques ici ?

Sans répondre, la fillette entra et monta l'escalier, suivie par sa mère qui ne cessait de lui demander :

— Kathy... Qu'est-ce qui s'est passé ? Kathy ! Kathy, parle-moi !

Arrivée en haut, la fillette gagna sa chambre, jeta sa valise sur son lit et se mit en devoir de la vider. Il fallut que Grace la saisisse par les deux bras et l'oblige à lui faire face pour que Kathy se décide à sortir de son mutisme.

Clairement, lentement, elle énonça d'un ton glacial :

— Je ne suis pas une pauvre enfant.

— Mais qui a dit que tu l'étais ?

La fillette continua de ranger ses affaires.

— Kathy ! Qu'est-ce qui s'est passé ? Ils n'ont pas été gentils ? Ils ne t'ont pas bien traitée ?

— Trop bien.

— Mais qu'est-ce que ça veut dire ? s'énerva Grace. (Comme sa fille refusait toujours de répondre, elle se mit à lui parler tout doucement :) Kathy, ma chérie, s'il te plaît. C'est très important pour moi. Tu sais pourquoi. Nous ne savons pas combien de temps il nous reste.

Se précipitant dans les bras de sa mère, la petite craqua.

— Ce n'est pas de leur faute... pas de la faute de Tante Christine. Elle a fait tout ce qu'elle pouvait... et George aussi. J'étais à peine arrivée que Tante Christine avait déjà toute une liste de prête. De trucs à faire. Elle avait même acheté des disques compacts. Du hard rock. Du heavy metal. Il y avait une télé toute neuve dans ma chambre. Mais ils m'ont dit que si j'avais pas envie de regarder la télé, on irait au cinéma, ou qu'ils m'emmèneraient au restaurant. Il était même pas onze heures quand ils m'ont demandé si je voulais mon déjeuner. Ils ne savaient que faire pour me faire plaisir.

— Ils essayaient, ma grande, ils essayaient. Après tout, ils n'ont jamais eu d'enfant. Ils ne pouvaient pas savoir, hasarda Grace.

— Je sais, répondit la fillette. Mais j'avais l'impression d'être... comme une obligation. Je ne veux pas être une obligation. Je ne veux pas que les gens se plient en quatre pour moi. Je veux... je préfère rester seule.

— Que leur as-tu dit quand tu es partie ?

— Rien du tout.

— Même quand George t'a raccompagnée ?

— Il ne m'a pas raccompagnée. J'ai pris le bus.

— Christine t'a laissée prendre le bus ? dit Grace, incrédule.

— Ils ne savaient pas que je partais.

— Parce que tu es partie sans leur dire un mot ? Ah, je comprends pourquoi tu es revenue si tôt. Ils n'étaient pas levés quand tu les as quittés, c'est ça ?

La fillette fit oui de la tête.

— Oh, Kathy, Kathy, pourquoi agir comme ça ? Des gens qui ne demandaient qu'à être gentils avec toi...

— Je veux pas qu'on ait pitié de moi.

— Mais personne n'a pitié de toi.

— Si, George.

— Il te l'a dit ?

— Non, pas à moi.

— Dans ce cas, comment le sais-tu ? s'enquit Grace qui commençait à perdre patience.

La petite hésita un instant avant de répondre :

— Tu connais leur maison, ils ont l'air conditionné. Et ben, ma chambre... enfin la chambre où je devais coucher... est à côté de la leur. Alors je les ai entendus parler. Pas fort, mais j'ai reconnu leurs voix. Au bout d'un certain temps, j'ai compris que ça venait des gaines de la climatisation. Alors, je me suis mise debout sur le lit et j'ai tendu l'oreille.

— Et puis ?

— J'ai entendu ce qu'ils disaient. George a dit qu'il avait fait de son mieux. Qu'il avait essayé. Et Tante Christine : « Tu t'en es mieux sorti que la dernière fois. » Je ne sais pas ce qu'ils voulaient dire par là. Alors, George a continué : « Cette fois-ci, je vais faire un effort. Ça me fait mal au cœur pour cette gamine. Pauvre enfant. »

S'arrachant aux bras de sa mère, Kathy répéta avec force :

— Je ne veux pas qu'on ait pitié de moi.

— Kathy chérie, ma Kathy... Je suis sûre que George ne voulait pas dire ça.

— Il l'a dit. Je l'ai entendu. « Ça me fait mal au cœur pour cette gamine. Pauvre enfant. »

— C'était juste... une façon de parler, improvisa Grace, bien embarrassée.

— Ils ne voulaient pas *vraiment* de moi. S'ils m'ont prise, c'est seulement par pitié. Alors je me suis levée de bonne heure et je suis rentrée. C'est tout.

— Sans rien leur dire.

— Je leur ai laissé un mot. J'ai dit que j'avais oublié d'apporter mes devoirs et qu'il fallait que je rentre à cause de ça. C'était un mensonge, mais je ne voulais pas leur faire de la peine.

— D'accord. Mais tu es une grande fille, tu vas

prendre le téléphone et appeler Tante Christine pour t'excuser.

— Non ! Il faut vraiment que je fasse ça ?

— C'est exactement ce qu'une grande fille ferait dans ces cas-là.

Après mûre réflexion et non sans réticence, Kathy alla au téléphone dans la chambre de sa mère, chercha le numéro dans son répertoire et le composa.

— Tante Christine ? C'est Kathy. Excuse-moi d'être partie comme ça... sans prévenir. Mais... mais je... il fallait que... je...

Incapable de continuer, elle fondit en larmes. Grace prit le combiné.

— Chris ? Désolée, mais elle avait l'impression que ça n'allait pas marcher. Vous avez été formidables, George et toi. Mais elle... elle avait le cafard. Il va lui falloir quelque temps pour s'habituer à l'idée.

— Mais nous comprenons parfaitement, Grace. Inutile de te faire du souci pour ça. Tout le monde avait de bonnes intentions, mais ça n'a pas marché, c'est tout.

Tout en raccrochant, Grace se dit que Christine semblait soulagée que tout se soit terminé ainsi.

Mais le problème n'était pas résolu pour autant.

Et si Kathy ne trouvait pas de famille d'accueil où elle se sente vraiment désirée ? Et s'il y avait autre chose ?

— Kathy..., chuchota Grace en mettant un genou à terre pour que son visage soit à la hauteur de celui de sa fille. (Elle lui fit signe d'approcher. Quand elles furent face à face, Grace reprit :) Kathy, ma chérie... Est-ce qu'il t'arrive de penser... au fond de toi-même... tu sais, à des choses que tu ne dis à personne, pas même à moi... Penses-tu parfois que si nous ne te trouvons pas de famille, ça me forcera à rester en vie plus longtemps ?

Au lieu de répondre, la petite essaya d'éviter le regard de sa mère.

— Kathy ?

— Non... je... je n'ai jamais pensé à ça.

— Eh bien, tant mieux. Parce que ça ne changerait

strictement rien. Il me reste de moins en moins de temps, quoi que nous fassions et pensions l'une et l'autre. Alors, promets-moi une chose.

— Oui. Quoi ? fit la fillette, réticente.

— Que si nous trouvons une famille, tu feras le maximum. Tu essaieras vraiment de les aimer, de t'entendre avec eux...

— Et eux, alors ? demanda Kathy. Ils voudront de moi ?

— Bien sûr, qu'ils voudront de toi, chérie, se hâta de répondre Grace, bien sûr. Maintenant, promets-moi.

— Bon, d'accord..., grommela la petite.

— Bravo, fit Grace, serrant sa fille dans ses bras. (Mais au dernier moment, avant de la relâcher, elle ne put s'empêcher d'ajouter :) S'il te plaît, chérie, ne t'imagine pas que je t'en voudrais si... si tu aimes quelqu'un d'autre. Je t'en supplie. Il ne me reste pas beaucoup de forces... et pas beaucoup de temps.

— Oui, Maman, chuchota Kathy en embrassant la joue baignée de larmes de sa mère.

Il était un peu plus de minuit. Angoissée à l'idée d'avoir mis sa fille dans une situation aussi intenable, Grace sortit du lit et se glissa dans la chambre de Kathy, espérant la trouver endormie. La petite était allongée sur le dos, les yeux grands ouverts, le regard dans le vide.

— Excuse-moi, chérie, je ne voulais pas te dire des choses comme ça...

— T'inquiète pas, Maman, je te promets que j'essaierai.

30

Une fois Grace repartie dans sa chambre, Kathy resta éveillée à fixer le plafond. Après avoir d'abord tenté de se convaincre que sa mère n'était pas aussi malade qu'elle en avait l'air, elle eut ensuite peur du contraire. Maman faisait semblant. Elle jouait la comédie. Elle souffrait énormément. Elle était très mal.

Et puis, les résultats du test d'ADN ne mentaient pas. La dernière fois, Spence avait essayé d'embellir la situation mais Kathy, qui n'avait pas perdu une miette de ses explications lors des visites précédentes, savait que lorsque la charge virale avoisinait les cinq cent mille et que le taux de lymphocytes T4 tombait au-dessous de 200, l'ennemi gagnait la bataille.

Jusqu'au sourire de Scotty qui semblait moins optimiste et encourageant. Oh, bien sûr, il souriait, Kathy le voyait bien. Mais malgré cela, son regard était beaucoup moins convaincant que quelques mois auparavant.

Et moi, je suis un poids supplémentaire pour Maman, se dit Kathy. Pourtant, j'essaie de faire de mon mieux. Mais je ne sais pas comment me débrouiller, avec cette histoire de famille adoptive. Je ne sais pas quoi faire. Je ne sais même pas quels mots employer. Jamais je ne pourrai appeler une autre femme « Maman ». Personne ne remplacera Maman. Et quand je dirai « Tante » et « Oncle », ça ne sonnera pas juste non plus. Parce que ce ne sera pas vrai.

Il doit bien y avoir un moyen de s'en sortir, mais je ne le connais pas. Et après tout, peut-être que c'est Maman qui a raison. Peut-être que c'est moi qui y mets de la mauvaise volonté. Je ne peux pas la laisser mourir. Pourtant, je ne veux pas la voir souffrir, ou cacher sa douleur. Mais je ne veux pas qu'elle meure. Je ne le veux pas. Non, non, non !

Pourtant, je sais que c'est ce qui va se produire. Ça me crève le cœur rien que d'y penser. Et moi alors... qu'est-ce que je vais devenir dans tout ça ? Qu'est-ce que je vais devenir ?

Et si je recommençais tout à zéro ? Si je reprenais tous les membres de la famille un par un, et que je leur offrais une nouvelle chance ? Qu'est-ce que ça donnerait ? D'abord, il y a Oncle Harry et Leeza. Oncle Harry a beaucoup appelé ces derniers temps. J'ai pas l'impression qu'il en a fait autant quand Papa est mort. Ni même après. C'est seulement quand Maman est tombée malade qu'il a commencé à téléphoner. Plus elle est malade, plus il appelle. Comme s'il attendait. Non, je n'aime pas Oncle Harry. Même si c'est mon oncle, je n'ai pas l'intention de passer le reste de mes jours à l'appeler « Tonton ».

Et puis il y a Tante Hortense et Tante Louise, les sœurs de Papa. La première n'a pas voulu de moi, et c'est moi qui n'ai pas voulu de la seconde. Il y a aussi le frère de Papa dont personne ne veut parler. J'ai pas l'impression que je l'aimerais. Edward. Je ne le reconnaîtrais même pas si je le rencontrais. Et la cousine de Maman. Elle la connaît à peine. Moi encore moins.

En fait, notre famille n'est pas très soudée, ce n'est pas ce qu'on peut appeler une vraie famille.

Avec les amis de Maman, ça n'a pas très bien collé non plus. Est-ce que c'était de ma faute ? Je n'ai pas l'impression. J'ai fait de mon mieux. Surtout avec Christine et George. Je les aimais bien, jusqu'au moment où j'ai entendu ce qu'ils disaient dans mon dos. Je suis sûre que Maman ne voudrait pas que je passe le reste de mes jours chez des gens qui m'ont recueillie par pitié.

Pourtant... Il faut bien que les enfants atterrissent quelque part quand ils n'ont plus de foyer. Il y a sûrement beaucoup d'enfants dans mon cas qui doivent s'intégrer dans une nouvelle famille parce qu'ils n'ont pas le choix. Qu'est-ce qui se passe si personne ne veut d'eux ?

J'ai lu des livres sur les orphelinats. Ça existe encore, ces trucs-là ? On y envoie toujours des enfants ? Qui ne peuvent rien dire ? C'est pas juste. On pourrait au moins leur demander leur avis, avant de les fourrer dans ces établissements. A propos, les enfants, ils peuvent emporter toutes leurs affaires ? Ou seulement une partie ? Moi, j'aimerais bien tout garder. Les photos de Papa et moi. Et celles où je suis avec Maman. Surtout l'album que Maman m'a offert pour mes treize ans. Je veux garder toutes mes affaires. Est-ce qu'on m'y autorisera ?

Ou bien alors, est-ce qu'on dit aux enfants : « Prenez juste ça, ça, ça et suivez-nous » ? Et après, est-ce qu'on leur choisit une famille et qu'on leur dit : « Désormais vous allez habiter là. Voici vos nouveaux parents » ? Et si l'enfant, lui, il les aime pas, ses parents adoptifs ? Est-ce qu'il peut le dire ? Est-ce qu'il peut demander à en changer ?

Et si... Ils n'arrêtent pas d'en parler à la télé... Il y a des gens qui adoptent des enfants, et qui les maltraitent après. Quelquefois même, ils les tuent. Qu'est-ce qu'un enfant peut faire quand il est coincé dans une situation pareille ?

Moi, je m'enfuirais, décida Kathy. Oui, je m'enfuirais.

Mais la réalité revint au galop. Où ? Pour aller où ? Chez qui ?

Je trouverai bien, se rassura-t-elle. C'est ça. Je prendrai mes jambes à mon cou.

Ce fut en rêvant de fuite qu'elle sombra dans le sommeil — qui était la plus belle de toutes les fuites.

Le lendemain matin, Kathy Cameron, qui s'était éveillée plus tôt que d'habitude, resta un long moment à la porte de la chambre de sa mère. Une fois certaine que celle-ci dormait encore, elle descendit sans faire de bruit jusqu'à la cuisine. Sortant l'annuaire du placard, elle l'ouvrit aux pages jaunes à la section A : Acoustique, Acupuncteurs, Administration publique... Adoption : organisations diverses.

Elle examina la liste. Il y avait toutes sortes de rubriques : consultations psychologiques, services de placement pour les enfants de mères célibataires, organisations confessionnelles, services pour les couples désirant adopter un enfant.

La fillette choisit un organisme dans cette dernière rubrique, en nota l'adresse et le numéro de téléphone sur le bloc-notes et arracha la feuille qu'elle plia soigneusement en quatre avant de la glisser dans la poche du pull qu'elle allait mettre aujourd'hui.

Cela fait, elle vaqua à ses occupations habituelles : petit déjeuner, préparation de son cartable — livres et cahiers —, le tout silencieusement. Pour que sa maman puisse dormir aussi longtemps qu'elle le voudrait.

Elle allait sortir lorsqu'elle entendit un bruit inhabituel. Laissant tomber son cartable, elle remonta l'escalier quatre à quatre et se dirigea vers la salle de bains de sa mère. A genoux devant les toilettes, Grace vomissait de façon incoercible.

— Maman ! s'écria Kathy, qui se précipita pour prendre sa mère dans ses bras. Ça va aller, Maman. Je suis là.

Une fois la crise passée, la fillette raccompagna sa mère dans sa chambre, la mit au lit, ajouta une couverture.

— Kathy, l'école ! Va à l'école ! ordonna Grace.

— Non ! Je reste ici, avec toi.

— Kathy ! Tu ne peux pas manquer l'école chaque fois que je vomis !
— Ça... ça t'arrive souvent ?
— Souvent ou pas, ça m'arrive, fit la mère, qui se garda bien de dire la vérité. Maintenant, file ! Je vais très bien, Kathy ! Tu vas rater le bus.
— Tu resteras au lit si je m'en vais ?
— Oui, je resterai couchée, promit Grace.

Quelques minutes à peine après le départ de sa fille, Grace Cameron s'extirpa du lit. Plutôt secouée, elle parvint néanmoins à prendre un bain et s'habiller. Elle avait deux commandes à livrer aujourd'hui. Pas le temps de flâner au chaud.

Cet incident ne fit que renforcer Kathy dans sa détermination. A la pause de midi, elle quitta l'école et prit le bus pour se rendre à l'adresse qu'elle avait notée. Si tout se passait bien, elle obtiendrait ses renseignements et serait de retour à l'école à l'heure. Même si son absence au réfectoire et à l'étude était remarquée, elle assisterait aux cours de l'après-midi et sa mère ne saurait jamais rien de son escapade.

Le trajet lui sembla interminable. Le bus s'arrêtait à chaque coin de rue. De plus, le chauffeur, qui était du genre bavard, saluait tous les usagers qu'il connaissait, plaisantait et bavardait avec tout le monde. Ce qui, du point de vue de Kathy, n'avait strictement aucun intérêt. A plusieurs reprises, elle dut faire un effort pour ne pas lui lancer : « Dites donc, monsieur, je n'ai pas beaucoup de temps ! Alors, plus vite, s'il vous plaît. »

Lorsque le bus arriva enfin à Center Avenue, elle descendit. Après avoir consulté son bout de papier, elle trouva ce qu'elle cherchait : un bâtiment ancien d'un style révolu. Un rescapé d'une autre époque.

L'agence se trouvait au second étage. Elle monta. La

porte d'entrée vitrée s'ornait d'une inscription en lettres dorées. Jetant un coup d'œil à l'intérieur, elle aperçut plusieurs bureaux — avec leur bibliothèque attenante — occupés chacun par une femme. Plusieurs de ces hôtesses étaient en conversation avec des visiteurs. Rien que des adultes. Et si on ne demandait pas leur avis aux enfants ? Peut-être qu'elle n'avait pas choisi le bon endroit.

Pas question de s'être déplacée pour rien. Persuadée que son plan était bon, elle décida de le mettre en œuvre. Deux bureaux seulement étaient libres. Kathy étudia soigneusement les deux hôtesses pour voir celle qui avait l'air le plus aimable.

Ouvrant complètement la porte cette fois-ci, elle se dirigea vers le bureau qu'elle avait choisi. Penchée sur son ordinateur, l'employée tapait furieusement. Jusqu'au moment où elle se rendit compte de la présence de Kathy à côté d'elle.

— Oui ? demanda l'hôtesse sèchement.

Lisant le nom sur la plaque, la fillette répondit :

— Mrs. Hannaford ?

— De quoi s'agit-il ? fit la femme, agacée.

— Mrs. Hannaford, j'ai besoin d'un renseignement.

Faisant pivoter son siège vers Kathy, l'employée l'examina un instant.

— Un renseignement ? A quel propos ?

— Je voudrais savoir quelles sont les chances...

— Les chances de quoi ? continua Mrs. Hannaford aussi intriguée qu'irritée.

— Il s'agit d'une fille... une camarade d'école à moi. Elle a treize ans... mais c'est une fille intelligente. A l'école, elle n'a que des bonnes notes. Et elle est très bien... élevée. Je me demandais... si elle avait des chances de trouver une famille adoptive.

L'hôtesse avait suffisamment d'expérience pour ne pas être dupe de ces explications.

— Asseyez-vous. Votre nom, mademoiselle ?

— Kathy Cameron, répondit la fillette après un instant

d'hésitation. Mais je ne peux pas vous donner le nom de mon amie. Elle sait même pas que je suis venue ici.

— Bien sûr, fit Mrs. Hannaford, jouant le jeu jusqu'au bout. Expliquez-moi exactement ce que vous voulez savoir.

— Voilà. Mon amie va sûrement me demander mon avis. Nous sommes très liées. Elle me raconte tout. Moi aussi, je lui dis tout. Alors, quand elle m'en demandera, je veux être en mesure de lui donner de bons conseils. Quelles sont ses chances de trouver une famille adoptive ? Et est-ce qu'elle pourra donner son avis ? C'est très important pour elle.

— Bien sûr. Je comprends. Mais qu'est-ce qui vous fait croire qu'elle va devoir être adoptée ?

— Eh bien... Sa mère a le sida. Et un de ces jours... eh bien, il va falloir que mon amie prenne une décision. C'est pour ça que je voulais savoir si des filles de treize ans étaient adoptables. S'il y avait des amateurs. Parce que, je sais pas moi, les gens les trouvent peut-être trop vieilles pour les prendre.

« Bref, est-ce que vous en voyez, des gens qui viennent en quête d'une fille intelligente de cet âge ? Ça existe ? Je veux dire : des gens sympas. Des couples gentils.

Plutôt que de donner une réponse décourageante, Pam Hannaford demanda :

— Votre amie... il n'y a personne dans sa famille qui veut se charger d'elle ?

— C'est que... ils ne sont pas nombreux dans cette famille. Les uns ne veulent pas d'elle. Et les autres, c'est elle qui n'en veut pas. Alors elle s'est dit... qu'il faudrait peut-être qu'elle se mette à chercher de son côté.

— Je vois, fit Pam Hannaford. Vous comprenez, la famille a la priorité en matière d'adoption.

— Alors mon amie n'aura pas son mot à dire ?

— Un juge compréhensif prendrait l'avis de... votre amie en compte, fit l'hôtesse d'un ton rassurant.

— Bon, je lui dirai. Une dernière question. Est-ce qu'il

y a beaucoup de gens qui vous posent ce genre de questions ?

— Pas exactement, répondit Pam Hannaford. Ce qui se passe le plus souvent, c'est que nous recevons des gens qui désirent par-dessus tout avoir un enfant. Quelqu'un à aimer, et qui les aime. Certains ne veulent que des petits bébés d'une semaine ou deux. D'autres préfèrent qu'on leur confie des enfants plus âgés. D'autres encore sont tellement motivés et impatients que ça leur est égal. Aussi je crois qu'une ravissante petite blonde de treize ans n'aurait aucune difficulté à trouver une famille adoptive.

A la description que Pam Hannaford venait de faire, Kathy comprit qu'elle n'avait pas été dupe un seul instant. Elle baissa le nez sur ses mains qui tremblaient, puis finalement, relevant la tête, riva ses yeux dans ceux — remplis de compassion — de l'hôtesse.

— C'est vrai ? Des gens qui voudraient vraiment d'elle ? Qui ne la prendraient pas seulement par pitié ?

— Kathy, les gens qui viennent nous trouver ont un authentique désir d'enfant. Ils ne demandent qu'à le dorloter et le chérir. La pitié n'a rien à voir dans leur démarche.

— Comment ça fonctionne ?

— « Comment ça fonctionne » ? répéta Pam Hannaford, surprise.

— Oui, comment ça se passe, l'adoption ? L'enfant peut choisir ?

— Ah, je comprends. En général, nous préférons réunir les deux parties. L'enfant et ses parents adoptifs. Nous les laissons passer du temps ensemble, et nous renouvelons l'expérience de façon à leur permettre de faire connaissance. Comme ça, ils se rendent compte si le courant passe. S'ils ont des atomes crochus.

— Et si l'enfant n'a pas de sympathie particulière pour ses nouveaux parents, il peut le dire ?

— Bien sûr. Pour qu'un foyer soit heureux, il faut que tous ses membres le soient.

Après un long moment de réflexion, Kathy conclut sobrement :

— Donc, c'est possible.

— Oui, Kathy, c'est possible. Ne sois pas trop pessimiste. Je suis sûre que tu trouveras quelqu'un. Et si tu ne trouves personne dans ta famille, tu n'auras qu'à revenir me voir.

— Merci. Merci beaucoup, Mrs. Hannaford. Il faut que je retourne à l'école. Ça va être l'heure.

— Bonne idée. Et transmets mes amitiés à ta maman. Dis-lui que j'espère qu'elle va vivre encore longtemps, et en bonne santé !

— Ah, non, ça, c'est impossible. Je veux pas qu'elle sache que je suis venue ici.

— Je comprends. Ça sera un secret entre nous, promit Pam Hannaford.

PATIENT : Cameron Grace

ÂGE : 35

SEXE : F

DIAGNOSTIC : SIDA

MÉDECIN TRAITANT : Dr R. MacClune

DATE	LYMPHO-CYTEST	CHARGE VIRALE	POIDS
21/9	280	14 000	57,6
10/12	310	10 000	57,1
12/2	220	30 000	56,2
14/5	180	110 000	53,5
17/8	120	350 000	49,4
14/11	90	740 000	45,8

31

Cela faisait plus d'un an que Grace Cameron se savait atteinte du sida. Les changements de saison lui semblaient maintenant plus difficiles à supporter, l'été plus chaud, le vent plus froid. L'arrivée du printemps et de l'automne ne la touchait plus. Les vacances, par contre, étaient devenues précieuses, bien que moins gaies. Grace et Kathy avaient de plus en plus tendance à les passer ensemble, car les invitations des amis et de la famille avaient comme un vague air de faire-part.

Les visites mensuelles chez le Dr Spence faisaient désormais partie intégrante de leur vie. Car pour Grace Cameron, plus que par le chaud ou le froid, la pluie ou la neige, les changements de saison étaient marqués tous les trois mois par les résultats des recherches d'ADN. Chaque compte rendu était une confirmation de l'avance inexorable du virus dans cette guerre biologique.

Aujourd'hui, assise dans le cabinet du Dr Spence avec Kathy, elle sentait tout particulièrement le poids de ce moment angoissant. Comme d'habitude, Spence l'avait méticuleusement examinée. Et, comme d'habitude, il n'avait pas desserré les dents. Mais dès qu'il les avait fait entrer, elles avaient compris.

— Grace, jusqu'à maintenant, vous vous en êtes plutôt bien tirée. Malgré votre état, vous avez mené une vie pratiquement normale. Mais étant donné les derniers résultats — lymphocytes T à 90 et charge virale de sept cent quarante mille —, je vous conseillerais de lâcher un peu de lest et de mettre la pédale douce. Vous ne pouvez pas continuer à travailler à plein temps.

— Bien sûr que si !

— Je ne suis pas expert en la matière, pourtant j'imagine que depuis un moment déjà vous avez de plus en plus de mal à fournir un travail de qualité.

Spence ayant touché là un point sensible, Grace eut l'honnêteté de répondre — malgré ses réticences — par un imperceptible hochement de tête, ce qui confirma le diagnostic posé par le spécialiste.

— Je suggère donc que vous abandonniez *Tour de main.*

— Mais il faut bien que...

— Non, Grace, rien ne vous y oblige. J'ai eu une conversation avec Scotty. Il est d'accord pour compenser votre manque à gagner. Il y a d'ailleurs d'autres solutions à exploiter. Etant donné votre situation de famille, le fait que vous êtes veuve et soutien de famille, l'Etat prend en charge vos frais médicaux.

— Je ne veux rien devoir à quiconque, pas même à l'Etat ! s'insurgea-t-elle.

— Pas même à un membre de votre famille qui s'est proposé pour tout prendre à son compte ? interrogea Spence.

— L'oncle Harry ? Comment pourrait-il savoir que c'est vous qui me suivez ?

— Pas bien difficile, répondit Spence. Nous sommes peu nombreux dans ma spécialité en ville. Il lui a suffi de donner des coups de fil à droite et à gauche. Lorsqu'il a eu ma secrétaire en ligne, il vous a tout bêtement demandée. Comme elle ne se doutait de rien, elle a répondu que vous veniez effectivement aujourd'hui. Dans un second temps, il m'a téléphoné et m'a fait une offre vous concernant, que je viens de vous retransmettre. C'est un homme compréhensif et généreux. Mais que se passe-t-il ? Vous semblez contrariée. Me serais-je trompé ?

— Pas du tout, répondit Grace. Je n'en attendais pas moins d'Oncle Harry. Mais sa proposition ne résout pas mon problème pour autant. Pas question de fermer la boutique. J'ai l'intention de travailler aussi longtemps que possible.

— A vous de décider, Grace. Scotty et moi ne pouvons que vous faire part de notre avis, conclut le médecin. Pour le reste, prenez vos médicaments et venez me voir chaque mois. Si quelque chose d'inhabituel se produit, appelez-moi tout de suite, vous m'entendez ? Tout de suite.

Sans tenir aucun compte du conseil de Spence et pour répliquer immédiatement à l'oncle Harry, Grace déposa Kathy à la maison puis retourna au magasin où elle se remit au travail.

En peu de temps, la fatigue et une contracture à l'index la contraignirent à s'arrêter. Elle éteignit, ferma la boutique et partit.

Sur le chemin du retour, elle éprouva soudain une étrange sensation. Alors qu'elle tendait la jambe pour appuyer sur l'accélérateur, elle eut l'impression de ne plus sentir son pied. Elle réussit néanmoins à accélérer, mais ne sentit pas la résistance de la pédale comme d'habitude. Elle tenta de se rappeler. Spence l'avait-il mise en garde contre ce genre de symptômes ? Il l'avait informée de tant de choses, pendant ces six derniers mois... Un mot l'avait frappée au milieu de la masse de données qu'il lui avait communiquées. Neuro... neuro quelque chose.

Est-ce qu'en plus je perdrais la tête ? s'interrogea-t-elle. Ou bien aurais-je par hasard une tumeur au cerveau en prime ? A moins que ce ne soit une nouvelle manifestation des troubles de la mémoire qui ont permis de diagnostiquer cette saloperie de maladie ? Nom d'un chien, je vais le retrouver, ce mot...

C'est ce qu'elle essaya de faire pendant tout le trajet de retour. En vain.

Quand elle passa du garage dans la maison, elle fut accueillie par une bonne odeur de cuisine. Réconfortante. Familière. Elle trouva sa fille devant la cuisinière, tenant d'une main une fiche toute froissée et de l'autre une fourchette avec laquelle elle retournait ce qu'elle préparait dans un poêlon. Grace reconnut immédiatement l'odeur de la sauce car Kathy avait trop mis de bouillon de volaille dans la casserole. Elle avança avec néanmoins un large sourire aux lèvres.

— Dis-moi, chérie, ça sent bougrement bon, lança-t-elle d'un ton joyeux tout en jetant un rapide coup d'œil pour vérifier que tout se passait bien.

A son grand soulagement, c'était le cas. Il s'agissait bien des deux blancs de poulet qu'elle avait prévus pour le dîner. Et s'ils étaient trop assaisonnés, Kathy avait mis assez de bouillon pour les empêcher de brûler. Certaines des fiches de cuisine étaient usées jusqu'à la corde et difficiles à lire, ce qui expliquait que Kathy se fût trompée dans les quantités.

Grace eut le plus grand mal à manger — résultat de son état physique et du conseil déprimant du Dr Spence. L'intervention de Harry auprès du médecin constituait une source d'inquiétude supplémentaire. Car il n'était pas question un seul instant qu'elle ou sa fille acceptent le moindre coup de main de l'oncle Harry. Mais ce qui angoissait Grace par-dessus tout, c'était le fait que si Kathy n'avait toujours pas de famille d'accueil au moment crucial, Harry n'aurait aucun mal à faire valoir ses prétentions par le simple jeu des procédures juridiques. Grace était intimement persuadée qu'avec sa forte personnalité et ses talents de comédien, Harry parviendrait aisément à convaincre de sa bonne foi et de ses bonnes intentions un bataillon de juges et de travailleurs sociaux.

C'était aussi pourquoi elle était déterminée — quel que puisse être son état de santé — à se battre bec et ongles pour empêcher que Kathy ne tombe entre les mains de ce tyran. Pas question de le laisser faire avec sa fille ce qu'il n'avait réussi à faire ni avec son propre fils ni avec Kip.

Ce dernier n'avait jamais pu lui pardonner la mort tragique de son jeune cousin. Grace se sentait liée à son époux par la promesse faite.

Mais quelle autre solution adopter...

L'idée ne cessa de la hanter alors qu'elle rinçait la vaisselle. Sur son ordre, Kathy était partie terminer sa rédaction. Cela avait provoqué de vives réticences de la part de la petite qui aurait préféré remettre la cuisine en ordre elle-même, histoire de montrer qu'elle n'avait pas les deux pieds dans le même sabot. Mais Grace l'avait renvoyée à ses études avec un « Allez, mademoiselle ! Au boulot ! ».

Avant d'obtempérer, Kathy avait demandé :

— Tu l'as trouvé comment, mon poulet ? Pas aussi bon que le tien, hein ?

— Ma chérie, on dirait que tu ne m'as pas vue dévorer ! C'était délicieux.

— Oui, mais... Tu dis pas ça pour me faire plaisir ?

— C'était extra, je t'assure, génial, s'était extasiée Grace.

— Comme ça, d'accord, avait fait Kathy en se dirigeant vers l'escalier.

Grace ne put s'empêcher de remarquer que sa fille prenait de plus en plus d'initiatives et avait adopté le comportement d'une jeune fille plus âgée, alors qu'elle aurait sûrement conservé l'insouciance de ses treize ans si elle n'avait pas été préoccupée par l'état de santé de sa mère. Lequel n'allait certes pas s'arranger.

Après avoir mis en marche le lave-vaisselle, Grace éteignit dans la cuisine et prit la direction du petit bureau de son mari. Elle en atteignait la porte lorsque le mot technique qui lui avait échappé lui revint soudain en mémoire : *neuropathie*.

Spence en avait parlé une fois, expliquant qu'il s'agissait d'une affection du système nerveux périphérique très courante chez les malades du sida à un certain stade de la maladie.

Il devait faire allusion aux stades ultimes de la maladie, se dit Grace.

Elle s'assit dans son fauteuil à bascule recouvert de cretonne et entreprit de se pincer les jambes. Celles-ci répondirent normalement. Enlevant ses pantoufles, elle se pinça également la plante des pieds. Réaction normale. L'épisode dans la voiture n'avait sans doute aucune signification particulière.

Je vais bien, très bien ! se répéta-t-elle pour se convaincre.

Parfaitement maîtresse d'elle-même, elle s'efforça de dresser une sorte de bilan.

De quels biens disposait-elle ? Quelles étaient ses obligations ? Comment faire pour que Kathy ne manque de rien après sa disparition ?

Il y avait la boutique. Si elle mettait le fonds en vente, elle trouverait peut-être un acquéreur. Le matériel et l'équipement léger dont elle disposait n'étaient pas complètement dénués de valeur, mais c'était surtout la réputation qu'elle avait réussi à donner à *Tour de main* qui en avait. Quelqu'un de sérieux et de compétent pourrait gagner correctement sa vie en reprenant le fonds.

Il y avait la maison, qui rapporterait au moins trente mille dollars une fois les emprunts remboursés. Avec la vente du magasin, le tout pourrait se monter à cinquante mille dollars.

Cinquante mille dollars... ce serait à peine suffisant pour couvrir les frais médicaux et les dépenses d'hôpital lorsque le moment viendrait.

Certes elle pouvait compter sur les promesses qu'on lui avait faites. Scotty tiendrait parole. Carter et Hortense aussi. Mais tout cela ne pèserait pas lourd face aux arguments que Harry ferait valoir devant le juge.

Non seulement il n'avait pas de problèmes financiers, mais il désirait adopter l'enfant qui, en outre, était sa petite-nièce, redoutable combinaison contre laquelle personne ne pouvait rien.

Malgré tout, Grace était sûre d'une chose : elle allait vivre et tenir physiquement le coup aussi longtemps qu'il le faudrait, jusqu'à ce qu'elle ait trouvé un foyer, une famille pour Kathy.

Forte de cette idée, elle se glissa dans la salle de bains où elle s'examina, à la recherche des plaques violacées qui — Spence le lui avait signalé — apparaissaient dans les derniers stades de la maladie. Dans le miroir au-dessus de la vasque, elle examina son buste sur toutes les coutures. Ne pouvant pas voir le bas de son corps, elle décida de procéder à un examen complet devant la grande glace de sa chambre une fois que Kathy dormirait.

Comme la fillette ne venait pas lui souhaiter bonne nuit, Grace se rendit dans sa chambre et la trouva endormie à son bureau. Sur sa rédaction, probablement. En se penchant pour lui chuchoter un mot gentil à l'oreille afin de ne pas la réveiller brutalement, Grace vit à quoi Kathy avait travaillé. Pas à sa rédaction.

Elle s'était endormie sur le graphique où elle notait régulièrement l'évolution de la maladie de sa mère. La courbe des lymphocytes T ne cessait de baisser, contrairement à celle du virus qui montait en flèche. Les deux courbes s'étaient d'ailleurs croisées et celle des virus atteignait presque le haut de la feuille.

Bien que tentée de s'emparer de la feuille et de la cacher, Grace se ravisa et préféra faire celle qui n'avait rien vu pour ne pas perturber sa fille davantage. A pas de loup, elle sortit de la chambre et retourna dans le couloir d'où elle appela :

— Kathy ! Kathy ! C'est l'heure de se mettre au lit !

Comme la gamine ne réagissait pas, Grace monta d'un ton.

— Kathy ! Au lit ! Tu finiras demain !

La première chose que la fillette vit en se réveillant fut le graphique. Le dissimulant à la hâte, elle le glissa dans son livre de maths avant de se déshabiller.

Grace regagna sa chambre en s'efforçant de garder son calme. Mais une fois dans sa petite salle de bains, elle restitua tout ce qu'elle s'était forcée à avaler au dîner.

Assise sur les carreaux froids et essayant de reprendre son souffle, elle tenta d'attribuer ces nausées à l'assaisonnement du poulet. Sans néanmoins parvenir à être dupe.

Elle venait d'avoir une preuve irréfutable de l'exactitude implacable du graphique de sa fille. La sempiternelle question revint alors la tarauder : « Combien de temps... combien de temps me reste-t-il ? » Et avec elle son corollaire : « Que va devenir Kathy ? »

Elle prit la décision de mettre le fonds en vente. Il fallait absolument qu'elle constitue un capital pour Kathy.

32

FERMÉ
Merci de votre fidélité

Grace s'était appliquée pour rédiger le message car, ces derniers temps, à son grand dam, elle avait perdu une bonne partie de sa dextérité coutumière ; et sa calligraphie était loin d'être aussi élégante.

Mettant son projet à exécution, elle avait fait passer une annonce dans le journal sept jours sur sept pendant trois semaines.

Il y avait eu quelques réponses de retraités ou de quinquagénaires et de sexagénaires qui venaient de se faire licencier et cherchaient à exercer une nouvelle activité. Mais personne n'étant capable de reprendre un commerce aussi pointu, la plupart des demandes de renseignements s'étaient conclues par un « merci » poli et un regard de compassion.

Se rendant compte en fin de troisième semaine qu'elle ne parviendrait pas à vendre son affaire, Grace fut contrainte de résilier son bail. Elle eut néanmoins de la chance dans son malheur, car son propriétaire renonça à lui demander l'indemnité à laquelle il pouvait prétendre.

« Je me félicite de vous avoir eue pour locataire, Mrs. Cameron. Vous ne m'avez jamais causé le moindre problème. Aussi ne vous inquiétez pas pour moi. Occupez-vous plutôt de votre santé. Soignez-vous bien et... bonne chance ! » Ses yeux pleins de larmes démentaient le ton optimiste de ses propos.

Verrouillant la porte pour la dernière fois, elle entendit le téléphone sonner à l'intérieur mais ne se donna pas la peine de rentrer. Son répondeur se chargerait de prendre le message et lui éviterait la fatigue d'explications supplémentaires.

C'était la première fois qu'elle avait apposé une pancarte sur laquelle on pouvait lire autre chose que « Fermé, de retour à trois heures » ou « De retour à cinq heures » comme lorsqu'elle allait chercher Kathy à la danse ou au football avant de retourner à la boutique. Cette pancarte était la *dernière*. Elle réalisa alors qu'elle allait devoir qualifier de cette épithète bon nombre de ses activités.

Décidée à ne pas s'appesantir, elle empocha les clés, monta dans sa vieille voiture et lança le moteur. Elle resta néanmoins un moment au volant à réfléchir.

Après avoir couru comme une dingue pendant trois ans, voilà que tout d'un coup je m'arrête. Je vais avoir du temps maintenant. Le temps de... ne rien faire et... d'attendre.

Bien sûr, il y aura toujours les visites au Dr Spence. Et je continuerai d'aller chercher Kathy tant que je pourrai tenir un volant. Il me reste également à trouver à ma fille un foyer, une famille.

C'est avec cette idée en tête qu'elle s'endormait chaque soir et se réveillait le matin. Elle ne cessait de passer et de repasser en revue ses amis, cherchant un candidat possible. Mais non. Personne ne convenait. Elle envisagea même de recontacter Hortense et Carter avec l'intention, cette fois-ci, de s'adresser directement à ce dernier. Peut-être désirait-il encore un enfant mais n'osait-il pas en parler à Hortense de peur de lui faire de la peine en lui rappelant à quel point elle avait été imprudente ? Mais Grace se ravisa bientôt. Ce qu'il fallait à Kathy, c'était un foyer harmonieux.

Elle démarra, roula doucement et fit un arrêt au supermarché près de chez elle. Le directeur, qui avait l'habitude de la voir passer en coup de vent tôt le matin ou en fin d'après-midi, en fut tout surpris.

— Bonjour, Mrs. Cameron, ravi de vous revoir, lança-t-il avec un large sourire.

Mais Grace ne connaissait que trop bien la signification de ce sourire chaleureux. Ces derniers mois, tout le monde s'adressait ainsi à elle. Mais sourires et paroles cordiales dissimulaient mal le choc que les gens éprouvaient à sa vue.

Je leur cause un sacré coup, constata-t-elle. Maintenant que j'ai mis la clé sous la porte, peut-être que je devrais rester à la maison et faire courses et démarches par téléphone, au lieu de passer mon temps à effrayer mon entourage. Je sais que ces gens ne sont pas animés de mauvaises intentions, qu'ils essaient de se montrer aussi aimables, gentils et encourageants que possible. En fait, le problème, c'est moi. Je devrais avoir le bon goût de ne pas leur imposer ma présence.

Quand elle eut terminé ses courses, un employé insista pour porter ses paquets — pourtant bien légers — jusqu'à sa voiture. Elle voulut lui donner un pourboire, mais se heurta à un refus.

Elle rentra à petite vitesse, se demandant comment elle allait bien pouvoir tuer le temps. Que faire sinon mettre de l'ordre dans ses affaires ? Elle voyait mal ce que cette phrase pouvait signifier. Mais c'était l'expression consacrée employée par tout le monde. On parlait en effet couramment de « mettre ses affaires en ordre » pendant qu'il était encore temps.

Il y avait des choses qu'elle avait décidé de donner à Kathy. Des affaires à elle, ainsi que des objets que Kip lui avait laissés et qui feraient partie de l'héritage de la petite.

C'est donc par là qu'elle commença.

Elle était en train de trier les articles que Kip avait rédigés. Quatre d'entre eux — dont il était très fier — avaient été publiés dans des magazines littéraires. Kathy en serait fière elle aussi, le jour où elle pourrait en comprendre la portée et l'importance. Peut-être que lorsqu'elle serait étudiante à l'université avec des ambitions d'écrivain elle y puiserait inspiration et encouragements.

Dans un tiroir fermé à clé du bureau de Kip se trouvait la lettre que son cousin Justin lui avait écrite. Seule lettre qu'il eût envoyée à un quelconque membre de la famille avant de mettre fin à ses jours.

Grace s'interrogea à ce sujet. Devait-elle la montrer à Kathy ? Sa fille avait le droit d'être mise au courant des affaires de famille, des bons comme des mauvais côtés. Pourtant, pour une raison qu'elle ne s'expliquait pas bien, Grace rechignait à mettre la fillette au courant. C'était comme une intuition.

Ce ne fut que plus tard qu'elle comprit pourquoi elle hésitait. C'était la certitude teintée de résignation que, quoi qu'elle-même fît pour éviter cela, Kathy finirait tout de même par faire partie de la petite famille de l'oncle Harry. Et qu'il ne fallait pas empoisonner l'atmosphère avec cette histoire de lettre. Si Kathy devait passer les six années à venir chez Harry, il était inutile et inopportun d'ajouter encore à son amertume et à sa méfiance à l'égard de son oncle.

Mais c'est peut-être la peur qui me conseille de lui cacher cette missive, finit par se demander Grace. Craindrais-je qu'au moment où Harry mettrait la pression sur ma fille avec ses exigences et ses ambitions démesurées la lettre ne donne des idées à Kathy ?

Elle la mit de côté et continua de trier les papiers personnels de Kip, les empilant en petits tas qu'elle nouait avec du ruban bleu. Elle fit un paquet à part des lettres qu'ils s'étaient écrites. Kip ne cessait de plaisanter à ce propos autrefois, disant que leur correspondance lui rappelait les poèmes qu'Elizabeth Barrett et Robert Browning échangeaient avant leur mariage.

Alors qu'elle était plongée dans ses rangements, le téléphone retentit. Encore Scotty, se dit-elle. A la demande de Spence sans aucun doute, il avait appelé plus souvent les semaines précédentes, lui suggérant d'envisager d'entrer dans un établissement spécialisé où elle recevrait les soins appropriés à son état. Lorsqu'elle rétorquait que Kathy avait besoin d'elle, il répondait invariablement qu'il était tout disposé à l'adopter.

Néanmoins, elle était bien décidée à tenir jusqu'au bout, à s'occuper de sa fille jusqu'au dernier moment. En tout cas, jusqu'au moment où Kathy serait installée dans sa famille d'adoption.

Prête à discuter pied à pied, elle décrocha. Mais au lieu de la voix de Scotty, ce fut une voix apparemment pleine de compassion mais dont elle avait appris à se méfier qui résonna.

— Grace, ma chérie, quel choc ! commença l'oncle Harry. J'appelle la boutique pour savoir comment tu vas, et je tombe sur ton répondeur, lequel m'apprend que tu as cessé toute activité professionnelle. Je suis tombé de haut ! Leeza aussi. On ne s'attendait pas à ça si...

Une fois embarqué dans sa formule, il n'eut d'autre choix que de terminer :

— Si... si tôt. Ton état de santé s'est-il dégradé à ce point-là ?

— J'ai suivi les conseils de mon médecin, répondit sèchement Grace, refusant d'entrer dans les détails.

— Eh bien, je le félicite. Il ne faut pas trop pousser la bête, tu sais. Il est temps que tu dételles. Et n'oublie pas notre proposition ; elle tient toujours. Tu n'as qu'un mot à dire.

— Crois-moi, Oncle Harry, si l'occasion se présente, je ne manquerai pas de faire appel à toi, dit Grace, faisant de son mieux pour paraître sincère. Mais pour l'instant, ça va. On s'en sort très bien.

— Tu n'as pas eu beaucoup de chance pour la vente de ton affaire, ajouta-t-il, histoire de la sonder plus avant.

Elle se garda bien de répondre.

Se rendant compte que s'il insistait il se heurterait à un mur, il fit marche arrière.

— Bien. On reste en contact. Si tu as besoin de quoi que ce soit...

— J'appellerai, promit-elle en guise de conclusion.

— Je compte sur toi.

Malgré le peu de renseignements qu'il lui avait soutirés, Harry était arrivé à certaines conclusions. Le reste n'était plus qu'une question de temps. Qu'est-ce qui la ferait craquer ? Le manque d'argent ? Ou le manque de temps ? De toute façon, Kathy retournerait dans le sein de la famille Cameron. Et ce que Harry avait raté avec son fils, avec Kip, le frère de Kip et ses deux sœurs, il finirait par le réussir avec Kathy. Sur ce plan au moins, Harry Cameron aurait la satisfaction d'avoir gagné.

Même si Grace n'était pas au courant des détails des projets de l'oncle Harry, elle en savait suffisamment pour avoir au creux de l'estomac le nœud annonciateur de nausées. Elle se précipitait vers les toilettes lorsque le téléphone retentit de nouveau.

Qu'il sonne, se dit-elle en atteignant la cuvette juste à temps. Tombant à genoux, elle vomit longuement.

Le téléphone avait cessé de sonner. Elle resta sans bouger un moment avant de s'affaler sur le côté pour reprendre son souffle. Bouche ouverte, elle prit plusieurs profondes inspirations avant de se relever. Elle se rinça la bouche avec de l'eau. Une fois le goût amer disparu, elle retourna s'occuper de sa correspondance avec Kip.

Elle éprouvait quelque difficulté à se concentrer. Le coup de téléphone de Harry l'avait perturbée davantage qu'elle ne l'aurait cru. Tout entière occupée à lui résister, elle n'avait pas capté les intonations subtilement victorieuses de sa voix. Maintenant que le magasin était fermé, c'était Harry qui avait l'avantage : il ne lui restait plus qu'à attendre.

Cette réflexion lui remit en mémoire une possibilité qu'elle avait gardée bien au chaud dans son esprit. Dont elle n'avait parlé à personne. Dont elle était à peine consciente. L'unique et ultime solution. La solution du dernier recours.

Le moment était venu de se rendre à la raison. Après presque un an de recherches et d'hésitations, après les échecs des essais tentés par Kathy, le moment était venu.

Le Dr Spence — et même Scotty — refusait peut-être de lui fixer une date. Mais Grace savait à quoi s'en tenir. Non seulement grâce à ses résultats d'analyses, mais parce qu'elle vivait la vérité au jour le jour. Elle avait une bascule dans sa salle de bains. Elle disposait également d'un miroir. Elle y voyait bien la peau de ses bras et de ses cuisses pendre de plus en plus, ses muscles fondre petit à petit. Il lui arrivait même parfois de ressentir sa maladie jusque dans ses genoux.

Les signes étaient tellement criants qu'elle ne pouvait les ignorer.

Oui, le moment était venu d'utiliser cette unique et ultime possibilité, cette solution du dernier recours.

Demain matin, elle téléphonerait à Hannah. Non, une chose aussi importante ne pouvait pas se régler par téléphone. Il lui faudrait l'avoir en face d'elle, pouvoir la regarder dans les yeux pour observer sa réaction.

Grace s'endormit en répétant : *Elle ne refusera pas, elle ne pourra pas refuser.*

— Bien sûr que nous prendrons Kathy une semaine. Nous la prendrons aussi longtemps que tu voudras, répondit sans hésiter Hannah Persons, qui ajouta : Tu dois retourner quelque temps à l'hôpital ?

— Hannah, reprit Grace. Je ne me suis pas bien fait comprendre. Je ne retourne pas à l'hôpital. Du moins pas encore. Peut-être pas avant des mois.

— Mais tu m'as bien demandé si je pouvais prendre Kathy à la maison plusieurs semaines, non ?

— J'aurais dû préciser : histoire de faire *un essai.* (Pour éviter tout malentendu cette fois, Grace ajouta lentement :) Comme ça, si ça se passe bien, tu pourrais envisager de te charger de Kathy.

— Me charger de Kathy ? répéta doucement Hannah pour être sûre d'avoir bien saisi. Tu veux dire... l'adopter ?

— Pas nécessairement, s'empressa de répondre Grace. J'ai étudié le problème. Bien sûr, vous pourriez l'adopter. Mais si vous deveniez seulement ses tuteurs légaux, ce serait une bonne solution. Tu m'enlèverais un poids énorme de la conscience. Je serais... en paix avec moi-même. Je pourrais...

Au grand soulagement de Hannah, Grace ne prononça pas le mot.

Elles restèrent toutes deux silencieuses un long moment, Grace essayant de lire dans les pensées de Hannah, cette dernière réfléchissant à toute vitesse.

Cindy serait ravie, bien entendu. Une amie, une alliée dans la maison. Mais que deviendraient nos projets ? Voilà longtemps que nous mettons de l'argent de côté pour envoyer Cindy à l'université. Nous avons quelques économies. Et maintenant, tout d'un coup, voilà qu'une seconde fille nous tomberait du ciel. Nous ne pourrions pas la traiter différemment. Tout ce que nous ferions pour Cindy, il faudrait le faire pour Kathy. Les deux petites devraient être logées à la même enseigne. Je ne veux pas être accusée de faire du favoritisme.

Mais Steve ? Il est si maniaque, il ne supporte pas l'imprévu. Il organise les vacances. Il planifie même les week-ends et les invitations. Des mois à l'avance. Les billets d'avion, pour obtenir les tarifs les plus avantageux. Quel choc pour lui !

— Hannah, tu n'es pas obligée de répondre maintenant. Tout ce que je te demande, c'est de réfléchir.

— Oui. Il va nous falloir réfléchir. Et discuter.

33

Stephen Persons était quelqu'un de très organisé. Père et mari exemplaire, il avait des idées précises sur la vie qu'il entendait mener. De chaleureux et ouvert, il pouvait parfaitement devenir l'instant d'après sec et cassant. Cela, dans deux cas de figure bien précis. Lorsque son programme devait — pour une raison ou une autre — être modifié, et lorsqu'il était témoin d'un gaspillage, de quelque nature qu'il fût.

Sa situation de vice-président exerçant les fonctions de directeur administratif et financier dans une entreprise de fabrication d'instruments techniques et scientifiques lui convenait à merveille.

Il était plongé dans des calculs complexes. Comme le gouvernement, les hôpitaux et tous les services de santé poussaient à des économies drastiques, il fallait réduire les coûts. Et c'était lui qui avait été personnellement chargé de cet aspect du problème.

Il avait l'habitude, lorsqu'il était absorbé dans ses réflexions, de mordiller le tuyau de la pipe Dunhill qu'il avait gardée lorsqu'il avait arrêté de fumer six ans auparavant. La Dunhill était un cadeau que son père — maintenant disparu — lui avait fait lorsqu'il avait passé son diplôme d'expert-comptable et il y tenait beaucoup.

Pipe au bec, plongé dans l'étude de son organigramme, Steve n'était pas d'humeur à se laisser déranger lorsque Hannah s'encadra dans la porte du petit bureau-bibliothèque qui était devenu une véritable annexe de son bureau au travail. En pivotant pour entrer des données dans son ordinateur, il prit conscience de la présence de son épouse. Croyant deviner la raison de l'interruption, il commença :

— D'accord, d'accord, un quart d'heure, une demi-heure au maximum et on part. Nous ne serons pas en retard. Ou si peu. De toute façon, ce ne sera pas le premier tournoi de bridge qui commencera en retard.

— Ce soir, on n'y va pas, Steve.

— Pourquoi ?

— Il faut que nous parlions.

— De quoi ? demanda-t-il, surpris par le ton grave de sa femme et abandonnant complètement son ordinateur. Cindy ? Des problèmes au lycée ? Ah, les enfants ! Qu'est-ce qui s'est encore passé ?

— Ce n'est pas de Cindy qu'il s'agit, mais de Grace.

— Elle est donc retournée à l'hôpital, supposa-t-il. Tu sais, Hanny, il m'arrive de penser à elle, de temps en temps. Et de me dire qu'avec tous les contacts que nous avons dans la société avec des hôpitaux, docteurs et autres, je pourrais peut-être me tuyauter et lui dénicher un bon spécialiste. A New York ou San Francisco. Dans un endroit où il y a beaucoup de cas de sida.

— Steve, ça n'a rien à voir avec le traitement de Grace, coupa Hannah.

— De quoi s'agit-il, alors ?

D'une voix aussi neutre que possible, Hannah lui résuma son entretien avec Grace et la requête de cette dernière.

Steve écouta attentivement et resta longtemps silencieux. Prête à s'avouer vaincue, Hannah allait dire « Rien ne nous y oblige » lorsque Steve reprit la parole :

— Prendre Kathy... à l'essai.

— En quelque sorte.

— Puis, si l'essai est concluant... Lourde décision, Hanny, lourde décision.

— C'est pour ça que Grace a pensé qu'il vaudrait mieux faire une période d'essai au préalable. Qu'en dis-tu ?

Steve qui avait la réputation de réagir vite se montrait cette fois particulièrement circonspect.

— Qu'en dis-tu, toi ? C'est quand même toi qui aurais le plus de travail dans l'histoire.

— Kathy est adorable et bien élevée. Nous le savons, puisqu'elle est venue passer une bonne douzaine de nuits chez nous. Elle ne nous posera aucun problème.

— Une nuit par-ci par-là, ça n'a rien à voir avec un séjour permanent, objecta Steve avec le sens pratique qui le caractérisait. Grace est-elle absolument certaine qu'il n'y a personne dans sa famille ou dans celle de Kip qui pourrait se charger de sa fille ?

— Crois-tu qu'elle se serait adressée à nous si elle n'avait pas épuisé les autres possibilités ?

Steve, qui avait abandonné sa pipe, se remit à la mâchouiller en silence, puis il reprit :

— Tu es sûre que le travail et la tension supplémentaires ne te poseront pas de problèmes ? Tu sais, les enfants, ça tombe malade. Tu as l'expérience des nuits gâchées par les dérangements intestinaux et les bronchites.

— J'en fais mon affaire.

— J'ai bien l'impression que tu as déjà pris ta décision.

— En effet. Quand je pense à Kathy, une fillette si pleine de qualités qui commence par perdre son père et va maintenant perdre sa mère, je me sens obligée d'accepter. Il m'est impossible de la laisser partir n'importe où. Tu sais, un enfant de treize ans, ça n'est pas facile à adopter. De plus, lui imposer encore un bouleversement aussi important, ce serait trop cruel. Je ne m'amuserais pas à faire ça à un étranger, alors encore moins à une enfant que je connais bien.

Répugnant à prendre une décision, Steve mordilla sa pipe.

— Je vais y réfléchir, conclut-il.

Le lendemain matin, il se leva de bonne heure, partit tôt, laissant un mot sur le bloc de la cuisine : « Rendez-vous à l'usine à une heure. » C'était bref, presque brutal, donc surprenant. Mais Hannah s'exécuta. Elle avait déjà déjeuné plusieurs fois avec Steve au restaurant des cadres.

Mais cette fois, il l'emmena dans un petit restaurant proche de la société. Ce fut un verre de vin à la main qu'il fit part à son épouse de ses conclusions.

— Chérie, j'ai bien réfléchi. En fait, je n'ai pratiquement pas fermé l'œil. Je me suis demandé plusieurs fois ce qui se serait passé si, au lieu de Cindy, nous avions eu des jumeaux. Eh bien, je crois que nous nous en serions très bien sortis.

— Bien sûr, opina Hannah.

— Par ailleurs, je me suis également dit que si on avait eu Kathy dès le début, on aurait vécu en conséquence. On se serait adaptés. Seulement tel n'est pas le cas. Quels vont être mes sentiments à son égard ? Cette gamine est formidable et je l'aime beaucoup. Mais il n'en reste pas moins que ce n'est pas ma fille. Alors est-ce que je réussirai à l'aimer autant que Cindy ?

Profondément troublé, il ne prenait pas le problème à la légère.

— Veux-tu dire que ta réponse est non ?

— Pas exactement. Tu as parlé d'un essai. De quelques semaines. D'accord. Ça me convient. A une condition : que l'essai vaille pour nous comme pour elle.

— Comment ça ? s'étonna Hannah.

— Il faut que chacune des deux parties voie si l'autre

lui convient. Si l'essai n'est pas concluant pour moi, je dois pouvoir y mettre fin.

— C'est là le cœur du problème. Est-ce qu'on va réussir à s'entendre tous les quatre ?

— Si nous sommes d'accord là-dessus..., conclut Steve. Et maintenant, on déjeune ?

— Pourquoi faut-il que je parte ? demanda Kathy pour la troisième fois.

— Chérie, je te l'ai déjà dit... ce n'est qu'un essai.

— Mais pourquoi ? J'ai couché chez Cindy au moins cinquante fois. On s'entend super bien, toutes les deux. C'est ma meilleure amie. On n'a pas besoin d'essai.

— Kathy ! fit sa mère d'un ton sec. La question est de savoir si *tout le monde* va bien s'entendre. Tu sais, c'est long, trois semaines. Mais si ça marche, il nous restera à décider si c'est là-bas que tu iras vivre quand...

L'impossibilité de Grace à prononcer le mot fatidique n'échappa pas à sa fille.

— J'y vais pas, déclara Kathy d'un ton décidé.

— Tu dois y aller ! ordonna sa mère. Nous sommes tous d'accord.

— Qui ça, tous ?

— Hannah, Steve et moi.

— Mais pas moi ! s'exclama Kathy.

— Kathy chérie, commença Grace tendrement, combien de fois m'as-tu demandé : « Et moi, qu'est-ce que je vais devenir ? » Tu n'as pas oublié quand même.

— C'était pas pareil. C'était avant, répondit la fillette d'une voix douce elle aussi.

— Avant quoi ?

— Oh, Maman... Maman...

Elle se jeta dans les bras de sa mère qui, tout en lui caressant les cheveux, murmura :

— Avant que je ne me sente si mal ? C'est ça, chérie ?

Elles se serraient si fort qu'elles pouvaient sentir battre leurs cœurs.

— Suppose que tu soies vraiment malade, reprit Kathy. Mais vraiment. Pas comme les nuits où tu te lèves pour aller vomir aux toilettes. Je veux dire malade comme un chien. Tu auras besoin de quelqu'un auprès de toi, et il n'y aura plus personne.

Se dégageant doucement, Grace regarda sa fille dans les yeux.

— Kathy... Si tu as peur de ne pas être là quand je mourrai...

— Je n'ai pas dit ça, protesta la petite dont le regard indiquait cependant le contraire.

— Kathy... Je ne suis pas malade à ce point. Le Dr Spence l'a dit la dernière fois qu'on est allées le voir. Tu te rappelles ? Il a dit qu'il y aurait un signe. Que les tests d'ADN nous diraient à quoi nous en tenir. Alors, tu peux passer trois semaines chez les Persons sans avoir peur.

— Quand Papa est parti, il a dit qu'il reviendrait, lui aussi. Mais il n'est pas revenu, chuchota Kathy, qui n'avait pas oublié.

— C'était différent, chérie. Là, tu pourras me téléphoner tous les jours. Mais une fois par jour, seulement. Pour t'assurer que je vais bien. Le reste du temps, tu le passeras avec eux, d'accord ?

Longue pause pensive.

— D'accord, concéda enfin Kathy.

— Bon, alors on fait tes bagages ! lança Grace, ravie de passer à l'action.

Alors qu'elles triaient les vêtements de Kathy — tenues pour l'école, pour le week-end, pour le foot, chaussons de danse, tenues de répétition, tenues pour la pluie, Grace n'en continua pas moins de donner des instructions à sa fille.

— N'oublie pas de leur proposer un coup de main pour débarrasser la table et faire la vaisselle.

— Cindy ne le fait jamais, fit remarquer la petite.

— Tu n'es pas obligée de l'imiter.

— Bon, d'accord, concéda Kathy avec l'attitude à la

fois indulgente et condescendante des teen-agers à l'égard de leurs parents et des adultes en général.

— Et n'oublie pas, Steve rapporte beaucoup de travail à la maison. Il n'aime pas être dérangé.

— Oui, chef, fit Kathy, histoire de marquer son agacement.

— Si je te dis tout ça, c'est pour que tu ne gaffes pas ! s'énerva Grace dont la patience commençait à s'épuiser à mesure qu'elle sentait croître ses propres doutes.

Tous ses espoirs reposaient en effet sur ce séjour chez les Persons. C'était son dernier recours. S'il se soldait par un échec, Kathy tomberait entre les griffes de l'oncle Harry ou passerait sous la tutelle de l'Etat — qui la confierait à des étrangers.

Consciente des motivations maternelles, Kathy continua de faire ses valises en silence. C'était à sa mère qu'il revenait maintenant de prendre l'initiative d'une trêve entre elles.

— Kathy... tu sais, nous ne roulons pas sur l'or. Ton père ne s'est jamais beaucoup préoccupé de cet aspect des choses et *Tour de main* suffisait tout juste à nous faire vivre. Je ne te laisserai donc pas une fortune. La seule chose que je puisse faire pour toi, c'est m'assurer que tu trouves un foyer que tu aimes et où l'on t'aime. Je n'aurai l'esprit tranquille que lorsque ce problème sera réglé. Car alors j'aurai le sentiment d'avoir fait mon devoir envers toi. Tu me comprends ?

— Oui, Maman, je te comprends. Ne t'en fais pas. Je ferai attention. Tout ira bien. C'est promis.

Une fois la valise bouclée, Kathy la descendit au rez-de-chaussée, ses chaussures de football attachées par les lacets jetées sur l'épaule.

Pendant le trajet jusque chez les Persons, le silence ne fut rompu que par les ultimes recommandations de Grace.

A l'arrivée, Kathy serra sa mère dans ses bras, l'embrassa et lui glissa à l'oreille :

— Je t'aime, Maman. Et quand je reviendrai, promets-moi que tu seras là. Promets-le-moi.

— Je serai là, ma chérie.

Ses chaussures de foot toujours sur l'épaule, sa lourde valise à la main, Kathy Cameron s'engagea dans l'allée. Parvenue devant la porte, elle sonna et se retourna vers Grace qui lui fit au revoir de la main.

Grace savait qu'il fallait qu'elle parte sur-le-champ, mais elle en fut incapable et attendit que Hannah vienne ouvrir à Kathy. Hannah et Kathy agitèrent toutes les deux la main pour saluer Grace, et la porte se referma.

Grace pouvait rentrer. Elle pleura pendant tout le trajet.

34

Kathy était installée chez les Persons depuis quatre jours. Steve, qui était un lève-tôt, s'était réveillé encore plus tôt ces derniers temps. Ce jour-là, en descendant, il remarqua que la lumière était allumée dans la cuisine et sentit l'odeur du café. Lorsqu'il entra, il trouva Hannah à table et buvant sa première tasse.

— Que se passe-t-il, chérie ? Des insomnies ?

— Je réfléchis.

— Tu réfléchis ? A quoi ?

— A... A toi.

— Moi ? Mais je vais bien ! lança-t-il en se versant une tasse.

— Je n'arrête pas de me demander comment ça se passe.

— Comment *quoi* se passe ? questionna-t-il, irrité.

— Chut. Doucement. Elle peut nous entendre, chuchota Hannah.

— D'accord, d'accord, fit-il d'une voix anormalement basse. Si tu me disais ce qui te tracasse ?

— Ça, justement.

— Pour l'amour de Dieu, Hanny, si tu parlais autrement que par énigmes ?

— Il se passe qu'on est en train de chuchoter comme des conspirateurs. Normalement, on devrait parler comme deux adultes, à haute voix.

Prenant place en face d'elle, Steve reconnut :

— Parce que tu crois que je ne m'en suis pas rendu compte ? J'ai l'impression de marcher sur des œufs, de devoir tourner ma langue sept fois dans ma bouche en permanence. Parfois, c'est bien simple, j'ai l'impression de ne plus être moi-même. C'est comme si j'essayais d'être parfait.

— C'est pareil pour moi, avoua-t-elle. Et je m'en veux de t'avoir entraîné dans cette galère. Ça aurait fait de la peine à Grace, mais j'aurais dû lui dire non.

— Tu n'aurais pas pu. Pas toi, Han. Je te connais.

— Alors, ça ne te dérange pas que la petite soit là ? Pas trop ?

— Ça ne fait que quatre jours... C'est un peu court pour se faire une opinion.

— Merci.

Tendant le bras, il lui prit la main.

— Chérie, quand je pense à tout ça, je me dis : et si...

— Si quoi ? reprit Hannah, intriguée.

— Et si c'était Cindy qui se trouvait dans cette situation ? Qu'attendrions-nous d'une amie comme Grace ? Je me pose la question.

— Alors, c'est que ça ne te tracasse pas trop.

— On a passé un accord. Il s'agit d'un essai. Attendons de voir comment ça marche.

Une fois son mari parti au travail, Hannah monta réveiller les filles, qu'elle trouva en plein conciliabule. Il était question d'une de leurs camarades de classe qui avait un faible pour un garçon plus jeune.

Bavardage de gamines, se dit Hannah qui lança :

— Allez, les filles, on se prépare.

Après les avoir envoyées à l'école, elle eut enfin le loisir de s'asseoir pour déguster sa seconde tasse de café en paix.

Sa conversation avec son mari l'avait considérablement

soulagée. Elle le connaissait bien, son Steve, et ces quatre derniers jours, il n'avait pas été lui-même. Etait-ce à cause des changements importants qui se préparaient à l'usine ? Ou de l'arrivée de Kathy dans la maison ?

Une nuit, ça n'était pas pareil. Le surlendemain, il n'y paraissait plus. Et surtout, on *savait* que le séjour allait être court. Ça obligeait simplement toute la maisonnée à se tenir à carreau pendant quarante-huit heures.

Que se passerait-il avec quelqu'un de l'extérieur dans la maison ? Même avec quelqu'un comme Kathy, que tout le monde connaissait bien ? Mais tôt ou tard un incident parfaitement banal ne manquerait pas de provoquer l'une de ces crises familiales qui se traduisent par des hurlements, des pleurs et des claquements de portes. La famille, c'est la famille ; et les autres, s'ils ne sont pas vraiment des étrangers, n'en restent pas moins extérieurs à elle. Ils n'ont pas à être témoins des plus infimes détails de la vie quotidienne de ceux qui les reçoivent.

Hannah se consola en se disant que malgré ses appréhensions Steve avait pris les choses du bon côté. Tant mieux. C'était toujours ça.

Personnellement, Hannah Persons pensait pouvoir s'adapter. Faire la cuisine pour trois ou pour quatre revenait strictement au même. C'était la même chose pour le linge et les autres détails de la vie domestique. Comme Cindy jouait aussi au football, aller chercher les deux filles ne posait aucun problème. Pour la danse, Cindy résolut le problème toute seule en décidant de s'y mettre également. Kathy pouvait donc avoir une bonne influence sur Cindy.

Les changements apportés au train-train familial étant somme toute mineurs, ils n'empêchaient pas Hannah d'assurer les quatre cours de soutien qu'elle donnait dans le cadre de l'opération « Tous pour un », opération destinée à aider les enfants en difficulté scolaire.

Du moment que Steve s'accommodait de la situation, Hannah s'estimait non seulement satisfaite, mais soulagée. Elle allait beaucoup mieux dormir cette nuit-là.

Elle rinçait sa tasse avant de la placer dans le lave-vaisselle quand le téléphone sonna.

— Grace, c'est toi ?

— Oui, Han, fit cette dernière, commençant à s'excuser. Désolée. Je sais que tu dois partir donner ton cours mais je n'ai pas pu résister.

— Tout se passe à merveille. Impeccable, comme diraient les filles.

— Tu ne dis pas ça pour me rassurer ?

— Non, je t'assure. Ça ne pourrait pas mieux se passer.

— Très bien, dit Grace. Excuse-moi de t'appeler tous les matins, mais tu sais...

— Grace, ma grande, inutile de me faire un dessin. Continue d'appeler aussi souvent que ça te plaira. Je t'assure que ça ne me dérange pas.

— Je finirai bien par m'habituer. Simplement j'ai besoin d'un peu de temps, promit Grace.

— T'habituer ? J'en doute, Grace. Une mère, ça ne s'habitue pas aussi facilement aux séparations. Enfin, dors sur tes deux oreilles ; pour le moment, tout marche comme sur des roulettes. Ecoute, pourquoi ne viendrais-tu pas dîner avec nous demain ou après-demain afin de te rendre compte par toi-même ?

Grace laissa passer quelques instants avant de donner sa réponse.

— Non, j'aime mieux pas. Non. Merci quand même.

— Je t'assure que tu ne nous dérangerais pas, insista Hannah. Ou si tu préfères, on peut dîner dehors.

— Non, Han, merci. Je ne sais pas comment je suis capable de réagir. Dîner avec vous et puis... repartir toute seule. Je ne pourrais pas le supporter. Ne changeons rien à ce que nous avions convenu et remercions le Seigneur que tout marche bien.

— Comme tu voudras, Grace. Comme tu voudras.

— Tout ce que je demande, c'est que Kathy m'appelle tous les soirs.

Grace Cameron raccrocha, brûlant du désir de revoir sa fille qu'elle n'avait pas vue depuis quatre jours, les quatre jours les plus longs de son existence.

La raison qu'elle avait fournie à Hannah pour refuser son invitation n'était vraie qu'en partie. La vérité, c'était qu'elle n'avait rien pu avaler ces derniers jours. A peine avait-elle fini de grignoter qu'elle vomissait. A la maison, elle avait réussi à cacher ça à Kathy. Mais si elle mangeait dehors il lui faudrait sans doute infliger ce triste spectacle à son entourage et ça, c'était hors de question.

Avec l'intuition particulière des grands malades, elle sentait qu'elle allait de plus en plus mal. A ce propos, elle avait déjà trouvé des prétextes pour empêcher Kathy de l'accompagner chez le Dr Spence lors de sa prochaine visite, où elle prendrait connaissance des derniers résultats de son test d'ADN.

Elle avait pour elle le reste de la journée. Pour lutter contre sa tendance à rester calfeutrée afin d'éviter les regards gênants et gênés des passants, elle se força à mettre le nez dehors. Elle avait déjà commencé à retourner dans des endroits que Kip et elle avaient aimés au début de leur histoire.

Montant dans sa voiture, elle se rendit à l'université et se gara à côté de leur banc préféré. Elle fit une promenade le long du bâtiment de littérature, où Kip avait son bureau, et eut même envie d'entrer, histoire de voir qui était encore là. Mais elle n'osa pas. Quelqu'un qui l'avait connue voilà plusieurs années aurait un choc en la rencontrant. Ou, pire, ne la reconnaîtrait pas.

Elle monta en haut de la falaise, là où Kip lui avait demandé sa main, se rendit également à l'endroit où ils avaient fait l'amour dans la voiture.

Le besoin de revivre le passé était si fort qu'elle comprit que Kathy l'éprouverait de son côté. Un jour elle éprouverait le besoin d'évoquer des souvenirs même banals.

Des souvenirs qu'elle garderait en mémoire toute sa vie et raconterait à ses enfants.

La dernière fois qu'elles étaient allées au restaurant chinois. Le dernier Thanksgiving passé ensemble. Ou bien, si Grace ne tenait pas jusque-là, le dernier beau jour d'automne où elles s'étaient promenées. Ou, si la fin était encore plus proche, la dernière fête nationale.

Il faut que je lui laisse de bons souvenirs. Il le faut, se dit Grace.

Comme il lui restait encore du temps avant cinq heures — il fallait qu'elle soit à la maison à cinq heures —, elle passa devant *Tour de main*. La boutique était toujours fermée. Le panneau toujours sur la porte. Manifestement, le propriétaire n'avait pas trouvé de locataire. Grace s'arrêta, descendit de voiture et regarda par la fenêtre. Tout était resté impeccable. Juste un petit peu de poussière autour des porte-plume et des divers instruments qu'elle avait laissés pour le cas où quelqu'un prendrait le relais.

Remontant en voiture, elle oublia de boucler sa ceinture. Quand un bip intempestif de rappel se mit à sonner, elle fut tentée de ne pas en tenir compte. Que pouvait-il lui arriver de pire que ce qui se préparait ? Elle finit néanmoins par s'attacher.

Il lui restait encore plus d'une heure avant de rentrer. Elle conduisit alors sans but, la vitre ouverte pour que l'air frais l'empêche d'avoir des nausées. Bizarrement, elle apprécia cet après-midi printanier. Sans même s'en rendre compte, elle se retrouva dans la rue où se situait la résidence des Sloane et décida d'aller voir si la propriété avait trouvé preneur.

Elle s'aperçut en approchant de l'extrémité de l'impasse que le panneau « A vendre », si discret qu'il eût été, avait disparu. La maison avait donc été vendue. Victoria Sloane avait tranché les derniers liens avec une vie remplie de souvenirs amers. Si elle avait eu des souvenirs agréables en tout cas, elle n'en avait jamais parlé à Grace.

Presque quatre heures. Elle préférait être en avance plutôt qu'en retard.

Les jours précédents, lorsque Kathy était rentrée du football ou de la danse, le téléphone de Grace avait sonné. Le mot tant espéré avait résonné à ses oreilles : « Maman ? »

Son désir d'entendre ce mot croissait à mesure que passaient les jours. Et aujourd'hui, il était plus vif que jamais. Elle serait au téléphone, à piaffer d'impatience, attendant le coup de fil de cinq heures de Kathy.

A cinq heures moins huit, la sonnerie retentit. Grace décrocha vivement.

— Kathy ?

Au lieu de la voix enfantine, elle reconnut celle de l'oncle Harry, toujours aussi sonore et dégoulinante de bons sentiments.

— Grace, ma chère petite, tu vas bien ?

Elle faillit hurler : « *Raccroche, bon Dieu ! J'attends un appel de Kathy !* »

Au lieu de quoi, elle répondit poliment :

— Bien, Oncle Harry, très bien.

Bon, maintenant, raccroche.

— Alors comme ça, la petite n'est pas à la maison, enchaîna Harry dans le but évident d'apprendre où elle se trouvait. A cinq heures, pas étonnant que tu te fasses du souci.

— Je ne me fais pas de souci, contra Grace.

Raccroche, vieille charogne.

— J'aurais pourtant juré que tu avais un ton soucieux. Mais si tu dis que tu n'es pas inquiète, tout est pour le mieux.

Cette fois-ci, Grace fut incapable de se retenir :

— Oncle Harry, que les choses soient claires : je vais bien, et Kathy aussi ; mais j'ai un besoin urgent de la ligne. J'attends justement un coup de fil de Kathy.

— Très bien, puisque tu le prends comme ça, je ne veux pas m'imposer. Et excuse-moi !

Il raccrocha. Grace se demanda si elle avait eu raison

de lui tenir tête. Mais maintenant, peu importait. Il n'y avait qu'une chose qui comptait pour elle.

Dans les secondes qui suivirent, la sonnerie retentit de nouveau. Cette fois-ci, elle entendit le mot tant attendu.

— Maman ?

— Oui, chérie.

— Comment vas-tu ?

— Bien, très bien, improvisa Grace.

Mais elle ne pouvait plus mentir à sa fille qui était réceptive aux moindres nuances de la voix maternelle.

— Alors, poussin, comment ça s'est passé, aujourd'hui ? s'empressa de demander Grace pour éviter de plus amples développements.

— Comme d'habitude. Interro de maths. Interro de sciences. Interro de socio.

— Tu t'en es sortie comment ?

— Pas mal... je crois. En sciences et en maths.

— Et en socio ? insista Grace.

— Moins bien, reconnut la petite. Tu sais, s'ils arrêtaient de nous bassiner avec leurs histoires genre « Les hommes sont faits pour s'entendre » et qu'ils nous fichaient un peu la paix, ça serait pas plus mal.

— Ça suffit, mademoiselle. Pas d'excuses, d'accord ? Tant que tu as cette matière à l'examen, tu travailles et tu décroches de bonnes notes. Point.

— Oui, chef ! répondit Kathy avant d'éclater de rire. Maman, t'en fais pas pour moi. Ça va très bien. Impec.

— C'est vrai, ce mensonge ?

— Mais oui, Maman, on s'était mises d'accord, non ? Ce coup de fil, c'est notre coup de fil. J'ai le téléphone pour moi toute seule, je ferme la porte. Alors on peut parler sans que personne nous écoute.

— Bon. Dis-moi, comment ça va là-bas ? chuchota Grace, comme s'il s'agissait d'un complot.

— Tout le monde est génial, Cindy, Tante Hannah et même Mr. Persons. D'abord, je l'ai trouvé un peu stressé. Il était soit trop gentil, soit gêné. Comme s'il savait pas comment se comporter avec moi. Alors, je l'ai bien observé, et j'ai remarqué qu'il avait l'air gêné même quand il parlait avec Tante Hannah. J'ai l'impression qu'il rumine sans arrêt des trucs vachement sérieux. L'autre soir, il a parlé de licencier des employés. Apparemment, on appelle ça de la restructuration. Et il aime pas ça. Autrement, il est très gentil avec moi. D'après Cindy, il est même plus sympa que d'habitude. Elle est drôlement contente.

— Bon. Ça me fait plaisir d'entendre ça.

Grace faillit lui poser une deuxième question, bien plus importante, celle-là, mais n'en eut pas le courage. Il lui faudrait attendre une, voire deux semaines. Mais un jour ou l'autre — et cela viendrait trop tôt à son gré —, il faudrait pourtant qu'elle se décide à la sonder : « *Kathy... Penses-tu pouvoir vivre chez les Persons pour de bon ?* »

Rassurée, elle se rendit alors compte qu'elle garderait bien Kathy au bout du fil pendant des heures et décida de mettre un terme à la conversation. De son côté Kathy ne semblait pas pressée de raccrocher.

— L'essentiel, c'est que tout aille bien, conclut-elle. Je t'aime. Appelle-moi demain, chérie.

— Demain ? Tu as oublié, Maman ?

— Oublié quoi ?

— Demain nous avons rendez-vous chez le Dr Spence.

Rien à faire, elle y avait pensé.

— Ecoute, chérie, ça va obliger Hannah à t'emmener et ce n'est pas la porte à côté. Pour une fois tu peux peut-être te dispenser de m'accompagner.

— Pas question Maman. Je viens, martela Kathy.

A sa détermination, Grace comprit que rien ne l'empêcherait de venir.

PATIENT : Cameron Grace

ÂGE : 35

SEXE : F

DIAGNOSTIC : SIDA

MÉDECIN TRAITANT : Dr R. MacClune

DATE	LYMPHO-CYTEST	CHARGE VIRALE	POIDS
21/9	280	14 000	57,6
10/12	310	10 000	57,1
12/2	220	30 000	56,2
14/5	180	110 000	53,5
17/8	120	350 000	49,4
14/11	90	740 000	45,8
17/2	50	1 200 000	41,2

35

Le Dr Spence procédait à l'examen médical de routine, et Kathy, assise à quelques mètres, n'en perdait pas une miette.

Chacune des personnes présentes dans la pièce — docteur, malade, enfant — suivait le cours de ses pensées.

Elle est plus tendue que d'habitude, se disait le médecin. Se douterait-elle de quelque chose concernant le compte rendu que j'ai sur mon bureau ? Ou bien cherche-t-elle à dissimuler son chagrin à sa fille ? Elle remarque tout, celle-là. Je n'ai jamais vu une gamine aussi vive. Elle ne rate pas un seul de mes mouvements, aucune de mes réactions ne lui échappe. Cacher ses appréhensions à un patient, c'est déjà difficile ; mais à une fillette intelligente et observatrice... J'ai fait... nous avons tous fait ce que nous avons pu. Effectué les examens les plus pointus. Dans la mesure de nos connaissances qui ne sont que balbutiantes à propos de cette terrible maladie. Elle a parfaitement pris ses médicaments, elle est venue régulièrement me consulter, elle a fait toutes ses analyses.

Mais nous savions depuis le départ comment tout cela finirait, je ne le lui ai jamais caché. Ça devait arriver.

C'était forcé. A sa place d'autres sidéens seraient hospitalisés depuis longtemps.

Prenant la température de Grace, il dit :

— Pas mal.

Elle avait la température correspondant à son état. Pas très élevée, mais annonçant la suite.

— Vous avez eu des problèmes ? demanda-t-il, lui faisant signe de monter sur la bascule.

Alors qu'il faisait glisser le contrepoids sur la barre — 41,2 kilos, une vraie dégringolade depuis les 57,6 kilos du début —, elle répondit à sa question.

— Comme d'habitude. Des diarrhées. Des douleurs. Occasionnelles, se hâta-t-elle d'ajouter à l'intention de Kathy, et supportables.

Docteur, eut-elle envie d'ajouter à voix haute, *arrêtez de me poser des questions. Prenez les choses comme elles viennent et ne me forcez pas à tout déballer devant Kathy. Je prends mon DDI. Ça agit comme ça peut. Et je prends ma rifabutine deux fois par jour, comme vous me l'avez prescrit. Je suppose que ça marche, puisque, à part la pneumocystose, je n'ai encore eu aucune des infections que vous m'avez citées comme pouvant provenir de déficiences immunitaires. Voilà bien longtemps que je ne prends plus de douches suite à votre mise en garde contre les possibilités d'infections liées à l'inhalation de vapeur d'eau. Je lave soigneusement mes légumes. Je les mange cuits de préférence. Je fais bouillir le lait pour mon petit déjeuner. Je fais tout ce que je peux et j'arrive encore à vivre comme ça.*

Le médecin se mit à examiner ses bras, puis ses jambes où il découvrit les premiers signes d'un sarcome de Kaposi. Grace lut la nouvelle dans son regard et dans le raidissement de sa main.

Ça y est. Spence est lui aussi au courant maintenant. Je m'en suis aperçue il y a trois jours. J'espère qu'il ne va rien dire. Pas devant Kathy. J'aimerais tellement qu'elle ne me voie jamais couverte de plaques lie-de-vin. Mais je sais que c'est inévitable.

Spence, qui avait remarqué beaucoup de choses mais

n'avait pour ainsi dire pas soufflé mot, ne desserra pas les dents et continua son examen.

Est-ce que je suis plus lent que d'habitude à cause des derniers résultats d'analyse ? Quand j'ai téléphoné à Scotty pour le mettre au courant, il a eu l'air choqué, bouleversé, même. Son attitude n'est pas celle d'un médecin, il prend ça trop à cœur. Il ne m'a jamais rien dit, mais je ne serais pas étonné que ces deux-là aient été plus que des amis dans le passé. Bon, finissons-en. Inutile de retarder l'échéance.

— Bien, nous allons faire une autre analyse de sang, annonça-t-il, sortant de leur emballage stérile une aiguille et une seringue.

— Encore ? s'étonna Kathy. Mais vous ne faites pas ça tous les trois mois ?

Nom d'une pipe, quel imbécile je fais ! se dit Spence. J'aurais dû me douter que ça lui mettrait la puce à l'oreille. Quand un patient dure aussi longtemps, trois mois, c'est long. Très long. Mais la charge virale, elle, suit une progression géométrique. J'aurais mieux fait de m'abstenir de demander cette analyse. Comme de toute façon je sais maintenant ce qui va se passer...

Il préleva le sang, scella le tube, l'étiqueta et le posa sur sa paillasse.

— Bon, passons maintenant de l'autre côté. J'ai deux ou trois choses à vous dire.

En passant dans le bureau après sa mère et le médecin, Kathy se mit à gamberger.

Il a procédé exactement comme les autres fois, et pourtant, c'était différent. Il est plus gentil. Super-gentil, même. Et il essaie d'avoir l'air cool. Mais ça ne prend pas avec moi. Et cette prise de sang. Pourquoi aujourd'hui ? Et Maman. Elle n'est pas elle-même. On dirait qu'elle se comporte comme quelqu'un qui, s'il se détend, a peur de se casser en deux. Et elle ne m'a jamais touché un mot de ce truc violet sur sa jambe gauche. Quand on se parle au téléphone, elle me dit que ça va bien, que ça va mieux. Mais à sa voix, je sens que ça n'est pas vrai.

Peut-être qu'elle me cache des choses parce que ça va mal. C'est la première fois qu'elle fait ça.

Derrière son bureau, face à la mère et à la fille, Spence se sentit dans la peau d'un juge sur le point de rendre sa sentence. A ceci près qu'il n'avait pas affaire à un criminel mais à une victime. Ça n'était pas la première fois. Ni la dixième. Ni même la cinquantième. Mais chaque fois, son impuissance semblait le narguer. Pour lui, il n'y avait rien de plus frustrant que de devoir dire : « *Nous avons fait tout ce qui était en notre pouvoir.* »

Prenant le compte rendu biologique, il commença :

— Grace, j'ai vos derniers résultats d'ADN. Ils ne sont pas bons.

— Combien, docteur ? coupa Kathy.

— Kathy, je t'en prie, fit sa mère.

— J'ai le droit de savoir, insista la fillette.

Regardant le médecin, Grace lui adressa un signe de tête pour lui donner le feu vert.

— Grace... Kathy... il y a eu une chute sensible des lymphocytes T.

— Combien ? s'enquit Kathy.

— Le taux de T 4 est tombé à 50, répondit Spence.

— La dernière fois, il était de 90, commenta la petite.

— Et la charge virale est montée à un million deux cent mille.

— Oh, non, fit Grace d'une voix brisée.

— La dernière fois, elle était de sept cent quarante mille, fit remarquer Kathy.

— Oui, reprit Spence. Le temps passe... La première fois que vous êtes venue me voir, il y a un an et demi, votre première question a été : « Docteur, j'en ai pour combien de temps ? » Nous n'en savions rien, à l'époque. Parce que même si les cas évoluent à peu près de la même façon, la durée de survie n'est jamais identique d'un patient à l'autre.

— Dans mon cas, elle est plutôt courte, coupa Grace. Que me conseillez-vous ?

— Faites ce que vous avez envie de faire. Conservez si

possible une activité, sans pour autant vous épuiser. Menez une vie simple et saine. Si ça devient trop difficile, nous pourrons toujours vous hospitaliser. A vous de voir.

Grace Cameron eut froid, soudain. La température avait-elle donc baissé ? Essayant d'éviter le regard de Kathy qu'elle sentait rivé sur elle, elle faillit éclater en sanglots. Elle avait une question. Mais le simple fait de la poser ferait mal à sa fille. Elle décida donc de la poser plus tard, par téléphone. « *Dr Spence, à votre avis, dois-je me préoccuper de trouver un établissement spécialisé ?* »

Dans cet océan de mauvaises nouvelles il y avait tout de même un point positif. Kathy avait une famille. Sur ce plan, au moins, les démarches de Grace avaient réussi. Elle lui avait trouvé un foyer chez des gens formidables.

Spence interrompit le cours de ses pensées.

— N'oubliez pas, Grace. Si vous en ressentez le besoin, n'hésitez pas à téléphoner. De jour comme de nuit. Vous ne me dérangerez jamais. Je sais que certains patients préfèrent souffrir plutôt que de déranger leur médecin. Je ne veux pas que ce soit votre cas. Promis ?

— Promis.

— Bien. Rendez-vous le mois prochain. Même heure.

Dans sa dernière remarque il tenta de mettre une note d'encouragement.

— Tu n'entres pas, Maman ? supplia Kathy quand elles s'arrêtèrent dans l'allée des Persons.

— Non. Je préfère rentrer à la maison me reposer un peu.

Mère et fille s'étreignirent en s'efforçant de ne pas pleurer. Et elles y parvinrent. Le temps pour Grace de descendre la rue et tourner le coin, pour Kathy de regarder le véhicule disparaître. La fillette remonta l'allée en pleurant et dut s'appuyer contre un arbre afin de laisser libre cours à son chagrin. Puis, après s'être essuyé les joues et avoir reniflé un bon coup, elle se dirigea vers la porte.

Quand elle ouvrit, Hannah ne put s'empêcher de lancer :

— Kathy ?

Dans ce seul mot lourd d'angoisse s'exprimait toute la tension qui s'était accumulée en elle depuis qu'elle avait déposé la petite chez le Dr Spence deux heures auparavant.

Kathy pénétra dans la cuisine où Hannah préparait un gigot d'agneau pour le dîner. Le visage de la fillette était assez éloquent.

— Mon Dieu, s'exclama Hannah, qui se reprit immédiatement et essaya d'adopter un ton plus terre à terre. Kathy, on dirait que tu traverses un moment difficile. Tu sais ce que ma grand-mère disait dans ces moments-là ? Qu'il fallait s'occuper les doigts. Remuer. Faire quelque chose. N'importe quoi. Du ménage. Du tricot. La cuisine. Je crois qu'elle t'aurait conseillé d'aller préparer les deux interrogations que tu as pour demain. Je suis sûre que ta mère t'aurait donné le même conseil.

— Oui, Tante Hannah... Je sais...

Lorsque Kathy quitta la pièce, Hannah eut envie de la suivre et de la prendre dans ses bras. Mais le moment viendrait bien assez tôt. Dans pas longtemps, à en juger par le regard de la petite.

Lorsque Grace ouvrit sa porte, le téléphone retentit. Elle décrocha.

— Grace...

Voix familière. Exactement ce dont elle avait besoin en ce moment. C'était Scotty. Manifestement, Spence l'avait appelé dès qu'elle avait quitté son cabinet.

— Salut, fit-elle d'un ton aussi vibrant que possible.

— Grace, si je peux faire quelque chose..., fit Scotty que sa vivacité feinte n'avait pas trompé. Si tu veux parler, je suis là. Et pour Kathy... pense à ce que je t'ai dit. Même si je suis célibataire, je peux lui offrir un toit.

— Scotty, la dernière chose que j'ai réussi à faire pour Kathy, ç'a été de lui trouver une famille formidable.

— Qui ?

— Tu m'as entendue parler des Persons. Tu sais, Cindy, la copine de Kathy.

— Oui.

— Ça fait presque deux semaines qu'elle est chez eux. Et ça marche. Ça marche, Scotty. Tu ne peux pas savoir comme je suis soulagée. Je suis sûre que Kip aurait été content, lui aussi.

— Très bien. Mais s'il y a du changement...

— Ça marche, et ça va continuer de marcher, martela-t-elle avec une conviction presque mystique.

Scotty raccrocha. Mon Dieu, j'espère qu'elle a raison. Elle n'en a plus pour longtemps. Et je dois reconnaître que comme père, il y a quand même mieux que moi. Kathy mérite mieux que le peu de temps et d'attention que je pourrais lui consacrer. Alors, Dieu bénisse les Persons. Je ne vois aucune objection à ce qu'ils se chargent de la petite.

36

Hannah et Steve Persons étaient en route pour le complexe multisalles, lorsque Steve, qui était au volant, déclara soudain :

— Je crois qu'elle a une bonne influence.

— Qui ça ? s'étonna Hannah.

— Kathy, répondit-il. Pour le travail à la maison, elle elle est formidable. Avant, il fallait toujours qu'on câline Cindy, qu'on la pousse ou qu'on la menace pour qu'elle s'y colle. Et cette fois-ci, hop ! Elle est montée tout de suite. Elles ont fermé la porte et ne se sont même pas aperçues de notre départ. Ça, ça me plaît.

— J'en suis ravie, moi aussi, confirma Hannah.

Elle hésita quelques instants à aborder une question qui lui tenait à cœur, puis décida d'attendre un moment plus propice. Mais après le film, qui leur avait plu à tous les deux, elle eut le sentiment que Steve était dans l'état d'esprit idéal.

— Voyons si le marchand de glaces est encore ouvert. Je rapporterais bien quelque chose pour les filles. Quand on rentrera, elles seront contentes de faire une petite pause. Elles l'auront bien méritée. C'est quoi, la glace préférée de Cindy, déjà ?

— Je ne me rappelle jamais. En tout cas, c'est un truc très exotique. Le nom est encore plus alléchant que la glace elle-même.

Ils prirent deux litres de glace et rentrèrent. En chemin, Steve dit du bien du film et reparla des deux scènes les plus drôles. Ce fut ce qui décida Hannah.

— Ça va bientôt faire trois semaines, lança-t-elle.

— Hein ? Ah, oui, j'avais complètement oublié.

— Lundi, Kathy rentre chez elle.

— Ça fait drôle, tu ne trouves pas ? C'est comme si j'avais perdu la notion du temps. Au début, j'ai cru que j'allais compter les jours. Comme quand on a de la famille pour le week-end et que ça dure cinq jours. Quand Kathy est arrivée, je me suis comporté bizarrement, j'avais l'impression d'être en observation. Je me disais : « Plus que dix-neuf jours. Plus que dix-huit. » Mais la première semaine terminée, je n'y ai plus pensé du tout. C'est plutôt bon signe. (Puis, comme s'il doutait, il ajouta :) Ce n'est pas ton avis ?

— Bien sûr, s'empressa de confirmer Hannah, dont les craintes étaient apaisées.

— Par quel bout allons-nous aborder la question ? demanda Steve. Jamais de ma vie je ne me suis trouvé dans une situation pareille. Qu'est-ce qu'on fait ? Qu'est-ce qu'on dit à Grace ? « Grace, nous avons décidé d'adopter ta fille » ? Ça n'est pas un peu dur... Enfin, peut-on formuler les choses comme ça devant une mère ?

— Tu ne peux pas savoir comme elle sera soulagée, dit Hannah. Elle n'aurait jamais demandé ça à des étrangers si la situation n'avait pas été désespérée. Alors ça ne risque pas de la choquer. Au contraire, elle va prendre ça comme un cadeau du ciel.

— Bon. Alors, le moment venu, tu t'en occuperas, Han, d'accord ? Tu te débrouilles bien mieux que moi pour ces choses-là.

— Parfait. Si c'est oui de ton côté, je me charge de tout, conclut Hannah, ravie.

Bonne soirée, se dit-elle. Meilleure que prévu.

Quand ils arrivèrent à la maison, les filles dormaient déjà. Au vu des assiettes qu'ils trouvèrent dans l'évier, ils conclurent qu'elles avaient vidé le frigo de ce qu'il contenait de glace.

Steve dut donc ouvrir le litre de Tropical Fruit Fiesta pour découvrir le parfum exotique que sa fille aimait tant.

— Pas mauvais, commenta-t-il, se resservant généreusement. Pas mauvais du tout.

— Alors, laisses-en un peu pour les enfants, lui glissa Hannah.

Le lendemain matin, les filles partirent à l'école saluées par un « Bon courage pour les interrogations écrites ! ». Après avoir mis les assiettes rincées dans le lave-vaisselle, s'être changée et préparée pour ses cours, Hannah se dit : « Je vais faire ça maintenant ! »

Cela illuminerait la journée de Grace, et Dieu sait si elle en avait besoin. Parce qu'elle avait beau faire semblant de ne pas trop souffrir, elle ne trompait pas ceux qui, comme Hannah, la connaissaient bien. Son regard, son visage ne pouvaient mentir. La douleur physique était déjà considérable, mais ses angoisses concernant l'avenir de sa fille devaient être insupportables. Grace ne pouvait y échapper.

Hannah savait que Grace ne tenait debout que pour Kathy. C'était pour cela qu'elle s'efforçait de mener une vie aussi normale que possible. Ce serait une bonne action que de la débarrasser de son inquiétude.

Hannah se demanda s'il valait mieux qu'elle téléphone à Grace ou bien qu'elle fasse un saut chez elle. Elle décida de passer.

En s'engageant dans la rue de Grace, elle fut contrainte d'arrêter son véhicule car une ambulance du service des urgences fonçait vers elle. Une fois celle-ci passée, elle repartit en trombe. Arrivée à destination, elle sauta de sa voiture et remonta l'allée en courant. Appuyant sur la sonnette sans discontinuer, elle s'écria :

— Grace ? Grace, tu es là ? Tu m'entends ? Grace ?

Alors qu'elle continuait de taper à coups de poing sur la porte, celle-ci s'ouvrit et Grace, stupéfaite, apparut.

— Hannah ? Qu'est-ce qui se passe ? Rien de... Kathy ? Il est arrivé quelque chose à Kathy !

Soulagée, Hannah reprit son souffle et s'empressa de répondre :

— Non, ma chérie. Rassure-toi.

En son for intérieur, elle ne put s'empêcher de songer que Grace avait l'air bien plus mal en point que deux semaines auparavant.

— Non seulement il ne lui est rien arrivé, poursuivit-elle promptement, mais tout va pour le mieux. C'est formidable, Steve est ravi. Il s'entend à merveille avec Kathy. Je suis passée te le dire.

Il n'en fallut pas plus pour que Grace imagine la suite.

— Hannah, tu viens d'illuminer ma journée. Ma semaine. Le mois à venir. Peut-être même ma vie. Je peux enfin me détendre. Oui, me détendre.

Hannah se demanda si elle n'avait pas eu tort. Car, soudain, elle eut l'impression que Grace avait perdu le goût de vivre.

Tous les vendredis soir, sauf bien sûr quand Steve était en voyage d'affaires, Hannah faisait une petite fête. C'était la fin de la semaine, le lendemain on n'était pas obligé de se lever tôt, il n'y avait pas d'horaires. Steve passait d'habitude ses jours de repos à ne rien faire, bien qu'il lui arrivât parfois de regarder un match de base-ball ou de jouer au golf. A moins, bien entendu, qu'il ne se calfeutre dans son repaire pour travailler sur ses graphiques, comme cela lui était souvent arrivé ces dernières semaines.

Aussi, le vendredi soir, Hannah avait le sentiment qu'un écart de régime s'imposait. Pour l'occasion, toutes les règles de la diététique étaient oubliées. Non seulement on n'avait plus peur du cholestérol, mais on lui faisait des pieds-de-nez. Le menu tout entier était un vrai défi aux sages conseils des médecins. Les salades, par exemple, regorgeaient de mayonnaise. Pour ce vendredi-là, elle avait préparé des côtes de bœuf avec des pommes de terre et des oignons revenus doucement dans l'huile à la cocotte.

Hannah se sentait toute gaie. Cette fois-ci, elle avait vraiment une raison de se réjouir et de mettre les petits plats dans les grands : le succès de sa mission. Bien entendu, il restait de nombreux détails à régler. Pareille transition ne s'effectuait pas en trois semaines. Aucune allusion ne devait être faite à l'emménagement définitif de Kathy... avant le stade terminal de la maladie de Grace.

En tout cas, ce soir-là constituait une étape majeure dans la bonne direction. Le soulagement qu'elle avait lu dans le regard de Grace l'autre jour était en soi une raison suffisante pour faire la fête.

La conversation allait bon train, menée essentiellement par les filles qui évoquaient les derniers potins de l'école. Aujourd'hui, c'était Miss Henderson, professeur de maths, qui en faisait les frais : on la soupçonnait en effet de vivre en cachette avec le professeur de science, le vieux Mr. Westfeld, depuis quatre ans.

— Dites donc, coupa Hannah, je vous fais remarquer que ce « vieux » Mr. Westfeld est plus jeune que votre père. De plus, rien ne prouve que votre histoire est vraie.

— C'est pas ça le problème, Maman.

— Mais alors, où est le problème ?

— C'est qu'on croit que Henderson est lesbienne.

— Ah, non ! explosa Steve, qui pour l'occasion s'arrêta de manger. Depuis qu'on a introduit l'éducation sexuelle à l'école, voilà à quoi les jeunes passent leur temps ! Fantasmer sur la vie privée de leurs enseignants ! A mon époque, à l'école, nous ne perdions pas notre temps à des bêtises pareilles. Nous travaillions comme des malades pour être admis dans une bonne université. Croyez-moi, quand vous vous lancerez dans la vie professionnelle, personne ne vous posera de questions sur la vie sexuelle de vos profs. Les seules questions que vous entendrez porteront sur vos résultats, vous entendez ? Vos ré-sul-tats.

Cindy et sa mère échangèrent un sourire de connivence. Sur un imperceptible mouvement de tête de Hannah, Cindy demanda :

— Je peux sortir de table ?

Se méprenant, Steve répliqua :

— Ce n'est pas parce que je critique ton attitude que tu dois te vexer. Finis ton dîner, et tu pourras sortir de table. Quand j'avais ton âge...

— Je sais, Papa, tu allais à l'école avec Abraham Lincoln. Mais je voudrais sortir de table, juste un instant. Je peux ?

— D'accord, d'accord, concéda Steve en s'attaquant de nouveau à sa côte de bœuf. (Entre deux bouchées, il trouva tout de même le moyen de glisser à son épouse :) Han, pourquoi ne nous fais-tu pas plus souvent des oignons à la cocotte ? J'adore ce petit goût de caramel...

Il fut interrompu par Cindy qui, revenue à table, glissa son carnet de notes ouvert devant son assiette. Arrêtant de mastiquer, il fixa la page un long moment et prit le carnet dans ses mains pour mieux voir. Quand il fut certain de ne pas être victime d'une illusion, il s'exclama, rayonnant :

— Fantastique ! Un B et un B+ !

D'un ton taquin, Cindy l'imita :

— Pour être admise dans une bonne université.

— D'accord, d'accord, dit-il. Pour une fois que je me trompe...

Tout le monde éclata de rire.

Se tournant alors vers Kathy, Steve continua :

— Et vous, mademoiselle, comment vous en êtes-vous sortie ? Aussi bien que Cindy, j'espère ?

Kathy semblant réticente, il l'encouragea :

— Allons, ça ne doit pas être si mauvais...

— Kathy ! insista Hannah.

Après une longue hésitation, la petite se leva pour aller chercher ses résultats.

Quand il eut le carnet de notes en main, Steve l'examina longuement.

— Deux A ! fit-il d'un ton rêveur. Eh bien... Voilà ce qui s'appelle des bonnes notes !

Avait-il l'air surpris, content ou déçu par le travail de sa fille ? Kathy ne parvint pas à en décider.

— Formidable, reprit-il, moins enthousiaste.

Sans un mot de plus, il se remit à manger. En un instant, l'atmosphère avait changé. Hannah le voyait à l'attitude de son mari. Le lisait sur le visage de Cindy qui fixait son père en quêtant désespérément d'autres compliments.

Parce qu'elle avait soudain une adversaire, une concurrente dans sa propre maison où elle avait régné sans rivale pendant treize ans. Hannah éprouva le besoin de voler au secours de son enfant.

Mais avant qu'elle ait pu esquisser le moindre geste, Cindy repoussa brutalement sa chaise et se leva de table.

— Cindy ! ordonna son père. On ne sort pas de table au milieu du dîner comme ça ! Pas dans cette maison ! Cindy !

Cindy ne revint pas.

Ils continuèrent leur repas tous les trois, Steve, Hannah et Kathy.

La fillette s'efforça de manger mais, n'y parvenant pas, se contenta de jouer avec la nourriture, les yeux baissés. La fin du repas fut plongée dans le silence. Personne ne prit de dessert.

Au café, Hannah brisa le silence :

— Steve, tu devrais monter voir ta fille.

— Tu as raison.

Il avala son café et quitta la table. Kathy l'entendit monter l'escalier à contrecœur.

— Cindy, Cindy chérie...

Steve Persons arriva à la porte de la chambre de sa fille et frappa doucement. Pas de réponse.

— Cindy, ma grande... ouvre-moi.

Toujours pas de réponse. Collant son oreille contre le battant, il l'entendit sangloter. Il entra et la trouva couchée sur le lit, le visage enfoui dans les couvertures, le corps secoué de profonds sanglots. S'asseyant à côté d'elle, il la prit dans ses bras et la serra contre lui.

— Ma chérie, je n'ai pas dit que tu avais mal fait... Nom d'un chien, un B et un B+, c'est formidable. J'aurais bien voulu avoir les mêmes notes quand j'avais ton âge. Tu veux que je te dise un secret ? Quelque chose que je n'ai jamais dit à personne, pas même à ta mère ? A ton âge, j'ai été collé en maths, une année. Oui. Je t'assure.

Comme ses propos ne semblaient pas provoquer de réaction chez sa fille, il continua :

— Ecoute, si j'ai dit quelque chose qui t'a blessée, je suis désolé. Tu sais qu'il m'arrive de réagir un peu vite par moments. Dans mon travail, la diplomatie et le tact ne sont pas exactement des atouts. Je manque un peu de pratique. Alors pardonne-moi, et descends manger ta glace.

Comme elle ne répondait toujours pas, il changea de stratégie :

— Je t'ai rapporté de la Tropical Fruit Fiesta, l'autre soir. Viens te régaler, chérie. Cindy ?

Devant ce nouvel échec, il ajouta :

— Tu n'es pas gentille. Tu t'enfermes pour pleurer et tu laisses Kathy seule en bas...

S'arrachant à ses bras, Cindy finit par répondre :

— Qu'elle y reste !

— Cindy ?

— Puisqu'elle est... la fille parfaite dont tu as toujours rêvé. Quelqu'un qui n'a que des A. Quelqu'un dont tu peux être fier.

— Mais, chérie, je suis fier de toi. Je l'ai toujours été, et tu le sais.

— Plus maintenant ! siffla la petite. Maintenant, tu as une nouvelle fille. Une fille parfaite.

Pour la première fois, Steve Persons comprit l'étendue du chagrin et du sentiment d'injustice ressentis par sa fille. Le problème des notes n'en était qu'un exemple parmi d'autres, mais qui révélait combien la fillette vivait mal le fait d'avoir une rivale dans sa propre maison, quelqu'un qui risquait non seulement de se faire aimer de son père, mais encore de monopoliser son amour.

— Ne t'en fais pas, chérie, chuchota-t-il pour la rassurer. Personne ne pourra jamais te remplacer. Ni dans cette maison ni dans mon cœur.

Le calme était revenu. Les deux filles dormaient. Mais de la cuisine émanaient des chuchotements. Hannah et Steve Persons, face à leur problème.

— Elle a dit ça ? insista Hannah. « Une fille parfaite » ?

— Oui.

— Etrange, pendant ces trois semaines, je n'ai cessé de me faire du souci, de marcher sur des œufs, à guetter ta réaction à toi. M'interrogeant sur ce que toi, tu pensais. Tenant en permanence pour acquis que Cindy aimait Kathy, donc qu'elle serait contente de l'avoir pour sœur. Avant ce soir, je ne les avais jamais imaginées en tant que rivales.

— Manifestement, c'est comme ça que Cindy vit la chose. Et depuis le début. Sans oser le dire.

— Mon Dieu, mais qu'allons-nous faire ? demanda Hannah, pensant à la visite qu'elle avait rendue à Grace deux jours auparavant.

— Han... demande-moi de sacrifier certains éléments de mon train de vie, mes habitudes, n'importe quoi, je ferai de mon mieux. Mais le bonheur de ma fille, pas question.

— Et que crois-tu que j'ai ressenti, moi ? lança Hannah. Assise impuissante devant la douleur de Cindy, consciente qu'elle montait pleurer dans sa chambre parce que son père était déçu.

— Mais elle ne m'a pas déçu, protesta Steve. Je lui ai bien dit qu'elle avait des notes formidables, non ?

— En tout cas, ce n'est pas ce qu'elle a compris. Je sais ce que j'aurais éprouvé si mon père avait réagi comme toi.

— Bon, alors, qu'est-ce qu'on fait ?

— Je ne sais pas, murmura Hannah. Franchement, je ne sais pas.

Le lendemain matin, lorsque Steve Persons descendit le premier comme d'habitude, il trouva Kathy Cameron habillée de pied en cap et assise sur sa valise devant la porte.

— Mr. Persons, ça ne vous ennuierait pas trop de me raccompagner, s'il vous plaît ?

— Mais non, mon petit. Ça ne m'ennuie pas du tout, dit-il la mort dans l'âme.

37

Mère et fille avaient tellement besoin de se consoler de ce nouvel échec que Kathy dormit avec Grace la nuit suivante.

Pelotonnées l'une contre l'autre pour se réconforter, elles passèrent presque toute la nuit à parler au lieu de se reposer.

— Maman, dis-moi comment c'était.

— Comment c'était quoi ?

— Papa et toi... la première fois que vous êtes sortis ensemble. La première fois que tu as compris que c'était l'homme de ta vie.

— La première fois..., fit Grace, plongeant dans ses souvenirs, la première fois que je l'ai vu, c'était dans son petit bureau minable du bâtiment de littérature. Il était assis à son bureau qui croulait sous les papiers et les bouquins. Comme il n'était pas encore informatisé, il avait sa vieille machine à écrire. Devant le spectacle, je n'ai pu m'empêcher de dire : « Vous avez manifestement besoin d'un peu d'ordre dans votre vie. »

— Et tu as dit ça en pensant « C'est moi qui vais me charger d'en mettre » ? lança Kathy.

— Non. C'est exactement le contraire. Je me suis dit :

« Voilà exactement le type d'homme à éviter », persuadée que ma remarque lui avait déplu et qu'il allait me mettre dehors. Mais au moment où je me préparais à sortir, un large sourire s'est dessiné sur ses lèvres. Quand il a voulu savoir ce qu'il pouvait faire pour moi, j'ai rétorqué : « Je cherche le Pr Cameron. » Je savais pertinemment qu'il n'avait pas le titre de professeur — il n'était pas titulaire —, mais il fallait bien que je lui passe un peu de pommade : j'avais besoin de ce boulot. Et ça ne lui a pas échappé car il m'a dit : « Votre capacité à détecter le talent quand vous le rencontrez est une chose rare. Considérez-vous comme engagée. » De toute évidence, je ne l'avais pas pris au dépourvu : on l'avait prévenu de mon arrivée et de mes intentions.

« Là-dessus, on a éclaté de rire. Quand il m'a invitée à déjeuner, j'ai accepté, alors que j'avais déjà mangé. Ce jour-là, j'ai déjeuné deux fois. Avant la fin du repas on s'était découvert tellement de points communs qu'on savait qu'entre nous ç'allait durer toujours. Mais à l'époque je n'imaginais pas que ce "toujours" serait si bref.

— Quand est-ce que vous avez fait l'amour pour la première fois ? Et où ça ? demanda Kathy. Et quand est-ce que j'ai été conçue ?

Elle essaie de se constituer une réserve de souvenirs, se dit Grace. En quittant cette maison, elle veut emporter quelque chose avec elle qui lui rappelle qu'elle a bien eu un père et une mère. Elle cherche à s'accrocher... au passé. Mais elle est bien trop jeune pour ça. Ce sont des souvenirs bien à elle qu'elle devrait essayer de se forger.

Pendant tout le reste de cette nuit agitée, Kathy continua de poser des questions et Grace de lui raconter tout ce dont elle se souvenait. En ne mentionnant toutefois que les moments heureux, et pas ceux que la santé de Kip lui avait fait traverser.

Ce faisant, Grace avait l'impression de donner à sa fille son trésor le plus cher — de bons souvenirs.

Mais pendant ce temps, elle ne parvenait pas à oublier la menace. N'y avait-il donc d'autre solution que de faire appel à l'oncle Harry ? Allait-elle devoir manquer à la parole donnée à Kip ?

En écoutant sa mère lui raconter les meilleurs moments de son mariage et de sa vie avec son père, Kathy avait l'étrange sentiment de se trouver une fois de plus devant un grand trou noir qui semblait vouloir l'engloutir.

Faut-il que j'en parle à Maman ? se demanda-t-elle. Faut-il que je la mette au courant de ma visite à Mrs. Hannaford ? A l'entendre, quand j'y repense, j'ai eu la nette impression que ça existait, des familles désireuses d'adopter une fille de treize ans. Pourtant, elle n'a rien promis. Elle a seulement dit qu'il y avait des gens tellement désireux d'avoir un enfant qu'ils seraient prêts à accueillir même une fille de treize ans. Mais je n'ai pas envie d'aller dans une famille qui veut n'importe qui. Je veux être chez des gens qui me veulent, *moi*. Peut-être que je ferais mieux de ne rien dire à Maman. Elle a l'air tellement plus fatiguée que la semaine dernière. Non, il ne faut pas que je l'embête avec ça. Ce n'est pas le moment.

Le matin du troisième jour suivant le retour de Kathy, Grace s'apprêtait à aller à la cuisine préparer le petit déjeuner lorsqu'elle sentit brusquement l'un de ses genoux céder sous elle. S'accrochant à la rampe, elle parvint à ne pas tomber, mais ne put s'empêcher de pousser un cri. Dans les secondes qui suivirent, Kathy jaillit sur le palier.

— Maman ? cria-t-elle, angoissée.

Du bas de l'escalier, Grace lui sourit.

— Calme-toi, chérie. Le talon de ma mule s'est pris dans le tapis. Tout va bien. Finis de t'habiller, le petit déjeuner va être bientôt prêt.

Le front haut, la démarche digne, Grace fit demi-tour et disparut dans la cuisine.

Mais Kathy resta en haut de l'escalier jusqu'au moment où elle prit une décision.

A la pause de midi, Kathy s'éclipsa de la cantine pour prendre un bus qui l'amena à deux pâtés de maisons du cabinet du Dr Spence. Celui-ci, alarmé, la reçut immédiatement.

— Dr Spence, il y a... Vous ne pouvez pas faire quelque chose ? S'il vous plaît...

— Kathy, calme-toi. Que s'est-il passé ?

La fillette le mit au courant, non sans lui faire part de ses observations personnelles.

— Elle a dit que sa mule était restée coincée dans le tapis, mais je sais que ça n'est pas vrai. J'ai tout compris à sa façon de me rassurer, avant de rentrer dans la cuisine. Elle jouait la comédie, Dr Spence. En fait elle ne va pas bien du tout. Il faut que vous fassiez quelque chose. N'importe quoi. Je vous en supplie, essayez d'intervenir. S'il vous plaît... (Bien que s'étant promis de ne pas pleurer, elle ne put s'en empêcher. Essuyant ses larmes de la main, elle insista :) Il doit bien y avoir quelque chose de nouveau... un médicament en cours d'expérimentation... quelque chose... Alors, donnez-le-lui...

— Kathy, écoute-moi, répondit Spence d'une voix ferme. Chez les gens comme ta mère, à ce stade de la maladie, il se développe une faiblesse dans les genoux. C'est selon toute vraisemblance ce qui s'est produit. L'articulation a cédé quand elle a commencé à descendre les marches. J'ai vu le phénomène se produire de nombreuses fois. On n'y peut rien. Mais, en soi, ça n'a rien d'inquiétant. Alors tu vas retourner à l'école. Je te promets de réfléchir.

— Vous êtes sûr qu'il n'y a rien d'autre ? insista Kathy, folle d'angoisse.

Il y avait une autre possibilité, annonciatrice d'une

mort imminente celle-là, mais Spence ne voulait pas alarmer la petite.

— A l'heure qu'il est, c'est l'éventualité la plus probable.

Quelle que fût la situation, il n'était pas question qu'il mente à une enfant et détruise l'image jusque-là positive qu'elle se faisait des médecins et de la médecine. Mais il était malgré tout obligé de faire son métier en essayant de ne pas affoler Grace inutilement. Car il était parfaitement conscient qu'elle était à bout de nerfs. Alors pourquoi l'alarmer davantage si ses inquiétudes de praticien n'étaient pas fondées ?

Plus tard dans l'après-midi, le Dr Spence appela Grace.

— Grace, commença-t-il, d'un ton horriblement gêné. Il y a des jours où je voudrais qu'on en soit restés à l'époque des scribes. Ou même à celle où les hommes utilisaient un marteau et un burin pour graver leurs messages.

— Qu'est-ce qui se passe, docteur ?

— Ces ordinateurs de malheur ! Ces inventions extraordinaires capables de tout faire, sauf l'amour... et qui y arriveront peut-être un jour ! Nous avons eu une coupure de courant cette nuit, et tous nos fichiers ont été effacés. Plus rien ! Alors il faudrait que vous veniez passer un check-up complet pour reconstituer votre dossier. Ça ne vous ennuie pas trop ?

— Je... je vais venir.

— Tant que vous y êtes, puisque vous faites le déplacement, pourquoi ne pas me retrouver à l'hôpital ? Comme ça, en cas de besoin nous aurons tout le matériel sous la main, prétendit Spence comme si l'idée venait de jaillir dans son esprit.

Lorsque Grace se présenta dans la salle d'examen à l'hôpital, Spence, debout près de la fenêtre, la regarda marcher. Non, se dit-il. Pas de faiblesse dans le genou. C'est la deuxième hypothèse qui est la plus vraisemblable.

Après lui avoir posé les questions nécessaires de façon à lui faire croire qu'il s'agissait d'une reconstitution de dossier médical, il suggéra :

— Grace, puisque vous êtes ici et que le matériel est disponible, j'aimerais vous faire passer un scanner du cerveau.

— Du cerveau ? s'étonna Grace. Parce que vous pensez qu'il y a quelque chose qui cloche aussi de ce côté-là ?

— Il ne faut rien négliger, Grace. Ça fait partie de mon métier.

— Ça se passe comment, cet examen ?

— Vous vous allongez sur une couchette confortable que l'on fait coulisser dans une grosse machine jusqu'à ce que votre tête pénètre dans une sorte de cylindre de métal.

— Et puis ?

— Vous restez allongée. On met la machine en marche. Rien ni personne ne vous touche. Tout ce que vous entendrez, ce sera un bourdonnement pendant une minute ou deux. C'est tout.

— C'est tout ? répéta-t-elle, dubitative.

— C'est tout. Cet appareil est l'une des merveilles de la médecine moderne. Il y a encore quelques années, on devait pratiquer une biopsie, c'est-à-dire faire appel à la chirurgie pour examiner le cerveau. Maintenant, ça se fait en un tournemain ; c'est l'affaire de quelques minutes.

— C'est si simple que ça ! s'étonna Grace. Et après ?

— Après, on voit ce qui se passe. Et en cas d'anomalie on fait le nécessaire.

— Est-il indispensable de mettre Kathy au courant ?

— Pas pour le moment.

— Et si vous découvrez quelque chose d'anormal ? insista-t-elle.

— Chaque chose en son temps. D'abord, les clichés.

— S'il y a une anomalie, cela aura un impact sur le temps qui me reste à vivre ? Parce que, comme vous le savez, c'est capital, surtout en ce moment.

— Oui, énonça nettement le médecin. Cet examen pourrait nous fournir des précisions.

Grace réfléchit longuement à ce qu'il venait de lui dire. Son imagination tournait à plein régime.

— Bien, docteur. Si vous pensez que ça peut vous être utile.

Le Dr Norman Spence prescrivit donc un examen stéréotaxique du cerveau par scanner sur la personne de Grace Cameron.

Deux jours plus tard, il avait les résultats du scanner sur son bureau.

Grace Cameron avait bien des métastases provenant du sarcome de Kaposi. Son cerveau était touché par le cancer.

Spence accepta la présence de Kathy lors de son compte rendu.

Montrant à la mère et à la fille les clichés colorés, il expliqua les conditions dans lesquelles ces métastases apparaissaient.

La réaction de Grace se résuma en une seule question :

— Combien de temps, docteur ? Il me reste combien de temps ?

— Heureusement nous pouvons intervenir. Si nous ne le faisions pas, je vous répondrais... euh... un mois. Mais avec une radiothérapie, je peux vous promettre... presque trois mois de survie.

— Trois mois, répéta Grace, pesant les conséquences du diagnostic.

Kathy s'empara de la main glacée de sa mère.

— Bien, reprit Grace. D'accord, docteur. Allons-y.

Trois mois, se dit-elle. Trois mois pour trouver un foyer pour Kathy. Faute de quoi, la petite tomberait entre les griffes de l'oncle Harry.

Trois mois de lutte farouche pour le bonheur de sa fille.

38

Debout à la réception du County Medical Center, Harry Cameron attendait. Quand son tour arriva, il commença d'un ton faussement dégagé :

— Ma nièce est hospitalisée chez vous et je voudrais la voir. Elle s'appelle Grace Cameron. Si vous voulez mes papiers...

Il avait déjà préparé son portefeuille et présenta son permis de conduire avec sa photo.

— Chambre 504, fit la réceptionniste.

Il se dirigea vers les ascenseurs. Tout en montant au cinquième, il répéta mentalement ce qu'il avait décidé de dire depuis le moment où il avait découvert que Grace n'était pas chez elle. Parce qu'il savait très bien qu'elle ne pouvait se trouver qu'en un seul autre endroit.

Bien que la porte de la chambre 504 fût entrouverte, il frappa discrètement. La voix épuisée de Grace Cameron se fit entendre :

— Entre, Kathy.

Harry Cameron apparut dans l'encadrement de la porte.

— Oncle Harry..., s'étonna Grace, prise de court.

— Oui, Grace, c'est moi. Comme personne ne répond

chez toi depuis deux jours, j'en ai conclu que tu devais être ici. Alors, qu'est-ce qu'ils racontent, tes médecins ? lança-t-il en s'approchant du pied du lit.

Il allait prendre le dossier cartonné qui y était accroché lorsque Grace intervint d'une voix faible, mais avec fermeté :

— Ces renseignements sont destinés aux médecins !

— D'accord. Qu'est-ce qu'ils t'ont dit ?

— Ils me soignent. Ils disent qu'ils progressent.

Ce qui n'était pas exactement vrai, mais étant donné les circonstances, elle ne se priva pas de faire une entorse à la vérité.

— Qu'est-ce qu'ils te font ? De la radiothérapie ?

Prononcer ce mot, c'était pour lui une façon de faire comprendre à Grace qu'il n'était pas tombé de la dernière pluie et s'était renseigné sur le sida. Manifestement, il savait à quoi servait la radiothérapie et quel devait être le pronostic. Il savait sans doute aussi qu'elle ne disposait plus que de trois mois tout au plus pour trouver un foyer pour Kathy. Elle se sentit désarmée.

— Grace, je dois reconnaître que j'admire le cran dont tu fais preuve dans cette bataille contre la maladie. Tu as du courage. Beaucoup de courage. Et j'ai joué le jeu...

— Tu as attendu ton heure, corrigea Grace.

— Si tu préfères présenter les choses comme ça... Mais maintenant, il va falloir en venir aux dures réalités. Sur lesquelles je ne m'étendrai pas. Cependant autant te prévenir : après t'avoir laissé toute liberté pendant plus d'un an, j'ai décidé de prendre les mesures qui s'imposent pour assurer l'avenir de ta fille, qui est aussi ma petite-nièce.

— Des mesures ?

— Il existe dans cet Etat une procédure permettant aux membres de la famille de prendre en charge les mineurs orphelins.

— Je ne te donnerai jamais la permission de l'adopter, protesta Grace.

— La loi ne parle pas d'adoption, mais de garde. C'est

parfaitement légal lorsque le parent en question peut faire la preuve qu'il a les moyens financiers et le désir de s'occuper de l'enfant, expliqua Harry. Mon avocat a fait toutes les recherches nécessaires. Il a une longue expérience de ce genre de problèmes. La demande de garde est déjà rédigée et n'attend que ma signature.

— Tu n'attends plus que... mon décès, murmura Grace.

— J'aimerais autant que tu nous facilites la transition. J'ignore ce que tu as pu raconter à ta fille sur Leeza et moi. Mais il est temps que tu rectifies le tir. Les choses n'en seront que moins pénibles pour la petite.

Comme Grace ne répondait pas, il continua :

— Crois-moi, c'est la meilleure solution. J'aimerais qu'elle ait envie de venir chez nous. Nous ferons tout ce qui sera en notre pouvoir, je te le promets.

Il s'approcha du côté du lit, comme pour créer entre eux une complicité qui n'avait jamais existé auparavant.

— Dans la famille Cameron — peut-être n'est-ce pas la famille mais l'époque qui veut ça —, on a gaspillé plus d'intelligence... de talent qu'il n'est permis. Oui, oui, Kip également. Brillant esprit. Intelligent, vif. Il aurait réussi dans les affaires. Au lieu de ça, il a préféré s'enterrer dans une université de province pour enseigner l'anglais à une bande de débiles incapables d'écrire correctement leur nom. Quel gâchis. Complet et total. J'aurais pu l'aider à démarrer dans les affaires. Je lui aurais mis le pied à l'étrier. Mais non. Talent gâché. Autosatisfaction coupable. Mon seul but, à présent, c'est de veiller à ce que l'intelligence qui reste dans la famille — je veux parler de celle de ta fille — ne soit pas utilisée à mauvais escient. Si c'est un crime, je plaide coupable. Mais Dieu m'est témoin que telle est mon unique ambition. Et maintenant...

Il fit une pause pour se calmer un peu.

— Maintenant, la situation étant ce qu'elle est, je me dois de prendre des mesures pour que cette enfant ne devienne pas la proie des services sociaux. En conséquence, mon avocat va entrer en contact avec toi. Bien sûr, tout serait beaucoup moins compliqué si nous signions tous un papier qui, après examen du tribunal, réglerait la question. Ça serait plus élégant. Ça éviterait qu'un juge ne connaissant ni la petite ni nous vienne mettre son nez dans nos affaires.

Grace se sentit incapable de prononcer un mot. Elle n'avait aucun argument, aucune solution de rechange à proposer. Pourtant, il lui était impossible de donner son accord.

Satisfait d'avoir rempli sa mission, Harry conclut :

— Ma chère Grace, je suis profondément désolé de la situation dans laquelle tu te trouves. Crois-moi, si l'argent avait pu être d'une quelconque utilité, je serais intervenu.

Là-dessus, il pivota et sortit, laissant Grace plus désemparée qu'elle ne l'avait jamais été, à l'exception du jour où son mari était mort entre ses bras sans qu'elle ait pu rien faire pour le sauver.

C'était la seconde fois que, réduite à l'impuissance, elle « lâchait » son mari.

Elle avait vécu d'espoir, tenté l'impossible, elle avait quelquefois pensé atteindre son but et trouver une famille désireuse d'accueillir Kathy. Un foyer où sa fille pourrait s'épanouir dans un climat harmonieux d'affection réciproque. Loin du besoin malsain que Harry éprouvait de dominer, de soumettre, Harry dont c'était la dernière chance de plier quelqu'un à sa volonté, de modeler une personne à son image. De réaliser ses ambitions et ses rêves par procuration, pour ainsi dire. Le pire, c'était que cela tombait sur la fille de Kip. Jamais de sa vie Grace ne s'était sentie aussi anéantie. Pas même par la maladie, qui pourtant était sans remède.

Pendant les trois jours que Grace passa à l'hôpital, Kathy resta à la maison, suivit normalement ses cours et se prépara à manger, refusant la proposition de Hannah Persons qui tenait à l'héberger pour l'occasion.

Mais la fillette était bien décidée à prouver qu'elle était capable de vivre seule et n'avait besoin de personne — ce qui n'était qu'un vœu pieux, car la nuit le moindre bruit ou craquement la faisait sursauter. Elle ne dormit pas dans son lit, mais dans celui de sa mère, avec toujours ce rêve d'un trou noir sans fond dans lequel elle tombait.

Chaque matin, elle se réveillait fatiguée, mais encore plus déterminée. Elle faisait l'aller et retour entre la maison et l'école en bus. Elle rata la danse et le football pour tenir compagnie à sa mère à l'hôpital.

Lors de ses visites, elle écouta les moindres paroles que médecins et personnel soignant prononçaient en sa présence. Elle traîna du côté du bureau des infirmières, épia les gestes du Dr Spence et ceux de Scotty quand il passa.

Tous se rendaient sans doute compte qu'elle les écoutait car ils n'étaient guère bavards en sa présence. Mais elle ne pouvait accepter qu'il y eût si peu à dire, étant donné l'état de sa mère.

Le troisième jour, une fois la radiothérapie terminée et les effets indésirables de celle-ci dissipés, Grace fut autorisée à sortir et confiée à sa fille.

A la maison, Kathy insista pour qu'elle se mette au lit, bien que les médecins n'eussent rien prescrit de tel. S'activant dans la cuisine, elle lui prépara un déjeuner à base de soupe et de toasts.

Lorsque Grace eut mangé suffisamment pour rassurer sa fille, elle ordonna :

— Kathy ! Assieds-toi !

La petite s'exécuta, enveloppant sa mère d'un regard protecteur.

— Oui, Maman ?

— Kathy, personne ne m'a dit de rester au lit. Je suis parfaitement capable de rester debout et de me déplacer. Je peux même t'emmener à la danse, si tu veux.

— Je préfère rester avec toi.

— Kathy, as-tu réfléchi à ce qui va se passer... après ?

— J'y... J'y pense des fois, reconnut la fillette, le « des fois » étant de toute évidence un doux euphémisme.

— J'ai tout tenté, tu le sais. Contacté tous ceux dont le nom avait pu me venir à l'esprit. Mais j'ai échoué sur toute la ligne. Rien ne marche. Rien. Il ne reste donc qu'une solution.

— Je sais. J'ai bien réfléchi. Et j'ai décidé de téléphoner à Mrs. Hannaford.

— Mrs. Hannaford ? sursauta Grace. Qui est-ce ?

— Une dame très sympa que j'ai rencontrée dans un organisme qui s'occupe d'adoptions.

— Tu... tu es allée dans un établissement comme ça ? Mais pourquoi ?

— Pour savoir s'il y a des amateurs pour recueillir des filles de treize ans. (Se rendant compte que sa confession avait causé un choc à sa mère, Kathy s'empressa de la rassurer :) Mrs. Hannaford a été très gentille. Et elle m'a dit que oui, qu'il y avait des gens désireux d'adopter une fille de treize ans. Je me suis renseignée pour le cas où...

C'était la première fois que Grace comprenait aussi bien la terreur de sa fille à l'idée de se retrouver seule et abandonnée.

— Ma chérie... (Elle lui fit signe de s'approcher, l'enlaça et expliqua :) Ce ne sera pas nécessaire. Car non seulement l'oncle Harry et Leeza sont prêts à t'accueillir chez eux, mais ils le désirent si fort qu'ils sont décidés à faire appel aux instances judiciaires pour t'avoir. Et que tout soit fait dans les règles.

— Et moi là-dedans, je n'ai pas mon mot à dire ? On ne me demande pas mon avis ?

— Mon pauvre poussin, qu'est-ce que tu raconteras au juge ou à l'assistante sociale quand ils te demanderont quelle est la solution que tu préconises ? Tu ne pourras pas leur dire que Mrs. Hannaford va se charger de te trouver une famille. Tu comprends, maintenant ? Je veux t'aider à te préparer.

« Quand viendra le moment où tu devras aller chez l'oncle Harry, je veux que tu te conduises comme une grande. Que tu sois forte. Pas question que tu aies peur de qui que ce soit. Pas plus d'Oncle Harry que de quiconque. Je veux que tu sois toi-même, que tu sois capable de lui tenir tête. Comme ton père. Aie confiance en toi. Ne laisse personne d'autre te dicter tes choix. C'est peut-être beaucoup demander à une fillette de treize ans. Mais je t'en crois capable. Et de toute façon, si tu vis chez l'oncle Harry, tu n'auras pas d'autre solution. Tu devras t'affirmer. Résister.

— Je pourrais m'enfuir, protesta Kathy.

— Surtout pas. La fuite ne résoudrait rien. Tiens bon. Et bats-toi pour rester toi-même. Je te connais, j'ai confiance en toi.

Incapable de répliquer, Kathy murmura :

— L'oncle Harry... alors c'est chez lui que je vais aller.

Harry Cameron avait organisé l'entrevue dans le cabinet de son avocat. Bien que se sentant trop faible pour faire le déplacement, Grace ne pouvait se décommander : elle avait donné sa parole. En conséquence elle se rendit aussi présentable que possible, s'habillant et se maquillant sobrement. Une fois les ravages causés par la maladie camouflés tant bien que mal, elle monta en voiture et prit la direction du quartier des affaires.

A l'adresse indiquée se trouvait un important cabinet d'avocats. A l'intérieur, une longue liste de noms sur les imposantes portes de chêne. Grace s'installa dans la salle d'attente dont elle faillit s'enfuir à plusieurs reprises. Se forçant à rester assise, elle tenta de s'intéresser aux magazines posés sur la table basse mais renonça finalement à faire semblant d'oublier ce qui l'attendait.

Bientôt — il était temps car elle avait bien failli prendre la fuite —, une secrétaire austère vint la chercher et la conduisit dans un grand bureau aux murs lambrissés. Harry, accompagné de Leeza, lui présenta un homme distingué aux cheveux gris qu'il gratifia du titre de « juge ».

Mr. Herkimer, qui avait effectivement été juge pour enfants pendant plusieurs années, était spécialisé dans les affaires d'adoption et de garde d'enfants.

Après avoir expliqué à Grace les détails de la procédure, il lui décrivit le document qu'il allait lui proposer de signer. Avec beaucoup de tact, il aborda le sujet de ses derniers jours, lui demanda si elle avait envisagé d'aller à l'hôpital ou dans une clinique spécialisée et s'inquiéta des répercussions éventuelles de cette décision sur la vie de sa fille, son assiduité à l'école et ses diverses activités.

Ce qu'il lui proposa à mots couverts, c'était de laisser Kathy s'installer chez Harry et Leeza avant l'échéance fatale, éventualité que Grace refusa tout net et à laquelle plus personne ne fit allusion par la suite.

Herkimer ouvrit alors une chemise bleue qui contenait le document — un contrat apparemment tout ce qu'il y avait de plus légal — et indiqua à Grace et Harry où ils devaient apposer leur signature.

Grace hésita à prendre le stylo qu'on lui tendait. Puis, persuadée d'avoir passé en revue toutes les possibilités et décidée à éviter que sa fille ne devienne un vulgaire numéro dans les fichiers des services sociaux, elle s'empara du stylo.

C'est alors, et pour une raison inexplicable, qu'elle se remémora soudain la leçon de catéchisme sur la trahison de Judas, et les paroles de Jésus : « Ce que tu dois faire, fais-le vite. »

Elle aussi avait l'impression de trahir en cet instant.

Elle signa rapidement et rendit son stylo à Herkimer avec l'impression d'avoir commis une ignominie.

Harry, qui devait s'en être aperçu, s'empressa de prendre la parole :

— Grace, ma chérie, tu as notre parole. Elle sera traitée comme notre fille. Et elle ne manquera jamais de rien. En fait, une fois qu'elle se sera habituée à nous, ce sera la plus heureuse des enfants de son âge.

Leeza marqua son approbation d'un énergique mouvement de tête.

Quand Grace prit congé, elle avait une sensation de brûlure à la main droite. Pensant d'abord qu'il s'agissait d'un quelconque effet secondaire de sa maladie, elle finit par comprendre. La main droite. C'était la main qui avait trahi. La main qui avait signé. Kip ne le lui pardonnerait jamais.

Mais dans son désir de se justifier, elle en vint à accuser son mari. C'est ta faute, pas la mienne ! C'est toi qui étais hémophile ! Pas moi.

Elle s'en voulut immédiatement d'avoir eu pareille pensée.

Une fois qu'elle se sera habituée à nous...

Elle se rebella intérieurement : « *Je ne veux pas qu'elle s'habitue à vous ! Kip ne le voudrait pas davantage !* »

Mais elle finit par renoncer. La révolte était futile, maintenant. Ce qui était fait était fait. Elle n'avait pas eu le choix.

39

— Demain, c'est samedi, et il n'y a pas école. Nous allons au cimetière, déclara Grace qui faillit ajouter « Pour la dernière fois ».

Mais c'était inutile, car tant de choses avaient maintenant lieu pour la dernière fois.

C'est une fois arrivée sur la tombe de Kip, devant la pierre de granit où n'était gravé qu'un seul nom, que Grace comprit pourquoi elle était venue. Ça n'était pas seulement pour rendre une ultime visite à son mari, mais bel et bien pour lui demander pardon.

Debout, silencieuse, elle fixa longtemps le nom de son époux gravé dans la pierre grise, répétant intérieurement à l'infini les mêmes mots : « *Désolée, Kip, désolée. J'ai fait de mon mieux. Dieu sait que j'ai tout tenté...* »

Pendant ce temps, Kathy, à genoux, fit le ménage dans les herbes qui en avaient pris à leur aise depuis leur dernier passage. Puis, se redressant, elle saisit la main de sa mère et la serra. Toutes les deux restèrent ainsi immobiles, sans dire un mot. Leurs pensées très vite se rejoignirent.

Un deuxième nom ne tarderait pas à être gravé dans la pierre. Bientôt. Très bientôt.

Refusant de laisser sa fille s'attarder là-dessus, Grace proposa :

— Puisque nous sommes ici, profitons-en pour rendre visite à la petite Sara

Alors qu'elles s'éloignaient, Grace ne put s'empêcher de se retourner, ce qui n'échappa pas à Kathy.

— C'est là-bas, à gauche au bout de l'allée, lança la mère, comme si la fillette avait oublié où sa petite amie avait été enterrée.

Prenant les devants, Kathy s'engagea dans une autre allée. Elles longèrent toutes sortes de monuments, certains imposants et tapageurs, d'autres discrets et sobres, et arrivèrent au but.

— C'est là, dit Kathy, montrant du doigt la grande stèle blanche au nom des Sloane.

C'est alors qu'une silhouette enveloppée de noir et agenouillée devant la tombe se redressa. La lenteur du mouvement et la couleur de la cape donnèrent à la scène un caractère irréel et fantastique, laissant la mère et la fille interloquées. Se ressaisissant, Kathy hasarda à voix basse :

— Mrs Sloane... ?

Dubitative, Grace s'avança, puis s'écria d'une voix plus forte :

— Victoria ?

La silhouette se retourna. C'était Victoria Sloane.

Les trois femmes se précipitèrent les unes vers les autres et s'étreignirent. Victoria Sloane recula ensuite pour dévisager Grace.

— Mon Dieu, murmura-t-elle, choquée. (Mais elle se reprit et ajouta, cherchant ses mots :) J'espérais... j'espérais bien vous retrouver...

— Encore en vie, compléta Grace.

— Pardonnez-moi, mais... vous m'ôtez les mots de la bouche. Il faut que je vous parle. Il le faut absolument.

Non loin de l'entrée du cimetière, elles trouvèrent un

petit salon de thé qui, depuis des années, prodiguait du réconfort aux familles endeuillées.

Victoria choisit une table à l'écart. Une fois assises, Kathy et Grace eurent la nette impression que la malheureuse n'était pas au sommet de sa forme. Cependant, revigorée par une tasse de thé bien fort, Victoria trouva enfin le courage de parler :

— J'ai honte de moi. Je suis devenue d'une lâcheté ces dernières années, c'est à peine si je me reconnais. Mais je les ai tous perdus. Et en si peu de temps... Mon mari, ma fille, jusqu'à la petite Sara. Cette adorable petite Sara qui faisait ma joie.

« Alors j'en ai eu assez d'entendre parler de maladie et de mort. J'étais arrivée à un point de saturation. Les deuils, le chagrin, j'en avais eu plus que ma part. J'étais si désemparée que je suis allée me réfugier en France. J'avais gardé de bons souvenirs de ce pays où j'avais vécu avec mon mari.

« Au cours de ces derniers mois, j'ai fini par me rendre compte d'une chose. Pour être débarrassé de la peur de perdre ceux que l'on aime, il n'y a pas trente-six solutions : il faut vivre seul. Se passer de compagnie. Une fois cette vérité fondamentale bien intégrée, j'ai compris que je devais rentrer aux Etats-Unis. Il devait me rester quelque chose à faire dans ce pays. Il devait y avoir d'autres petites Sara qui avaient besoin de moi. C'est alors que j'ai pensé à vous, Grace.

« Mille fois j'ai failli vous écrire, vous téléphoner. Mais chaque fois je me suis dit... c'est cruel, je sais, mais je connais suffisamment cette maladie pour regarder la réalité en face : "Elle doit être morte. Et Kathy a été adoptée. Par des gens bien, j'espère."

« Je dois vous avouer... (elle ramena en arrière une mèche de cheveux blancs qui lui était tombée sur la joue)... que lorsque je suis arrivée hier, je suis allée sur la tombe de votre époux tant je m'attendais à y trouver votre nom également. Pardonnez-moi, ma chère Grace, de vous parler si franchement, mais je suis restée plus d'un an sans me confier à quiconque, plongée dans mon chagrin, alors...

Elle prit la main de Grace dans la sienne et la tapota doucement.

— Puis-je vous aider en quoi que ce soit ?

— Non, répondit Grace. Les choses... suivent leur cours normal. Le Dr Spence a tout essayé.

— Oui, je sais, enchérit Victoria qui, l'espace d'un instant, revécut les derniers jours de Sara. (Puis, après une longue hésitation :) Je sais que cela va vous paraître égoïste, surtout après un an d'absence. Et d'ailleurs, ça l'est peut-être, égoïste. Mais il faut que je sache à quoi m'en tenir. Qu'est-ce que vous avez décidé concernant Kathy ?

— Pourquoi?

— Parce que si rien n'a été réglé, je voudrais vous dire que vous pouvez compter sur moi.

— Compter sur vous ?

— Pour l'adopter. Je vous promets de bien m'en occuper. Je veillerai à ce qu'elle ne manque de rien, à ce qu'elle ait la meilleure éducation. Et surtout, une famille qui l'aimera. Croyez-moi, Grace, je sais ce qu'aimer un enfant signifie. Et de l'amour, j'en ai à revendre. Alors, ne m'oubliez pas. Toi non plus, Kathy. Penses-y.

La mère et la fille échangèrent un regard.

— C'est que, commença Grace, j'ai... j'ai déjà pris des dispositions. Avec quelqu'un de la famille. Un oncle.

— Oh, quel dommage ! s'exclama Victoria qui se reprit aussitôt : Vous voyez quelle égoïste je fais ! Je ne pense qu'à moi. Rien ne m'autorise à dire une chose pareille. Au contraire. Je devrais être heureuse que Kathy ait quelque part où aller. Et si c'est chez quelqu'un de la famille, c'est encore mieux. Ça doit vous ôter un grand poids à toutes les deux.

Quand elles se séparèrent à la sortie du salon de thé, Victoria saisit la main de Kathy.

— Tu as été tellement gentille avec Sara. Elle t'aimait beaucoup. C'est simple, tu as illuminé la fin de sa vie.

Fixant Victoria, Kathy demanda :

— Vous voulez vraiment d'une petite fille de treize ans ? Vraiment ?

— Bien sûr, ma chérie.

— Kathy, lança sa mère, j'ai déjà donné mon accord à Oncle Harry. J'ai signé les papiers.

— Oui, je sais.

Elles restèrent toutes les deux silencieuses pendant le trajet du retour. Mais, alors que Grace s'engageait dans sa rue, Kathy commença :

— Je n'ai pas donné mon accord à Oncle Harry, moi.

Grace ne souffla mot. Puis, une fois qu'elles furent rentrées et que Kathy fut installée dans la chaise longue de son père, Grace se mit en devoir de s'expliquer.

— Ma chérie, nous avons essayé et toutes nos tentatives ont échoué.

— Mais, objecta Kathy, Victoria veut de moi, elle. Et moi, je suis d'accord. Je l'ai toujours aimée. J'ai bien vu comment elle s'occupait de la petite Sara. Comme une mère et une grand-mère à la fois. Elle aurait fait n'importe quoi pour Sara. (Son ton se fit plus véhément.) Et puis, Maman, elle a besoin d'une présence. C'est ce que je souhaitais. Une famille qui ait *besoin* de moi. Pas une famille qui m'ait prise par pitié. Tu comprends ça, Maman ? Je veux avoir le sentiment d'être nécessaire à quelqu'un. De la même façon que Papa ne pouvait se passer de toi. Ni toi de lui.

— Kathy, écoute-moi. J'ai passé un accord avec Oncle Harry.

— Eh bien, annule-le.

— J'ai signé des documents. Tout a été fait dans les règles. En cas de procès, Harry gagnerait à tous les coups. Aucun tribunal ne confiera un enfant à un étranger si quelqu'un de la famille est d'accord pour s'en charger.

— Mais Victoria n'est pas une étrangère.

— Du point de vue juridique, si. Peut-être que si... si

elle était rentrée plus tôt... Et encore... Même dans ce cas, Harry aurait fait valoir ses droits. Alors maintenant, avec le document que j'ai paraphé...

— Pourquoi est-ce que je vais devoir m'installer dans cette grande maison vide ? Et m'inscrire dans une nouvelle école ? Pourquoi ? Parce que Papa était hémophile ? Pourquoi est-ce qu'il a attrapé le sida ? Et toi, pourquoi a-t-il fallu que tu l'attrapes aussi ?

Eclatant en sanglots, elle abandonna la chaise longue et monta les escaliers quatre à quatre. Grace entendit la porte de sa chambre claquer.

Toute la nuit, Grace fut tourmentée par la violente sortie de sa fille. Elle n'avait rien trouvé à dire pour la consoler. Mais parce que les mots n'existent pas pour consoler des injustices de la vie.

A l'aube, cependant, Grace était prête à reconnaître que ça n'était pas la vie qui était responsable des malheurs de Kathy, mais la décision qu'elle-même avait prise lorsque, seize ans plus tôt, elle avait décidé d'épouser Kip et de faire en sorte que rien ne vienne menacer leur bonheur. Comment pouvait-elle savoir à l'époque où ce choix la mènerait ? Non, la responsable du drame, ce n'était pas la vie. C'était elle. Grace Cameron.

Peut-être existe-t-il un moyen, se dit-elle en désespoir de cause. Peut-être devrais-je essayer de faire appel au bon sens de Harry. Peut-être accepterait-il de tout annuler. Mais qu'est-ce qui va se passer si je lui balance la vérité ? « Kathy a une préférence pour quelqu'un d'autre. Ce n'est pas chez toi qu'elle a envie de vivre mais *chez quelqu'un qui n'est pas de la famille.* »

Il se mettra dans une colère noire.

Et si j'essayais carrément de le supplier ?

Non, ce n'était pas la bonne technique. Kip l'avait assez mise en garde : « La pire erreur que tu puisses commettre en face d'une bête sauvage, c'est de lui laisser voir que tu as peur ou que tu n'es pas suffisamment armée pour te défendre. Pareil avec Harry. La pitié, il ne connaît pas. Avec lui, il faut négocier en position de force, ou alors pas du tout. »

Grace se sentait épuisée, vidée physiquement et émotionnellement.

La fatigue la terrassant, elle sombra dans un sommeil agité.

40

Avec Oncle Harry, on négocie en position de force, ou alors pas du tout.

Grace s'était endormie avec ce refrain obsédant dans la tête. Quand elle se réveilla, il était toujours là.

Epuisée, elle prépara le petit déjeuner, emmena Kathy à l'école et fit un ménage à la mesure de ses capacités qui étaient très limitées.

C'est en époussetant le bureau de Kip dans la petite bibliothèque qu'une idée lui vint. Elle tira le tiroir du bas qui contenait le compartiment où Kip rangeait ses papiers personnels. Prenant la clé, elle l'ouvrit, examina quelques documents et finit par dénicher celui qu'elle cherchait. Après l'avoir lu soigneusement à plusieurs reprises, elle composa le numéro de Me Joshua Herkimer.

Elle exigea un entretien immédiat avec lui et son client Harry Cameron. Lorsque l'avocat lui fit le coup du paternalisme, loin de perdre son sang-froid, elle insista tellement qu'il finit par lui accorder ce rendez-vous « pour lui être agréable ».

Pour s'endurcir et se donner du courage, elle puisa dans les souvenirs qu'elle avait de Kip. C'était là qu'elle trouverait l'énergie et la force morale dont il aurait souhaité qu'elle fasse preuve en pareille circonstance. Assise dans le salon de Herkimer, elle se livrait encore à cet exercice lorsqu'on vint la chercher.

Serrant son sac désormais si précieux sous son bras, elle se leva et entra. Debout à son bureau, Herkimer lui tendit une main manifestement plus circonspecte que bienveillante. A côté, l'oncle Harry, debout lui aussi, arborait un sourire trop chaleureux pour être honnête.

— Grace, ma chérie.

— Bonjour, Oncle Harry, fit-elle d'un ton froid, essentiellement concentrée sur le but de la mission délicate dans laquelle elle s'était embarquée.

A la manière obséquieuse d'un homme de loi sûr de lui qui en a vu de toutes les couleurs, Herkimer l'invita à s'asseoir.

— Mrs. Cameron, votre coup de téléphone ne m'a pas surpris outre mesure.

Grace eut un coup au cœur. L'un d'entre eux aurait-il soupçonné, voire découvert le but de sa visite ? Comment était-ce possible ? Elle n'en avait parlé à personne. Pas même à Kathy.

Soudain, sa confiance en elle fondit comme neige au soleil. Elle éprouva le sentiment de malaise qui précédait généralement ses crises de nausée.

Pas maintenant, décida-t-elle, pas au moment où l'avenir de Kathy se joue. Je me battrai jusqu'à mes dernières forces. Jusqu'à épuisement.

— Au cours de ma longue carrière, continua Me Herkimer, j'ai été témoin de bien des revirements. Les gens se ravisent, reviennent sur leur décision. C'est fréquent dans les affaires d'adoption ou de garde d'enfant, mais également pour des choses aussi banales que la signature d'un contrat ou la vente d'une maison. Inutile de vous sentir gênée. Qu'est-ce que je peux faire pour vous rassurer ? (Il marqua une brève pause, car il n'avait aucune intention de laisser Grace répondre.) Les garanties financières ? Mr. Cameron s'en est déjà occupé. Si vous le désirez, je tiens les documents à votre disposition. Non seulement il a pris les mesures financières qui permettront à Kathy d'étudier à l'université de son choix, mais encore il a créé un fonds destiné à lui permettre de faire un doctorat en droit ou en gestion. Ce qui conviendrait admirablement à une brillante jeune femme destinée à gérer les investissements aussi divers qu'importants qu'il a l'intention de lui léguer. Personne ne pourrait rêver de meilleur départ dans la vie.

Ainsi donc, se dit Grace, Harry a déjà commencé à piloter la vie de Kathy.

— Vous voyez donc, Mrs. Cameron, que mon client est conscient de ses responsabilités. En d'autres termes, l'avenir de votre fille est assuré. Car la donation dont je viens de vous parler est irrévocable.

Pensant avoir répondu par avance à toutes les questions de Grace et dissipé ainsi ses dernières inquiétudes, Herkimer se tourna vers Harry avec un sourire entendu.

— Bon, fit-il, dans l'attente de l'accord de Grace, nous allons...

Se préparant à la réaction que sa réponse allait susciter, Grace se redressa autant que possible sur son siège. Rassemblant son courage et le peu de forces qui lui restaient, elle déclara :

— Mr. Herkimer, je suis venue vous demander de me restituer le document que j'ai signé.

— *Quoi* ? s'indigna Harry.

L'avocat lança à Harry un regard impérieux intimant à ce dernier l'ordre de le laisser faire.

— Chère Mrs. Cameron, je crois que vous n'avez pas bien compris la portée du document sur lequel vous avez apposé votre signature. Ce document a valeur légale et serait pris en considération par les tribunaux. Une fois que les deux parties ont signé, un acte de cette nature a une vie qui lui est propre. Il fait pour ainsi dire partie de la loi, et à moins que l'on ne parvienne à démontrer qu'il y a eu tromperie, rien ni personne ne peut l'abolir, si ce n'est un accord des deux signataires. Ce qui, dans ce cas précis, ne risque pas de se produire, soyez-en sûre. (Affirmation que Harry soutint d'un hochement décidé de la tête.) J'espère donc que vous n'avez pas l'intention de plaider la fraude. Parce que vous échouerez. Tout était parfaitement clair avant la signature, n'est-ce pas ?

— Oui, bien sûr, confirma Grace.

— Alors...

Herkimer écarta les mains en haussant les épaules, ce qui signifiait que toute conversation supplémentaire était inutile.

Comme Grace ne répondait rien et n'ébauchait pas le moindre mouvement pour se lever, Herkimer revint à la charge :

— Mrs. Cameron ?

— Je désire toujours récupérer le document, répéta-t-elle.

— Je viens pourtant de vous expliquer que cela est impossible, dit Herkimer d'une voix plus forte et beaucoup moins cordiale.

— Vous avez bien dit qu'un accord des deux parties pouvait l'annuler ?

— Oui. Mais j'ai dit également qu'il vous serait impossible d'obtenir cela.

— Et si ça n'était pas impossible ? insinua-t-elle.

— Chère madame ! explosa Herkimer hors de lui.

— Mr. Herkimer ! coupa-t-elle d'un ton cinglant.

Herkimer et Harry se dévisagèrent, stupéfaits qu'un petit bout de femme aussi mal en point puisse réagir aussi énergiquement.

— Si je parviens, continua-t-elle en poussant son avantage, à obtenir l'accord de l'autre partie concernant ce document, pourrai-je récupérer celui-ci ?

— Je ne vois pas comment vous pouvez seulement imaginer...

— Mr. Herkimer, je me suis renseignée sur votre compte. Vous êtes très respecté dans la ville, vous avez bonne réputation. Si vous voulez la conserver, taisez-vous et écoutez-moi.

Cette fois, ce fut Harry qui la coupa :

— Comment oses-tu parler sur ce ton au juge Herkimer ?

Plutôt que de reculer ou de s'excuser, Grace se concentra sur l'avocat :

— Ou vous m'écoutez, ou je porte plainte auprès du tribunal contre le juge Joshua Herkimer et son client Harry Cameron qui ont lâchement profité d'une femme sur le point de mourir. Ils l'ont forcée à signer un papier par lequel elle sacrifiait la liberté de sa fille pour pouvoir mourir l'âme en paix. Pas très joli, comme procédé, Mr. Herkimer, pas joli du tout. Ni vous ni ce cabinet prestigieux n'en sortirez grandis.

— Si vous essayez de me faire chanter..., protesta l'avocat.

— Non. Tout ce que je veux, c'est votre parole que si Mr. Cameron vous demande de restituer le document, vous vous exécuterez.

— Bien entendu. A condition que ce que mon client me demande de faire soit légal.

— C'est tout ce que j'attends de vous, monsieur.

Elle se tourna vers Harry Cameron.

— Oncle Harry, dit à Mr. Herkimer de me rendre le document que j'ai signé, ainsi que tous les exemplaires qu'il a dans ses dossiers.

— Grace, ma chérie..., fit Harry, tout miel.

— Oncle Harry ! Dis-le-lui ! Je veux récupérer ce document. Je veux récupérer ma fille !

— Et qu'en ferais-tu si tu la récupérais ? demanda-t-il avec arrogance.

— J'ai trouvé une autre solution. Un foyer où l'on s'occupera correctement d'elle, où on la chérira. Et surtout, un endroit où elle pourra s'épanouir, être elle-même. Chose que nous avons toujours considérée comme capitale, son père et moi.

— Je ne sais pas quelle est cette solution, mais c'est à

un tribunal de décider si elle est plus adéquate que celle que je propose.

— En ce qui me concerne, je n'irai pas au tribunal, rétorqua Grace.

— Il n'y a pas d'autre façon de procéder que de porter la chose devant les instances judiciaires, lança Herkimer.

— La volonté des deux parties, Mr. Herkimer. Leur accord.

— Vous savez qu'il est impossible, clama-t-il pompeusement.

— Très bien. S'il faut absolument aller devant le tribunal pour régler le problème, j'irai. Mais j'ai une pièce à conviction à présenter à l'appui de mes desiderata.

— Une pièce à conviction ? explosa l'avocat, abandonnant toute prudence. Quelle pièce à conviction, nom de Dieu ?

— Je suis prête à l'échanger contre le document.

— Mais bon sang, qu'est-ce que c'est que votre pièce à conviction ?

Glissant la main dans son sac, Grace en extirpa une feuille de papier qui avait été dépliée, lue et repliée bien des fois. Elle commença à lire :

Cher Kip,

Voilà des années que nous nous écrivons. J'ai l'impression que c'est depuis toujours. Des lettres drôles. Des lettres sérieuses. Sur la politique, les événements mondiaux, la guerre, la paix. Mais celle-ci est certainement la plus importante que j'aurai jamais écrite. A toi ou à un autre. Parce que c'est la dernière que je rédige.

Tu connais mon père : tu sais combien il est exigeant, voire tyrannique. Mais tu ne le connais que superficiellement parce que tu n'es pas son fils. Etre le fils de Harry Cameron, c'est être condamné à faire ses quatre volontés ou alors à ne rien faire du tout. Je me suis bagarré pendant vingt-deux ans pour sauver mon âme. Mais j'ai essuyé échec sur échec. Il a toujours réussi à avoir le dessus. La seule façon de le battre et de tirer mon épingle du jeu, c'est celle que j'ai choisie.

Kip, mon cher cousin, je te remercie d'avoir été pour moi un ami ; tu as été l'une des rares personnes à avoir tant soit peu illuminé ma vie.

On parlera d'accident de la route. N'en crois rien. Le plus drôle, c'est que cet accident va se produire dans la somptueuse voiture de sport qu'il m'a offerte pour mieux me tenir. Pour continuer à avoir barre sur moi. Seulement cette fois-ci, c'est raté ; il a perdu.

Ton cousin et ami, Justin.

— C'était un accident, protesta faiblement Harry.

Grace ignora son oncle pour affronter Herkimer qui la fusilla du regard.

— Je suis prête à expliquer à n'importe quel tribunal pourquoi je demande instamment à ne plus être liée par un document qui mettrait ma fille à la merci de votre client.

— Aucun tribunal ne tiendra compte d'une lettre écrite par un jeune homme manifestement déprimé et suicidaire, assena Herkimer.

Sans se laisser impressionner ni lâcher un pouce de terrain, Grace lui mit le marché en main :

— La lettre contre le document.

— Et si nous refusons..., commença Herkimer.

— Je veillerai à ce que le contenu de la lettre de Justin soit rendu public.

— Madame, j'ai déjà fait l'objet de menaces. De la part d'experts en la matière, rétorqua Herkimer. Et je n'ai jamais cédé. Je ne laisserai jamais un client céder.

Grace plia la brève missive, la rangea dans son sac et se dirigea vers la porte.

— Attends ! (Cette fois, c'était Harry Cameron.) Joshua... Joshua... Donnez-lui le document.

— Harry ! Mais elle bluffe !

— *Donnez-lui le document* !

— Tous les exemplaires ! lança Grace.

Si réticent qu'il fût, Herkimer ouvrit la chemise qui se

trouvait sur son bureau, prit les documents et les tendit à Grace qui, en échange, lui remit la lettre.

Pliant les papiers, elle les déchira d'abord en deux, puis en quatre.

Brandissant les morceaux, elle lança :

— C'est peut-être le seul héritage que je laisserai à Kathy. Mais c'est à cela que son père aurait accordé le plus de valeur.

La tête haute, elle se dirigea vers la porte, contente d'elle-même, consciente d'avoir rendu à sa fille le plus beau service de toute sa vie.

PATIENT : Cameron Grace

ÂGE : 35

SEXE : F

DIAGNOSTIC : SIDA

MÉDECIN TRAITANT : Dr R. MacClune

DATE	LYMPHO-CYTEST	CHARGE VIRALE	POIDS
21/9	280	14 000	57,6
10/12	310	10 000	57,1
12/2	220	30 000	56,2
14/5	180	110 000	53,5
17/8	120	350 000	49,4
14/11	90	740 000	45,8
17/2	50	1 200 000	41,2
29/3	20	1 600 000	39,4

41

Kathy Cameron était assise devant la tombe encore béante. A côté d'elle, le Dr Scotty MacClune et Victoria Sloane. En face, Oncle Harry, les deux sœurs de Kip et même l'oncle Ed, qui avait renoncé à un engagement dans une boîte de Louisville pour pouvoir assister à la cérémonie.

Le cercueil de bois verni posé sur le monte-charge métallique serait descendu au signal du pasteur.

Ce dernier fit l'éloge de Grace Cameron, vantant son courage face à la maladie et sa ténacité dans la recherche incessante d'une solution capable d'assurer de façon satisfaisante l'avenir de sa fille, allusion qui ne fut pas particulièrement appréciée par l'oncle Harry.

La bière se mit à descendre lentement. Deux préposés attendaient, pelle à la main. Comme lors de la mort de son père, Kathy jeta une rose sur le cercueil. Lorsque Scotty voulut l'emmener, elle refusa et resta plantée là, regardant la bière disparaître petit à petit sous les pelletées de terre.

Quand le bois brillant ne fut plus visible, elle se retourna et ils partirent tous les trois, Kathy, Scotty et Victoria Sloane.

Hannah Persons et trois autres voisines avaient préparé la réception à la maison. Kathy y rencontra des gens qu'elle n'avait jamais vus mais qu'elle reconnut, quand ils se présentèrent, car elle en avait entendu parler par son père ou sa mère.

Tous lui dirent grand bien de sa maman, qu'ils décrivirent comme une femme dévouée et courageuse. En elle-même, la petite ne cessait de se répéter : « Pourquoi m'expliquer que j'ai eu une maman formidable et courageuse ? Comme si je ne le savais pas. »

Quant à l'oncle Harry, il ne trouva rien de mieux à dire que : « C'était une femme de valeur, oui. Si jeune. » Quand il se baissa pour embrasser Kathy, celle-ci dut se forcer pour ne pas l'envoyer promener. Quelques minutes après, il s'en allait.

En fin d'après-midi, une fois les invités partis, Hannah et les voisines remirent de l'ordre dans la maison. Après quoi, tout le monde vint embrasser Kathy, lui souhaitant bon courage et l'invitant à passer si elle avait besoin de quoi que ce soit.

Finalement, ne restèrent plus que Scotty et Victoria.

— Chérie, insista cette dernière, il est temps de partir. Je vais t'aider à faire tes bagages pour que tu ne manques de rien en attendant que toutes tes affaires arrivent chez nous.

— Non, je peux m'en charger, répondit la fillette. Mais je... J'aimerais rester ici toute seule. Un moment.

— Toute seule ? s'étonna Scotty.

— Oui, histoire de me retrouver avec Maman et Papa une dernière fois.

— Bien sûr, chérie, acquiesça Scotty. Passe-moi un coup de fil quand tu voudras que je t'emmène à l'hôtel de Mrs. Sloane.

— Je ne suis pas descendue à l'hôtel, précisa Victoria. Comme je suis revenue dans ce pays pour n'en plus bouger, c'est chez moi que je me suis installée.

Ils se séparèrent sur le trottoir. Avant de regagner sa voiture, Scotty lança :

— Mrs. Sloane, Kathy est une enfant très sensible. Si on peut encore la qualifier d'enfant après le drame qu'elle vient de vivre. Occupez-vous bien d'elle. Et je veux la voir. Souvent. Pas seulement en tant que médecin, mais comme ami. Ami de son père. Ami de sa mère.

— Ne vous inquiétez pas, docteur. Moi aussi, je sais qu'un enfant est un être fragile.

Seule dans la maison où elle avait passé ces six dernières années, Kathy traîna de pièce en pièce, se rappelant le bon vieux temps. Les réveillons de Noël dans la salle à manger, les petits déjeuners dans la cuisine avec Papa — instants privilégiés, les matins où Maman dormait encore.

Il mangeait mes crêpes comme si elles avaient été les meilleures du monde, se rappela-t-elle. Mais je savais bien qu'il en rajoutait pour me faire plaisir.

L'odeur délicieuse du repassage de Maman dans la lingerie qui donnait sur la cuisine. Surtout quand Kathy avait une urgence de dernière minute — jupe ou chemisier.

L'ordinateur sur le bureau de Papa, sur lequel il lui avait appris à compter. Avant même que ses doigts soient assez grands pour atteindre toutes les touches. Et les dessins qu'il lui faisait à l'écran, comme ceux des films de Walt Disney.

Toutes les fois où, quand elle était plus petite, il la prenait dans ses bras et la lançait si haut qu'elle croyait devoir toucher le plafond. Alors, il la rattrapait et elle blottissait son visage au creux de son cou. Et les fois, plus sérieuses, où elle avait fait une bêtise et où c'était à Papa de sévir. Ç'avait toujours l'air d'un jeu, pas d'une punition. Pas comme avec les autres papas dont elle avait entendu parler.

Et s'asseoir dans la chaise longue de Papa. Ç'avait toujours été son siège préféré.

Puis, soudain, l'image de Maman coupant un fil avec

ses dents après avoir recousu un bouton à son corsage. L'odeur des gâteaux de Maman. Surtout les petits biscuits aux pépites de chocolat. Leur arôme puissant se dégustait telle une friandise. Et quand on finissait par en manger vraiment un, c'était encore meilleur.

Etrange, toutes ces choses qui lui revenaient à l'esprit et qu'elle n'oublierait jamais.

Elle alla jeter un coup d'œil dans sa chambre. Chambre de bonheur, et de tristesse, aussi. Où Papa l'avait bercée en lui inventant des histoires plus belles que celles des livres de contes. Quand il parlait de son enfance, il n'était jamais question de maladie. Il ne racontait que des anecdotes drôles, qui les faisaient rire tous les deux.

Et Maman qui criait : « Mais qu'est-ce que vous avez à rire comme ça tous les deux ? » en faisant semblant d'être fâchée, alors qu'elle était encore plus contente qu'eux.

Et ce sentiment de vide auquel il avait fallu s'habituer quand Papa était mort subitement.

Et maintenant Maman. Maman aussi avait disparu.

Cette maison ne serait plus jamais la même. Elle ne pourrait plus être la maison des Cameron. D'après Scotty, l'agent immobilier avait déjà reçu plusieurs offres.

Une autre famille s'y installerait. De nouveaux enfants. Un nouveau Papa. Une nouvelle Maman. Des gens peut-être très gentils, mais qui ne seraient jamais mon Papa, ma Maman.

Elle enfourna dans la valise toutes les affaires dont elle pourrait avoir besoin lors des prochains jours. Les gens lui avaient certifié — ses professeurs aussi — qu'elle n'était pas obligée de retourner tout de suite à l'école. Qu'elle pouvait prendre une, voire plusieurs semaines de congé si elle le désirait. Que, douée comme elle l'était, elle rattraperait rapidement son retard.

Mais elle se souvint que quand Papa était mort, Maman avait insisté pour qu'elle retourne à l'école deux jours après l'enterrement.

« La vie continue, lui avait-elle dit. La vie continue. »

Maman aurait voulu qu'elle reprenne tout de suite le

chemin de l'école. C'est donc ce qu'elle allait faire. Elle ramassa ses affaires de classe. Quand elle eut fini, elle souleva la valise, la descendit jusqu'à la porte.

Décidant de faire preuve d'indépendance, elle préféra appeler un taxi et non le Dr Scotty. Avant que la voiture n'arrive, elle balaya le rez-de-chaussée d'un long regard circulaire. Jusqu'en haut de l'escalier. Jusque dans le salon, le bureau-bibliothèque de Papa et la salle à manger. Tout était là, bien en place. Parfait.

Il ne manquait que les habitants. Papa. Maman.

Elle entendit le taxi s'immobiliser dans l'allée.

Maintenant, il lui fallait partir. Mais au moins, elle avait un endroit où aller.

Le véhicule s'arrêta devant la résidence des Sloane, au bout de l'impasse. Après avoir retiré la valise du coffre, le chauffeur proposa de la porter jusqu'à l'entrée.

— Non, répondit-elle. Je m'en charge.

Comme une grande, elle régla la course, souleva la grosse valise non sans mal et remonta l'allée. Arrivée devant l'entrée, elle sonna. La porte ne tarda pas à s'ouvrir.

— Tante Victoria, c'est moi !

Achevé d'imprimer en décembre 1998
sur presse Cameron
par ***Bussière Camedan Imprimeries***
à Saint-Amand-Montrond (Cher)

N° d'édition : 6702. N° d'impression : 985819/1.
Dépôt légal : décembre 1998.
Imprimé en France